台灣文壇的「實況轉播」

一位大陸學者眼中的台灣文壇

古遠清◎著

自序

台灣文學研究：「豐富和豐富的痛苦」

《台灣文壇的「實況轉播」》是書中評王鼎鈞《文學江湖》的一篇文章題目。借它做書名，是想說明複雜豐富的台灣文學有許多「實況」需要大家去瞭解；台灣作家前赴後繼的創作勇氣、毅力和實績，其中也必有可「廣播」宣傳與研究之處。在網路時代，做「實況轉播」的播音員未免有點古裏古氣，好在本人姓古，故用古舊的方法向讀者及時報告台灣文壇的最新動向，也就心安理得。報告方法沒有後現代後殖民，文體不止掃描、論述、序跋，還有由實地考察寫出來的訪台記，大都發表在北京《中華讀書報》上。

台灣文學於我，可借用穆旦的詩句「豐富和豐富的痛苦」來形容。之所以「豐富」，是因為在我現今出版的四十九本著作中，有十三種在台灣出版；我擁有的台灣文學資料之齊全，據說在大陸學者中是為數不多的一個。之所以「痛苦」，是因為書到用時方恨少，研究台灣文學私人藏書再多也比不上島內的大學圖書館；在工作單位沒有同行可切磋，只好靠頻繁外出開會交流，以至被文友戲稱為「無古不成會」或「逢會必到古遠清」；沒有行政資源的我，搜集資料只能另闢蹊徑，像螞蟻搬家一點一點從境外運回來。當我找到新的學術生長點時，卻苦於來日不多和沒有助手，不能把自己想做的課題在有生之年完成。

進入台灣文學研究領域，原本是一九八八年被花城出版社約寫《台港朦朧詩賞析》拉下水的，至今回憶起來也恍然如夢中一般。在此之前，我研究魯迅，研究大陸詩歌，研究大陸文論，成績平平。可自從深陷台港文學研究泥塘而不能自拔時，這些台港作家幾乎改變了我的人生。竟想不到《台港朦朧詩賞析》在遭到對岸痛批的同時發行了近二十萬冊，為進一步研究逼得我天天在書上和這些台港作家見面，日日和繁體字書打交道，還不常和某些台灣作家進行「私人戰爭」，打完筆墨官司後為補充新的養料便到海內外雲遊——開會、講學或採購資料。雖然研究華文文學耗去了我大好光陰，放棄了所有節假日，但總算幸運，研究成果基本上能得到發表且從不自掏腰包出版。這次便受到台灣青年學者楊宗翰先生的鼓勵和支持，才使得我近期發表的文章能及時地匯編在一起和讀者見面。

我一生道路坎坷，雙親目不識丁，小時候由人販子賣給地主做過短期的貴族公子，土改後回到老家，放牛砍柴種地挖煤當苦力樣樣幹過。在狗眼看人的喧囂時代，我這種經歷竟被某文化名人在其新出版的自傳中拿來大做文章，稱易中天、古遠清「那幾個『偽鬥士』的惡，大多是因為從小缺少善和愛的滋養，形成了一種可謂『攻擊亢奮型』的精神障礙，其實都是病人。例如那個糾纏我最久的人，小時候居然是被父母親當做物品賣掉的」[1]。吳拯修對此反彈說：「領養小孩就『缺少善和愛的滋養』嗎？余秋雨甚至忘記了，他在《借我一生》中曾經告訴過讀者，他家中就有一個從小被領養的表妹。難道余秋雨他姑姑的女兒也是有精神障礙的病人？」[2]劉中國也說：「古遠清的個人痛史，居然被大言者鍛造成一根敲打不幸者的

1 余秋雨：《我等不到了》，北京，人民文學出版社，二〇一〇年，第二五〇頁。

2 吳拯修：〈余秋雨《等不到了》的「誹謗」〉，廣州，《羊城晚報》二〇一〇年七月二十四日。

苦喪棒，但這一不小心卻暴露了『文化學者』皮袍下面那點兒貧血的『人文情懷』」[3]。

我每次到台灣進行學術交流，有關部門都要對我「政審」，要我從「文革」經歷開始「坦白交代」。我敢說如今「組織部」及「台辦」的負責人，大都沒有經歷過那場十年浩劫，不知道我們這代人遭遇之悲慘。以我在「文革」初期而論，作為「五‧一六」傳單的報案人，竟陰差陽錯成為作案人，由此被打成現行反革命關押了半年。接著是不了了之，主事者送給我一朵大紅花下放當農民，邊勞動邊改造邊檢查邊交待，交待不出來便「控制使用」，倒從此換來無官一身輕。大學復辦後，我在沒有中文系的學校裏邊教邊寫，可說是單槍匹馬，孤軍奮戰。在這個以學術團隊著稱的時代，我顯得不合流，不入流，一直孤寂冷靜地處在邊緣。好在到古稀之年「自力慶生」時，文友為我打氣為我鼓掌，還有七個國家四個地區的一百多位海內外作家寫了《古遠清這個人》同題文章慰惜我，後結集成書出版，其卷頭語有云：

《古遠清這個人》封面

[3] 劉中國：〈踩著雲朵兒漫步的時光〉，載質貞編：《古遠清這個人》，香港文學報出版公司二〇一一年，第二七一頁。另見質貞編：《古遠清文學世界》，香港文學報出版公司二〇一一年，第十六頁。

古遠清是誰？他古怪，是牛虻，是老農，是書癡？是常青樹，是「劊」子手，是學術警察，還是古裏古氣的武林人物？綿綿秋雨打濕過他的衣裳，但他仍是翻飛在海峽間的「勞燕」，無論是論戰還是呼嚕均一級水平。

《台灣文壇的「實況轉播」》「個人鋒芒」欄目內「冷眼看李敖『屠龍』」，便屬「牛虻」式文章。給對岸《台灣新文學史》著者及李歐梵挑錯，做的便是互相敬畏、互相監督、互相批評類似「學術警察」的工作。我這位書癡或曰「武（錯！應為「文」）林人物」近兩年在台灣接連出版了《消逝的文學風華》、《海峽兩岸文學關係史》、《從陸台港到世界華文文學》，現在又有這本新書奉獻在讀者面前，在出書速度上也稱得上是王劍叢教授所說的「劊（快）子手」。至於「實地考察」中所穿插入的「余光中同志」、「兩岸三地作家笑談『匪』」一類「野味文壇」式的段子，是「翻飛在海峽間的勞燕」（瘂弦）銜來的一花一草，它不似「呼嚕」勝似「呼嚕」，正好給讀者催眠。正如澳大利亞作家莊偉傑所說：「『野味文壇』真正是野味十足。野在古遠清畫龍點睛式地把多位現當代文化界名人的軼聞趣事一絲不掛地公諸於眾，這種勾勒妙在真實和風趣。在這樣一個不太天真的時代，集體庸俗、集體狂歡已被物質奴化，有誰還如此狂野天真？」當有讀者問我這些花絮包括在廣州《羊城晚報》連載的〈文飯小品〉材料是從哪裡來的，取得後又如何加工？這應是「老農」另外一樁「妙處難與君說」的秘密了吧。

目次

自序　台灣文學研究：「豐富和豐富的痛苦」……3

第一輯　文學批評

第一章　個人鋒芒……14

「鬼臉時代」的台灣文壇……14
台式文化大革命風雨欲來？……23
台灣文學：充滿內在緊張力的學科……38
冷眼看李敖「屠龍」……50
一位文評家的演變歷程……58
三分天下的台灣新世紀文壇……71
將重拳擊在棉花上
附：謝晃諸君應有個說法／艾尚仁……81

迎接「北大新詩學派」的誕生
附：「北大新詩學派」在何方？／曹天……86
「罄竹難書」的李歐梵……94

第二章　打撈歷史……97
反共文學的發展及其終結原因……97
鍾鼎文的生平及其對台灣詩壇的貢獻……113
台灣所不知道的余秋雨……139

第三章　盤馬爭鳴……152
毀譽參半的《台灣新文學史》……152
高雄文學史的建構及其弔詭……163
關於《台灣當代新詩史》撰寫及余光中評價問題
附：洛夫致古遠清……169
再談台灣詩壇的藍綠問題……187

關於紀弦歷史問題的兩點辯證……192
對《中國新詩總系》的三點質疑……195

第四章　文藝茶座……204

光環之外的李敖……204
台灣文壇的「實況轉播」……208
蔡文甫與台灣當代文學……220
不盡的文化芬芳……230
張默：為現代詩嘔心瀝血的編輯家……235
《文學界》：台灣文學的另一中心……244
博雅通達的學人散文……249
「寫作是興趣，談不上是志業」……254
悼「小巨人」沈登恩……260
《台港朦朧詩賞析》自序
附：臧克家、向明、洛夫、璧華、李魁賢對此書的爭鳴……264

「相逢一笑泯恩仇」……268
王蒙自傳有關台港文學的筆誤……273

第五章　新花品賞

第五章　新花品賞……275
行吟者的詩意人生……275
透剔玲瓏，生機流溢……280
澄明的心境，清遠的風格……287
新文學史被遮蔽的另一面……292
散發出詩的芳香……294

第二輯　實地考察

「共匪燒酒螺九折」……302
「台灣詩壇本無事，遠清先生自擾之」……315
向台灣出版社討「債」……329

「我的敵人又來了！」……340
寶島書香入船來……352
附：古遠清著作目錄……365

第一輯

文學批評

第一章　個人鋒芒

「鬼臉時代」的台灣文壇

陳水扁擔任總統期間在接受德國《明鏡》月刊訪問時，自稱祖先來自中國福建省，以身為華人為榮。誰知德文報導再譯回中文時，「華人」變成了「中國人」，令陳水扁十分難堪。對台灣文學的界定也一樣，有些人見到「中國」二字就頭痛，極力主張台灣文學與中國文學無關，可這種人偏偏跑到成功大學去擔任「中國文學系」的「中國文學創作獎」的評審。這有點像演荒謬劇，不能不使人感到霧煞煞[1]。

現今台灣社會兩大政黨惡鬥，政客們各懷鬼胎，謊話連篇，候選人捶胸頓足發毒誓，這意味著誠信時代的結束，霧煞煞的現象使得駱以軍感歎，我們「都得生活在明目張膽的鬼臉之下」。

1 馬森：〈華人乎？中國人乎？人民霧煞煞〉，台北，《文訊》，二〇〇〇年十二月。

統獨鬥爭如此嚴重，藍綠對峙如此激烈，想走第三條道路的施明德被罵為「中國豬」而落淚。面對這種局勢，作家們難以清高：有的人不是隨波逐流，就是奮起抗爭，使文壇一片亂象叢生。

詩人也瘋狂

詩人的社會關懷表現在國家定位、社會發展、經濟建設、民主法制、文化教育等各個方面。當他們感到面對強權作家顯得渺小，詩歌變革社會的功能是如此的脆弱時，他們也會以詩外的「搞怪」方式去參加反強權、反貪腐的活動。典型例子是二〇〇五年發生的「杜十三事件」。這年十一月初，詩人杜十三將嘹亮鏗鏘的詩性抗議話語變質為躁鬱的語言暴力：跑到電話亭用「台灣解放聯盟」的名義「拍」電話恐嚇正被高捷弊案「叮」得滿頭包的行政院長謝長廷，稱「要殺害他全家」。這場「詩人」造反風波鬧得全島沸沸揚揚。就憑這荒腔走板之「詩聲」，詩人一夕之間上了全台灣報紙的頭條，還有第三版幾乎全是杜十三的新聞與評議。為了結束八卦媒體窮搜其人其詩其功其過其喝過的酒瓶其用過的餐巾紙的尷尬局面，更重要的是為免於牢獄之災，杜十三後來將這一「行為藝術」解釋為三杯黃湯下肚後才會犯下這「不正當」的舉動，以道歉了結。

對這一事件，不同營壘的詩人反應截然不同，如李敏勇認為：杜十三這一行為「是黑暗的。政治人物當然可以批評，但躲在暗處的語言暴力並非杜十三的『詩人』作為，而毋寧是他的『病人』行為……」而為其辯護者則認為，不是杜十三病了，而是社會病了；不是詩人瘋了，而是「天天製造問題，天天製造謊言，逼著詩人傷痛」的政客瘋了。白靈以有杜十三這樣的朋友而自豪：冒著腦袋被敲碎危險的杜十三，

「吐出一句血，那是他一生最紅的詩。」

本來，新世紀的台灣是一個「鬼臉的時代」，是執政黨千方百計破壞言論自由，因而惹得一向瀟灑的詩人也扮「鬼臉」，一向自由的詩人也瘋狂。一位有「詩儒」之稱的老詩人早在《詩的記憶》中就寫過：

這現實唯搞怪是崇
唯正常是病
唯醜陋是偶像
唯聖美是惡人

向明在《詩人也瘋狂》中說：「杜十三借酒壯膽，作出這樣一個被認為『不正當』的舉動，是被迫的。因為他用他的詩做表達不滿的管道，無人理睬；他認為民主國家最寶貴的言論卻被官方橫蠻的阻塞。他不得不『搞怪』來讓人注意。其實詩人是很悲哀的，環境逼得他不得不出此詩外的『下策』。」同樣不主張台獨的馬森雖然同情杜十三，但不贊成這種流氓行為[2]。

在新世紀，以本土作家為主要研究對象的學報和評論刊物接連創刊。台灣文學史書寫中的國族認同問題引起激烈爭辯。二〇〇一年，還發生了引起全島抗議的《台灣論》漢譯本事件。《台灣論》由日本評論家小林善紀用漫畫的方式，表達自己在台灣這個「國家」中看到了在自己祖國已消失的「日本精神」。書

[2] 馬森：〈詩人變流氓〉，《世界日報》，二〇〇五年十一月十五日。

中對推行分離路線的李登輝萬般美化和吹捧，而對反日的統派人士及中國作無情的抨擊。此書出版後，泛藍人士不是撕書就是在台灣最大的誠品書店前燒書，並推動拒買、拒讀、拒作者入境的一連串活動，可由於有分離勢力的支援，《台灣論》不僅沒被打壓下去，反而成為年度暢銷書的頭一名。事件結束後，前衛出版社出了有關這一事件的《台灣論風暴》，而陳映真主持的人間出版社卻出版了批判《台灣論》的專書。

作家自殺成為一種景觀

在世紀交替之際，某些人在精神上始終無法擺脫從世紀末傳染來的頹廢情調，致使自殺成為台灣文壇的一個重要景觀。據報載，台灣每兩小時就有一人自殺身亡[3]。僅作家而論，邱妙津於一九九五年在巴黎自殺後，二〇〇三年又有自縊身亡的黃國峻，以及於二〇〇四年讓生命時鐘關閉的《ＦＨＭ男人幫》雜誌總編輯袁哲生。同一年，在詩作中對生命一再提出質疑和抗議的女詩人葉紅在上海自殺。二〇〇五年，曾獲梁實秋文學獎的新銳女作家黃宜君因憂鬱症病復發自縊身亡於花蓮，得年三十歲。他們提前離開這個令人煩擾的「鬼臉」式的塵世，給文學界帶來巨大的震動，促使人們重新審視已存在的文壇秩序和作家生存的意義。

抱著對生存目的、意義的懷疑和終極價值的困惑，對自身發展前途的迷茫，過於頹廢、虛無的小說家們無法抵抗死神的誘惑，由此走上不歸路。邱妙津這顆新星正是在這種生存虛無的黑暗底色中隕落的。她

[3] 馬森：〈詩人變流氓〉，《世界日報》，二〇〇五年十一月十五日。

一九九一年畢業於台灣大學心理學系，從大學一年級開始創作，數次獲獎。她生命的二十六年，是精華的集中展示，著有短中長篇小說集多種。

充滿才華的小說家消失後，人們依然思念小說家才華的閃光。邱妙津寫於「鬼臉時代」的《鬼的狂歡》，人物充滿了精神以及肉體的困惑：「這些人物各自有各自的難題要打發，卻又因為這些難題的虛無性格誘使他們共同表現了某一世界觀——放棄了深情凝視世界的眼光，不瞭解也不妥協。」如《臨界點》的主人公因生理缺陷產生了極度自卑心理，而有時又將自卑心理轉變為過分的自尊，因而在與人交往時出現了異乎尋常的怪癖舉動。這種人在狂歡與死亡中徘徊，典型地表現了「新人類」極其矛盾的灰色心態。

陳映真曾批評八十年代後期的台灣青年奢靡、頹廢、虛無，譴責他們完全背棄了老一輩的理想主義尊嚴。其實，這種頹廢、虛無，在六十年代存在主義風靡台灣時就出現過。不過，兩者有本質的不同：「八十年代後期開始出現的『新人類』現象與六十年代的蒼白少年最大的不同在於：後者是白色恐怖政治下社會氣氛低凝中，從外面移植進來的莫可奈何；而前者卻實實在在是台灣社會財富累積沖倒了原有道德格局，不得不然的本土現象。」另一不同之處是「新人類」的作品帶有濃厚的「鬼臉」色彩。如邱妙津喜愛寫夾帶情色的個人隱私，寫用金錢換來的官能刺激。她尤其喜好描寫同性戀題材，在表現大學校園和同性酒吧中女男同志結盟時大膽展示裸體，流露出對女同志身份的絕望之情。

在輕生厭世的作家觀念中，死亡是現存的一種無可取代的最後可能性。和西方詩人里爾克、荷爾德林一樣，出生於小說世家的黃國峻，從世紀末開始就被死亡的恒久而巨大的陰影所籠罩。他說過一句名言：「時間如此真實，真實如此短暫。」他只活了三十四歲，可留下的作品不少，僅短篇小說集就有三種，另還有來不及出版的長篇《水門的洞口》。他的作品風格，類似「翻譯體」，用詞造句不像其父黃春明那樣本土化。他眼中的「男島」、「女島」中的情慾世界，與中華文明相悖，甚至在英美文化中也難見其蹤影。黃氏作品中的洋腔洋調，據說是為了「製造某種『疏離的美學』」，這種美學是台灣文壇在世紀交替時極富探討價值的一種現象。

黃國峻生命之火猝然熄滅時，袁哲生曾寫過悼文〈偏遠的哭聲〉。想不到過了一年，以外省的第二代之姿挑戰河洛話鄉土書寫的這位優異小說家，不再「留得春光過小年」而接過黃國峻的「棒子」，又用自己的高貴生命去燭照生存的虛無。他的自殺再次昭示了生命的悲涼，同時意味著小說家形象的永遠完成。正因為在有限的時空裏猝逝，所以這幾顆突然隕滅的耀眼之星，留給人們的將是永恆的思念。

反映政治亂象的小說

與「鬼臉時代」的政治生態有關的是和「中國文學系」平行的「台灣文學系」、「台灣文學研究所」繼世紀末後在許多大學紛紛建立。可在幾十所大學「台灣文學系」和「台灣文學研究所」的碩士班和博士班中，由於「中國文學系」所帶來的「中國意識」在其中根深蒂固，「台語」多數人視為大陸方言，故幾乎沒有一所大學加考「台灣母語」，研究所更不會考什麼「台灣語言」，使得一位本土人士感歎：「『台文』還是淪為『中文』的附庸，中文系的地盤怎麼推毀也推毀不掉。」這就難怪有的學者說：「目前台灣文學研究領域，一直是被『非學術論述』所壟斷」[4]。的確，台灣文學系建立多了，有時會適得其反：比

[4] 應鳳凰：〈從《台灣文學評論》創刊號說起〉，台北，《文訊》，二〇〇一年九月。

如大量的原中文系教師改行加入後，他們把中國文學帶到台灣文學系教學中，或進行潛移默化的滲透，使台灣文學系未能達到台灣文學與中國文學分離的目的。哪怕是未摘掉台獨帽子的陳芳明，他主持的政治大學台文所，獨尊漢語而不見台語，以至招來「製造台灣文學生態災難」的批判[5]。可見台灣文學系、所不僅充滿中國意識與台灣意識的對立，而且淺綠與深綠派在如何看待台灣文學用何種語言寫作上，也是暗潮洶湧，鬥個不停，以至「轉系生一年比一年多，對台文系出路不看好」，即使是被視為台灣文學系重鎮的成功大學，學生也抱怨學習四年沒有真正學到本領，「讓我拿出來告訴所有人『我讀成大台文系』的東西」[6]。

在小說創作上，對台灣因統獨鬥爭產生的政治亂象反映最得力的是黃凡。他在二〇〇三年出版的《躁鬱的國家》，共有十三章，每章伊始，即有一生致力於反體制的黎耀南寫給總統的信。這些信件涉及統獨鬥爭、朝野爭鬥、經濟問題、選舉不公、權利角逐。作品毫不諱言說政客得了躁鬱症，此症「傳染」給全社會，因此整個「國家」成了躁鬱之「國」，然後從躁鬱走向瘋狂。這一預言已被後來的政黨輪替出現的黑金橫行、黃鐘毀棄、道德倫喪等眾多奇詭現象所證實。黃凡的另一長篇《大學之賊》，通過高等學府充滿人事權力鬥爭的黑色喜劇，諷刺了當今台灣社會存在的種種問題。

5 蔣為文：〈陳芳明們，不要製造台灣文學生態災難〉，見台南，《台灣文學藝術獨立聯盟電子報》二〇〇一年六月十五日。

6 台文筆會編輯：《蔣為文抗議黃春明的真相：台灣作家ai/oi用台灣語文創作》，台南，亞細亞國際傳播社，二〇一一年，第一〇五頁。

和黃凡的《躁鬱的國家》相呼應，張啟疆二〇〇六年發表的短篇小說〈哈羅！總統先生〉，不僅讓讀者看到台灣的政治本質就是一齣騙術或一場夢幻，而且還通過「博愛特區」、「管制區」、「隔離區」和「不分區」，讓大家看到「鬼臉」時代的種種瘋狂行為。作者以「嘲諷冷冽的筆法」取代過去「含蓄影射手法」，使「小說反政治」的力量得到強化。原以科幻小說享譽文壇的黃海，於二〇〇四年推出新作《永康街共和國》，寫社區公投時，全區人民一致通過社區獨立的議題，其中所寫的黃、黑、綠之色獅子旗，表現了民眾普遍希望過一種沒有黑道襲擊、色情入侵和環境污染的和諧社會。

和黃凡的創作走不同路向的是年輕作者。這是一個心中只有「小我」唯獨沒有「大我」的世代。他們注重的不是社會問題或政治亂象，而是自己的肚臍眼或隱私行為。表現在題材上，不是情慾開放、同性愛戀，就是雌雄一體的崇拜。在表現手法上，不是嗜好獨語，就是用拼貼方式。社會描寫淡化，情節不連貫和不可信，人物塑造膚淺，主題生澀得叫人難以下嚥。

再現經典或重塑經典，是一種詮釋權的確立，這不僅關乎文學也涉及政治。典型的例證是在本土化高唱入雲的年代，由於民進黨掌握了資源優勢，作為塑造經典重要手段的作家全集出版，均以本土作家為主，如《陳千武詩全集》、《詹冰詩全集》、《鍾肇政全集》、《李魁賢文集》、《李榮春全集》、《洪醒夫全集》，另有「皇民作家」《王昶雄全集》、《周金波集》。《台灣文學年鑑》也來了個大換臉，由「台灣的文學年鑒」變成名副其實的「台灣文學年鑒」，其所報導所記載的均是有特殊含義的「台灣作家」的動態和史料。工具書本不應「扮鬼臉」，但自從改由獨派評論家彭瑞金主持後，「年鑒」的功能和性質發生了根本性的變化。馬英九再度執政後，又輪回李端騰主編，再來個換臉已成定局。

當然，也有不扮「鬼臉」或抵禦「鬼臉時代」的作家作品，如洪範書店推出六冊《陳映真小說集》，其中《歸鄉》、《夜霧》、《忠孝公園》，是陳氏停筆十多年後的新作。在這三個中篇裏，陳映真持續發掘人的靈魂和書寫被扭曲的意識，尤其是作品中所高揚的反台獨的愛國主義精神，令人肅然起敬。這些作品，是時代的靈魂之鏡，可惜這個時代的政客已越來越怕看到鏡中自己的「鬼臉」真面目。

原載香港《文匯報》二〇〇八年三月十九、二十日；《天津文學》二〇〇八年第九期；《羊城晚報》二〇〇九年三月二十八日。

後經修改為本文

台式文化大革命風雨欲來？

——蔣為文「踢館」事件評介

成功大學台灣文學系蔣為文副教授，去年指控著名鄉土作家黃春明在台灣文學館演講時主張用北京話而不用「台語」寫極為「可恥」，這一「踢館」事件持續延燒至二〇一二年夏天，以至成為訴訟事件。在此前後，美國的《世界日報》及島內著名作家還有《中央日報》、《聯合報》、《聯合晚報》紛紛發表社論，為獲緩刑二年的黃春明鳴不平。

學術論壇變成政治舞臺

二〇一一年五月，黃春明參與由「行政院文建會」指導，台灣文學館、趨勢基金會、台灣文學發展基金會、成功大學文學院等單位共同主協辦的「百年小說研討會」，主講〈台語文書寫與教育的商榷〉時，遭到「喊口號和罵國民黨多過真正上課」的蔣為文強烈質疑。他認為黃非台語文專家，演講題目挑釁意味十足，遂帶著以中文寫的大字報「台灣作家不用台灣語文、卻用中國語創作，可恥」出席，並在黃演講時舉出抗議。被指「可恥」的黃春明情緒相當激動，但這位老先生當時極力保持風度，請對方把牌子放下，等演講完再表達意見，最後實在忍無可忍，才會兩度衝下臺，以至激動得脫掉外衣，企圖揍這個數典忘祖的「逆子」，直嗆蔣憑什麼半途打斷他的演講，並以「你太短視了、你也很可恥」，「成大的教授啊，這個會叫的野獸啊，操你媽的X」回應。台灣文學館人員一方勸阻蔣，一方也安撫黃的情緒，深怕年近八十歲的黃春明禁不起激動身體出現意外。

把學術論壇變成政治舞臺的蔣為文，其「造反有理」的行為引發網友紛紛討論，也在海內外文學界引發強烈關注。當天參加演講的一位文化界人士表示，黃春明演講不到三分之一，蔣老師就發飆，其實應尊重演講者說完後再對辯。蔣的強烈造反動作，無疑讓全場的文學氣氛變了調。許多現場聽眾不滿蔣的行為，紛紛上網留言，幾乎一面倒批評這位「深綠極獨的標竿人物」，嘲笑蔣為文比一般綠營人物的表現更帶喜劇色彩，如嗆黃春明「可恥」的大字報，被眼尖的文友發現出現好幾個簡體字，包括台灣的「湾」和中國的「国」，因此被網友「吐槽」：「蔣為文罵黃春明用中國文創作，自己卻用簡體字抗議，豈不更可恥？」已經有網友在臉書上發起「蔣為文不用台灣語用中國語抗議，可恥」的粉絲團炮轟蔣為文，認為蔣使用「阿陸仔」通用的「簡體字」其行為根本是五十步笑百步。網友還建議他既然造反就應效法紅衛兵改名換姓，或乾脆不要再用中國姓：「幹嘛姓蔣呢？難道是投錯了胎，跟典型的大陸人蔣介石同姓不覺得委屈嗎？」台文筆會、台灣文學藝術獨立聯盟等三十一個團體則發表聯合聲明援蔣為文。

黃春明在台南演講遭「踢館」一事成為媒體焦點。黃質疑「成大怎麼會有這種教授？」。研討會的主題是百年小說，他認為台灣的文學走到現在，「台語文」有其問題，他才會以〈台語文書寫與教育的商榷〉為題演講，這並未離題。他以自己的創作為例，小說中如果有對話式的語言，就要寫出原味。在描寫本土人物的話語時，他是以中文修飾後寫出來，讓不管外省人、閩南人或客家人等都能看得懂。如果真的要用台語文來寫，版本有七、八種，反而大家看不懂。「台語文要讓人懂，才能走下去。」在參加「九彎十八拐——悅聽文學」活動時，黃春明幽默形容「怒火就像一朵燦爛的紅花，我前幾天開了一朵。」他還開原住民作家孫大川玩笑說：「你的文章寫得很好，但用中文寫作，跟我一樣『可恥』」。黃春明舉例說，數位曾獲諾貝爾文學獎的拉丁美洲籍作家，都出身馬雅帝國，但由於殖民關係，使用西班文創作，「也沒有使用母語啊！」他強調，「台語」還沒有標準化的文字，不應強迫學生寫「台語文學」，不然學生寫得辛苦，老師教得也辛苦。辛苦是因為「台語文」很多有音無字，書寫者便各顯神通造了出來，羅馬拼音、通用拼音、日文片假名都有。一位筆名叫「笑春瘋」的作者說：一篇「台語文」就是中文夾雜拼音的混合體。從實用性上說，這樣的文字很難通用。從學術上來說，漢語是一個語族，包括了八大方言，閩南方言身列其中，辱罵「中國語」也殃及「台語」。

歷史本來就很特殊，依照蔣為文說法，日據時使用日語而非「台語」寫作的楊逵、龍瑛宗、張文環、吳濁流等人，是否根本不該列入台灣文學？若再去掉漢字寫作的作品，陳芳明說，「台灣文學史大概只剩兩頁」。陳若曦也指蔣為文不該把語言問題泛政治化。他這樣做，根本是「歷史倒錯」，卻還指責黃春明「扭曲歷史」。蔣為文態度粗暴把漢語打成「殖民語言」，這個人「不禮貌、不理性、不寬容」[1]。專長方言學的高雄中山大學中文系林慶勳卻認為黃、蔣「兩人都沒有錯，只不過黃春明談的是『台灣文學』，蔣為文堅持的是『台語文學』。」「台語文學」可納入台灣文學，使用何種文字創作是功能性與呈現形式的問題。

[1] 《聯合報》，二〇一一年五月二十六日。

資深「紅衛兵」蔣為文其人

《聯合報》記者修瑞瑩報導說：「教授就可以不尊重人嗎？」「愛台灣不是只有一種方法，他的方法只會讓路愈走愈窄」、「蔣為文是台文系最偏激的一位」。

這位「造反有理」酷似大陸紅衛兵的蔣為文，生於一九七一年，高雄人。他於淡江大學機械系畢業後，從高雄北上深造時發現「台北人怎麼都不說台語？」：還在大學時代，他就在校內創辦「台語社」，在九十年代初期為大學生「台語文」運動的重要骨幹。後來他發現「台語文」是自己的最愛，便到美國德州大學念語文，拿到博士學位回成大任教。在成大任教八年，專研台語和也是羅馬拼音的越南語，經常參加「台語文」抗爭活動。為了實現用「台語」取代中文的幻想，蔣為文在成大策辦「台語文測驗中心」，後擔任該單位主任。他根據《說文解字》中講的「閩南語的『閩』字是蛇種、野蠻民族的意思」，反對使用大陸「閩南人」及「閩南語」來稱呼台灣人及其族語。

逢場必鬧、逢館必踢、逢中必反的蔣為文，還和台灣總統馬英九「交過手」。那是二〇一二年三月底，馬英九到台南二中參加十二年國教南區座談會時，蔣為文曾與獨派人士到場外抗議，高舉包含「反對一國兩區」、「還我台語文教育權」及「特赦陳水扁」等各式標語，並高喊「馬區長下臺」。至於學界人物的演講，被其攪局更是常事，如陳芳明到台灣文學館演講講到動人之處，蔣為文大喊「是不是國民黨給你奶水」打斷其發言。蔣為文質疑陳芳明是「政治變色龍」，不支持台灣母語，罵他是閩南語「青瞑牛」，這引發現場鼓譟。有人欲以拍手聲蓋住蔣為文發言，也有人高喊「蔣為文滾出去」、「蔣為文是成大之恥」。另一次在台南市一場學術研討會上，蔣為文又質疑陳芳明的台灣文學立論，狠批陳主持的政治大學台灣文學研究所獨尊華語、眼中只有中國文。他語氣咄咄逼人，質問陳「你要不要回答？」台下許多觀眾不滿蔣為文的發言，有人憤而離席，更多人開始不斷鼓噪，還大聲嗆蔣別浪費大家的時間，接著又是集體鼓掌，企圖掩蓋過蔣的發言，強烈要求蔣為文停止發飆，但蔣還是繼續講，台下觀眾也持續謾罵。鑒於蔣為文造反的歷史「資深」，據說當時的教育部長吳清基以刪減成大頂尖大學預算為要脅，要求成大校長黃煌煇對他進行懲處，所以他懷疑升正教授被否決，就是懲處方式之一。他由此指控成大台灣文學系教評會搞黑箱作業、打擊異己，舉著大字報率聲援社團前往抗議時大呼口號。成大老師簡義明對此深有體會地說：在多次系務會議上，只要台灣文學系老師無法接受「台灣文學只能是用羅馬字寫的台語文學」，就會被蔣為文扣上「中國奴才」的帽子。

應該承認，蔣為文是勤奮的。除了教學，他還發表或出版過論著，如《全民台語認證導論》、《全民台語認證語詞分級寶典》、《語言、文學kap（和）台灣國家再想像》、《語言、認同與去殖民》等。基於這種成績，蔣為文歷任台灣羅馬字協會理事長、台越文化協會理事長和「還我台灣語文教育權」聯盟召集人。這位「召集人」談起和作家黃春明衝突經過時說，「我們教孩子要見義勇為，自己怎能做俗仔（膽小的人）」。兩天來網路一面倒地罵自己，指他是存心去鬧場，不尊重主辦單位，「根本是抹黑，我有全程錄音，可以還原現場」。他說，當時他原本在台下，後來也只是理性地舉大字報抗議，「是黃春明自己愈罵愈激動。」成大台灣文學系教授呂興昌表示有些人以帶有性意味的俚俗語表示親密，甚至作為打招呼的方式，如早年眷村子弟用「我操」當發語詞，台灣鄉下則是「幹」。台中教育大學台灣語文學系副教授林茂賢也指出，有些人把「幹」當發語詞，表示親切之意，對此蔣為文反彈道：「如果黃春明每一場演講都用五字經先『問候』大家，我就承認那是口頭禪。」他又說，主辦活動的趨勢基金會原本在網路上有演講會直播影音內容，但事後全部撤除，還把原來黃春明的講題「台語文書寫與教育的商榷」改成「請讀一頁小說」，不敢面對真相。「黃春明被嗆聲，並非第一次」。前幾年南下參加「鹽分地帶文學營」活動時黃春明也發表相同論點，當時就曾被人嗆過。蔣為文發現黃春明這次演講題目充滿挑釁，才報名參加[2]。

《聯合報》二〇一一年五月三十日社論〈昔有莊國榮，今有蔣為文〉中指出：蔣為文的語文主張，只是他政治主張的工具。其實，「台語」本有一個「漢文」的基底，如今蔣為文等將「你和我」，改寫成「你kap我」，只能說是方言文字化的試驗，並未脫離「中國語文」的本體。何況，連「台獨黨綱」都是用中國文字寫的，難道亦是「可恥」？至於其政治主張，若將「台語」的漢字基底完全拋棄，全部羅馬拼音化，正如陳水扁主張將台灣交給美國軍政府一樣，那只是台灣主體性的更徹底淪喪。《聯合報》二〇一一年五月二十九日發表題為〈是壓迫，還是被壓迫〉的文章中也說：「蔣為文只是魔鏡裡的一個影子。別忘了，許多台文、台史系所都是本土化年代誕生的寵兒，有些人眼中的世界從未超出台灣肚臍。」對蔣為文嗆作家黃春明事件，作家張大春在部落格痛心寫下〈成大還能去嗎？〉。他接受採訪時，形容成功大學和蔣為文是「鍋和老鼠屎」的關係。成大是教養單位，卻放任學校老師做「紅衛兵」的事，應被譴責，因為「是非、格調、品味、教養很明顯」，沒有爭論空間。成大作為名校，應對聲譽有擔當。至於「台語文」，張大春認為是違背語言發生的實況憑空造出來的，卻要別人服從。另有網友說，蔣為文質疑黃春明突顯大閩南沙文主義：不論原住民語、客家話、漢語，都被排除在「台語」之外。中央大學客家語文研究

[2] 修瑞瑩：〈蔣為文：黃一再批評台語文，我才忍不住〉，《聯合報》，二〇一一年五月二十六日。

所所長羅肇錦在《中國時報》發表文章說，「這幾天《自由時報》又開始炒讓人不安的稱呼『台語』，標題上說『台語改稱閩南話是去台灣化』，我直覺的感觸是『閩南話改稱台語是去客家化』。」

蔣為文還否認其他文化存在的必要，這是抹煞台灣多年好不容易養成的多元文化尊重。更可怕的是蔣為文用政治意識形態介入語言問題。他認定「殖民地語言」即中文該去除，因為這種語言是為上個政權服務。如此思維，豈不跟大陸當年破「四舊」搞文化大革命一樣[3]？筆名「洛杉基」的一位海外人士在二〇一一年五月三十日發表題為〈蔣為文的政治前途無可限量〉文中也指出：蔣為文代表了深綠獨派的「國民黨為外來殖民流亡政權」的「正確史觀」，獨尊福佬文化代表台灣正統文化的「正確文觀」，用非中文的羅馬拼音字來代表所謂「台灣國」語文的「正確字觀」，這與蔡英文的理念完全相同。民進黨一旦當選執政後，蔣某必然有機會步杜正勝後塵，當個「教育部長」什麼的，開始著手從小學教育開始，教學童從小排斥中華文化，獨尊河洛語，只用羅馬拼音字，再來一次翻天覆地的台式文化大革命！所謂造反有理、罵人無罪、反中出名，在台灣政治界是屢試不爽。先有杜正勝、莊國榮，後有王定宇，直到名嘴鄭弘儀，都是這類代表。他們都是因為反中、飆粗話，讓自己在綠營群眾中的人氣指數直沖雲霄。像蔣為文這類「紅衛兵」，能夠將中華文化當成「外來殖民地文化」，企圖徹底顛覆排除，隻手發起像對岸多年前進行「破四舊、立四新」的文化大革命一樣，不把「破中文立台文的文化大革命」進行到底絕不甘休！這種反中的勇氣與決心，絕對不是缺乏文化涵養的泛泛綠營群眾，足堪比擬。

[3] 何定照：〈直言集・台文唯我獨尊　難道不算文化霸淩〉，《聯合報》，二〇一一年五月二十六日。

台灣的「綠色」文化大革命蠢蠢欲動

「到了北京才知道官小，到了深圳才知道錢少，到了台灣才知道文化革命還在搞。」對此深有同感的《中央日報》網路報，於二〇一一年五月二十七日發表題為「台灣的『綠色』文化大革命蠢蠢欲動」的社論，指出某些團體與學者要求教育部將「閩南語」改為「台語」，然後將「台語」取代漢語。在我們看來，有人已經點燃了台灣文化大革命的引線，此時應該立即將之平息，以免釀成台灣的文化災難。

蔣為文的大字報一開頭就是「台灣作家」四個字，為的是要與中國大陸作區隔，進行敵我的識別，其目的是要造成恐怖氣氛：如果被歸類為「台灣作家」，就得遵循他們訂定的文學規則來進行創作。如果以中文來創作，就不屬於「台灣作家」。但像黃春明這樣的大師級人物，他們又無法否定他是「台灣作家」，因此給其冠上「可恥」的道德判斷，表示他背叛了自己所屬的族群。其次，大字報中的第二個重要概念是「台灣語文」，其所指的就是「閩南語」及其使用的漢羅並用的文字，這完全是一種民粹的政治觀點，其主張根本不符合語言學的學術專業。

再者，蔣為文在大字報中將「台灣語文」與「中國語文」相互對立，可「台灣語文」至今尚無約定俗成的共識。蔣為文刻意用政治意識型態來進行語文區分，不正是文化大革命的作風嗎！最後，大字報用了「可恥」兩個字來批判黃春明，這恐怕也是黃春明會如此憤怒的原因。如果蔣為文的大字報只寫「台灣作家應用台灣語文創作」，那沒有人會干涉他。但蔣為文指控黃春明為「可恥」，這等於否定了黃春明做為「台灣作家」的資格。是可忍，孰不可忍，黃春明表達的就是這種心理。

蔣為文否定中國文化的做法，也引起海外華人的強烈憤慨。美國《世界日報》二〇一一年五月二十七日發表〈「台語文」和「台獨」的憂鬱〉社論說，蔣為文不但要為「台語文」取得政治上的主流地位，而且要改用羅馬拼音書寫並教授「台語文」取代中文，這種「去中國化」的所作所為，為理性對話演出了最惡劣的示範。

正在為「台獨」獻身「鬧革命」的蔣為文，他傳達出的態度就是「台獨」有理。蔣為文已拿定「台語文」作為政治鬥爭的工具，其目的在於斷裂兩岸的歷史，從語文上斷裂兩岸認同。

蔣為文的極端做法，正典型地體現了「台獨」派的憂鬱和焦慮。隨著對岸在國際間的崛起，以及兩岸交流的擴大，過去的敵意非僅已成過去，政治上的相容大於歧異，這使蔣為文們大有不可終日的惶惑。時移勢易，島內的激進「台獨」已不再具有吸引力，而這正是「台獨」會再次出現民粹化作為的緣由，憂鬱和焦慮也油然而生。社論說，「台語文」當然可以談，但若演化為民粹導向的排他性爭議，不但污染了政治，也污染了學術殿堂，更污染了台灣人民。

不能數典忘祖違背做人原則

《聯合晚報》二〇一一年五月二十八日發表題為〈藉蔣渭水之語提醒蔣為文〉的社論指出：同樣姓蔣的前輩蔣渭水，稱其原籍是「中華民國福建省台灣道」，而其遺傳則是「明顯地具有黃帝、周公、孔子、孟子等血統」。他還說：堂堂的漢民族怎能不懂自家文字。對比同樣姓蔣的蔣為文，「你如果只因為痛恨國民黨搞白色恐怖，就連文字也寧可依附羅馬拼音，難道就有『自主性』可言？蔣教授可能忘了，台語本叫河洛話，用它唸唐詩最合詩的聲韻與感情。元、清兩個起始於『非漢人』的大帝國，都消滅不了漢字，則『愛台語』非以輕蔑漢字、仇視漢字為手段嗎？以台灣今日多元化和強調族群融和的情境來說，不必因不同立場就互罵可恥。蔣渭水的文化意念未必能感動蔣為文，但希望蔣為文不至於認為蔣渭水可恥。」

各大報所報導的「成大教授鬧場踢館」事件，使成功大學台灣文學系成了輿論焦點：系信箱已被抗議信塞爆，蔣的行為嚴重削弱學校聲譽，甚至可能影響招生，因此成功大學台灣文學系於二〇一一年五月二十七日，由林瑞明、吳密察、施懿琳教授和副教授游勝冠等十人署名發表公開聲明，指出蔣為文的言行是個人行為，「與台文系無關」。聲明強調，台灣文學不應走向狹隘定義，認為只有台灣話寫成的作品才是台灣文學，「這種封閉思考和定義會造成母語教學和文學的傷害」。台文系更反對蔣為文在演講場合舉「可恥」大字報抗議，「這是預設立場且不尊重演講者的行為」。這份聲明經成大校長黃煌輝同意，公告在成大網路首頁。成大台文系系主任吳玫瑛說，台文系對蔣為文的挑釁、干擾早習以為常，但蔣這次嗆聲是例外。對此，蔣為文反彈道：「我從沒說過我代表台文系」，並指台文系師生應有批判、去殖民化和建立台灣主體性的精神，他是見義勇為，「看見台文系有見義勇為的老師，說不定招生會更好。」

一位網友在題為〈蔣為文！請先把自己名字『台語文』化〉反駁蔣說：人的偏執是一種「病」，對於他自己不喜歡、不認同的，一律認為是錯誤的。蔣為文及那些到教育部大門口前陳情抗議的親綠本土社團——北社、中社、南社、客社……，要求將「台語文列為本國語言」、「必考科目」，不就具有這樣的「病狀」？把用羅馬拼音的方式稱作「台語文字」，一味要求別人接受這種文字來學習閩南語，反而會搞死「台語」的。那些所謂本土社團政治化的動作，是一種大福佬的文化霸權作法，這何嘗不是重蹈當年不准說方言的覆轍，另一種欺淩他種語言文化的行為？君不見，連民進黨的台獨黨綱也是用中文寫的，可見想用「台語文」達到「去中國化」的目的，純屬自欺欺人。何況蔣為文的名字，不就是中文字？如認為用中文可恥，那你蔣為文應先把名字「台語文」化，才夠從根刨起！「蔣為文們」應以寬廣容納的態度，歡迎大家不拘形式用「台語文」、「中文」等不同方式，才能讓人親近！不強迫、沒壓力的鼓勵學「台語文」，自然會讓「台語」文化走得更深、更遠！[4]另一境外線民說：台灣真的是太讓人無語了，想當年，在香港澳門還未回歸的時候，就算是很多對大陸敵視的人，他們也仍然沒人會對人講「我說的是香港語，不是廣東話」。其實台灣人可以不認同中國大陸，但對自己的語言及民族身份，卻不可以不認同。這是最基本的做人的態度，就如南／北韓相互敵視，但他們卻沒有一個人否認彼此都是同一民族、同一語言吧。

黃春明緩刑兩年輿論譁然

事發後一年，蔣為文具狀向台南地院自訴黃春明妨害名譽。庭訊時，黃春明稱自己受到蔣為文挑釁，對方無禮的程度已超過一般人所能容忍範圍為由，也稱自己公開說出的「五字經」只是口頭禪，至於「會叫的野獸」則是出於自衛的言論。「深綠」勢力掌控的台南地方法院不聽黃春明的辯解：法官鄭銘仁認為，黃春明是屏東師範學院畢業，身受高等教育，應該知道這些言論不是一般日常生活用語，已足以傳達不屑、輕蔑或攻擊之意，客觀上足以貶損蔣為文在社會上所保持的人格及地位，因此所辯之詞並非有理，並於二〇一二年四月二日判決黃春明敗訴，處罰金並緩刑兩年。後續還有法官審判書裁定罰款一萬元，逾

4 「台灣阿Q」的部落格，二〇一一年六月十三日。

越罰款九千上限，錯判的荒謬情事。

此判決一出，輿論譁然。《聯合報》報導云：事發現場並不是「一般」的場合，蔣為文將學術場合變成了政治舞臺；連他舉的海報都是用「中國語」，卻要罵別人用中國語「可恥」；且蔣為文主張使用的「台灣語文」拼音字，也是源自「中國語」的母體。黃春明面對此種無理取鬧的污辱與挑釁，憤而髒話出口，與其說真有「公然侮辱」的故意或惡意，不如說是暴怒後的宣洩。另一方面，蔣為文指黃春明「用中國語，可恥」，不啻指他背叛台灣，尤非「一般生活用語」，更足貶損黃春明「在社會上所保持的人格及地位」。面對蔣為文的蓄意挑釁，及黃春明臨場「一時心生憤慨，無法妥善控制自己情緒」（判決書用語）的宣洩之言，法官選擇了站在蔣為文的一邊[5]。

對這種判決結果，黃春明以高度蔑視的態度不予理會。此事引發藝文界不安，歌手張懸更在臉書網誌表示「憤怒」，並發起募集一萬張大家上傳的一塊錢照片，「表達認同並支持黃春明老師不應付出罰款的人的存在」，張懸說等到收集到一萬張照片，一定公開分享，並親自去兌換一萬元整的硬幣，當作臉書上象徵性的禮物，祝福黃春明老師。作家宇文正指出，蔣為文以他深以為恥的「中國語」對黃春明提訴時，所有人都覺得太荒謬，沒想到法庭卻做出有罪判決。她認為，看待一個案件，應站在較高的高度，全盤審視事件的來龍去脈，以一句「髒話」斷章取義，不考慮整體事件的情境，那麼何需法官？吳鈞堯表示，法官看到的是一個「幹」字，他當時看到的卻是比「幹」字更污穢的玩意。蔣為文在現場舉牌「無恥、可恥」的表達，對一個人的人格詆毀要比「幹」這個字更勝幾百倍。面對無恥的無聲辱罵，「黃春明的國罵難道不是一種自我保護與捍

5 佚名：〈黑白集．黃春明放棄上訴〉，《聯合報》，二〇一二年四月四日。

衛？」吳鈞堯還說，蔣為文當天的行為擺明是來「踢館」及挑釁，如果挑釁者的無理行為不但得逞，還可以告贏受害的人，「從此有謀之輩可以高舉可恥、無恥的牌子，天天以挑釁為業也不會有事。」駱以軍表示，如果換作他在當場，也同樣會被激怒，甚至會用更激烈的字眼。當然，創作圈也有人旁觀著黃春明為台灣小說建立的龐大資產，卻掉進一個文學退化的陷阱裏。即使這樣，他們仍認為：「如果連黃春明寫的都不算台灣小說，那我們這些晚輩寫的難不成都變成外國文學？」駱以軍嗆法官的判刑，簡直把此事弄成鬧劇，「如果法官傲慢以為所擁有的專家話語，足以在此事件中作出判定，將成為卡夫卡小說裏那些失去人類謙遜、迷惘而反思的傀儡。」吳鈞堯則以「假車禍」比擬蔣為文「踢館」之舉，認為黃春明有如遭暗撒鋼釘、突然煞車而追撞上來，未料蔣為文還要「索賠」，「法官這般判，假車禍等同合法」[6]。紀大偉、廖玉蕙、伊格言、王盛弘等多位作家都表達關切以及對黃春明聲援，認為蔣為文的行為是明明挑釁，罵別人「用殖民地語言寫作是可恥」沒罪，反倒是捍衛尊嚴的人有罪。下面是小說家張大春在其部落格上寫的新詩處女作「如果我罵蔣為文」：

如果我罵蔣為文是狗雜碎，
那麼，我就既侮辱了狗，
也侮辱了雜碎，
也侮辱了狗雜碎；
所以，我不會這麼罵。

6 台北《中國時報》報導：〈判黃春明公然侮辱有罪文學界開罵〉，二〇一二年四月三日。

如果我罵蔣為文是王八蛋，
那麼，我就既侮辱了王八，
也侮辱了蛋，
也侮辱了王八蛋；
所以，我不會這麼罵。

如果我罵蔣為文是龜日的，
那麼，我就既侮辱了龜，
也侮辱了日，
也侮辱了龜日的；
所以，我不會這麼罵。

——那麼，我好像只能罵蔣為文：
你真是太蔣為文了呀！

當下的台灣分裂為「藍天綠地」，「綠地」支持蔣為文的居多，如挺蔣的台灣羅馬字協會理事長何信翰辯稱，蔣為文的行為看似過激，其實是代表「被壓迫語文」的抗議。這些人為蔣的「踢館」行為歡呼，為「台語文」吶喊，為翻天覆地的台式文化大革命即將來臨作輿論準備。在獨派眼中，蔣為文幾乎成了他們心目中的「反中愛台」大英雄！甚至給其獻上「台灣魂」的錦旗。為了支持蔣為文，二〇一一年十一月三十日還由台文筆會編輯、亞細亞國際傳播社出版了《蔣為文抗議黃春明的真相：台灣作家ai/oi用台灣語文創作》一書。大陸學者也參加了這場論爭，筆者在二〇一二年四月台北出版的《海峽評論》和合肥出版的《學術界》分別發表了題為〈評台南地方法院製造的一起冤案〉、〈反「文字台獨」無罪〉的文章。《人民日報・海外版》二〇一二年四月則發表了記者陳曉星的述評〈到底誰污辱了台灣作家〉聲援黃春明。

總之，蔣為文向博大精深的中華文化叫板決不是什麼學術問題，而是一個重大政治事件。這些分離主義者其理論體系的核心為「台灣人不是中國人」、「台灣文化不屬於中原文化」。輿論認為，只要有黃春明這樣堅持中國意識作家的存在，只要有中國派媒體《聯合報》的支持和大陸文友的聲援；只要台灣同胞生存方式維持現狀即大家「吃的是米飯，用的是筷子，過的是中秋，寫的是中文」[7]，以泯滅中華文化為主旨的翻天覆地的台式文化大革命就只能侷限於地方性的「踢館」而不可能從南到北真正鬧起來。君不見，「多年前真理大學首創的『台灣語文學系』已經關門收攤，另一所大學的台語系醞釀結束，可能不久之後即會辦理喪事」[8]，就是最好的證明。

原載於《粵海風》2012年第4期；香港《文學評論》二〇一二年第二期

7 余光中：《中華現代文學大系・台灣一九七〇——一九八九》總序，九歌出版社，一九八九年。

8 台文筆會編輯：《蔣為文抗議黃春明的真相：台灣作家ai/oi用台灣語文創作》，亞細亞國際傳播社，二〇一一年，第二十頁。

台灣文學：充滿內在緊張力的學科

高等院校是文化傳承的重要載體，是文化創新的重要源泉，也是學科更新的不可缺少的平台。在台灣文學學科發展中，它經歷了怎樣的過程，如何才能建設不脫離中華文化母體的台灣文學學科？這是兩岸學者長期思考的問題。

從非法到合法

最早開設「台灣文學」課程，應是一九七〇年張良澤在成功大學中文系上的同名課，但在只准講「中華民國文學」的年代，張氏的做法屬「偷渡」行為，因而他惹來能否繼續留任的麻煩。八十年代中期，隨著強人政治的崩潰和本土化思潮愈演愈烈，「台灣文學」一詞正式登上文壇。

「台灣文學」課程名正言順在大學講壇出現，則是在解除戒嚴之後，尤其是一九九七年淡水工商管理學院及後來各大學成立了二十餘個包括語言、文學、歷史、客家、原住民研究範圍的台灣文學系和台灣文學研究所，「台灣文學」課程由此遍地開花，像蒲公英一樣四處亂飛，乃至成為某些院校的一種時髦學問，但不可否認的是師資嚴重缺乏，教材建設總是跟不上。為了彌補這一不足，各院校讓中文系出身的教師改行或兼任台灣文學課，並由他們做主力編教材。林文寶、周慶華、張堂錡、陳信元等撰寫的《台灣文學》[1]、須文蔚、陳建忠、黃美娥等撰寫的《台灣的文學》[2]、莊萬壽、陳萬益、施懿琳、陳建忠編著的《台灣の文學》[3]，正是在這種情況下問世的。

台灣文學通識教材編寫團隊是思想庫，它擔負著文明的啟蒙，引領社會的文化走向。為了使這走向不過於政治化，這三本台灣文學通識教材的學術觀念和著述體例所沿襲的是學院派的思路。這適應了台灣文學系和台灣文學研究所成立的文化需要，也為新的教育體制所支持。如果不建立台灣文學系、所，或無教師這一職業，許多文學研究工作者就不會從事這類教材的編寫工作。

台灣文學課包括兩個層面：一是台灣文學的定位，二是台灣文學的發展過程及其主要作家作品。在新世紀，作為一門公開合法且具有權力話語的台灣文學通識課，其確定與演進始終與教育體制和文化政策分不開。編寫台灣文學通識教材和開設課程，不只將其作為本土化實踐和有別於地域文學的知識體系來描述，不少學者更是將它作為「國族建構」去把握。安德森曾說過，民族國家是一個「想像共同體」。那麼，台灣文學課便為這種想像提供了複雜豐富的內容。以《台灣の文學》為例，它分三大部分：台灣古典文學、現代台灣文學、當代台灣文學。第一章從台灣文學的源頭談起，然後根據台灣文學各類專題及不同需要，編者用二十個章節來闡釋台灣的不同時代、不同族群及各有相異的門類的文學創作概況。無論是從

---

1 台北，萬卷樓圖書有限公司，二〇〇一年。
2 台北，相映文化公司，二〇〇八年。
3 台北縣，李登輝學校，二〇〇四年。

早期原住民、荷西、鄭轄、清領還是日據和民國以來有關台灣作家作品，都不問其所在地，不問作家持什麼護照，也不論作品的主題類別以及是使用漢語或「台語」，認為凡是在台灣這塊土地上出現的文學現象和文學作品，都視為台灣文學。

台灣文學課程具有創新意識、培育人才、傳承文化、服務社會的功能。大學要服務社會，教材必須要有特色，不能停留在短期的功利性的成果輸出，更應該用自身的框架體系告訴學生應崇尚什麼文化，應閱讀那些對社會有益的經典文本。從這個角度看，《台灣文學》也是編撰結構嚴密、體系相對完整，且不只注意表層具象的建設，也重視台灣文學深層內涵建構的教科書。該書共分十章，其中古典文學只占極少數的篇幅，可見這其實是一部台灣當代文學概論，由此也可瞭解到一種趨向：中文系偏重於中國古典文學，台灣文學系偏重於本地的現當代文學。和《台灣の文學》另一不同的是該書不設數位文學及劇本的專章，注重台灣的文學現象和美學研究，另還有台灣作家的分佈、海峽兩岸（而非「兩國」）文學交流的專章以及文壇大事紀要。

通過以上比較，可見《台灣文學》、《台灣の文學》教學目的相同，教學方法略有差異。須文蔚雖是新潮文學家，但他主編的書，古典文學占了兩大章。該書以歷史階段劃分台灣文學，是以台灣文學入門者為對象設計的多媒體書，每章之後附有進階閱讀書目，書中的ＤＶＤ中更有影片、教案與數位化的自我評量，另還有眾多圖片。在注重史的傳授的同時注意文本的解讀，如該書全文引用痖弦的《如歌的行板》並加以分析。當然，以文類設定課程的《台灣文學》在介紹各個時代的文學變遷時，也有分析作家作品的藝術技巧。這樣做的目的，是為了增強教材的可讀性、合理性和合法性，使學生不會感到這門課如嚼雞肋，能獲得文學創作的感性知識。

從迴避權力與意識形態同謀到學科內部存在危機

作為文學教育的一個重要組成部分，台灣文學通識課在將近四十年的發展中，總是按照台灣社會的急遽變化與主流意識形態外加課堂教學需要，建構一套特有的話語體系，形成一種從原住民到省內外作家作品的閱讀範式。不管是早年的張良澤，還是後來寫《台灣文學史綱》[4]的葉石濤，在傳授台灣文學知識和為台灣文學定位時，均無法擺脫意識形態的掌控。鑒於當年戒嚴沒有解除，作者們定位時無不審時度勢，謹慎小心。為了不給「警總」約談，也為了讓文學史具有「准生證」，葉石濤以「台灣文學始終是中國文學不可分離的一環」的論述作為自己宣揚台灣意識的保護色。到了「自由中國」解體而言必稱「台灣」的年代，台灣意識已逐漸脫離中國意識，因而台灣文學教材的編寫者，多數拋棄葉石濤早先的定義，但為了教材的穩定性，他們並不緊促地跟風，更不性急地認為台灣文學就是「母語文學」。政治大學新聞研究所出身的博士須文蔚，便迴避權力與政治意識形態的同謀，注意文本的思想穿透力與藝術張力。林文寶等撰寫的《台灣文學》同樣拒排體制化的收購，不以「政治正確」作為審定教材的標準，既不同意單純從區域性給台灣文學定位，也不主張從意識形態立場立論，而用五點來體現台灣文學的特殊風貌，其中第一點出現了台灣文學「是中國文學一支脈流」[5]的判斷，並數次出現「台灣地區」一詞，顯然這位諳熟中國古

---

4 高雄，文學界雜誌社，一九九一年。
5 台北，萬卷樓圖書有限公司，二〇〇一年。

典文學以至行文時留有文言痕跡的執筆者，認為台灣是相對大陸地區的一個海島，而不是主權獨立的「國家」。此外，該書還把「反共文學」、現代派文學也看作台灣文學，且不認為只有用「台語」寫作才是台灣文學，故這種觀點與「為了建立民族文學，完成母語建國」[6]的台獨論述有明顯不同。

一門課程的文化旨趣與風格，反映了學校的品味與編寫者的價值觀。教材建設應站在珠穆朗瑪峰巔，而不是在精神窪地上矮化自己的人格。可在風雲激盪且時刻變遷著的時代，身處政治抓狂、誠信缺乏、道德淪喪的當今社會，一些台灣學者很難做到這一點。為了生存，他們有說不出的苦衷。如果有學生問：「台灣地區」是否屬中國管轄？凡使用這一詞語的通識教材大部分均沒有明說也不便說。如說出來，便會遭受「不合法」的質疑和「不認同台灣」的指責甚至被戴上「台奸」的嚇人帽子。再加上中華人民共和國日益強大，正走向世界舞臺的中心位置，「中華民國」又為聯合國不承認。在這個大前提下，「中國等於中華人民共和國」及由此而來的「中國當代文學等於共和國文學或大陸文學」成為許多人的共識。大陸出版的眾多以「中國」命名的《中國當代文學史》——如北京大學洪子誠的同名書[7]、復旦大學陳思和主編的《當代中國文學史教程》[8]、中國人民大學程光煒和孟繁華合著的《中國當代文學發展史》[9]，均不寫台灣文學，甚至台灣文學在他們的教材裏連「邊疆文學」的位置都沒有，這種現象致使台灣作家產生這種迷思：這「很諷刺地與大陸官方所主張的一個中國的政策恰恰相反，在這些文學史中多數完全不收台灣文

6 蔡金安主編：《台灣文學正名》，台南，開朗雜誌事業公司，二〇〇六年，第三十九頁。
7 北京大學出版社，一九九九年。
8 上海，復旦大學出版社，一九九九年。
9 北京，人民文學出版社，二〇〇四年。

學，只有少數將台灣文學吊在車尾，或當附錄」[10]。這種說法還較含蓄，另有說得更直截了當：「如果中國當代文學就等於大陸文學或中華人民共和國文學，那我不是中華人民共和國公民，我不是大陸作家，所以我寫的難道是中國文學？」在這種奇怪的邏輯下，覺得大陸文學成了中國文學代表的台灣作家，在國際場合受到「你是中國作家？」詢問時，回答起來便左支右絀，若說「是」便將被誤解為大陸作家，可自己從不在大陸工作和寫作，因而只好含糊其詞回答「我是台灣作家」。基於這種思想狀態，即使是不主張台獨的學者，也不敢理直氣壯地說台灣文學就是中國文學，至多用「中華文學」的概念取代具有鮮明統派傾向的「中國的台灣文學」的定義。

民族史觀的不同，價值觀的差異，在教材的表徵具象上就會有形形色色的表現。台灣本是資訊發達的多元社會，有崇尚中國意識的，也有高揚台灣意識的，更多的是「不統，不獨，不武」。在這種思潮影響下，據台灣有關部門統計，承認「自己是中國人」的比例在逐步減少，自稱「是台灣人」的比例在不斷上升。這種氛圍使教材編寫者有時也真難分清是非和做出抉擇，只好不明確說出「台灣文學是中國文學的一部分」，以免被對手塗紅打成統派，而統派去申請科研經費是極其困難的，這就是為什麼呂正惠、陳昭瑛這樣的統派在台灣高校中占少數，以及統派為何無行政資源去編寫「台灣文學」教材的一個重要原因，這也回答了不少教師在為台灣文學作界說時，為什麼會態度曖昧？原來是為了與統派區隔，避免自己與「中共文學」混淆，故他們最喜歡採用不是「中國」二字打頭而是用「台灣」的文學表明自己的特殊身份。以《台灣的文學》講義為例，它在圈定範圍，理清思路的同時儘量做到心平氣和界說台灣文學：「所謂台灣

10 馬森：「中國現代文學的兩度西潮・緒論」，台北，《新地文學》，二〇〇八年六月，第十四頁。

文學是：台灣這個島嶼所產生的文學。它是由出生或曾經居住在台灣這塊土地的人，以台灣地區使用的語文來創作的文學。」[11]

「李登輝學校」出版的這本教材居然出現「台灣地區」一詞，乍看起來是咄咄怪事，其實，它並未違反李氏學校的底線，即這段話並未明確地區的屬性，在敘述時還把「大陸人」稱為「中國人」（其潛台詞為「台灣人」不是「中國人」），但從「使用的語文」來看，編者把戰後來台的外省作家運用北京話寫成的作品算作台灣文學，說明撰寫者盡可能弱化政治權力的介入，以體現自己獨立的學術人格，使這個定義還未淪為道地的「兩國論」的文學版。但該書是「百納衣」，是多人合作的產物。它有總策劃，有總校訂，有召集人，有執筆人。按政治派別劃分，其中有中間派，有深「綠」者，另有淺「綠」者，各人立場觀點並不一致，這就使該書前後自相矛盾。如第三章「台灣古典漢文學」中第二節為「台灣民主國詩篇」，這是眾多台灣文學教材所沒有的內容。這一節的設計，依附的是「李登輝學校」這個強有力的背景。李氏發明的「兩國論」賦予這本講義特殊的權利。「台灣民主國詩篇」可以大講特講有關「台灣獨立」的故事。在編者看來，這是從「台灣民族」的土壤上成長出來的。那些騷人墨客歌頌「民主國」或哀悼「民主國」衰亡的詩文，是台獨意識的「生動」表現。可是該書將鹿港文人洪棄生的〈台灣淪陷紀哀〉作為經典文本給學生傳授，也必然以犧牲台灣文學的藝術性作代價。

「台灣文學」作為供大學生使用的通識教材，是有組織有計劃的課程，具有共同的讓學生熱愛台灣、瞭解本地文學知識的教學目的。但少數居心叵測的人是要通過這門課把台灣文學從中國文學分離出去，讓

11 莊萬壽、陳萬益、施懿琳、陳建忠編著：《台灣の文學》，台北縣，李登輝學校，二〇〇四年，第九頁。

中文系併入外文系；在國族認同問題上，雖不是把台灣學生改造為日本學生，但至少是要把台灣人變為不是中國人。在現有政治、教育體制下，統派的學者無法掌控局面，台灣文學專業不可能隸屬於中國文學系，正是這種政治掛帥因素，促成不少老師志在「運動」而不在學術，造成台灣文學這門學科無論從知識積累還是從教材建設的成果看，它都相當貧乏，無法與中國現代文學、中國當代文學相比。台灣文學系、所的設立，本是出自本土化政治的需要，主倡者最感興趣的是「台灣」二字而非「文學」，故拔高台灣文學的結果，就是使它離台灣文學多元化的實踐越來越遠，離「非蔣化」、「去中國化」的現實政治愈來愈近，像上述「李登輝學校」出的教材竟把「台灣民主國」當作知識傳授給學生，這是將教材高度政治化的典型表現，同時也是以學術政治化來遮蔽其學科內部合法性的危機。

從台灣文學系到所謂「假台灣文學系」

政治本是一把雙刃劍。台灣文學學科在享受政治給它帶來禮遇的同時，也受到意識形態對其產生的波動與震憾。政黨一輪替，主流話語亦改變，台灣文學的定義也得隨時修定。還未出現「藍」「綠」對峙以前，有先見之明的葉石濤在《台灣文學史綱》出日文版時，便把「台灣文學始終是中國文學不可分離的一環」及相似的論述全部刪去，即是一例。為了不重蹈葉氏覆轍頻繁地修改教材，編者們只好採用中性的台灣文學定義，盡可能不走偏鋒。像下述煽情式邀寵式的論述，理智的學者是決不會採納的：

「台灣文學」就是「台灣人」用「台灣語言」創作的任何作品！台灣人是指認同台灣且具有台灣國

籍的人；台灣語言包含「原住民語」、「客語」和「台語」。「台灣文學」必須是在「一台一中」和「中國文學」對等狀態下的「台灣文學」，而非「兩個中國」的「中華民國」，更不是「一個中國」下的「中國文學」！[12]

現在在台灣並未徹底消滅「中華民國」建立「台灣民主國」，何來「台灣國籍」？目前台灣文學大部分用國語而非用方言寫就，可見此定義之超前和荒謬。這是威武耀眼卻實質空殼化和泡沫化的東西，是一種無視歷史事實與缺乏常識的政治評判而非學術爭鳴。

台灣文學課的每一次理論反省，每一回的方向調整，都與教材參與人員的政治立場有關。相對大陸來說，台灣的學者很少採用兵團作戰的方式寫文學史或編教材。可為了應付台灣文學教學的急需，台灣文學通識教材很難以個人專著形式出現。從這些教材的撰寫團隊成員看，有個別的「台灣文學界的中國派」，有「扁政府」的公民投票委員會委員，更多的是不統不獨派。為了平衡，許多老師上課時除不採用「具有台灣國籍的作家寫的作品才是台灣文學」的定義外，也不認同「以『台灣為中心』的文學為台灣文學」[13]或「所謂台灣文學，就站在台灣人的立場，寫台灣經驗的文學」[14]這種極端說法。出現這種情況的另一背景是，這些編著者差不多均出自中文系、所，中國文學對他們的影響從年輕時就開始，現在要徹底背棄中

12 蔡金安主編：《台灣文學正名》，台南，開朗雜誌事業公司，二〇〇六年，第二十九頁。
13 葉石濤：〈台灣鄉土文學史導論〉，台北，《夏潮》，第十四期，一九九七年五月。
14 李喬：《我看台灣文學——台灣文學正解》，一九九二年。

國文學，凡是有學術良知的人都不會這樣做。這種現象，引起深「綠」者的強烈不滿。他們稱這種教材是舊瓶裝新酒，給台灣文學下定義時使用「台灣地區」一詞是在「擴充原中文系的地盤」，使用這種教材的台灣文學系、所是「中華民國文學系、所而非台灣文學系、所」，或稱其是「半仿仔台灣文學系、所」，嚴重一點說是「假台灣文學系、所」[15]，以被認為是本土化樣板的成功大學台灣文學系為例，所開的課不是現代系列、理論系列，就是現代創作系列、各式文學系列，以至使學生質疑「我們和中文系的差別在哪里？除去『文學』的部分，我們的『台灣』在哪裡？」[16]另有獨派人士說，這是想借「台灣文學系、所」的成立復辟「中文系、所」的幽靈[17]。鑒於「中華民國變台灣」及隨之而來的「台灣文學系蛻化為中華民國文學系」的情況占多數，這類殘存中國意識的主事者均不把「台語文學」當重點，用蔣為文的話來說：「許多台文系所的入學考試只考華語而不提供考生選考台灣母語的權利；課程只要求必修第二外語，卻不要求修台灣母語；上課只談華語或日語寫的作品，卻不屑談母語文學」[18]。如要求獨立開設這門課程，「中國派」學者就「猶找種種理由來推搡」，政治大學還讓台灣文學系招生時考「中國文學史」和「國文」，「綠營」學者均罵這種做法是「掛羊頭賣狗肉。學生考上之後難免有受騙的感覺」[19]。甚至說「台

15 蔡金安主編：《台灣文學正名》，台南，開朗雜誌事業公司，二〇〇六年，第一三二頁。

16 台文筆會編輯：《蔣為文抗議黃春明的真相：台灣作家ai/oi用台灣語文創作》，台南，亞細亞國際傳播社，二〇一一年，第一一九頁。

17 蔡金安主編：《台灣文學正名》，台南，開朗雜誌事業公司，二〇〇六年，第三一三頁。

18 台文筆會編輯：《蔣為文抗議黃春明的真相：台灣作家ai/oi用台灣語文創作》，台南，亞細亞國際傳播社，二〇一一年，第一四〇頁。

19 蔡金安主編：《台灣文學正名》，台南，開朗雜誌事業公司，二〇〇六年，第三一三頁。

灣文學系是謀殺台灣母語的共犯」[20]。可見，統獨之爭是如此強烈地制約著這門學科的發展。

這門學科依然不夠成熟

理想的校園應該有安寧的靜氣，濃濃的書卷氣，浩然的英氣。可選舉的鞭炮聲和喇叭聲總是在打破校園的寧靜氣氛，社會上的惡俗文化和各種誘惑不斷腐蝕著聲名鵲起的學者的浩然英氣，這也就不能理解台灣文學通識教材的出版會存在著魚龍混雜的現象。

形成這種情況的另一個原因，是這門學科的門檻不算高，中文系出身的學者略變身就能輕意闖入，而且人們也常見像龔鵬程這樣功力深厚的學者在出版《台灣文學在台灣》[21]後便悄然撤離。這不是要否認台灣文學是一門極有活力同時又充滿內在緊張的學科。應該看到，它不僅培育了眾多以台灣文學為研究對象的學生，單是碩士論文、博士論文的撰寫，數量就很龐大。但這門學科依然不夠成熟，如對台灣文學的「主體性」，許多論者多停留在口號式的倡導，未能從學理層面說深說透。

無論從理論構架還是研究隊伍上看，台灣文學系都還未像中文系那樣形成合理的師資結構及其深厚的學術傳統。它的學術潛力有限，發展空間遠未有「中國文學」深廣。讓人尷尬的是，這類課程迅速擴張可教材是如此貧乏和單簿——台灣文學知識邊界到底在哪裏，與中國文學關係如何？對這類基本問題，均很

20 台文筆會編輯：《蔣為文抗議黃春明的真相：台灣作家ai/oi用台灣語文創作》，台南，亞細亞國際傳播社，二〇一一年，第一三八頁。

21 台北，駱駝出版社，一九九七年。

難有人能作出科學系統的回答。要擺脫這個局面，除提倡個人著述外，編撰者還必須有自我反思的衝動，當務之急是擺脫政治的干預，走出「本土化」的迷思，克服浮躁的學風，這樣才不會讓這門學科的生命受到壓抑，才談得上重視和強化教材建設的跨學科、跨文化的詮釋框架，從而讓台灣文學課程保持強大的生命力以致進入全球化的學術場域。

原載於《世界文學評論》二〇一二年第一期；《華文文學》二〇一三年第三期

冷眼看李敖「屠龍」

全世界任何一個國家為文壇立銅像的只有作家，鮮有批評家。批評家再出色，無文學作品就難傳世。於是李敖改行寫長篇小說《北京法源寺》，寫新詩，可人家說李敖是一流的政論家，三流的小說家。眼看「法源寺」的香火不旺書賣不出去，便回歸「人人罵我、我罵人人」的老本行，於是有《大江大海騙了你：李敖秘密談話錄》[1]問世。

政論家與文學批評家本是兩股道上跑的車，但在合二為一的李敖那裡，常常是政論家舉起屠刀，文學家被其宰得鮮血淋漓。在香港鳳凰衛視與陳文茜聯手批判龍應台的《大江大海一九四九》[2]後，李敖嫌不過癮又單獨出書。在李敖看來，龍應台是一個代號、一個通稱。這位蔣介石的「文學侍從之臣」，「靠著與財團的勾結、靠著財團們提供的金錢與基金會，一路鬧得太囂張了」，原來不僅是因為反蔣還有點眼紅。為了不讓龍應台大紅大紫之後比李敖還李敖，被嚴重威脅的他只得大出打手。

1 台北，李敖出版社，二〇一一年。文中凡引李敖的話均出自此書。
2 台北，天下遠見出版公司，二〇〇九年。

在台灣，文學的發展方向與政治文化密切相關，或者說是政治文化制約著文學發展方向。這裏講的政治文化，新世紀有兩個擁有文化霸權的代表性人物：左翼的李敖與右翼的龍應台。這兩人的共同特點是敢於罵，理應惺惺相惜才對，但兩人道不同，不相為謀。李敖認為，龍應台用心營造起來的「野火」式文明是國民黨意識形態的文明，是偷走大是大非的文明。為了不讓其橫行文壇，李敖先後給龍應台畫了許多像：「奴才」、「親美派」、「媚日派」、「文化二毛子」、「文化蘇姍大嬸」、「文化現行犯」、「用銀紙包的臭皮蛋」，這種評判充斥著霸氣，有一種專制傾向，缺少寬容情懷，體現了其刻薄、惡毒的文風。不過也不能一筆抹殺李敖對龍應台的批判，如李敖給龍氏封的另一外號叫「蔣介石超渡派」，就不那麼離譜。超渡是佛家用語，是為死者誦經咒，以佛力代死者消除前世罪業。這裏是比喻文化人來超渡已成古人的蔣介石。李敖認為龍應台是其中之一，不過她是隱性的，而且很有技巧，所以「肉麻度」比較低。李敖以他的法眼看出龍應台在大前提上肯定蔣介石團隊，尤其是肯定她當憲兵隊長的爸爸龍槐生在蔣介石撤退到台灣時，如何到廣州機場親自為其保駕護航。在《審判國民黨》的作者看來，頌揚為蔣家王朝服務的功績「這還得了！媚蔣媚到骨頭裏了」，由此李敖下決心用「亂槍」掃射龍應台：拆穿「龍應台之流」——其實是紅衛兵式的橫掃一切牛鬼蛇神，就人而言，包括葉公超、黃仁宇、胡秋原、錢穆、林濁水、余政憲、沈富雄、李敏勇等。就事而言，是拆穿「龍應台式錯誤」，也不限於龍應台個人的，而包括張愛玲、陳香梅、聶華苓、蕭乾、張樂平、柏楊、何凡、殷允芃、蔡文甫、齊邦媛、倪匡，還有余英時、余光中、余秋雨等「余家幫」。由此李敖稱龍應台是集「後蔣時代」錯誤思想的大成，這種評判從反面宣傳或曰擴大了「龍捲風」的能量。不管怎樣，李敖就是看不慣龍應台在官場與文壇中穿梭和「似正而妖、言偽而辯」的文風，於是李敖左手舉起投槍，右手亮出匕首，並把自己這本批龍著作阿Q式地稱為「屠龍記」。

幹「屠龍」這一行，李敖當然是駕輕就熟。出版過《李登輝的真面目》、《李遠哲的真面目》、《陳水扁的真面目》的他，不愧是驅除黑暗、揭露官場黑幕的傳奇鬥士，其言其文打得對手不是哇哇叫就是慘慘叫。六十多年來，李敖坐看打著藍旗的一批人，「退居海隅、竊中國一島以自娛」。隨後又坐看這批人，孵出打著綠旗的一批人，在羽毛豐滿後，「退居邊陲、持中國一島以自毀」。冷眼旁觀兩類人的「自娛」與「自毀」，說明李氏文字就像賓士中的羅馬戰馬，不但主將正面揮戈，戰車輪子中軸也裝上尖刀，隨時刺對方一下。

具有強烈中國意識的李敖，志本不在一島，只因陰陽差錯，不幸與「藍」「綠」人士同土，自不免於周旋、糾纏與作弄；愛國情殷，亦不免於救溺、熱諷與冷嘲。他那熱諷與冷嘲的文字，不僅生動，而且深刻，讓讀者享受到某種叛逆的快感，如：

> 蔣家王朝到台灣後，它的問題不在及身而絕，而在及身而不絕。它延續出兩股接班人：一股是綠色的；一股是藍色的。這綠藍兩股，為了爭政權，固然小異其趣，但在大方向上，卻是蔣介石的傳人。傳出了一個像民進黨的國民黨、和一個像國民黨的民進黨。但像來像去，更像蔣介石自己的反射。

左右開弓的李敖，既批獨台又反台獨，其目光獨到之處表現在看穿藍綠兩派不過是一體兩面，這比上述的「自娛」與「自毀」的文字又深了一層。由此可見作為一位作家，應該有思想，有歷史感。就這兩點來說，李敖當然不把龍應台放在眼裏，「因為一九四九的局面明明只是『殘山剩水』何來『大江大海』？何況，明明是『殘山剩水』卻擺出『大江大海』的架構，正是蔣介石留下來的思維。龍應台的根本錯誤就在她總是做『虛擬演繹』，『虛擬演繹』好比扣第一個扣子，第一個扣子沒扣對，下面的扣子全扣錯了。」當然李敖不否認龍應台的用功，為了讓自己的著作有豐富的史料，她特別跑到美國史丹佛大學去查看《蔣介石日記手稿》。但李敖認為她不該對這本手稿頂禮膜拜。文明國家的檔案，都有定時開放的年限，但是國民黨當國，它的檔案卻不肯開放。除了欽定的、御用的部分有意展示的檔案外，其他都扣在秘府，不肯示人。許多歷史工作者呼籲開放開放，但依李敖看來，縱使開放了，也要有慧眼去辨別才成，否則的話，往往適中其計。什麼計呢？原來檔案中的文字，有的並不代表歷史事實，只是專門用來騙人的，尤其用來騙後代之人和歷史家。李敖這種看法，具有歷史的穿透力，可「頭腦不清」的龍應台未能看到蔣介石「專立文字」是做給後人看的，是真偽摻雜的，更不知道蔣氏還玩「不立文字」的把戲，以免把柄落在他人手中，這種評價折射出李敖與龍應台的史觀是如此南轅北轍。

自稱沒有老闆沒有上司沒有朋友的李敖，為文以六親不認著稱。儘管龍應台十年前在做台北市文化局長時，曾單獨請李敖用餐，飯後還提議互相擁抱，可李敖一點也不感動，反而掄起板斧排頭向她砍去：「龍應台不寫美國大兵在強姦」、「龍應台只會採訪一些小人物」以及「龍應台不知道的叛變」、「龍應台不知道的密碼」、「龍應台不知道的人質」、「龍應台不知道的說客」、「龍應台不知道的亂倫」、「龍應台不知道的斷後」、「龍應台不知道的監牢」、「龍應台不知道的血祭」。而李敖自己所知道的是龍應台只會談「現象」而不會說「原因」：龍氏狂言《大江大海一九四九》，其實，對「一九四九」呈現的真正問題、核心問題，她根本不敢碰、也沒有能力碰。她碰的，大都是她自己刻畫出來的「現象」，還稱不上是問題。不滿足於談「現象」還談「原因」的李敖，以證據罵人的確比龍應台高出一籌。

李敖和龍應台都是兩岸的文化名人，但他們對兩岸政權的態度完全不同：龍應台擁蔣，李敖卻擁共。以國共內戰長春圍城為例：龍氏站在台灣一邊為國軍辯護，稱長春圍城時被解放軍「餓死的人數，從十萬到六十五萬，取其中，就是三十萬人，剛好是南京大屠殺被引用的數字」[3]。龍應台由此提出為什麼長春不像南京大屠殺那樣被關注？為什麼長春不像列寧格勒那樣被重視？李敖批評道：南京、列寧格勒是外國人侵略，長春是本國人因革命而內戰，「原因」根本不同。問共產黨為什麼圍城，為什麼不問國民黨為什麼造成被圍城的局面？「第一、你造成『反革命』的政府；第二、你造成『死守孤城』的兵家大忌；第三、你裹脅人民於先，又驅使人民於後，以『饑民戰』惡整敵人；第四、你最後還不是投降了。與其如此，何必當初？要投降早投啊，為什麼餓死成千上萬的人民以後才投降？一方面投降了，他方面難道不是『光榮解放』嗎？一方面放下武器了，他方面難道不是『兵不血刃』嗎？」乍看起來，憤世罵世的李敖問得尖銳，其實當時中共中央並不同意圍城，可「將在外君命有所不受」的林彪，不聽中央命令，這就造成上百人餓死，這是林彪在軍事上犯的一次重大錯誤。

龍應台曾以《野火集》的辛辣、「評小說」的不講情面狠批她看不慣的文學現象和作品。她常用非常權威、比誰都懂文學的身份發言，其指導型的批評既耳提面命作家應如何寫，也教訓讀者應如何讀。她只打蒼蠅不打老虎的策略使其著作不致遭查禁，她那獨立特行、秉筆直書的文風則使其批評文字一時洛陽紙貴，乃至成為廣大受眾爭相傳閱的社會檔。這回輪到既打蒼蠅又打老虎的李敖用非常權威——比誰都懂政

3 台北，天下遠見出版公司，二〇〇九年。

治、懂歷史、懂文學的「大俠」身份向龍應台橫眉冷對了。「野火」本來是龍應台進入文壇的資本，不願做權貴附庸的李敖用「煙火」將其解構：

在黑夜裏，看看煙火是有快感的，但煙火並不是星光，也不是熒火，更不是革命者的篝火。並且，相反的，龍應台的煙火秀，內容很貧乏，很守舊，很小心翼翼，她跟柏楊一樣，向上冒犯只敢冒犯到警察總監而已。

龍應台的文字光彩照人，李敖的文字同樣警醒世人。在政治舞臺與李敖競技，龍應台還不是對手。比冒犯黨政要人，龍應台缺乏「龍」膽；比歷史知識，龍應台也沒有他豐富；比翻江倒海、鼓動風潮，龍應台還不算是獨行俠。

別看桀驁不馴豪放不羈的李敖寫起文章來罵個不停，但他書讀得多讀得細，批判時把重點落實到考據上：一點樸學、一點糾謬、一掌摑血、一步一腳印，棒喝給批評對象，說明龍應台的資料如何不全，連張靈甫的訣別書是偽造的都不知道。以如此薄弱的史料基礎去碰《大江大海一九四九》這樣的大題目，未免不自量力。龍應台用採訪的方式寫書不但事半功倍，尤其在高度、廣度、深度上面的真相，離史實甚遠。龍應台對國民黨一代名將宋希濂由效忠政黨到效忠民族晚年呼籲祖國統一的轉向竟一無所知，喜歡讀中共名將回憶錄的李敖，批評這有如寫國共內戰的悲劇中刪掉了男主角，便無法連貫起劇情。

《大江大海騙了你：李敖秘密談話錄》所評的龍應台史料錯訛，無不與國共兩黨政治相關。《大江大海一九四九》本身就是政治題目，故用純文學標準去評論龍書，肯定行不通。一些人認為李敖的批評不屬文學批評，這與「戰鬥文學」橫行的年代，文學批評蛻化為思想檢查有關。由於有這一教訓，一些人便認為文學批評的出路就是不要分析作品的思想，更不要談作家的政治立場。這是一種很大的迷思。文學評論家當然不能做政治家的奴僕，但這不等於說文學評論就完全可以脫離政治。把「警總」查禁書刊與批評家談論政治混淆，把政治性與文學性完全切割，顯然有所偏頗。應該承認，政治文藝學和認識論文藝學，在《大江大海騙了你：李敖秘密談話錄》占了主導地位，而體驗論文藝學和審美論文藝學居於邊緣，但邊緣不等於沒有，如李敖批評胡秋原的「少作」佶屈聱牙以及說某詩人「為人文高於學、學高於詩、詩高於品」，像這種文字如沒有古文功底，是寫不出來的。李敖還指出龍應台把大名鼎鼎的「翁照垣」將軍三次錯為「翁照桓」，「滿洲國」又多次錯為「滿州國」，並仔細分析龍應台如何錯用中文「嫣然」。這種批評的審美色彩，還表現在李敖常將一些嚴肅主題以玩笑出之，許多篇章具有文字趣味與悅讀效果，如他不打自招說自己組織的「中國智慧黨」，嚴格說來黨員只有我兒子李戡一人，自嘲與反諷的意味，便躍然紙上。

李敖認為龍應台寫一九四九這樣的大事件沒有生活體驗，無焦距清楚逃亡的見聞，又沒有坐過牢，其著作沒有一本被官方查禁，因而沒有資格談國家和民族的災難。這邏輯很奇怪，因為李敖寫《北京法源寺》也沒有目擊、親歷過作品中寫的人和事，用他批龍應台的話來說：那時李敖「還沒有穿上開襠褲」，離出生還相差幾百年里。眾所周知，作家寫文章並非都要親歷或親見，否則寫劊子手自己就要去殺人，寫強盜自己就要去當小偷，寫妓女自己就要去賣淫。《大江大海騙了你：李敖秘密談話錄》最大的弊端是大開拳腳，逢人必罵，逢罵必辣，用詞齷齪，文字粗鄙。「缺德的李敖」用了許多諸如放屁、狗屁、馬屁、混蛋、笨蛋、屁股、舔痔、牛屄、月經棉眾多不雅字眼，真是士林之恥。另用「龍應台怎樣吃人肉」、

「錢復從『外交』到『性交』」這種嚇死人不償命的標題吸引讀者的眼球，無異是嘩眾取寵。至於說龍應台「細皮嫩肉」，還說她「姿色平平」，這樣的話已近乎無聊了。

李敖這本書在台港兩地同時發行，讀者甚眾。「群胡同笑，四座並歡」的局面造成主要不是因為李敖驚世駭俗的顛覆性言論，而是因為他的作品能讓讀者偷窺到李敖這位非聖人的狂人「跳到半空中咬人」然後「在半空中脫下褲子」的種種面相。這種玩世不恭，無人不罵，無書不讀的「面相」具有極高的娛樂價值。此外李敖借「一半出自喉嚨，一半出自鼻孔」的語言狂踩龍應台狂捧自己是國學大師，這是為了提高身價，最終目的是提高「全中國白話文李敖寫得最好」的知名度，以便讓這位已無多少燈油可熬、其想像力一直困在「褲子」之內的「文化太保」去擊敗有「基金會」的龍應台，以讓「李敖出版社」由「殘山剩水」的市場變為「大江大海」。但目的尚未達到，李敖怎麼也想像不到，這位被他看作「只是一塊木頭，『殘山剩水』中橫亙的一塊木頭」代表著「頭腦不清」的中國人的龍應台已由「馬英九的文化局長」升格為「馬英九的文化部長」了！

原載於香港《民族魂》二〇一二年秋季號；美國《紅杉林》二〇一二年第四期；《名作欣賞》二〇一三年四月

一位文評家的演變歷程

曾任民進黨文宣部主任的陳芳明，二〇一一年十一月二日在台北舉行他的新書《台灣新文學史》上下卷（聯經出版公司）發表會，引來一片掌聲和罵聲。陳芳明到底是一個怎樣的學者？

一

陳芳明（一九四七——），台灣高雄市人，於一九六九年獲輔仁大學歷史系學士學位，後在輔仁大學及東吳大學任教一年。一九七四年赴美，入西雅圖華盛頓大學繼續攻讀史學，為該大學博士候選人，並任《台灣文化》總編輯。一九九二年八月至一九九五年六月任民進黨文宣部主任，現為政治大學台灣文學研究所所長和講座教授。著有詩集《含憂草》[1]，論文集《鏡子和影子》[2]、《詩和現實》[3]、《典範的追

1 大江出版社，一九七三年二月。
2 志文出版社，一九七四年三月。
3 洪範書店，一九七七年。

求》[4]、《左翼台灣——殖民地文學運動史論》[5]等。另出版《放膽文章拚命酒》[6]、《台灣人的歷史與意識》[7]、《鞭島之傷》[8]、《受傷的蘆葦》[9]、《謝雪紅評傳》[10]，還有政論著作《在時代分合的路口——統獨論爭與海峽關係》[11]、《在美麗島的旗幟下——反對運動與民主台灣》[12]，並出版有九卷本《陳芳明文集》[13]，另編有《台灣意識論戰選集》[14]、《楊逵的文學生涯——先驅先覺的台灣良心》[15]、《「二二八」事件學術論文集》[16]等等。

陳芳明在大學讀書時，是「中國青年反共救國團」所舉辦的「戰鬥文藝營」的風頭人物。他的老師瘂弦在事後回憶時，含蓄地指出陳芳明是吃過國民黨「文藝營養品」成長起來的文藝青年[17]。正因為如此，

4 聯合文學出版社，一九九四年。
5 麥田出版社，一九九八年十月。
6 林白出版社，一九八八年。
7 敦理出版社，一九八八年八月。
8 自立報系文化出版部，一九八九年七月。
9 林白出版社，一九八八年。
10 前衛出版社，一九九一年七月。
11 前衛出版社，一九八九年七月。
12 前衛出版社，一九八九年七月。
13 聯合文學出版社，一九九四～二〇〇九年。
14 前衛出版社，一九八八年九月。
15 前衛出版社，一九八八年九月
16 前衛出版社，一九八八年九月。
17 參見陳明成：《陳芳明現象及其國族認同研究》，成功大學碩士論文，二〇〇二年六月自印，第一三二頁。

他年輕時堅守一個中國原則，心儀的是博大精深的中國文學，最瞧不起的是所謂台灣文學，認為吳濁流主辦的《台灣文藝》是如此「瘦脊」和粗糙，遠遠比不上中國三十年代文藝[18]。基於對「台灣無文」的偏見，他對充滿中國意識的余光中詩作高度迷戀，以至成了余光中的「護院武師」[19]和頭號余光中研究專家。

一九七四年九月，陳芳明到美國華盛頓大學求學時，給自己定位為「一個不折不扣的大中國沙文主義者」，而且「是台灣教育體制下製成的最好標本。乾淨、純潔，不帶任何一隻左派的細菌，那就是三十歲以前的我。」[20]這可從他一九七一年參加《龍族》詩社及由他起草的《新的一代新的精神》可看出，陳芳明所崇尚的是地道的中國作風中國氣派。在〈飛入今天的現實——《詩和現實》代序〉中，陳芳明如此宣告自己既「乾淨」又「純潔」的文學觀：「歷來的文學家相信，文學和社會是互為表裏的；文學是社會的枝葉，社會是文學的根土，因為依賴了枝葉，社會才能吸收陽光，也因為有了根土，文學才得以成長，這就是活的文學，人的文學。」[21]

18 陳芳明：《受傷的蘆葦．轉折》，台北，林白出版社，一九六八年，一六八頁。
19 杜正荃：〈龍乎？蛇乎——讀《龍族詩刊》十五期有感〉，《詩人季刊》一九七六年一月第四期，三十五至三十七頁。
20 陳芳明：〈向左偏一點〉，《台灣日報》「台灣副刊」，一九九七年四月二十八日。
21 陳芳明：《詩和現實》，台北，洪範書店，一九七七年。

二

正是這樣一位才華橫溢、批評的解剖刀「特別銳利而且偏鋒」[22]的詩評家，自從在美國讀了外國人柯喬志宣揚台獨的書《被出賣的台灣》，和通過秘密通道結識了海外台獨精神領袖彭明敏，並於一九八〇年八月至一九八四年春以「放棄學位，放棄友誼，放棄國家」[23]的代價加入許信良在美國辦的台獨雜誌《美麗島週報》陣營後，便迎來了生命中一場悽厲粗暴的大雪，由此告別長江黃河，改弦易轍從「文學評論」、「歷史重建」、「時事月旦」、「詩文創作」四路夾攻，以論戰的方式，並以從事歷史研究為名和寫超過百萬字的政論宣揚台獨的理論主張，大肆鼓吹台灣文學的獨立性，還由此剔除「余光中情結」，並寄了一封「絕交書」給余氏，以至成了「高戰鬥性、高焦慮性的台灣意識論者」[24]，也就是魯迅當年所說的「翻筋斗」的評論家。

在八十年代，陳芳明曾分身為「政論家施敏輝（此筆名中的「敏」，即彭明敏）」、「文學評論家宋冬陽」、「詩文創作者陳嘉農」。《放膽文章拚命酒》便是陳芳明以「宋冬陽」筆名出版的宣告結束美麗島事件以來的自囚生活的一本論文集，也是標誌他文學評論道路發生重大轉折：大寫鼓吹台灣文學不屬中

---

22 蕭蕭：〈現代詩批評小史〉，台北，《中華文藝》第七十六期，一九七七年六月。

23 黃旭初記錄：〈陳芳明談從詩人、學者到參與政治的心路歷程和筆名的由來〉，台北，《自立晚報》「本土副刊」，一九九三年二月十五日。

24 參見陳明成：《陳芳明現象及其國族認同研究》，成功大學碩士論文，二〇〇二年六月自印，第十五頁。

國文學的「放膽文章」，大喝「拚命酒」——不怕別人攻訐「查禁封鎖」冒險文學生涯的開始。

眾所周知，台灣文學一直受到當局的禁錮和貶損。鄉土文學論戰之後，這種禁錮和貶損，越來越遭到作家的反抗。正因為有反抗，有鬥爭，本土作家才顯示了自己的力量，才迫使當局不敢小視他們的存在。在「宋冬陽」看來，四十年代某些作家落水參加「大東亞共榮圈」，這是文學的恥辱。五十年代，有許多作家與官方合作大寫反共文學，這是文學的墮落。六十年代，有一批作家忘卻自己的草根性而全盤西化，這是文學的迷失。到了七十年代，少數作家對文學發展失去自信心，而宣稱台灣文學是「邊疆文學」[25]，這是對台灣文學史的歪曲。為了不使台灣文學再受「外來勢力」的傷害，「宋冬陽」下決心舉起有特殊含義的「台灣文學」大旗，去和對岸的「中國文學」對抗。

「宋冬陽」的對抗，是在許多人均認為台灣文學的地位未得到確認的情況下進行的。喋喋不休的種種爭論，按「宋冬陽」的說法，不外乎是圍繞著「島嶼的作家，究竟是代表台灣，還是代表中國？」而進行。對此，「宋冬陽」持前種看法。他認為：「戰後四十年來的台灣，其實並沒有產生過『中國文學』。」其理由是，一九五七年在中國大陸發生的反右鬥爭、一九六六年發生的「文化大革命」，台灣作家能寫出這些浩劫之一二嗎？「寫不出中國人的一絲心情，如何可以稱為中國文學？」這一邏輯非常奇怪。即使在中國大陸，也有許多作家沒有能力反映出「文革」這場浩劫，那他們也不算中國作家了？同樣在台灣，也有不少作家無法反映出美麗島事件的真相，那他們也不能算台灣作家？

25 詹宏志：〈兩種文學心靈〉，台北，《書評書目》，一九八一年一月。

在「宋冬陽」八〇年代所寫的有關台灣文學論文中，影響最大者當推一九八四年元月在《台灣文藝》發表的〈現階段台灣文學本土化的問題〉。由於此文所論述的是「台灣結」與「中國結」和本土化這類敏感問題，這便引起一場激烈的爭辯。最具代表性的是一九八四年三月出版的《夏潮》論壇革新版，推出了一個題為「台灣結的大解剖」專輯，發表了杜繼平的〈走出「台灣意識」的陰影——宋冬陽台灣意識文學論底批判〉等三篇文章，從正、反、側三面批評「宋冬陽」。

三

陳芳明經歷自我放逐、短期回台灣、黑名單除名、回台定居、出任反對黨職務，還有與台北市文化局長職務擦邊而過、回歸大學教書等遭遇後，他於一九九七年出席由王拓舉辦的「鄉土文學二十周年回顧研討會」時，曾感慨地自我定位云：「長桌的右端，是被定位為統派的呂正惠教授；桌子左邊的另一端，則是被認為代表國民黨路線的李瑞騰教授。我無須表白，就已是一個公認的獨派」[26]。這有文字為證，如他在《台灣人的歷史與意識——重建海洋文化的信心》中稱：「大陸人，對台灣人來說，自然是異國之人，猶如台灣與中國之間，是國際關係一般」[27]，這和陳芳明過去把《清明河上圖》看作少壯歲月的心靈寄託，以及寫的懷念中國故土之情躍然紙上的《掌中圖》判若兩人。他的文史論述無論是採用後殖民立場，

[26] 陳芳明：〈敵友〉，台北，《中國時報》「人間副刊」，一九九七年十月二十九日。

[27] 陳芳明：《台灣人的歷史與意識》，敦理出版社一九八八年八月，第十三頁。

還是有關女性書寫、原住民書寫的論述，都有「文化台獨」的投影。總之，他從言必稱中國到游離「中華民族主義」，以至把「在台灣的中國人」這種身份看作是虛構的「痲痺」，均說明陳芳明在台獨道路上愈走愈遠，他是不折不扣的「分離主義理論家」。

《台灣文學史》的編寫不僅是學術問題，對獨派作家來說屬於凝聚台灣意識、打造國族形象的重要工程。十分關心台灣文學史撰寫的陳芳明，自然懂得文學史的撰寫「最能顯示出一個地區文學的具體成就」的道理，並出於政治上的敏感，他十分擔心「中華人民共和國學者」寫的台灣文學史體現的「台灣文學是中國文學的一個分支」的觀點會定於一尊。正是基於台灣文學的詮釋權不能拱手讓給大陸學者的心理即抗拒「中國霸權」的論述，他在一九九八年春季號的《文學界》上呼籲：「是撰寫台灣文學史的時候了。」後來他身體力行，下決心自己寫一本以「台灣意識」重新建構的「雄性」台灣新文學史，從一九八八年開始在《聯合文學》上發表了不少章節。在開宗明義的第一章〈台灣新文學史的建構與分期〉[28]中，陳芳明亮出「後殖民史觀」。這種史觀，明顯把視國民政府為殖民政權的台獨教條與為趕時髦而硬搬來的後殖民理論拼湊在一起的產物，是李登輝講的國民黨是「外來政權」的文學版。陳芳明把中國與日本侵略者同等對待，離開文學大講「復權」、「復國」，因而受到曾任中國統一聯盟創會主席陳映真為代表的統派作家的反擊。台灣文壇將這場論爭稱為「『雙陳』大戰」（楊宗翰語），是因為這兩位是台灣知名度極高的作家、評論家，且他們均有不同的黨派背景。即一個是獨派「理論家」，一位是統派的思想家。另一方面，他們的文章均長達萬言以上，其中陳映真的兩次反駁文章為三萬四千字和二萬八千字。他們兩人的論爭發

28 《聯合文學》，一九九八年八月。

表在台灣最大型的文學刊物上，還具有短兵相接的特點。這是進入千禧年後最具規模、影響極為深遠的文壇上的統、獨兩派之爭。

和七〇年代後期發生的鄉土文學大論戰一樣，這是一場以文學為名的意識形態前哨戰。「雙陳」爭論的主要不是台灣文學史應如何編寫、如何分期這一類的純學術問題，而是爭論台灣到底屬何種社會性質、台灣應朝統一方向還是走台獨路線這類政治上的大是大非問題。

「雙陳」大戰過後，陳映真用「許南村」的筆名編了《反對言偽而辯——陳芳明台灣文學論、後現代論、後殖民論的批判》[29]一書，陳芳明也把他回應陳映真的三篇文章，收在新著《後殖民台灣》[30]中。不管論爭勝負如何，「『雙陳』大戰」極大地擴張了陳芳明的評論影響力，並成了「見解最深入、視野最廣闊、震憾力最大」[31]的台灣意識論者，由此再次掀起一股本島人寫本島文學史的熱潮。有人曾斷言陳芳明最有價值的著作是《謝雪紅評傳》，現在看來應該是他繼葉石濤《台灣文學史綱》[32]後所撰寫的《台灣新文學史》及其〈昨夜深雪幾許〉的美文。

29 台北，人間出版社，二〇〇二年八月。
30 台北，麥田出版社，二〇〇二年四月。
31 參見陳明成：《陳芳明現象及其國族認同研究》，成功大學碩士論文，二〇〇二年六月自印，第四十八頁。
32 高雄，文學界雜誌社，一九九一年。

四

當年「龍族」詩社本是龍兄龍弟們「志同」結社，但很快發現彼此立場有分歧，發展到後來就有統派、獨派和不統不獨的中間派，其中「創社九龍」之一的陳芳明被自己的台獨戰友譏之為「變色龍」[33]。本質上是獨派的陳芳明，由於在各個階段的「介入時間」、「發言位置」、「書寫策略」不同而變來變去，故有此惡名。這個被海內外公認為「台灣意識第一健筆」[34]的理論家，在國族認同問題上是如此伴隨著一陣陣美麗的痛楚：如他曾擔任原民進黨第五屆主席許信良競選總部的發言人，有濃得化不開的「許信良情結」，為許信良的《許信良的政治世界》作〈古典的戰士〉序文，此書再版時這篇序突然不見。當許信良破落時，陳芳明反戈一擊，重拳出擊這位昔日的「永恆的戰友」。陳芳明原先認為要「推翻國民黨政權」、「推翻中華民國」，到一九九五年卻承認「中華民國」或接受「中華民國在台灣」的「政治實體」。二〇〇〇年上半年「水蓮之爭」剛興起時，陳芳明很快表態投「水（扁）」棄「（秀）蓮」，後來紅衫軍掀起倒扁運動，他又與時俱進加入倒扁行列。再看他對台灣文學的前後理解如何溢出學術的正常軌跡：他最早是用鄙夷的眼光看新生的《台灣文藝》，認為台灣文學是一個「奇怪且駭異的名詞」，到後來承認台灣文學，並強調台灣文學的主體性，講台灣文學必強調台灣人的身份和台灣題材尤其是作品中體現

33 參見陳明成：《陳芳明現象及其國族認同研究》，成功大學碩士論文，二〇〇二年六月自印，第二十一頁。

34 參見陳明成：《陳芳明現象及其國族認同研究》，成功大學碩士論文，二〇〇二年六月自印，第七十六頁。

的台灣意識，可在一九九九年召開的「台灣文學經典研討會上」，他不僅把以「香港文學」名義進入《亞洲週刊》舉辦的「二十世紀中文小說一百強」的施叔青《香港三部曲》收編為台灣文學，而且將地道的上海作家張愛玲寫的《半生緣》以「加法說」、「影響說」、「出版說」[35]判為台灣文學。這裏講的「加法」，陳芳明的原話為：「台灣有一個特殊的移民歷史，因此在選擇台灣文學經典上，要用加法，千萬不可以用減法」[36]。這種將地道的大陸作家改造為台灣作家的做法，其設計之巧妙，手法之嫻熟，不亞於李登輝將「中國國民黨」變身為「台灣國民黨」。但陳芳明無法割捨「外來」作家張愛玲從而與中國文化匯流的行為，畢竟背叛本土立場，尤其是他的未完稿「把現代主義當作靈丹吞服，落得最後我們就只能在其新著《台灣新文學史》裡，看到『現代主義聖明，鄉土論戰該死』的『雄辯』論調」[37]，這使「台獨教父」葉石濤「氣得暴跳如雷」。彭瑞金轉述道：葉老「不能容忍的是，有人踩著台灣文學的背脊爬上『高幹』，卻回過頭來在台灣文學頭上拉屎拉尿」，葉老「對於自己曾經出過力氣拉拔過的後輩，如此小小的背叛，如果不傷心，未免矯情」[38]。這裏說的「後輩」，雖然沒有直接挑明是陳芳明，但也不遠矣吧[39]。成功大學台灣文學系副教授蔣為文也曾質疑陳芳明是「政治變色龍」，是「雙面人」。爾雅出版社社長隱地

---

35 參見陳明成：《陳芳明現象及其國族認同研究》，成功大學碩士論文，二〇〇二年六月自印，第八十頁。

36 陳得榆：〈台灣經典選拔，在文化界丟下原子彈〉，台北，《新新聞週刊》，第六二九期，一九九九年三月二十五至三十一日，第七十七頁。

37 參見陳明成：《陳芳明現象及其國族認同研究》，成功大學碩士論文，二〇〇二年六月自印，第八十四頁。

38 參見陳明成：《陳芳明現象及其國族認同研究》，成功大學碩士論文，二〇〇二年六月自印，第二二〇頁。

39 參見陳明成：《陳芳明現象及其國族認同研究》，成功大學碩士論文，二〇〇二年六月自印，第一五〇頁。

說陳芳明的《台灣新文學史》，日據部分所戴的是「綠色」眼鏡，寫光復以後的文學史卻換了「藍色」眼鏡。

綠營作家東方白曾說過：「如果把台灣文壇比做一個交響樂團，那我認為陳芳明是這個樂團的第一小提琴手，舉凡詩、散文、傳記、文學評論、歷史評論、政治評論……（除了小說）幾乎無一不寫，而且無一不精。在所有文學形式中，我覺得他的散文最迷人，可說是台灣文學的一絕」[40]。這種評價置陳芳明的「老師」即詩文雙絕者余光中不顧，欠妥。須知，陳芳明的散文有鮮明的詩化傾向，其源出自余光中。陳芳明早期的作品唯美浪漫，還讓人想到時為葉珊的楊牧。後來，陳芳明參加反對黨運動在散文中加入了少許的陽剛之音。他那「自剖式」文體，多敘述自己思想文化轉型的心路歷程，像他的「生命四書」《風中蘆葦》、《夢的終點》、《時間長巷》、《掌中地圖》，記錄了他如何由「一個耽溺文學的歷史學徒，一度縱身躍入政治深谷」的心路歷程，不僅對研究陳芳明而且對研究陳氏一類的知識份子，均有一定的認識價值。

五

陳芳明先從文學走向政治——在陳水扁一九九六年當台北市長期間，還差點成為台北市預定新成立的台北市文化局首任局長，到了一九九八年，「身心俱疲」的陳芳明由政治回歸學術，回歸歷史：在世紀末

[40] 東方白：〈真與美〉，高雄，《文學台灣》，二〇〇一年夏季號，第二六二頁。

出版了兩部歷史論述，其中《左翼台灣》，記載了殖民時期文學運動史；《殖民地台灣》，則整理完成了日據時期的左翼系譜。自政治回歸學術回歸創作時，陳芳明也無法完全擺脫政治的陰影：不但在國族認同問題上再建構再轉折而時藍時綠，而且在論文學問題時奢談「文學的問題，只能以文學的方式來解決」，可一進入文學正題卻大談什麼「身體政治」、「性別政治」。在發表媒體上，他也不斷洗滌刮除原先的「刺青」，對任「顧問群」或「編輯委員」的本土刊物《笠》、《台灣文藝》、《文學台灣》、《台灣新文學》、《台灣e文藝》雁行折翼式漸行漸遠，後來的文章則多發在藍營媒體《中國時報》、《聯合報》以及非本土刊物《遠見》和《聯合文學》，出書的「婆家」也有很大的逆轉：由早期的獨派出版社「前衛」轉向藍營的聯合文學出版社。這種令人難於捉摸有如萬花筒式的變幻，便導致一種弔詭現象：儘管有眾多大陸學者將陳芳明視為台獨理論家的魁首，可台灣的獨派並不認同，如曾扶助過陳芳明的趙天儀二○○三年在台灣佛光大學召開的研討會上評講筆者的論文時，稱陳芳明是機會主義者。也有人認為陳芳明是綠皮藍心，骨子裡崇拜的是從張愛玲到余光中這樣的中國作家。在寶島，也的確有相當一部分人政治上認同台灣，在文化上卻不敢也不能與中國文化切割。

為了保有發聲的舞臺以引領風騷，更重要的是為了打造自己永遠正確的銅像般的新典範，陳芳明常常不計形象，不計身段，如他在一九七○年代前期選擇參加《書評書目》的編輯工作，與具有軍方兼官方色彩的作家為伍，到後來與眾多反體制、反極權的異議人士結成聯盟。在從事海外台獨運動時，黨性極強的陳芳明拒絕閱讀國民黨文工會的出版物《文訊》，後來卻成了雖經過轉型但仍非綠色的該刊的重要作者。在工作的變動上，則由靜宜大學到暨南國際大學再到政治大學，一路由邊緣走向中心，由深綠的高校跳槽到濃藍的大學任教。又如陳芳明從十八歲開始就對有詩壇祭酒、文壇第一人、當代文學史上的名城、本世紀中國最重要的大詩人，還有「具有諾貝爾獎的有力條件」[41]的余光中如此癡迷和崇拜，後因余氏鄉土文學論戰中的表現使其下決心「熄掉右翼的燈」即徹底與余光中決裂，讓人竟覺得有強烈的反諷。一九九七年陳芳明與余光中「樓上」重逢後又懺悔地認為這是「庸俗的幼稚的左派思考」[42]，到不久前因無法經受在夜裏踽踽行進的孤獨，又為余光中八十壽辰主持研討會。這種變化得令人目迷暈眩及各階段論述諸多變化修正的做法，在深綠學者林瑞明指導下寫成的近乎「陳芳明評傳」的碩士論文中，年輕的學者陳明成將其稱之為「陳芳明現象」——

台灣戰後「轉折而多變」的特質，足以在對台灣文學的建構有重要貢獻的陳芳明的身上找到縮影。「也由於陳芳明個人相當完整而特殊的際遇，我甚至認為有必要更大膽地進一步預設：掌握了陳芳明各個時期的起承轉合，就能抓住戰後台灣社會的變遷脈動，特別是知識份子的浮游心影。」「是的，尤其台灣意識不明、國族認同不確定之下，陳芳明應該會是個『經典人物』」。即「從他個人的小歷史幾乎可以照鑒這個大時代嬗變的影子，不妨將它視為日後台灣史家在撰寫這段世紀交替台灣文學史時的某種『基調』，理應更貼近歷史」[43]。

原載於《台灣研究》二〇一二年第三期

41 羅門、陳黎：〈各家看余光中〉，台北，《中國時報》「人間副刊」，一九九五年十月七日。
42 陳芳明：〈詩的光澤〉，台北，《聯合文學》，一九八九年十月，第十四卷第十二期，第七十三頁。
43 參見陳明成：《陳芳明現象及其國族認同研究》，成功大學碩士論文，二〇〇二年六月自印，第八十五頁。

三分天下的台灣新世紀文壇

解除戒嚴以來尤其是二十世紀末，台灣的政治體制、思想體制、文化體制發生了根本性轉軌。組黨自由、辦報自由、罵總統自由，這回的台灣真成了五六十年代「自由中國」的迴光返照。可在選舉年年講、月月講、日日講的台灣社會，這自由並非徹底的自由，僅說從選地方官到選總統，「辦了幾十年，到現在大量票源仍遭受國外勢力、地方角頭、黑道老大、廟宇神棍等等操控。」[1]這種劣質選舉，余光中曾寫過〈拜託，拜託〉，描繪了他在高雄看到的候選人因文化素養嚴重不足而出現的種種傷風敗俗的現象：

無辜的雞頭不要再斬了
　拜託，拜託
陰間的菩薩不要再跪了
　拜託，拜託

[1] 郭楓：〈兩岸文學的自由創作與獨立評論——從莫言獲諾貝爾文學獎談起〉，台北，《新地文學》，二〇一二年十二月，總第二十二期。

江湖的毒誓不要再發了
　拜託，拜託
對頭跟對手不要再罵了
　拜託，拜託
美麗的謊話不要再吹了
　拜託，拜託
不美麗的髒話不要再叫了
　拜託，拜託
鞭炮跟喇叭不要再吵了
　拜託，拜託
　拜託，拜託
管你是幾號都不選你了

語言明快曉暢，直接痛快，其中說的「對頭跟對手」主要是指藍綠兩派的政治人物。在做什麼工作都難免受到或明或暗的兩黨鬥爭影響的台灣，文壇也不可能不受「鞭炮跟喇叭」聲的干擾，再多「拜託」也無法脫離社會這個大環境。

隨著政權的更替，新世紀的台灣文壇，不再有「警總」那樣的政治勢力明目張膽的干預，但仍逃不脫藍綠意識形態的的操控。在上世紀，文壇是以外省作家為主，發展到新世紀，本土作家已從邊緣向中心過渡，「台北文學」包辦文壇的傳統結構模式，在本土思潮洶湧而來的情勢下，發生了明顯的裂變。在以往，《聯合報》、《中國時報》的副刊幾乎就是文壇的代名詞。誰要當作家，就要在這兩張大報的副刊上亮相或得獎，可現在兩大報的文學獎不再是進入文化圈的身分證。當今獎項越來越多，僅新世紀設立的就有「總統」文化獎、宗教文學獎、世界華文文學獎、玉山文學獎、法律文學創作獎、海翁台語文學獎、彭邦楨詩獎、台文戰線文學獎、溫世仁武俠小說百萬大賞徵文、林榮三文學獎、台灣詩學散文詩獎、葉紅女性詩獎、風起雲湧青年文學獎、耕莘文學獎、台灣文學部落格獎、台灣詩學研究獎，等等。這種氾濫成災的獎項，遠不具權威性，但文學的出路畢竟在不斷延長，傳統進入文壇的模式又不斷被解構，再加上政治勢力與黨派競爭的背後支撐，因而導致台灣新世紀文壇分化為兩頭小中間大的「統派文壇」、「本土派華語文壇」、「台語文壇」，或如郭楓所說的「藍營主流文壇」、「綠營文壇」和號稱「超越黨派」的第三勢力：

台灣藍綠陣營的文學工作，區塊劃分非常清楚。藍營文學區塊中心在台北，綠營文學區塊中心在高雄，南北對峙，各自按照黨的政治路線發展。

藍營主流文壇的創作生態／藍營承接五十年代以來國民黨獨佔文壇的基礎，站在既得利益位置，繼續成為台灣主流文壇的掌控者。文學創作路線，繼續走脫離現實的虛無路線：生活瑣碎的記述、遠方異域的描繪、內戰歷史的傳寫，等而下之追隨美國時尚趣味，製造妖魔鬼怪、飲食男女、情色故事，文學等同貨物圍繞市場價值向下發展，決策者把暢銷行情作為文學的高等標準。[2]

[2] 郭楓：〈兩岸文學的自由創作與獨立評論——從莫言獲諾貝爾文學獎談起〉，台北，《新地文學》，二〇一二年十二月，總第二十二期。

這裡講的文壇「南北對峙」，是客觀存在，只不過這「藍營主流文壇」是沒有社址、沒有編制但絕非子虛烏有的存在。「藍營文壇」曾有過三次浮出水面：眾多作家參與紅衫軍運動作詩為文倒扁，另兩次不是傾巢出動也算得上是一窩蜂聲援差點坐牢的血性作家杜十三、黃春明。至於該「營」的藝術走向及其特徵的概括，難免見仁見智。「脫離現實」或曰超現實、魔幻現實，其實是現實生活的一種特殊反映。像張大春的小說，作者敘述故事時比所有政治家都會「說謊」，都脫離現實，更不用說作者編造情節的能力。可這裡的「說謊」，是對政客說謊的嘲弄與反叛，「脫離現實」是對現實的扭曲描繪而非照相式的記錄。「遠方異域的描繪」所走的也不完全是虛無路線，以駱以軍長達四十五萬言的小說《西夏旅館》為例。這是一則台灣現代國民黨的流亡寓言，作者選擇西夏這個民族來與這段歷史互相映照，共同建構這個流亡的寓言。具體說來，它構建的是一個異質時空：一位小夥子入住賓館，與自稱殺妻的圖尼克相識，由此打開了通向西夏旅館與長輩筆下不再存在的西夏王朝奧幻之門。這裡有像動畫與遊戲般的戰況實景，有缺少時間流向的事件敘述，還有奇特的人物與事件。這顯然不是一部現實主義小說，其詭異文字所建構的是一座文字迷宮。這正如《月球姓氏》無法去尋找解決問題的答案，它不過啟示讀者：人生所面臨的問題，有些是無法解決的，我們可做的只不過是選擇一種靜默的方式，寂靜地看著那些故事默默的發生與結束。至於「情色故事」，也不是不可以寫，而在於如何寫，像鍾文音的台灣百年物語第一部《豔歌行》，以單身女性們在台北的欲海沉浮折射八九十年代的台灣社會，就不能把作品中的情色等同於下半身描寫。

對「綠營文壇」，郭楓在同一文章中將其稱為「南方文學集團」：

綠營各文學刊物，站在反抗者的位置上，最初艱困營運，到九十年代幾家刊物、出版社聯合發展成規模體系的上「南方文學集團」。文學創作路線，堅持本土意識為核心價值：主要工作在於本土文化的重構、前輩作品的整理、文學理論的建立、鄉土抒情的書寫等等。基本上團結性強具有革命色彩，書刊旨趣在宣揚以本土為主的理念，不大理會市場的銷售量問題。自認是台灣文學的代表，其極端者倡言，「不用台語書寫的文學，不是台灣文學」，主張的通或不通，也算是一種本土文學途徑。

「南方文學集團」中最重要的是「南部詮釋集團」——這一說法見諸於游喚在靜宜大學主辦的一次研討會上發表的論文〈八十年代台灣文學論述之質變〉[3]。游喚說的「南部」、郭楓說的「南方」和「台北文學」的「台北」一樣，均非單純的地理名詞。如果說「台北文學」即「藍營文壇」具有或淺或深的中國意識，那「南部文學」也就是「南方文學集團」更多的是強調台灣意識乃至台獨意識。他們在黨外政治運動的配合下，不斷質疑解構陳映真所企圖打造的「中國台灣文壇」：先是把「鄉土文學」轉換為「本土文學」，然後打著綠色旗幟強調台灣文學的「自主性」和「獨立性」，從而將「本土文學」改造為有特殊政治含義即與中國文學切割的「台灣文學」。他們不像北部作家不敢公開承認南北文學的對峙，而是處處強調南台灣與北台灣在政治與價值觀念的「南轅北轍」，用各人的不同方式向「台北即台灣」的這種政治和文化神話挑戰。在批評方法上，「南部」評論家顛覆了「北部」評論家的學院書寫方式。

每年搞地方選舉時，藍綠陣營的惡鬥在「立法院」照常上演，可外面的社會充斥著變數，如某些綠營文人看到自己原先寄予厚望的民進黨既不民主也不進步時，立場就會逆轉，像本來同情民進黨的南方朔、

[3] 另見一九九二年二月出版的《台灣文學觀察雜誌》第五期。

楊照以及參加過中正紀念堂民主學運的知識份子，一個個改變了原來的信仰，甚至原來民進黨的「國代」異化為國民黨的發言人，擔任過民進黨文宣部主任的陳文茜亦反戈一擊參加倒扁，可「南部詮釋集團」似乎是鐵板一塊，也就是郭楓所說的「基本上團結性強」，從未見有其中成員由綠轉藍，或由「南部文學」發言人轉化為「台北文學」的喉舌。但既然是「基本」，那就還有過不團結的時候，如第六屆海翁台灣文學營課程中有安排大陸學者講《台灣與福建童謠比較探討》，在第五屆也有《兩岸閩南文化交流》，曾任「前衛文學叢刊」主編的張德本，由此認為打著綠旗的海翁台灣文學營是在「在向中國投降」：「在此台灣全民反ＥＣＦＡ的時刻，台灣文學陣營還刻意安排讓中國統戰台灣的機會，實在令人費解。台灣一定要跟屬於中國的福建連結才能找到著力點嗎？」[4]這是淺綠與深綠觀點和做法的不同之爭，這不同之爭有時還發展為與人身攻擊相差不遠的批評。「南方文學集團」中下屬的「台灣文學藝術獨立聯盟」的某些人更喜歡到處煽風點火。曾在高雄文藝獎風波中扮演「狼來了」主角的這位張德本，除攻擊陳克華「不要再愛台灣」[5]外，又於二〇〇五年質疑「文建會」撥款建置的「台灣現代詩網路聯盟」，為何典藏「與台灣無關的中國詩人」，以至和對方發生論辯引發出文學事件。

「南方文學集團」在前輩作家全集的出版方面交出了極為可觀的成績單，遺憾的是他們心目中的台灣作家，清一色是省籍人士，排他性異常突出。他們的出版物不向市場低頭，這點難能可貴，只可惜用方言寫出的作品如胡長松的長篇小說《大港嘴》，連本省人都得半讀半猜才能讀下去。

4 見網頁《海翁台灣文學營向中國「投降」?!!》。

5 張德本：《陳克華！台灣不需要你的愛！》，二〇一〇年九月二十六日網頁。

如果說曾任「中華民國筆會會長」的余光中是潛在的「藍營文壇」的精神盟主，去世前的葉石濤是鬆散的「南方文學集團」的靈魂人物，那郭楓就是文壇第三勢力的主帥。他主辦的《新地文學》季刊和《時代評論》，號稱「超越黨派背景，杜絕政商利益，站在全民立場為台灣社會整體進步發聲。」既然不討好官方，又不要財團支撐，這註定了它是一個弱勢群體。為了改變「弱勢」狀況，《新地文學》廣設社務委員，其中綠營人士有不少，以至藍營懷疑其是綠色刊物，而綠營人士見委員中有大陸作家，其作品大陸來稿占了大頭，因而又懷疑其是紅色藍色雜陳的刊物。其實，它是一個企圖超越政黨宰製的刊物。別看這一群作家居於邊緣地位，可活動能力不可小視。這裡真正起作用的是既罵國民黨又拒絕台獨的郭楓，另有先綠後藍的詹澈、在藍綠之間游走的應鳳凰、不同於陳映真但同樣堅信「台灣作家用中文寫作最好」的陳若曦。「新地」還出版世界華文作家精選叢書，另舉辦過兩次二十一世紀世界華文文學高峰會議。從第一次出版的叢書看，十二本書中有三位大陸作家，本地的沒有一位是獨派作家。第二次出版的叢書，則新添了淺綠人士向陽，可見編者所奉行的仍是中國意識路線。《時代評論》在停刊前就曾發過不贊同台獨路線的文章。

具有頑強生命力的郭楓所領頭的第三勢力，以前不怕白色恐怖不向強權低頭，現在發揚這種獨立精神，拒絕加入任何派別，不追逐庸俗，不實行拜金主義，不把形式看得高於一切，這種特立獨行的舉動在不是玩選舉遊戲就是玩金錢遊戲的寶島，無疑屬異端。可在第三勢力很難立腳的台灣，他們要自外於黨政集體力量的權力結構堅持自己的文學理想，談何容易。像陳芳明的《台灣新文學史》出版後，郭楓對著者把史書當作周旋應酬的平台，以及不敢觸及某些敏感史實有尖銳的不同意見，但不準備秉筆直書說它是偏頗的、片斷的、虛偽的產品，而是用泛論且近乎懇求的方式說明《請給我們一部真實的台灣文學史》。[6]《新地文學》最近革新版面，準備增加評論篇幅，強調獨立的文學評論「必須超越黨派社團組織、超越師生關愛友誼、超越評論模式窠臼」[7]，這對把文藝批評不是變成黨同伐異就是友情演出的不良風氣無疑是一種拯救，可真正實行起來不亞於冒險，比如郭楓本人敢重炮猛轟余光中還有高行健[8]，在其新著《台灣當代新詩史論》中也敢向洛夫、張默等眾多大牌詩人叫板，可該刊如果像王曉波主政的《海峽評論》那樣去重炮猛轟「南方文學集團」某些頭面人物數典忘祖的醜陋面目，去對台獨文藝思潮的代表人物正面開刀，那就會模糊該刊的個性，會失卻一大批本土讀者。正如郭楓自己所說：「這稀少的文學獨立刊物主辦者，一般要維持文壇和諧的人際關係，不願輕易碰撞兩大陣營的禁忌，取用文稿之際，惦量再三，無形中也是另類的設限。」[9]

新世紀的台灣文壇就這樣由藍綠外加雜色的三大板塊組成。他們割地稱雄，誰也不讓誰不服誰，但這三者並非井水不犯河水，有時在媒介之間會出現互動的現象，如原為國民黨文工會刊物、現改制後的《文訊》，儘管沒有也不可能被「綠化」，但也刊用了一些綠營作家的稿件。而林佛兒主編的綠營刊物《鹽分地帶文學》，其刊名竟是深藍人士陳奇祿所題。專出本土書的春暉出版社出版的多達五十八本的台灣詩人

6 台北，《新地文學》，二〇一一年十二月，總第十八期。

7 郭楓：〈兩岸文學的自由創作與獨立評論——從莫言獲諾貝爾文學獎談起〉，台北，《新地文學》，二〇一二年十二月，總第二十二期。

8 郭楓：〈繁華一季，盡得風騷〉，一九八八年六月在台灣清華大學召開的當代文學國際會議上提交的論文。郭楓：《美麗島文學評論續集》，臺北縣文化局，二〇〇三年。

9 郭楓：〈請給我們一部真實的台灣文學史〉，台北，《新地文學》，二〇一一年十二月，總第十八期。

選集，也有少量的「藍營作家」如余光中、向明、張默「混」了進來。這當然是由於資源分配問題妥協的結果。

新世紀台灣文壇三分天下的情形，其原因不僅是政治的，也是經濟的、文化的、文學的。是政治生態的險惡、意識形態爭鬥的劇烈、財閥霸道收買人心以及文人相輕相鬥所造成，這有其歷史的必然性。不過，要補充的是，台灣文壇並非只有三種勢力，也有站在海峽那邊《向建設中國的億萬同胞致敬》[10]的作家所代表的「紅色文學」。這些文人加戰士說到國家大事、民族前途時，真有精衛之堅韌、刑天之勇猛。但他們的口號和行為有時過於極端，某些作品又是政治理念的圖解，再加上這些人是散兵游勇，沒有自己固定的文學平台，脫離大眾布不成陣，特別是有「戰神」之稱的陳映真生病後告別文壇多年，因而他們無法和上述三種勢力角逐而形成四強分治的局面，但這不等於說不會對藍綠文學構成威脅，如另一位可稱之為超級「戰神」的李敖以大膽懷疑的精神和反權威的姿態所發起的「屠龍」運動，猛批在藍營做高官的龍應台，並出版有《大江大海騙了你：李敖秘密談話錄》[11]。

作為一位大陸的台灣文學研究者，我們所關心的不是三大勢力之外的陳映真們的紅色文學能否壯大，或誰的勢力大，誰對大陸作家開放的園地多，而是從文學出發看其能否真正超越藍綠，產生的作品是否優秀，是否經得起時代的篩選。我們從隔岸觀察，當代台灣作家的確是幸運的。儘管當前陰霾籠罩「文壇一

---

10 為二〇一二年十二月二十六日去世的顏元叔所作。刊台北，《海峽評論》一九九一年第二期。另見北京，《中流》一九九一年第六期。

11 台北，李敖出版社，二〇一一年。

片晦暗前途低迷」[12]，但台灣的美麗和富足，這是鐵的事實。他們的最高領導人有遠見，竟然主張政治為藝文服務，其創作自由和出版自由度均相當高，另方面生活水平也不輸於對岸。有創作才能的作家，只要擺脫國族認同問題的困境，把握住時代前進的方問，就一定能創作出無愧於新世紀這一偉大時代的作品。

原載於《南方文壇》二〇一三年第四期

12 郭楓：〈兩岸文學的自由創作與獨立評論——從莫言獲諾貝爾文學獎談起〉，台北，《新地文學》，二〇一二年十二月，總第二十二期。

將重拳擊在棉花上

——代謝冕諸君作答

有人懷疑〈謝冕諸君應有個說法〉的作者「艾尚仁」，可能是與謝冕激辯過朦朧詩問題的周良沛先生。筆者有一次碰到周兄，他斬釘截鐵地說：「我行不改名，坐不改姓。我從來不寫這種人身攻擊的文章。」

在大陸開展的歷次政治運動中，大批判文章的作者均喜歡用筆名。這篇〈謝冕諸君應有個說法〉的作者，也可能用的是假名。是真名還是假名用該文的說法我們「也不去理會它」，最重要的是此文傳達的資訊虛假：《創世紀》詩刊在九十年代並不是反共刊物，而是認同「一個中國」的雜誌；謝冕諸君從來沒有為所謂「反共刊物」做過不利於兩岸同胞「相逢一笑泯恩仇」的工作，相反為整合分流的兩岸文學作出了貢獻。

對「艾尚仁」提出的五問，筆者替「諸君」的帶頭羊謝冕就前三個問題作答如下：

一、謝冕是從一九九一年一月份開始擔任《創世紀》社務委員的。在此之前已有大陸的李元洛、呂進等人和國外的許世旭、王潤華加入該社。所謂「加入」，事先不一定都徵得本人同意，更沒有發證書，只是在雜誌的同仁錄上刊佈。擔任《創世紀》社務委員後，「諸君」也從未參加過該社在台灣舉行的內部活動，對他們刊登的稿件更未「審查」過。二〇〇一年春，該社不再讓掛名的大陸社務委員出現，同樣事先沒有通知謝冕等人。設置大陸社務委員，本是該社從事兩岸文學交流的一種方式。任何支持兩岸化解敵意的人，都不會反對吧？

二、謝冕擔任《創世紀》社務委員時，只知道該刊創辦者曾是軍人，他們辦的刊物卻甚少火藥味，其同仁對大陸非常友善，熱衷於開展兩岸文學交流。還在一九八八年八月，該刊就不怕「深藍」詩人說「向共匪文人暗送秋波」而製作《兩岸詩論專號》，後又多次開闢《大陸詩頁》專欄，刊登所謂「共匪作家」的作品。現在大部分的台灣作家都不認為自己是「中國台灣詩人」，可《創世紀》的主要成員在國族認同問題上，均理直氣壯承認自己是中國人，是在台灣的中國作家。

三、謝冕「榮任」《創世紀》社務委員後，先後不分派別接待過洛夫、余光中、葉維廉、文曉村、台客、金筑、高準等眾多愛國詩人。不妨「坦白地毫無掩飾地交待」，謝冕和台灣詩人第一次「親密接觸」是在一九八八年九月九日。那時台灣剛解除戒嚴開放大陸探親，但嚴禁公職人員和大陸文化單位及人士接觸，可堅信「誰先偷跑誰就贏」的「外省詩人」張默、辛鬱、洛夫、管管、碧果、張堃等六位《創世紀》同仁，冒著回台後被處分被開除的風險，到北京大學和謝冕等人「密談」，談完後在北大門口個個笑顏逐開合影留念。這些「阿兵哥」回去後，只好向當局「謊報」是在北京旅遊時偶然碰上謝冕的。同樣，謝冕接待他們，也是冒著被人舉報「和反共詩人眉來眼去」的風險。

「艾尚仁」的文章一開頭便是「我們」二字，其文章似乎有來頭，也有可能代表某刊編輯部，或曰是代表著一群不贊成改革開放的政治勢力。〈謝冕諸君應有個說法〉發表在某刊「自由論壇」，可文風酷似當年北大、清華大批判組「梁效」：「黨性」是那樣強，動不動就拋出「政審表」，查人家的政治身分。

執筆者也很可能是資深「專案組」成員——至少是中共黨員吧，他總該知道鄧小平對台政策的一項叫「愛國不分先後」。「四項基本原則」只對內，它從來沒有強求台灣同胞要擁護社會主義和擁護共產黨。現在的兩岸關係不再是建立在國共兩黨鬥爭的基礎上。這是一個尋求和諧、和解、和談、和平統一的時代。正如王德威所說：漢「賊」不再勢不兩立，「敵」我正在握手言歡。君不見，連原中共中央總書記胡錦濤都和國民黨榮譽主席連戰在北京「擁抱」呢，而謝冕和過去的反共詩人交流，讓彼此化解敵意，何罪之有？

「艾尚仁」的政治常識不及格，台灣文學的知識也等於零。即使《創世紀》不登更正啟事，稍有台灣文學常識的人都知道那含有「愛國、反共，擁護自由與民主」內容的「六大信條」是紀弦創辦《現代詩》的辦刊宗旨。「艾尚仁」的前提大錯特錯，再加上他標點符號不過關，把反共打上引號其效果是不反共，還把傳統派李元洛打成「現代派詩家」，所以他那近乎告密式的文章，無疑是將重拳擊在棉花上了。

最後要交待的是，謝冕諸君當年對類似武俠片中血滴子的討伐以沈默作答，而「艾尚仁」也從此不見。「艾尚仁」自

謝冕先生近照

動消失了，但其所代表的極左思潮仍然存在。〈謝冕諸君應有個說法〉這張「大字報」在北京某權威刊物出現，可讓我們知道當年從事兩岸文學交流是何其艱難，謝冕諸君登陸寶島文壇又需要何等的勇氣啊。

二〇一三年一月二十日為編寫《謝冕評說三十年》而作

原載於台北《世界論壇報》二〇一三年四月十八日；美國《紅杉林》二〇一三年第一期

附：謝冕諸君應有個說法／艾尚仁

我們從一九九七年十一月台灣出版的《創世紀》第一一三期的內封上知道，這個由台灣所謂「行政院文化建設委員會」提供部分贊助的現代派詩雜誌的辦刊宗旨，即它的「現代派六大信條」，其中前五條向世人公佈的是它的詩主張，即它的現代派詩觀。這，我們不去說它。這「六大信條」的最後一條，則是：「愛國、反共，擁護自由與民主」。這一條應該說與詩本身並無多少關係，它表明的是這個刊物的反共政治主張，或曰反共政治立場。

在台灣辦一個刊物，尤其是接受了台灣官方提供部分贊助經費的刊物，公開打出「愛國反共」的旗幟，我們認為也不是不可理解的。因此，也不去理會它。

我們還從這家刊物公佈的「本社同仁、社務委員」的名單中，赫然見到九位大陸現代派詩家的名字，其中有大名鼎鼎的北京大學中文系教授、博士生導師、現代派新潮詩歌「崛起」論的魁首，和所謂「百年文學經典」這樣大書的主編之一——謝冕先生。此外，還有白樺、任洪淵、李元洛、舒婷、葉坪、劉登翰、龍彼德和歐陽江河等。我們知道這九位大陸詩家中，有的還是中國共產黨黨員。

對於這個情況，我們百思不得其解。為此，特提出以下五問，煩謝冕諸君予以解答，以開茅塞：

（一）你們是在何時何地通過什麼方式接受了台灣《創世紀》詩雜誌社的「社務委員」的？

（二）你們在榮任《創世紀》詩雜誌社的「社務委員」時，是否知道它是一個公開「反共」的刊物？

（三）你們在榮任《創世紀》詩雜誌社的「社務委員」之前和之後，為這家以「反共」辦刊宗旨的詩雜誌提供了哪些服務？或者是在它上面發表過哪些作品？獲得過哪些獎勵？

（四）你們作為堂堂大陸的文藝工作者，特別是你們當中還是中共黨員的文藝工作者，請你們自己說說，你們是否認為充當台灣一家「反共」雜誌的「社務委員」是心安理得，是與政治無關，完全是你們個人的私事？

（五）你們是否還要繼續充當這家「反共」刊物的「社務委員」？如果不，你們將作出何種表示？

我們以為，謝冕諸君對此應有個說法。希望你們能坦誠地毫無掩飾地向世人說說個中的真實情況，也就是講講你們的真心話。這樣，與許我們還會增長見識，眼界頓開，就會不僅知其然，而且知其所以然了。有勞了，謝冕教授諸君！

原載於北京《文藝理論與批評／自由論壇》，一九九八年九月，第五期

迎接「北大新詩學派」的誕生

——兼給《謝冕編年文集》挑錯

謝冕詩兄：

十二卷《謝冕編年文集》雖然遲到了四個月，但還是十分感謝你。這是我整整等了三十年能給我帶來智慧和快樂的大書，可惜程文超老弟未能得到這份厚重的精神饋贈就駕鶴西去。一九八六年，他在考你的博士生前夕，曾光臨寒舍切磋研討「如何才能考上謝冕的博士生」。我跟他「輔導」了整整一個上午，內容離不開你的學術成就及其對當代文壇的貢獻，他還借走了我當時擁有包括發行量極小的《湖岸詩評》在內的「謝冕全集」——你所有的單行本。

粗翻了一篇大著，總的感覺是「三真」：真實，真誠，真人。以真為鏡的你竟把奉上級之命寫的反自由化的「檢討」一字不改刊在書中，試圖以自己的坦誠去照亮那些所謂「記憶文學」中偽造自己歷史的骯髒文字，這種勇氣真讓人佩服和驚歎！這種檢查，本是令人痛苦的一種精神自戕的語言酷刑，在大陸年紀大一點的知識份子都經歷過、或寫過（包括筆者）。對這種產生在中國大陸特殊政治環境中的檢查，披露出來無疑有一定認識價值，可使人瞭解到大陸知識份子當年如何沒有獨立人格，被迫用這種「語言酷刑」去拷打自己的靈魂，去換取自身的人身自由。

在這個講真話極其困難的年代，你毫不掩飾自己所走過的漫漫風霜冰雪路，其崇高境界讓人聯想到王國維的一句詩：「偶開天眼覷紅塵」。不瞞你說，我曾不無神秘自豪地向別人炫耀，我不僅收藏有某文化名人有關「文革」期間寫大批判文章的交待，而且有你老兄清除精神污染運動時的檢查文本，也就是「文集」所註明的登在北大校刊上你答記者問的複印件。現在有了你這本「文集」，我這位「文學史料專家」的「秘藏」也就變得一文不值。當年曾有人建議我把你這個所謂「檢查」送到潘家園賣個好價錢，看來這個美夢破滅了。但我不甘心破產，想另覓財路改行做「謝冕佚文搜集專家」。可一想到年逾古稀後，我這位「老古」已升級為「古老」，恐怕是力不從心矣！

我在上月福州召開的第十七屆世界華文文學國際研討會茶敘時，曾向你許願收到大著後一定要挑出你的毛病，為兌現諾言，現把用放大鏡挑到的十處開列如下——不過，有些屬手民所誤，有些則是建議而已：

一是六卷二七一頁「最早成立的詩刊」應為「最早創立的詩刊」。說台灣藍星詩社成立於一九五四年六月，其實應為同年三月。「一九五六年一月十五日，現代詩社宣告在台灣成立」，這裏的「現代詩社」應為「現代派」。

二是十二卷五二九頁說一九九七年訪問南洋大學，應為南洋理工大學，因南洋大學已於一九八〇年關閉。

三是十二卷三七七頁註一引用遼寧大學出版的《現代台灣文學史》的資料稱：葉珊及楊牧是「創世紀」詩社早期成員。其實，葉珊在《創世紀》刊物上發表作品是作為該詩社票友出現的。這時他和余光中過從甚密，作品也常在《藍星》發表，詩風更與「藍星」同仁靠近，但他也從未加入過「藍星」詩社。在意識形態上，作為詩壇游俠的他心儀的是「創世紀」卻又不屬於「創世紀」。這點在張惠菁著的《楊牧》書中有明確的說明。

四是十二卷三七六頁註二台灣詩人白秋應為白萩，注六蕈紅應為敻紅。五七四頁倒數五行「稿冕」應為「謝冕」。同卷五三〇頁倒數第一段「由謝主編」，應為「由謝冕主編」。該書大事記許多地方將謝冕簡稱為謝，但此處談的是著作權，故應署全稱謝冕，以便和下一句「孟繁華任副主編」相對應。七卷八十七頁倒數三行台灣詩人「林耀德」應為「林燿德」。五卷彩色插圖第三頁文字說明「陸燿德」應為「林燿德」。

五是六卷二七二頁九行末尾在論及紀弦〈現代派六大信條〉後面不妨加註，可為「兩岸文學交流史」增添一段文壇軼話：一九九七年冬季在台北出版的《創世紀》，在卷首重刊紀弦寫於一九五六年的〈現代派六大信條〉，末尾有「愛國。反共」的內容。重刊時並未說明係轉載。後來《創世紀》在一九九八年春季號封面二刊出《本刊啟事》，鄭重說明六大信條「非本社創刊宗旨」，轉載是為了「引述當時（六十年代）台灣現代詩與現代藝術發展的時代背景。」大陸「艾尚仁」大概未看到此啟事，就是看到了他也可能不知道「現代派」是怎麼一回事，便一口咬定《創世紀》在一九九〇年代仍是反共刊物，於是在一九九八年九月出版的《文藝理論與批評》著文〈謝冕諸君應有個說法〉，質問謝冕等九位大陸社務委員是怎樣與這個「反共刊物」取得聯繫的，為該刊做了什麼工作。大陸畢竟是改革開放的時代，不再實行以階級鬥爭為綱，故北京大學校方瞭解到《創世紀》是認同「一個中國」的刊物，該刊對轉載他人的「愛國。反共」的內容作了公開澄清和「更正」，且謝冕本人並未參加任何實際編務工作的事實真相後，並沒有給謝冕任何處分。（此段文字見拙著：《海峽兩岸文學關係史》，福建人民出版社二〇一〇年版二六三頁；台北海峽學術出版社二〇一二年版下冊四九八頁）。

六是八卷彩色插圖第四頁文字說明「一九九〇年代在香港嶺南學院」，應為「一九九三年夏在香港嶺南學院」。我當時有幸應梁錫華的邀請與你及嚴家炎一起到該校客座，故記憶清楚。那時還經常和你從摩利臣山道坐大巴下山買菜，你還在車上和我說「我現在學會了省錢」呢。

七是十一卷彩色插圖第二頁文字說明「由左及右為謝冕，方明，瘂弦，陶然，蔡其矯」，此女「方明」後應加「（大陸）」，因為台北也有個方明，此男「方明」名氣還不小，如今成了《創世紀》的發行人。本來也可以不加，但照片中已有台港作家尤其是有《創世紀》的原發行人瘂弦，故非註不可，不然人們會認為方明變性了。

八是十一卷一一六頁注「據文稿編入」，亦可改為「據二〇〇七年二月十二日《文匯讀書週報》或《當代文學研究資料與信息》二〇〇六年第三期編入」。這不是你一稿多投，而是我為推銷自己的著作「出賣」你。為了擴大拙著的影響，我還擅自把你給我寫的這篇《中國當代文學理論批評史》序言〈書寫作為一種責任〉，另在二〇〇五年十二月出版的香港《作家》月刊刊登，記得我還面交稿酬港幣給你，你當時說怎麼有這麼多。刊物也曾寄你。你在境外刊登的文章在「文集」中肯定有遺漏，這是搜集你的「佚文」可以大展拳腳的一個領域。

九是書信收入得太少。書信本是最溫柔的藝術，它最能窺見作者的人品與文品。看來編者並未廣泛徵集，像我手中就有幾封你給我的手寫信。在我跟余某打官司期間，《中華讀書報》記者採訪了北大眾多名教授，均不表態，而你是第一個站出來支持我的人，使我深受感動。正是這個原因，上海詩評家孫光萱曾將你致他關於如何看待余某人現象的一封很有價值的信轉給我。現光萱兄已於二〇一二年十一月四日作古，我所藏的也許就成為海內外的孤本。不過，這個孤本我不會讓它在拍賣市場流浪，等你編第十三卷《佚文集》（有這個計畫嗎？如無，先將你一軍！）時再完璧歸謝。

十是後面缺乏人名索引和篇名索引。我知道你為文的風格不喜歡那些繁文縟節的所謂學術規範尤其是在論文後面的長長注釋，但這是多達十二卷的「文集」而不是單篇論文啊。

在無錯不成書的年代，「文集」的錯漏還是少之又少的。有時我打著燈籠去尋找，竟一無所獲。我「恨」你的學生高秀芹和老友劉福春，怎麼會把你的「文集」編得這樣近乎天衣無縫，使我這個愛找碴的人差點失業。不過，你別高興得大早，「文集」我遠遠來不及仔細讀完，你就等著我這位被你的學生張志忠稱之為牛虻式的人物再給你挑刺吧！

我是頭一個寫〈謝冕的評論道路〉的作者，發表在八十年代很活躍的《批評家》雜誌上。雖然寫得很拘謹，受到丁東的反彈，但畢竟是「謝冕研究史」（如果有這個「史」的話）上的初試啼聲。此文收入拙著《中國當代文學理論批評史》時，已作了修改。從我多年追蹤你的評論足跡看，我朦朧地覺得有一種「北大新詩學派」的隱形存在。無論是當年支持朦朧詩，還是後來成立新詩所出版《新詩評論》雜誌，編撰三位學者的文集和《中國新詩總系》，所做的是一種為建立「北大新詩學派」的鋪墊工作。你們低調從不肯承認，可這有臧克家給我的六十八封信中，其中九封有關「北大派」的內容為證。既然你們圈內人只做不說，那就由我這個圈外人來寫一篇〈尋找「北大新詩學派」〉的文章吧，內容分為：建立新詩學派的困難和可能，「北大新詩學派」的出現及其背景，「北大新詩學派」的主要成員及其治學特色，「北大新詩學派」對當代詩壇的貢獻及侷限。

為使「北大新詩學派」早日浮出水面，建議北京大學出版社編一套「北大新詩學派研究叢書」，第一本不妨叫《謝冕評說三十年》，編選時可以把雖不是「文壇惡棍」但肯定是「文壇惡人」韓石山「罵」你的文章一起收進。一位學者或作家的光芒，不能光靠讚美詩去突現，也要靠不同文見作者的「討伐之聲」去襯托。我編《余光中評說五十年》時，就把李敖、陳鼓應對余光中大糞澆頭式的攻訐收在書中，這絲毫無損余氏傲視文壇、屹立不倒，像一座頗富宮室殿堂之美的名城屹立在中國當代文學史上。「北大新詩學派」不是同鄉會，因而編這套研究資料選時，不應遺忘當年被北大「放逐」的孫紹振及雖不出身北大但如今成為「北大新詩學派」守門人之一的吳思敬。對這套研究叢書，我熱烈地期待著，但願下次見面時你能給我驚喜。

祝詩安！

古遠清二〇一二年十一月十一日於武漢

原載於《文學報》二〇一二年十一月二十九日

附：「北大新詩學派」在何方？／曹天

古遠清是一位敢向名人挑戰有鋒芒的批評家。在《謝冕編年文集》一片叫好聲之際，他在《文學報》上發表〈迎接「北大新詩學派」的誕生——兼給《謝冕編年文集》挑錯〉的文章，文筆幽默風趣，做到以理服人，完全不似「文壇惡人」韓石山尖酸刻薄，保持了學者應有的風度。

提起「北大派」，現任《文學報》「新批評」專刊的特聘編審韓石山有可能火冒三丈。上世紀末，當謝冕等人聯手編了兩本內容不完全相同的《百年中國文學經典》時，一點也不饒人的韓氏從中發現了漏洞而向北大舉起投槍，寫了連標題均很有殺傷力的〈謝冕：叫人怎麼敢信你〉，引起「謝家軍」的公憤，在一家不起眼的雜誌《東方文化週刊》拋出「集束手榴彈」圍剿「惡人」韓石山，其中火力最猛同時也寫得很有學理性的是謝冕的大弟子孟繁華。

古遠清所講的「北大新詩學派」，源自臧克家一九八七年四月十八日給他的書簡：

就詩而論，言簡之有三、四個方面：
（一）艾青的方面：周洪興、周良沛、呂劍、公劉……人數甚多。
（二）「七月派」（胡風同志領導的）：牛漢、綠原、魯藜、曾卓……
（三）「九葉」派：王辛笛、辛之、唐祈、陳敬容、鄭敏……
（四）北大派：謝冕、楊匡漢、匡滿、孫玉石……

在香港文學報出版公司二〇一一年出版的《古遠清文學世界》中，臧克家還有多封信談及「北大派」問題，並補充了孫紹振、劉登翰等人。無論是那一封信，臧克家所說的「北大派」，均有很大的隨意性，比如與「北大派」並列的「艾青的方面」，其成員不論是周良沛，還是遺漏了的曉雪、駱寒超，文藝觀點均不一致，彼此也沒有往來，只不過是寫過研究艾青的論著而已。因而所謂「艾青派」（儘管臧氏本人未用派字），其實是艾青研究者名錄。

至於臧克家談及「北大派」時，不用引號，似乎非常肯定。他開列的「北大派」名單，倒也很有點像派（宗派？學派？）：其成員皆北大出身，觀點也比較一致：不是弘揚現代派就是支持朦朧詩，其中骨幹成員

「匡漢」即楊匡漢，是一位有建構詩學理論體系雄心的學者，且很新潮很現代，可後來他在《文藝報》上發表批判徐敬亞的文章〈評一種現代詩論〉，如果臧老當時看到了，也許會引為知己呢。「匡漢」的胞弟「匡滿」，以創作著稱，佳作不少，其詩風卻不能簡單的以現代派概括，他的詩論主張在詩壇上也無多大影響。

古遠清從「北大派」引申出「北大新詩學派」，這其實是縮小了謝冕們的文學成就。謝冕、洪子誠有不少不是以詩歌為主的著作，在學界影響巨大。如果把這兩人定位為詩論家，那就低估了他們對當代文學的重要貢獻。如果恢復臧克家講的「北大派」，那似乎應把不是研究詩論著稱的錢理群、黃子平等人包括進去。不能說北大中文系魚龍混雜，但那裡「龍」不少，像遠離廟堂的錢理群，也是一位可當龍頭的人物。他以研究思想史為人所矚目，不似謝冕、孫玉石、洪子誠主要以純文學研究為主。另一「少壯派」龍頭人物黃子平去香港後，在如何看待九七回歸對香港文學的影響上，曾在一九九七年舉辦的首屆香港文學節上，發表〈「香港文學」在內地〉的論文，毫不留情面挖苦急於編寫類似所謂「文學駐港人員手冊」的楊匡漢、孟繁華。可見無論是「北大派」還是「謝家軍」，有激進與保守之分，有廟堂與廣場之別，均不是鐵板一「派」。

總之，古遠清的文章沒有將「北大新詩學派」的內涵及外延講清楚。之所以講不清楚，不是古遠清缺乏理論功底，而是因為巧婦難為無米之炊，正如「北大派」另一成員孫紹振所說，當下的北大中文系「大滑波」，需要強有力的人去「搖醒」她，現有的學術體制也不利於建立學派。想當「文學造山運動」預報員的古遠清太過超前，要知道，「北大新詩學派」遠未成型，或曰那只是一個理論群體，還未構成學派。連當事人都堅決否定古遠清的說法，故所謂「北大新詩學派」云云，究其實是子虛烏有的東西。

原載於《文學報》二〇一三年二月二十一日

「罄竹難書」的李歐梵

一九九〇年代以後，李歐梵轉向現代文化研究，強調不屈從於政治、不附屬於歷史的「純文學」才是有價值的文學，強調晚清文學在想像中國都市、創立中國現代性方面所作出的貢獻。其著作《上海摩登——一種新都市文化在中國（1930-1945）》，在促進現代派研究的同時，拓展了現代文學的都市文化視角。和夏志清不同的是，李歐梵把現代主義文學進一步吸收到普通生活的敘事之中，再輔之於想像的社群理論、「公眾領域」理論，由此建構起一條與眾不同的「頹廢」文學史敘事策略。在他看來，「頹廢」正是審美現代性對啟蒙現代性的反叛和超越。他這裏說的「頹廢」，是指「頹加蕩」，它包含文明腐敗、解體、變態和「去其節奏」的意識，即「從建立的秩序中滑落」，並以各種混雜觀念和形式取代原有的秩序，這是建立新秩序的必然途徑。他這些論述，深刻地影響了大陸學者，使李歐梵成為中國啟蒙主義文學史敘事不可忽略的外部推動力量。

不過，作為一位海外學人，李歐梵具有某些海外文評家的通病：「外文」能力在增強，「中文」水平在下降。如他不止一次把「始作俑者」、「罄竹難書」當正面詞用：

「我的妻子李玉瑩其實也是這本書的始作俑者」[1]。

其實，「『始作俑者』是貶義詞，李教授又亂用一番」[2]。

李歐梵的另一段話更不像話：

「歐洲對我的意義何在？真是罄竹難書」[3]。

這個成語專指罪惡，怎麼可以形容好人好事？李在另一處又云：

「除了召開會議之外，受邀請參加其他會議的次數則多，真是罄竹難書了」[4]。

1 李歐梵：《蒼涼與世故》小序，香港，牛津大學出版社，二〇〇九年。
2 黃仲鳴：《不正則鳴》，香港，次文化堂出版社，二〇〇九年，第五、八頁。
3 李歐梵：《我的哈佛歲月》，香港，牛津大學出版社，二〇〇五年，第八十頁。
4 李歐梵：《我的哈佛歲月》，香港，牛津大學出版社，二〇〇五年，第一四六頁。

由此看來，李歐梵是當年周作人自詡的「國文粗通，常識略具」的學者，其語文水平離「院士」還有不少差距哩。

原載於《文學報》二〇一三年二月二十一日

第二章　打撈歷史

反共文學的發展及其終結原因

一九九三年底，旅美學者王德威發表一篇題為〈五十年代的反共小說新論——一種逝去的文學？〉的論文[1]，引起部分「深藍」作家的過度反應。此文的問號明明是針對反共文學過時論者，可那些思想「過於執」的作家誤讀為是針對反共文學本身，如著名散文家琦君在一九九四年二月七日給《中國現代小說史》著者夏志清的信中稱，王德威在台北舉行的「四十年來中國文學研討會」上居然說：「反共文學過時了！」[2]。其實，王德威是在批評反共文學是一種「用完即棄的文藝產品」的論調，認為反共文學作為台灣文學的一個重要組成部分，至今仍散發出「生命力」。另一位可稱得上反共文學旗手的朱西寧，則連忙

1 王德威：〈五十年代的反共小說新論——一種逝去的文學？〉，載瘂弦等主編：《四十年來中國文學》，台北，聯合文學出版社，一九九五年。

2 會議被琦君誤為「四十年來台灣文學研討會」。李瑞騰等編：《琦君書信集》，台南，台灣文學館出版，二〇〇七年，第一一八頁。

著文〈豈與夏蟲語冰〉[3]，表明自己立場的堅決和對反共文學的摯愛。接著又「質疑和反駁」：〈光輝永續的反共文學——為「四十年來中國文學會議」論文《一種逝去的文學？》稍作增補〉[4]。此文舉了有代表性的反共作品，如潘人木的《蓮漪表妹》、《馬蘭自傳》和張愛玲的《秧歌》及《赤地之戀》。其實，張愛玲的兩部作品並不是反共文學[5]，潘人木也說自己的《蓮漪表妹》沒有太政治化、運動化、口號化，不屬反共小說：「裡面共區事物僅占了不到一半的篇幅，寫的也都是私情而少及國事」[6]。

反共文學在四〇年代國統區就存在。到了一九四九年底，當台灣的中央政府癱瘓、中央黨部空轉，黨營的媒體還在沉默觀望時，反共文學的口號首先不是由官方而是由民營的《民族報》副刊主編「孫大炮」即孫陵提出的[7]。一般說來，反共文學是指內容攻擊共產主義所謂如何不合人性、共產黨所謂如何不講人道的作品。台灣的反共文學不同於國統區在於加入了「反共抗俄」、「光復大陸」的內容。這類作品用王德威的話說：「或控訴共黨暴虐，或緬懷故里風情，或細寫亂世悲歡，或寄望反共勝戰。不論題材為何，這些創作基調不脫義憤悲愴，而作家筆耕的目的無非是求借由文字喚出力量——反共復國，既是創作的動力，也是目標。」[8]

3 《中國時報》，一九九四年一月三日。
4 《聯合報》，一九九四年一月十一日。
5 參看古遠清〈國民黨為什麼不認為《秧歌》是反共小說〉，北京，《新文學史料》二〇〇一年，第一期，另見質貞編：《古遠清文學世界》，香港文學報出版公司，二〇一一年。
6 潘人木：《蓮漪表妹・代自序》，台北，爾雅出版社，二〇〇一年。
7 孫陵：〈文藝工作者底當前任務——展開戰鬥，反擊敵人〉，台北，《民族報》，一九四九年十一月十六日。
8 王德威：〈五十年代的反共小說新論——一種逝去的文學？〉，載瘂弦等主編：《四十年來中國文學》，台北，聯合文學出版社，一九九五年。

反共文學的要素和特點為：

1、是倉促去台的流亡者即外省作家的文學，本省作家未曾參與；

2、是政治掛帥為推翻大陸紅色政權造聲勢的文學；

3、是寫國軍和解放軍所謂如何「英勇善戰」，為國民黨的軍事政策和文藝政策作圖解的文學；

4、是來自憤怒和仇恨的文學，同時反映了動亂時代的文學；

5、是所謂「反共愛國」的文學。作家們是因為「愛國」即思念故鄉大陸而反共，這是認同一個中國，把大陸看作老家即為「打回老家去」吶喊的文學。如上官予寫於一九五三年的〈懷鄉〉：

給我北國的堅冰，
放在我懷中；
這懷鄉病的燃燒，
勝過烈火的燃燒。

給我北國遲開的春花，
植在我心田；
這懷鄉病的饑渴，
勝過凍結的泥土的饑渴。

……

「北國的堅冰」、「北國遲開的春花」，是一種飽含歷史文化意味的意象。國共內戰的離亂背景，長期以來制約著台灣詩人的創作心態，成為他們抒發「家國之恨」的主要憑據。當這種政治上的放逐與身體的放逐聯結在一起時，便引發出仇恨的情感。這具體表現在此詩最後一段「給我霹靂巨響」炸掉紅色政權，「把勝利的刀槍／懸掛在故鄉的牆上」。這是五六十年代外省文人寫的典型的「反共懷鄉」之作。

如何鑒別反共文學？在標準上最好能輔之於量化，即有極少量為應景涉及反對共產主義制度的內容的作品，以及有個別作套話用的「台灣是光復基地」的反共詞句的文章，不能籠統稱之為反共文學，如國民黨元老于右任寫於一九六二年的〈天的悲歌〉：

葬我于高山之上兮，
望我大陸；
大陸不可見兮，
只有痛哭！

葬我于高山之上兮，
望我故鄉；
故鄉不見兮，
永不能忘！

天蒼蒼，
野茫茫，
山之上，
國有殤！
不得大陸，
不能回鄉，
大陸乎，
何日光復？

此詩從頭至尾均是懷鄉，「光復」只是光明的尾巴。再如鹿橋的《未央歌》，人們將其定位為「抗戰愛情小說」而不是「反共小說」，是因為作品的反共傾向是隱晦而非直接的，這不多的內容又為浪漫的愛情氛圍所掩飾和沖淡。同樣的道理，台灣大學外文系教授齊邦媛在兩岸先後出版的《巨流河》，其中也有不少「剿匪」、「復國」的詞句，還把東北解放稱作「淪陷」，尤其是敘述國共內戰時期所體現的歷史觀與大陸完全相反，但這類的內容在全書中並不占主導地位，從而不影響這本書成為一部反映中國近代苦難的家族記憶史、一部過渡新舊時代衝突的女性奮鬥史、一部台灣文學走入西方世界的大事記、一部用生命書寫壯闊幽微的天籟詩篇。另方面對中國共產黨不滿以及批評中國共產黨極左政策的作品，也非嚴格意義上的「反共文學」，如陳若曦的《尹縣長》，用第一人稱的視角，冷靜而從容地訴說一位擁抱社會主義的愛國愛民的好縣長，在十年動亂初期被不明不白槍殺的悲劇。尹飛龍原是國民黨高級將領，率部投誠後被安排在陝西某地當縣長。在任職期間，他任勞任怨為老百姓辦了許多實事好事。當政治運動一來，卻被當作「潛伏敵人」鎮壓。尹縣長至死仍不理解為什麼要發動這場文化大革命。作品對「文革」踐踏民主與法制和濫殺好人的做法作了無情的揭露，同時也表現了作者「烏托邦的追尋與幻滅」。作者就這樣從一個「海歸」知識份子的角度看十年浩劫的殘酷現實，成為「傷痕文學」的先聲。可是那些對大陸懷有敵意的台灣評論家把陳若曦說成是反共作家，陳若曦聲明她的作品「並不直接暴露文革時期那些無法無天的全貌，還帶著三分寬宥的心情」[9]，自己也不是什麼反共人士，她只反對文化大革命的專橫而不反對社會主義和共產主義。她這一表白，很使一些反共評論家如姜穆大失所望[10]。

作為國統區反共文學延續的戰鬥文藝的產生，有其複雜的歷史背景。國民黨退守台灣後，人心浮動，普遍對前途失去信心，擔心共軍不久便會解放台灣。另方面，當局雖然高喊「反共復國」，可當時國軍只有兩個不健全的師，根本無法和解放軍對仗。更何況撤退到台灣的軍隊，官兵們如驚弓之鳥，既疲憊又無現代化裝備，根本不是人民解放軍的對手。在國防方面，美援已停擺。美國白皮書的發表，無異宣判「中華民國」政府的死刑。故為了鼓舞士氣，安定人心，讓風雨飄搖的台灣社會站穩腳跟，當局便大力提倡戰鬥文藝和反共文學，並成立「以獎勵辦法，鼓舞作家從事反共抗俄的文藝寫作」的「中華文藝獎金委員會」。

9 〈陳若曦的文學聲音〉，台灣，《暖流》，一九八二年四月。

10 姜穆：〈陳若曦的底牌〉，載姜穆《解析文學》，台北，黎明文化公司，一九八六年，第一五〇頁。

在這種政治轉型期，由於「反共復國」利益高於一切，文壇本無百花齊放一說，特別是創作自由，反而由官方統一監管，目的是動用「文獎會」的有限資源進行反共宣傳與「反攻大陸」的鼓動，同時運用行政手段排斥或弱化與戰鬥無關的風花雪月作品。「文獎會」成立僅一年，就動員了三千餘人從事反共文學的創作。據張道藩回憶，從一九五〇年四至十二月，應徵文藝創作部分，共計收到兩千四百多件，有七百多萬字，採用了四百多件，有一百三十多萬字，皆得到稿費的補助。舉辦徵獎部分，包括歌詞、歌曲、文藝論文、文藝講演、小說、劇本各類，先後舉辦三次，共計收到應徵稿一千四百多件，除曲譜、漫畫等不計字數外，有二百八十多萬字，前後得獎者七十人[11]。在這眾多投稿者中，有許多是「改換筆觸，著力於思想戰」的老作家，也有初出茅廬的文藝青年。當然，也有些外省作家尤其是女作家不聽這一套，大寫以家庭、倫理、男女關係為題材的軟性作品。如徐鍾佩的《英倫歸來》、艾雯的《青春篇》、張秀亞的《牧羊女》。

反共文學的形成離不開三民主義意識形態的確立特別是其制度化過程，在這種意義上，反共文學是三民主義文學的主幹部分。反共文學的形成同樣離不開政治文化的邏輯，有著與文藝創作規律不調和、不相適應的矛盾，它同純文學必然有難以彌合的距離。為使戰鬥文藝運動勝利開展，當局強調用三民主義去調和去改造標榜趣味性、藝術性第一的作品。

反共文學可分為四個階段：

1、一九四九年底孫陵等少數人鼓吹；

2、官方於一九五五年正式推動；

---

11 轉引自《當代中國新文學大系．史料與索引》，台北，天視出版公司，一九八一年。

3、「國防部國軍文藝金像獎」於一九六五年設立；

4、國民黨九屆三中全會於一九六六年通過加強戰鬥文藝領導案。

五十年代最活躍的反共作家，在黨政界有張道藩、陳紀瀅、王平陵、葛賢寧、王集叢、彭歌、司徒衛、劉心皇、王藍等人，軍中作家則有司馬中原、段彩華、朱西寧、端木方、高陽、姜貴、姜穆、鄧文來、田原、張放、蕭白、楊念慈、楚卿。代表作有陳紀瀅的長篇《荻村傳》、朱西寧的小說《火炬》、姜貴的長篇《旋風》、王藍的小說《藍與黑》、段彩華的小說《幕後》、鍾雷的詩集《在青天白日旗幟下》。到了六十年代，由於現代派的崛起和鄉土文學的出現，反共文學由主流降為支流地位。代表作有司馬中原的長篇《荒原》、陳紀瀅的長篇《華夏八年》、姜貴的長篇《重陽》、張放的小說《鐵馬冰河》、王祿松的《鐵血詩抄》。儘管軍中作家在這時期力挽狂瀾，但仍乏回天之力。據台灣青年學者秦慧珠統計，「雖然六十年代的文學雜誌仍然蓬勃，但反共小說的比例銳減，從五十年代平均佔有百分之三十的高標準，下降到只有百分之十四，下降幅度達百分之六十，實不可謂不大。而除了有五十年代堅持不刊登反共小說的《文學雜誌》為前例外，六十年代又有《現代文學》、《純文學》和《文學季刊》呈現這樣的編輯理念」[12]。進入七十年代，鑒於軍中作家反共題材已被挖掘得山窮水盡，難於翻出新意，只好依靠從大陸逃出的青年為反共文學注入活力，如廈門大學學生阿老（真名周野）於一九七二年從金門偷渡到台灣後，創作有控訴大陸的長篇《腳印》，另有廣州紅衛兵杜鎮遠偷渡到澳門再轉至台灣，出版了以文革為題材的長篇小說《失去》。八十年代是多元化的時代，新創刊的《亞洲華文文學》和《聯合文學》堅持純文

[12] 秦慧珠：《台灣反共小說研究（一九四九至一九八九）》，中國文化大學中文研究所博士論文，二〇〇〇年，自印。

學路線，不刊登反共作品。軍中文藝雜誌所刊登的反共文學，也是王小二過年，一年不如一年：由原先占全部作品的77％到下降為35％，其他文藝雜誌所刊的反共小說只占全部作品的5％[13]：

八十年代文藝雜誌中反共小說比率：

雜誌名	刊行時間	小說篇數	反共小說篇數	百分比％
《中外文學》	一九八〇年一月－一九八九年十二月	170	0	0
《明道文藝》	一九八〇年一月－一九八九年十二月	396	14	4
《文藝月刊》	一九八〇年一月－一九八九年十二月	820	22	3
《自由青年》	一九八〇年一月－一九八九年十二月	26	0	0
《幼獅文藝》	一九八〇年一月－一九八九年十二月	306	23	8
《暢流》	一九八〇年一月－一九八九年十二月	98	5	5
《新文藝》	一九八〇年一月－一九八三年六月	140	49	35

13 秦慧珠：《台灣反共小說研究（一九四九至一九八九）》，中國文化大學中文研究所博士論文，二〇〇〇年，自印。

《創作》	一九八〇年一月－一九八三年十月	252	2	1
《文壇》	一九八〇年一月－一九八五年十一月	139	8	6
《中華文藝》	一九八〇年一月－一九八五年四月	113	7	6
《現代文學》	一九八〇年三月－一九八四年三月	73	6	8
總計／平均		2533	136	5

反共文學之所以在八十年代末期走向衰亡，其原因為：

第一是走過「漢賊不兩立」的歲月，形勢發生了根本的轉折。蔣經國在八十年代初提出「三民主義統一中國」的口號，取代「反攻大陸」的政策。接著宣佈解除戒嚴，開放黨禁和報禁。一九八九年一月，法務部研擬完成《台灣地區與大陸地區人民關係暫行條例草案》，從此「淪陷區」的惡稱已被中性的「大陸地區」所取代。一九九一年四月三十日當局正式宣佈「動員勘亂時期臨時條款」作廢，這使反共文學存在失去了根基。

第二是反共文學的倡導者成分複雜，有許多人在心理上不健全。反共文學為什麼到了一九六〇年代以後就走下坡路了呢？在紐約，一位觀察家告訴王鼎鈞：「反共的人共有五類：有仇的，有病的，有理想的，有野心的和莫明其妙的。」這說得真是透闢和深刻。王鼎鈞由此想到這五種人的組合互動，「可能一個有病的排斥一個有理想的，可能一個有仇的指揮一個有病的，也可能一個有野心的出賣一個莫明其妙的。位居他們之上的總指揮，可能有仇、有病、有理想，也有野心，有時候更是莫明其妙」[14]。以這種人指揮作家寫反共文學，這就難怪這類作品絕大多數只有「戰鬥」而無「文學」。

第三是創作源泉枯竭。像外省作家的第二代，均未親歷過國共內戰，要他們像老一輩那樣高舉「反共抗俄」大旗，顯然無法勝任。就是老一代作家，鑒於兩岸老死不相往來有四十多年，對大陸一九四九年後的情況一無所知，當局又封鎖大陸消息，卻號召作家寫大陸同胞生活在所謂水深火熱之中，這只能靠想像，準確的說法惟有靠編造。「從耳語、小道消息，從被塗去、被撕裂，以至於整頁消失的《時代週刊》、《新聞週刊》窺測鐵幕後的」[15]大陸而獲得可憐的素材，如此創作焉能不假，焉能獲得讀者的青睞？

第四是反共文學存在著嚴重的公式化、模式化、口號化傾向。被稱為「反共文學第一聲」的孫陵所創作的〈保衛大台灣〉歌，便是典型：

> 保衛大台灣！保衛大台灣！保衛民族復興的聖地，保衛人民至上的樂園！萬眾一心，全體動員！節約生產，支持前線！打倒蘇聯強盜！消滅共匪漢奸！我們已無處後退！只有勇敢向前！向前！

14　王鼎鈞：《文學江湖》，台北：爾雅出版社，二〇〇九年。

15　施淑：〈現代的鄉土——六、七〇年代台灣文學〉，載楊澤主編：《從四〇年代到九〇年代》，台北，時報出版公司，一九九四年，第二五五頁。

波浪滔天，海濤驚險！大海是敵人送死的墳墓，金澎舟山是我們海上的鋼拳！敵人來一千，我們殺一千！敵人來一萬，我們殺一萬！完全徹底乾脆殲滅！決不放鬆奸匪生還！是民族戰士，是愛國男兒，拿起武器，奔赴前線！殺盡共匪！打倒蘇聯！保衛台灣！保衛民族聖地！反攻大陸！光復祖國河山！

臺胞七百萬，快快總動員！七百萬人一條心！拿起武裝上前線，殺盡共匪保家鄉！打倒蘇聯護國權！海陸空軍聲勢雄壯！勇敢戰鬥，齊步向前！殺盡共匪，打倒蘇聯！保衛反攻戰線，保衛金澎舟山！保衛家鄉！保衛自由！保衛祖國！保衛大台灣！

這種殺聲四起的叫喊和濫用感嘆號有如不斷丟炸彈的寫法，使這種作品成了病態文學，所綻開的是白色而荒涼的藝術花朵。當孫陵們把所謂「一年準備，二年反攻，三年掃蕩，五年成功」作為自己的最高理想時，其作品自然難以顧及藝術性，更難和現實對上號。但由於這類作品深得主流話語的欣賞，寫的人便愈來愈多。反共作家高密度生產，造成文壇的壟斷，非戰鬥文藝發表難甚至無法與讀者見面；許多反共作家不是為藝術而寫作，而是為官方「中華文藝獎金委員會」的獎金和高稿酬寫作，這就難免使作者靠官式簡陋的宣傳提綱去作政治圖解，去粗製濫造，陷入「愛情加反共」、「知識份子誤入共產黨又覺醒」的模式，或捏造「共產黨勾結日寇打國民黨」的情節取悅官方。尤其是作家們把詛咒、復仇當作寫作動力，反共反到後來變成一切必須與共產黨完全相反，這就與實事求是和現實狀況相差十萬八千里。關於「戰鬥文藝」走向公式化、概念化的情況，連「文藝總管」張道藩也不否認。他認為反共詩人寫的作品，「老是那一種形式，那一種調兒，那一種風格，讀十遍同讀一遍是一樣的感覺」，而反共小說則是「千篇一律的形式，千篇一律的佈局結構，千篇一律的敘述描寫，千篇一律的語言文字」[16]。

第五是生產反共文學的體制尤其是監管手段存在著許多缺陷。據王鼎鈞回憶，當時不寫反共文學一般不會有人動員和找麻煩，而寫反共文學的作家一旦不小心暴露了時局的黑暗，或某個用詞出現差錯，主管意識形態負責檢查書刊的「台灣警備總司令部」立刻上門「約談」。反共文學倡導者由於弦繃得過緊，以至疑神疑鬼而走向極端，出現由反共演化為「反反共」的弔詭現象：如反共有功的孫陵所寫的小說《大風雪》以及《保衛大台灣》歌因與「包圍打台灣」同音居然遭查禁。連以查禁別人作品為職業的反共文學祖師爺張道藩寫的反共歌詞〈老天爺〉，也因不符合反共文學標準而被軍方列上查禁的黑名單。那是一九五三年，張道藩剛登上立法院長的寶座，便召集中國文藝協會小說組學員茶敘，希望他們起來創作反共文學。張道藩親作示範，改編了一首明朝人寫的歌謠，他十分得意站起來朗誦道：

老天爺你年紀大
耳又聾來眼又瞎
看不見人聽不見話
殺人的共匪為何不垮
大陸同胞活活的餓煞

16 張道藩：〈論當前自由中國文藝發展的方向〉，臺北，《文藝創作》，一九五三年，總第二十一期。

老天爺你不會做天你塌了吧
……
孩子們我雖然年紀大
耳還沒有聾眼也沒有瞎
我還看得見人聽得見話
那殺人放火的不會永享榮華
那善良的人們不會完全餓煞
孩子們瞧著吧萬惡的共匪一定垮

據王鼎鈞回憶，五四運動的知名人士羅家倫聽了後馬上說，明朝那首民歌原先是咒罵崇禎皇帝的，無形中同情李自成造反，天下後世已經把「老天爺」和「皇帝」合二為一，希望張道藩不要讓讀者誤解他的好心，為此得罪自己的主子蔣介石。王鼎鈞贊同羅家倫的看法，但張道藩認為他的主觀動機是用改寫後的歌詞反映大陸同胞的所謂「痛苦和悲憤」，全文從頭至尾都貫穿反共主題，希望大家「照著我的理解來理解」[17]。張道藩把歌詞寄到美國，請名家趙元任譜曲，長期得不到答覆。過於自信的張道藩沒想到這可能是官方的某種信號，仍就近改請劉韻章作曲，台灣的中國廣播公司於一九五三年十二月一日播出。誰料到這個新版本並未在民間流行，「原版本」卻趁此機會亮相：

[17] 王鼎鈞，《文學江湖》，台北：爾雅出版社，二〇〇九年。

老天爺你年紀大
耳又聾眼又花
你看不見人，聽不見話
殺人放火的享盡榮華
吃素看經的活活餓煞
老天爺你不會做天，你塌了罷！
你不會做天，你塌了罷！

在官方的辭典裏，「老天爺」幾乎是「老總統」的同義語，於是屬於軍方的「警備總司令部」下令查禁這首歌詞。王鼎鈞親眼見到新聞局匯編出版的查禁歌曲目錄，其中有一首〈老天爺〉，作者的名字赫然寫著「張道藩」[18]。

第六是在台灣社會走向穩定以經濟建設為主的年代，讀者早已厭倦這些打打殺殺及血淚控訴的作品，不可能再和與中共有深仇大恨的作家為大陸的失守而共同流淚，「因此傳統反共題材已漸失去對讀者的吸引力，反而是開放探親後，描寫離鄉遊子老年返鄉的『探親文學』，成為另一種撼動人心的文學素材。只是這一類『探親文學』的觸角，往往著重在大時代中政治現實左右了人倫悲劇的滄桑與無奈，並不專注於

18 王鼎鈞，《文學江湖》，台北：爾雅出版社，二〇〇九年。

反對哪一個政權，因此和傳統的反共文學，有著意涵上的不同。」[19]

總之，是不可阻擋的兩岸交流終結對大陸紅色政權的咒罵，從而促使反共文學再也無法「光輝永續」。作家們頻繁和大陸文人交往，發現彼此都是同胞兄弟而非反共小說所寫的妖魔。大陸作家作品不斷進軍台灣，島內讀者發現這些所謂共匪作家的作品，比反共文學更有新鮮感和吸引力。大陸不再閉關鎖國，不再以階級鬥爭為綱，大陸人民生活一天天走向小康，絕非反共小說所寫的共產黨窮到一條褲子穿二十年，其社會價值和整體形象與孫陵筆下描寫的共匪已完全不同。尤其是後來國民黨名譽主席連戰到北京和中共總書記胡錦濤緊緊握手，在這種敵我正在言歡的形勢下，如再寫共幹如何殺人放火，如何十惡不赦，無異是胡言夢囈存心欺騙讀者和破壞兩岸交流，故作為一種「因意識形態而興，因意識形態而頹」[20]的文學思潮和文學運動，戰鬥文藝到了九十年代只好成為歷史名詞，反共文學也隨之而壽終正寢[21]。

原載於台北《傳記文學》二〇一二年三月；《學術界》二〇一二年九月

19 秦慧珠：《台灣反共小說研究（一九四九至一九八九）》，中國文化大學中文研究所博士論文，二〇〇〇年，自印。

20 王德威：〈五十年代的反共小說新論——一種逝去的文學？〉，載瘂弦等主編：《四十年來中國文學》，台北，聯合文學出版社，一九九五年。

21 這並不等於說，台灣作家再無人反共或不再有個別反共作品出現。如龍應台的《大江大海一九四九》，便是「現代版」的反共作品。「終結」係從整體上的文學運動而言。

鍾鼎文的生平及其對台灣詩壇的貢獻

初生之犢不畏虎

鍾鼎文（一九一四～二〇一二），本名國藩，筆名番草，安徽省舒城縣人。一九二九年入上海吳淞中國公學大學部政經系就讀，次年他以「蕃草」的筆名在戴望舒主編的《現代》雜誌上發表詩作，成為「現代派」的一分子。一九三二年，上海公學因一二八事變被炸得片瓦不存，鍾鼎文只好到北京，借讀北京大學，修滿學分後考上日本京都帝國大學哲學系後轉社會學科。他在此期間刻苦鑽研美學，並用自己的青澀之筆翻譯黑格爾的《美學導論》。那段時間，上海《申報》聘他做日本特派員，主要職責是採訪日本重大新聞，時值偽滿洲國的溥儀訪日遭韓國人襲擊，正在現場採訪的鍾鼎文被疑為間諜，由此被日兵監視。有一個晚上，鍾鼎文讀到日本名家松尾芭蕉寫古老池塘青蛙跳進去的聲音的詩作，便靈機一動由二樓丟東西進一樓花園的池塘中，讓監視他的日兵轉移注意力使自己讀書不受干擾，後來日本兵看到他是一個本分的讀書人，便撤銷了對他的監視，由此可看出鍾鼎文的機智與勇敢。

一九三三年畢業於京都帝國大學的鍾鼎文，次年繼續在上海《現代》及《春光》發表〈水手〉、〈自畫像〉等詩。一九三六年擔任南京中央軍校教官，兼任復旦大學教授。次年任上海《天下日報》總編輯，詩人艾青隨其任副刊主編。抗戰爆發前曾加入馬占山將軍的抗日義勇軍，欲赴前線參加長城戰役，卻因氣候適應不了與年紀太小未能實現。盧溝橋事變後，他投筆從戎，任第五戰區少將參議兼安徽省黨政軍聯合辦公廳主任秘書。此時有人發密電給蔣介石，誣告鍾鼎文是左派。為了洗清罪名，鍾鼎文長途跋涉到重慶，花了一個月時間向時任委員長的蔣介石澄清事實。他的這一片誠心使蔣介石解除了對他的懷疑。抗戰初期鍾鼎文應聘赴桂林任《廣西日報》總編輯，艾青也隨其任副刊《南方》主編。抗戰末期，鍾鼎文赴重慶任職國民黨中央黨部文書處長，日本投降後隨政府定居南京。

一九四九年鍾鼎文辭去黨職後隨軍去台，歷任國大代表、《自立晚報》與《聯合報》、《中國時報》主筆和世界詩人大會榮譽會長、世界藝術與文化學院院長、台北市民營報業聯誼會秘書長、《新詩》週刊主編、「中華民國新詩學會」會長等職，為《聯合報》廣受歡迎專欄「黑白集」作者群之一。曾獲中山文藝獎、中國文藝協會榮譽文藝獎章及國際桂冠詩人獎，第一屆、第三屆世界詩人大會傑出詩人獎、世界華文文學終身成就獎等。出版詩集有：《三年》[1]、《行吟者》[2]、《山河詩抄》[3]、《白色的花束》[4]、《國旗頌》[5]、《雨

1 安徽省文化委員會，一九四〇年初版。
2 台北，台灣詩壇雜誌社，一九五一年。
3 台北，正中書局，一九五六年。
4 台北，藍星詩社，一九五七年初版。
5 台北，中央日報，一九六二年。

季》[6]、《鍾鼎文短詩選》[7]。另有英、法、德、荷蘭文詩集出版。

一生歷經政界、新聞界及文壇的鍾鼎文，是早慧的孩子。五、六歲時，鍾鼎文上私塾便開始讀四書五經，由此打下國學根基。在七歲時他認識了漂亮的小女孩向荃。作為小學同班同學，他還記得初見到向荃就喜歡上她，真可謂是青梅竹馬，可惜中間失去聯繫數年，直到抗戰時鍾鼎文留日歸國回故鄉，而向荃則因後撤到六安經過舒城，兩人在路邊巧遇，鍾鼎文便下決心把握這次難得的機會，要和她結秦晉之好，後來果然實現。二〇〇六年，鍾鼎文相知相識八十五年摯愛的妻子在台北仙逝。鍾鼎文想起中國人落葉歸根的古訓，於九月二十二日將太太向荃的骨灰帶回安徽省舒城縣河口鄉，安葬於祖居後山的「春秋陵園」公墓。

鍾鼎文外祖父家是書香門第，父親時任安徽省律師公會理事長。小時侯鍾鼎文相當頑皮，在接受採訪時他說，自己就像現在人說的好動兒一般。他們家重視下一代教育，父親原本送鍾鼎文上縣內小學，但校方深怕喜歡活動的他出現意外而建議其父親讓姐妹們陪鍾鼎文一起上學，這樣和女孩子一起可以得到制衡。正因為鍾鼎文跟姐妹們上學時接受了西方教育，知識面較寬，對新世界與外國進步的思想與知識的潮流都非常嚮往，甚至可說求知欲望非常「飢渴」，故上小學、中學都跳級。

鍾鼎文十四歲時加入國民黨。留學日本期間，在其安徽府上發生重大血案，造成父母雙亡。有人認為是「土共」所為，官方還抓了兩個長工做替死鬼，其生死就等鍾鼎文的裁決。從小受忠恕仁義教育的鍾鼎文，反對血債要用血來還的做法，當機立斷決定恢復這兩位兒時玩伴的人身自由。善有善報，惡有惡報。

---

6 台中，台灣省新聞處，一九六七年。

7 香港，銀河出版社，二〇〇二年。

鍾鼎文在抗戰時期多次遇到難關或遭人落井下石，尤其是在廣東梅嶺被日寇追殺時，都能化險為夷，人身安全無大問題。「由此可知其不懼強權的仁愛的精神，與如初生之犢不畏虎的勇敢精神」[8]。

出手不凡，耐人尋味

鍾鼎文登上詩壇是一九三〇年。作為安慶第一中學高中生的鍾鼎文，登臨學校附近的鎮風古塔時受陳子昂的〈登幽州台歌〉啟發而創作了處女作，發表在《學生周記》上。兼任報紙副刊編輯的語文老師高歌，在發表此詩時從鍾鼎文本名鍾國藩的「藩」字拆字做筆名「番草」。下面是收入《白色的花束》第六十四、六十五頁的〈塔上〉：

我登臨在塔上——

在塔影的下面，
是無邊的屋瓦；
在瓦浪的下面，

8 劉正偉：〈現代詩壇的推手——前輩詩人鍾鼎文先生專訪〉，台北，《乾坤詩刊》四十二期，二〇〇七年夏季號。本文有關鍾鼎文生平部分吸收了此文和郭士棒的成果。

是百萬的人家。
在那些人家裏，
許會有小小的院落；
在那些院落裏，
許會有各種的花。

那些花，
寂寞地開著，
又寂寞地落下……

此詩緣情寫景，情景相生。作者用層層遞進手法寫登塔所見。這幅風俗畫視線由近到遠，後來由遠到近。雖無「欲窮千里目，更上一層樓」的哲理性，但結尾有人生的感慨和寄託。全詩押韻，適合朗誦，由此可看出其出手不凡。國民初期有這樣的好詩，說明新詩已度過了「嘗試期」。

鍾鼎文求學時正值國共合作，後來兩黨分裂，國民黨清黨時把許多思想左傾的學生實行關押直至槍斃，這其中有許多是鍾鼎文要好的同學與摯友，詩人不贊成這種專制手段，認為對年輕人應該以感訓導正的手段教育，這不僅可給學生一個機會，而且可以減少冤案的發生。教育部門認為鍾鼎文對黨國不忠、有參與風潮的嫌疑，於是對他發出通緝令。這是他八〇年後回返故里才在安慶第一中學一百周年校慶當年的紀念冊上發現的，他猛然想起父親當時叫他離開家鄉到上海原來是為了避禍，可更名為鍾靈的他來不及辦轉學證明，無法讀書只好到處打工。他一邊工作一邊寫詩投稿以煮字療饑。在有名的《東方雜誌》上，常可看到他的詩作，其中〈船〉這首詩還得了一筆不菲的稿酬。一九三六年他又在上海《東方文藝》發表描寫江北大饑荒的詩作〈家庭〉，受到左傾文藝批評家們的好評。這首寫實詩，充滿了人道主義關懷，王任叔即巴人就曾撰文加以表彰，盛讚此詩的新寫實主義。不過鍾鼎文對此並不以為然。他認為，任何主義或理論只是作品的包裝，最重要的應是作品內容要有真實感情，空談理論並不能指導創作。

鍾鼎文在三〇年代發表的詩和戴望舒一樣，多抒發憂鬱和暗淡的情緒，如他的〈橋〉[9]，所用的詞語不是「灰白色的」、「灰黑色的」，就是「疲倦了的」、「脆弱的」、「濁」，其中所流露的是一種深沉的喟歎。盧溝橋的炮火，敲碎了現代派詩人所營造的象牙之塔，鍾鼎文的詩風由此改變。他不再彈唱靈魂的顫音，而轉向關注社會和政治，所不同的是他寫抗日詩歌不寫炮火連天的場面，如〈還都・飛行〉：

南京——重慶
八個年頭的烽火轉進；
重慶——南京
三個鐘頭的天馬航程。
百戰歸來，山河依然無恙！

9 上海，《新詩》，一九三七年，第六期。

萬里川原是銀鑲的織錦，
千重嶺嶽是金鑄的浮雕；
從雲端俯瞰故國，更覺嬌嬈。

忽然間，回想起身經萬劫，
轉覺得，恍惚是千年的歸鶴；
看大地上點點的村莊，斑斑的城郭，
該都是遺民的淚，戰士們的血。

開頭寫時空的演進，形象地敘述出抗戰的歷程，字裡行間充滿著對祖國河山的熱愛。「銀鑲」、「金鑄」用詞精確，生動地寫出祖國的嬌嬈和強大，不懼怕任何敵人的侵略。「身經萬劫」與「千年歸鶴」相對照，寫得含蓄，耐人玩味，尤其是結尾充滿了憂患意識，特別感人。

鍾鼎文的詩抒情濃郁，不同於紀弦強調知性弄得語言乾巴和難懂。在語言創造上，他注重詩的音樂性，同時也善於用寫實筆法表現自己的人生抱負，如一九三二年作於山東旅次的〈登泰山〉：

它站著，它是泰山。
在它的上面，我站著，
而我的上面，是天……

天，從我的上面，垂向四方，
山，從我的下面，波及四邊；
天與山，在遠處連成一線，
以我為軸，劃出宇宙的渾圓。
在此時，在此地，我是一點，
寄託於無邊際的時間、空間；
我要以我的有限，對抗無限，
放開懷抱，高歌在泰山之巔。

在我的上面，是天。
在天的下面，我站著，
而我的下面，是山……
啊啊，泰山，
你且站在下面！

此詩用單純的意象寫出了作者敢叫泰山「站在下面」的不凡抱負。這種抱負不是通過說教寫出，而是先描繪泰山的地理位置，然後寫天與山如何連成一片。作者不是狂妄之人，他深知自己的渺小，在宇宙間只是「一點」，但作者不怕體單力薄，要以有限對抗無限。「泰山，你且站在下面！」，這是何等動人的雄心壯志！由此也可見，高亢豪邁是這首詩的主旋律。

現代詩壇的重要推手

鍾鼎文與紀弦、覃子豪並稱為「台灣詩壇三老」。這「三老」年輕時均在大陸認識，如鍾鼎文與覃子豪是在北平一家書局二樓因為同班學習「世界語」而認識的，紀弦則是鍾鼎文流亡上海時因寫詩而結緣，他們的友誼一直延續到海島。縱然在文學觀上有差異與爭執，像紀弦與覃子豪常常打筆墨官司，但打完仗後交情依然故我，而鍾鼎文也常常當他們的調解人。如果說這「三老」——紀弦是把現代派的火種由大陸帶到台灣，覃子豪是以詩的教育者和播種者著稱，那鍾鼎文的貢獻表現在充分利用自己的行政資源和影響力創辦詩刊，並讓台灣詩人與國際接軌。

正如劉正偉所說：「鍾鼎文先生亦是現代詩壇的重要推手」[10]。一九五〇年十一月十七日，《自立晚報》副刊《萬家燈火》刊載香港報紙剪稿〈草山一蓑翁〉，其中「草山」是指蔣介石的辦公兼居住之地（後改名為陽明山），這裏用「蓑翁」比喻「總統」，遭官方指涉對蔣介石有不敬之處而停刊，並被處以永不復刊的處分。次年鍾鼎文努力向蔣經國提議復刊，後果然在九月復辦。鑒於當時新詩人苦無發表的園地，而任該報總主筆的鍾鼎文自己同為新詩的作者與愛好者，於是由紀弦慫恿，鍾鼎文便得寸進尺爭取到《自立晚報》的版面創辦《新詩》週刊，並邀請紀弦、葛賢寧等人一同主編，還請立法院長張道藩題刊

10 劉正偉：《早期藍星詩社（一九五四——一九七一）研究》，佛光大學博士論文修訂本，二〇一二年一月二十日自印。

頭。這儘管有「背書」的意味，但《新詩》週刊畢竟為重建戰後的台灣詩壇，促成現代詩在台灣的蓬勃發展作出貢獻。

不是獨立發行的《新詩》週刊，其版面共占《自立晚報》六－八欄，其中一至五十二期為七欄，五十二至七十四期為八欄，七十四期後縮小為六欄。關於這個「週刊」的創辦人、主編者，各種史書說法不一，如有人認為「週刊由葛賢寧、李莎、覃子豪、紀弦、鍾鼎文等人主編和創辦」，這是把創辦人與主編者混為一談。據劉菲採訪鍾鼎文，「週刊」的創辦人應是鍾鼎文、葛賢寧、紀弦三人，其他人均是後來加入參加編務。「週刊」於一九五一年十一月五日出刊第一期，當時沒有印主編名字，而實際負責的是上面講的三位元老。他們都是業餘的：紀弦是成功中學教師，葛賢寧是張道藩的秘書，鍾鼎文是《自立晚報》總主筆。後來紀弦任課繁重，靠編刊寫稿補貼生活很累，因而編了一段時間後交給覃子豪接手，覃子豪因公出差時則由李莎接棒[11]。

台灣的新文學史家為現代詩寫史時，通常從紀弦創辦《現代詩》寫起，而忽略了《新詩》週刊的存在，這是很不公正的，正如麥穗所說：「週刊和那幾位主持人是現代詩和詩刊在台灣的傳薪者和開山者。」[12]該「週刊」自一九五三年九月十四日停刊，共出版九十四期。停刊的原因是《自立晚報》調整版面，編者在〈告別作者和讀者〉中云：「本刊在自由中國詩壇是最早而悠久的詩的刊物……本刊發現了不少優秀作者，如蓉子、童鍾晉、騰輝、楊喚、方思、郭楓、陳保郁、林郊、林泠、謝青、李政乃、螢星、

11 劉菲：〈關於新詩週刊〉，台北，《新詩學報》，一九九一年六月，第五期。

12 麥穗：〈現代詩的傳薪者〉，台北，《自立晚報》，一九八二年十二月二十九日。

潘夢秀、梁雲坡、金刀、漱玉等」。這其中堅持繼續創作成了名詩人的有蓉子、楊喚、方思、郭楓、林泠等人。據向明回憶：當年蓉子的抒情小詩膾炙人口而成為詩壇一大亮點[13]，至於「週刊」所刊登覃子豪的《海洋詩抄》系列作品，是台灣當代新詩史的重要名篇，其中〈追求〉至今為人所傳頌：

大海中的落日，
悲壯得像英雄的感歎。
一顆星追過去，
向遙遠的天邊。

黑夜的海風，
括起了黃沙，
在蒼茫的夜裡，
一個健偉的靈魂，
跨上了時間的快馬。

13 向明：《詩中天地寬》，台北，台灣商務印書館，二〇〇六年，第二八七頁。

這首詩發表時，鍾鼎文以「番草」的筆名加編者按：「在我所讀過的新詩中，〈追求〉是我永誌不忘的好詩之一。這短短的九行詩，將滄海落日啟發人類對於時間消逝之迅速與嚴肅的感覺，完整地把握住，其淨化的思想，確已進入了詩的最高境界。這首詩打擊了我的自負，但也安慰了我，鼓勵了我。」

鍾鼎文不僅編詩還教詩，一九五三年十二月一日成立的「中華文藝函授學校」新詩班教員名冊除有覃子豪、紀弦、鍾雷等人外，另有鍾鼎文。一九六一年十月，中國詩人聯誼會與中國文藝協會，在台北市水源路文協大樓舉辦為期半年的「新詩研究班」，作為班主任的鍾鼎文所講授的是「中國詩的源流」。這個研究班培養了文曉村、古丁、王在軍、藍雲等一批著名詩人。

鍾鼎文的第二貢獻是一九五四年三月與覃子豪、余光中、夏菁、夏禹平、蓉子等人發起成立「藍星詩社」，陸續加入該詩社的有羅門、張健、向明、吳宏一等人，其中學院派人士不少，近乎精英們沙龍式的雅集。他們的結合，係對「現代詩社」的一個「反動」。紀弦要從事「橫的移植」，他們不贊成。紀弦要打倒抒情，他們的作品卻以抒情為主。該詩社社性低，「黨性」不強，從未標榜什麼主義和流派，奉行的是溫柔敦厚的抒情路線，對不可一世的紀弦具有制衡作用。後來鍾鼎文與喜歡標榜自己的覃子豪意見不和而退出，另於一九六七年聯合詩界籌組「中華民國新詩學會」，並當選為會長。此「學會」儘管沒有創世紀、藍星詩社影響大，但畢竟團結了一小批非主流詩社或未加入詩社的作者。

鍾鼎文的第三貢獻是於一九七三年與菲律賓資深詩人尤松發起組建並召開第一屆世界詩人詩人大會，並被推舉為會長，後又共同創辦「世界藝術與文化學院」，作為世界詩人大會活動開展基地，由鍾鼎文出任院長。世界詩人大會已在各國召開二十六屆，每年台灣代表都不缺席，鍾鼎文為台灣新詩與國際詩壇接軌鋪平了道路。

讓抒情與敘事結合

長期身居要職的鍾鼎文到台灣後，其經歷和官方背景，使他較少寫出關懷社會之作，產量也不夠豐盛。應該肯定的是：他的詩境從此變得浩翰壯闊，音節鏗鏘有力。他不再用「現代」而改用寫實的筆觸刻畫事象，讓抒情與敘事結合，語言不再艱澀。一九七六年寫於美國的〈留言〉，便是他這方面的代表作：

讓我將不朽的愛，留給世界。
將我難忘的恨，帶進墳塋。

一片浮雲飄過大海，是我的生命。
一陣微風吹過花叢，是我的感情。

我祈禱的手將變作樹，伸向穹蒼。
我含淚的眼將變作星，俯瞰大地。

親愛的母親，親愛的故鄉，我太困倦了，
讓我回到你們的懷抱裡久久地安息吧。

此詩之所以叫〈留言〉而不叫〈遺言〉，是因為詩人寫此詩時不僅筆健而且身健。但大自然規律是不可抗拒的，人老了難免聯想到百年之後的事。如果要出一道「留言」或「遺言」之類的考試題，該有很多寫法：壯志未酬，希望生者完成自己未竟事業的；該有抱怨生不逢時，希望到陰曹地府後能加以補償的；該有有仇未報，有恨未消死不瞑目的，還有遺體處理、遺產分配一類的囑咐，等等。這類給後人後世的遺言或留言，最能反映一個人的思想境界和品德修養。鍾鼎文這首詩，正表現了他對人類、對祖國、對故鄉深沉的愛。此詩共分四段。第一段抒寫作者寬闊的胸懷和人道主義立場。他不像魯迅，對敵人一個都不寬恕，而是要將恨帶進墳墓，希望今後世界上只有愛沒有恨。在還存在著各種敵對勢力的社會裏，要完全消解恨似乎是不大可能的。但不能否認，作者的願望美好。也許是作者過去有太多的恨，所以他不願後來的人們仍然在相互仇視乃至相互殘殺中生活。第二段是寫自己願世界充滿愛的精神不死、感情不滅。其中用了雲飄大海、風吹花叢的比喻，要人們時時、處處牢記他的留言。第三段進一步強調詩人的心是仁慈的。在生前，他曾向蒼天祈禱和平，含著眼淚控訴吃人的野獸。這些均表明，在現代詩人中，鍾鼎文極具溫柔敦厚的品格。他的思想情感，均是中國詩傳統精神的產兒。第四段從幻想回到現實。詩人的老家在大陸，四十年來一直勞碌奔波，且沒有斷絕過對故鄉的思念。他設想自己百年之後能葉落歸根，讓遺體葬於大陸，以消多年的鄉愁。鍾鼎文的詩，一向較為平和，詩風明快流利而健康，這在此詩首尾兩段表現得極為突出。此外，他還受了新月和現代派的影響，作品有較濃厚的浪漫氣息，這主要體現在中間兩段。從全詩看，此詩放得開收得攏，調子雖低沉但一點都不悲傷，作者的人生觀是積極的、向上的，與那些厭世者完全不可同日而語。

〈瞭望者〉也是一首佳作：

我站在山崗上，
瞭望著遠方——

而在我前面的山崗上，
也正站著一個瞭望者，
也正和我一樣的
瞭望著遠方。

鍍上夕陽，而又染上暮色；
他的姿態是一座古老的銅像，
獨立於宇宙的蒼茫。

人生在世總不能只顧眼前而失卻理想。理想雖遙遠不能立即實現，但它可激勵人們前進。正如一位詩人所說：「理想是火，點燃熄滅的燈，理想是燈，照亮夜行的路；理想是路，引你走到黎明。」如果沒有遠大的理想，人的生活將要變得毫無意義。

人生這種經驗，用詩表現出來便成了〈瞭望者〉。那個瞭望者，站在山崗上，從早晨一直望到太陽快要下山還不肯離去。「他的姿態是一座古老的銅像，獨立於宇宙的蒼茫。」這是用浪漫主義的手法讚美瞭望者意志的堅定和追求的執著。他的姿態，是雄偉的，他的形象，是高大的。作者之所以先寫「我」而不先寫「他」，一方面是為了襯托和強化「瞭望者」的形象，另方面也表達了作者的願望：希望大家都來做「瞭望者」而不要鼠目寸光，只顧眼前。這首詩寫得非常精煉含蓄，語言極富彈性。就「瞭望者」一詞來說，它的內涵有較大的伸縮性和延展性。除可作上面的理解外，也可理解為瞭望者瞭望的是遠方的故鄉，思念的是遠方的親人，瞭望的是遠方的大陸。這也許才是作者的本意，但上面的分析並沒有拘泥於實寫的「遠方」，而將瞭望者理解為目光遠大的理想主義者，也還不至於牽強附會。因為詩無達詁，義有多解，況且此詩確有大量可供讀者聯想和想像的空白，以至「形象大於思想」，欣賞者完全可以根據自己的生活經驗進行藝術再創造。這種再創造，雖然是根據詩的意境和形象引伸出來的，但它不一定要求吻合作者的原意。

詩是生活的藝術化

《行吟者》是鍾鼎文去台後出版的第一本書，書中的作品多半寫從大陸到寶島的見聞，有真情實感，絕不是無病呻吟的產物，如〈台北橋的夜吟〉、〈高雄港的黃昏〉。這個集子有眾多詩作寫於大陸，其中有對故鄉的眷戀，有對故土的抒懷，如〈蘇州河的歌〉、〈三年〉。這些作品在敘事的同時輔之於抒情，有新月派的遺緒。關於《行吟者》這部詩集，三十年代老作家杜衡（蘇汶）在〈《行吟者》題記〉中云：「新月派與現代派在藝術上的成就，不可抹煞，但其末流，亦非無弊。前者做作而枯燥，後者晦澀而萎靡；前者得譬諸舊詩之在晚唐，後者則如詞之在南宋，似乎總是一種『偏鋒』而非正路。……他（鍾鼎文）是接近於較早期的浪漫派，作風是那麼明快、流利而健康；但他也吸收了其他兩派的長處，而擺脫了那種表面的形式。我當時心想：這是一個能夠不受時代影響願意獨自走著自己的路的詩人，縱然這條路是寂寞的，是漫長而艱苦的。」[14]

一九五六年出版的分三輯的《山河詩抄》，第一輯為海風集，寫到寶島的感受。第二輯為鄉愁集，第三輯為大陸紀行，多為記遊之作。值得重視的是該書扉頁上的「舉目有山河之異」。這「異」，是指政權更替後，山河的風景也不同了。那時流行「戰鬥詩」，作為躋身於上層社會的鍾鼎文也難免寫些抒發家愁國恨的應景之作，但不是聲嘶力竭的叫喊，更不是血淚的控訴，而是將愛恨深深埋在心頭。他的政治詩含蓄深沉，不作標語口號式的表現，如〈第五個秋〉：

屈指數來，今年的秋是第五個秋，
我的手，竟捏成一隻憤恨的拳頭……
五年的秋風，吹白了多少少年頭？
五年的秋雨，滴去了多少故鄉愁？
多少壯懷，在五年裡澆滿了濁酒？
多少傲骨，在五年裡埋進了荒丘？
多少人的輕裘，五年裡變成了襤褸？
多少人的襤褸，五年裡變成了輕裘？

14 鍾鼎文：《行吟者》，台北，台灣詩壇雜誌社，一九五一年，第一六一至一六四頁。

有多少人，在五年裡憔悴，消瘦；
有多少人，在五年裡新起了高樓？

天上的明月，有過六十次的圓缺，
月圓月缺，照著我們在海外漂流，
人間的花朵，有過二十次的開落，
花開花落，卻帶不去我們的恩仇。

未報的恩，未復的仇，盤在心頭，
一年一層，砌成我心頭的五層樓；
我站在五層樓頭，以悲淚為奠酒，
臨風灑去，遙祭故國的河嶽千秋！

屈指數來，今年的秋是第五個秋，
我的手，竟捏成一隻憤恨的拳頭……

這裏運用對比手法訴說作者心中感慨與悲憤，其源出自時代的變異改變了不同階層的人的生活，可在外表上並不鋒芒畢露。作者借用複遝的手法抒發「我們在海外漂流」的苦楚，其中「憤恨的拳頭」指向誰讀者完全可以感受出來，但畢竟沒有點破，這說明作者即使在應景，也儘量做到有「月圓月缺」、「花開花落」的形象敘述。這與當時流行的「戰鼓與軍號齊鳴，黨旗共標語一色」的八股之作是不同的。即使是寫「戰鬥詩」，他也注重藝術性，均有中國傳統詩歌的精神，並注意將這種傳統精神現代化。

積近八十年的創作經驗，鍾鼎文認為現代詩人應該思考「寫一首比我們生命稍長一點的作品來」。他指出，詩人應對不同生活中細微的事物較一般人多一重感受、多一分感動，而將這分靈思運用詩的語言，將生命的感受化為美學的呈現。因此，他的題材常常取自於日常生活，來自於生活經驗的感受，可說詩是生活的藝術化[15]。如鍾鼎文去台灣後出版的第三本詩集《白色的花束》，在內容上不再多寫鄉愁，而改為以生活小感觸為主要書寫對象，形式上短詩取代了長詩，下面是著名的〈人體素描・髮〉：

> 寄一切風情於髮吧，
> 髮是慣於打著旗語的青春底旗。
>
> 而我，已經是年逾四十，
> 在髮裡早有了叛逆的潛藏。

[15] 郭士榛：《台灣現代詩壇的推手：寫詩八十年的鍾鼎文》，二〇〇七年十二月七日網上文章。

一旦這些叛逆們公然嘩變，
從邊陲起義，問鼎中原。

我的髮將成為白色的降幡，
迎接無敵的強者之征服。

把少量白髮的出現比喻為「叛逆的潛藏」，還有詩中「打著旗語」、「公然嘩變」、「從邊陲起義」、「白色的降幡」等警句，均使人過目難忘。作者用軍事術語寫頭髮由黑變白，意象顯得新穎奇特。〈人體素描・乳〉是別人多次寫過的題材，但鍾鼎文仍然能寫出新意：

圓潤，勻稱，
美學上永恆的焦點。

女人們代表維納斯時代，
她們的傑作屬於古典派；

男人們代表馬蒂斯時代，
他們的傑作屬於野獸派。

為了美學，
誰都會作明智的抉擇。

詩中出現的「維納斯」、「馬蒂斯」，還有「古典派」、「野獸派」，使全詩帶有濃厚的人文氣息，一點都不存在生理刺激，是名符其實的人體美學之作。

同樣，〈人體素描．臂〉寫女人的身體，柔美而沒有色情的意涵：

夫人，在你玲瓏的身上，
寄生著光滑的、狡猾的蛇。

你的晚禮服不僅讓你身上的蛇遊出來，
而且暗示著樂園的禁果已經熟透……

末句點到為止，完全不同於當下的性愛詩。鍾鼎文的詩作風格明朗格調優美，並重視形式美的創造，於此可見一斑。

強調新詩的歸宗與歸真

不喜歡理論的鍾鼎文，生前未寫過長篇論文，當然也未出版過詩論專著，但他的詩論影響極大。其中〈關於詩的理論〉[16]屬短評，全文雖然只有七百多字，可它提出了三個重要觀點：理論會影響創作，理論會自相矛盾；詩是有生命的，不能用科學的方法去解剖。這是針對覃子豪的詩論《詩的解剖》來說的。其中談到理論的自相矛盾時有如下的話：

什麼「主義」「概念」「定律」……以至於「政策」，這些異端的闖入者，一方面會殺害詩，一方面他們本身又會互相矛盾，動起干戈，騷擾得使詩的創作成為不可能。

此文刊出以後，惹來一場風波。有人向當時的文藝總管張道藩反映：「此文反對文藝政策，這明顯是針對你。」葛賢寧聽了後，嚇得連忙退出《新詩》週刊。雖然後來弄清鍾鼎文這篇短文只是泛泛而談不一定有針對性，且他屬黨國的忠貞之士，但這畢竟表現了鍾鼎文敢說敢言的風格。

紀弦喜用理論來指導詩創作，但鍾鼎文認定文學都有反叛性，不論是對時代、現實的批評都得用文學作品去反叛。孔子說「詩可以怨」，怨是一種責備，但詩又是溫柔敦厚的，可以陶冶人性，因此寫詩是要

[16] 台北，《新詩》週刊，一九五一年十一月二十六日，第四期。

感性的，以理論談詩，就沒感覺了[17]。可見，鍾鼎文不屬新潮詩人，其詩學觀較為傳統，這充分見諸於他在「中華民國新詩學會」舉辦的新詩研討會上發表的一篇演講詞〈新詩的歸宗與歸真〉[18]。

「歸宗」，是說新詩要同傳統詩的血統相結合，詩的形聲面貌可以和老祖宗不一樣，但氣質、血緣卻是一脈相承的。「我們要把中國傳統的優點保留下來，就像『天人合一』這種精神，是我們最高的哲學境界，形成中國詩特有的民族性。過去如此，現在也如此，將來仍然如此。」總之，「歸宗」所強調的是民族性。如果沒有民族性，不知道你寫的詩是那一個民族、那一個國家的，這樣的詩寫得再好，其價值亦不高。所以，詩的民族性是中國詩必須具有的「國籍」。一九四一年鍾鼎文作於山西褒城旅次的〈褒城歲月〉，便是具有中國國籍的作品：

千古的明月，萬里的旅客，
今夜裏，一時同在褒城。
寂寞的孤城，似甕，
一城的月夜，如銀。

17 郭士榛：《台灣現代詩壇的推手：寫詩八十年的鍾鼎文》，二〇〇七年十二月七日網上文章。

18 台北，《新詩學報》，一九九一年二月，第四期。

月色與孤城，都依然如故，
在何處，有吹笛的羌人？
今夜裏，我將詩句題上明月，
留給千古的旅客，對月長吟。

此詩明顯受唐朝邊塞詩的影響，但又不是拾古人牙慧，而是經過「對月長吟」的再咀嚼和再創造。

鍾鼎文在演講中一再強調的「歸真」，是指時代性，這是講內心的真誠，也就是誠心誠意；此外是真誠的表達，也就是實話實說。對於當時台灣詩壇上出現的「新古典主義」，鍾鼎文認為它完全符合自己既不復古，又要有現代精神的一貫主張。在這次演講中，鍾鼎文還含蓄地批評了某些人要與中國分家的傾向。他認為搞橫的移植是種極端，而只認鄉土不向西天取經的鄉土文學是另一種極端。鍾鼎文並不否認文學有地域性，但文學僅僅重視鄉土是遠遠不夠的，應當放開眼界在地域的基礎上提升層次和意境。他坦率地說，「我對有些詩人朋友過於強調草根性，似乎傾向分裂主義，覺得有檢討的餘地。草根性是重要的，但不要形成對民族性的排斥」。這種「分裂主義」，後來的確出現，且愈演愈烈。演講到最後，鍾鼎文寄希望於兩岸統一，希望台灣的詩歌擁有許多大陸讀者：

我們這一代的中國詩人，能有機會擁抱我們全中國的地理和全民族的歷史，對我們每一個現代詩人都是莫大的幫助，這個時間很快就會來到，我們要有一個心理準備，不要以為自己生活在安定而自由的台灣而瞧不起大陸同胞。

當時台灣比大陸富，鍾氏的講話具有強烈的針對性。後來兩岸詩壇的頻繁交流，也應驗了鍾鼎文演講的預見性。

關於中國現代詩史，鍾鼎文的評論也有涉及，如對早期象徵派詩人李金髮，他在《李金髮評傳》的序言中強調：「李金髮在二三十年代引進了法國象徵主義，對中國新詩、現代詩形成是一個劃時代的突破。如果我們要對法國象徵主義的影響有所超越，從中國民族文化的基礎上開拓新詩現代詩的新路，也許這本書可以作為結束舊路，開拓新詩的里程碑。」鍾鼎文既沒有否認李金髮為新詩開闢新路的貢獻，又對當代現代詩的發展做出了殷切的期待。這段話同時為李金髮詩齡不長後又放棄寫詩並在暮年反思「找不出一條正確的道路，覺得有自欺欺人之嫌」做了很好的注解，所以鍾鼎文在《李金髮評傳・序言》的末尾專門告誡後來者：「李金髮的路已經走完了，我們要走我們的路。」[19]鍾鼎文說這段話到現在過去了近三十年，可台灣詩壇還沒有完全找到自己該走的路，因而鍾鼎文的叮嚀仍然有現實意義。

從以上論述可看出：不管在創作、評論或詩運的推廣上，鍾鼎文對台灣現代詩的發展均作出了巨大的貢獻。正因為如此，在送別鍾老時，黨政要人均對鍾氏作出很高的評價：台北市辛亥路市立第二殯儀館懷親廳懸掛的挽聯分別是馬英九的「讜論碩望」、連戰的「碩德遺徽」、吳伯雄的「遺風宛在」、吳敦義的

[19] 載楊允達：《李金髮評傳・序言》，台北，幼獅文化公司，一九八六年。

「文采遺徽」、宋楚瑜的「遺澤裕後」。由詩藝文出版社負責的《鍾鼎文全集》也在積極進行，這是令人欣慰的消息。

原載於《詩探索》二〇一三年第二輯；台北《傳記文學》二〇一三年三月號

台灣所不知道的余秋雨——余秋雨「文革」年譜

說明：

1、余秋雨的「文革」表現在其自傳《借我一生》中有詳細的描寫，此年譜係對其隱瞞部分的披露和「失憶、錯憶」的糾正。

2、此文曾參考丘珮瑀先生所寫的〈余秋雨的「文革」履歷表〉（《新週報》二〇〇四年十一月三日）。

3、本文主要根據被余秋雨稱為「最權威的證人」胡錫濤先生等「提供的證言」和上海市委編印的《清查報告》寫成。

4、此年譜之所以延續到二十一世紀，是因為余秋雨一直生活在「文革」陰影中，一直想掩飾、修改自己的「文革」歷史，否認當年上海市委對他的清查。

5、年譜挂一漏萬，希望知情人加以補充、修正。

一九六八年十月十六日，《林彪同志委託江青同志召開的部隊文藝工作座談會紀要》提出要批判原蘇聯戲劇理論家斯坦尼斯拉夫斯基（簡稱「斯坦尼」），以便為江青當「文藝革命英勇旗手」掃清障礙。上海根據姚文元的電話指示便成立了「批判『斯坦尼體系』戰鬥組」，該組設在《文匯報》社，余秋雨即為這個小組的五人成員之一。據胡錫濤回憶：「為了吃一頓肉絲麵夜宵」，余秋雨「每天步行一個半鐘頭」來到《文匯報》社寫批判「斯坦尼」的文章。他「很下功夫，不走捷徑，直接查閱原著，四本斯坦尼全集被他翻得捲起了角。」「他關在一個小房間裏埋頭苦幹了十天左右，從不抽煙的他也抽起了煙。」（胡錫濤：〈余秋雨要不要懺悔？〉，《今日名流》二〇〇〇年第六期十三頁；胡錫濤：〈我最清楚余秋雨的「文革問題」〉，《華夏時報》二〇〇二年八月二十四日）。

一九六八年十二月，批判「斯坦尼體系」戰鬥組編寫有《斯坦尼斯拉夫斯基反動言論選編》內部印行。據上海戲劇學院周培松先生二〇〇三年八月提供的證詞：余秋雨曾參加了批判「斯坦尼」資料的編寫。

七〇年代初，上海戲劇學院造反派余秋雨、孫大刀、楊文武、曹樹鈞等人拿著皮帶，前來抄王元化的家。（見〈吳拯修訪問王元化兒子王承義〉，未刊稿）

一九七二年一月三日，根據張春橋的授意，《魯迅傳》編寫組在復旦大學正式成立。該組為寫作組文藝組下屬的週邊組織。由胡錫濤引薦，余秋雨成為該小組十一人成員之一。在討論該組所用的筆名時，余秋雨建議將「石一歌」改為「石一戈」，未被該組組長、華東師範大學中文系教師陳孝全採納。（朱天奮：〈孫光萱訪談〉，《當代文學研究資料與信息》，二〇〇四年第五期，三十九頁）

一九七三年二月，由余秋雨等人撰寫、署名「石一歌」的《魯迅的故事》，由上海人民出版社出版。此文歪曲魯迅，攻擊胡適和「四條漢子」等。（孫光萱：〈正視歷史　輕裝前進〉，《文學報》二○○○年一一三四期）

一九七三年五月，原上海市委寫作組一號頭頭朱永嘉派余秋雨等人幫姚文元修改其舊著《魯迅——中國文化革命的巨人》做資料準備。（胡錫濤：〈余秋雨要不要懺悔？〉的修改稿。載蕭夏林主編：《余秋雨的「敵人」》，海峽文藝出版社二○○四年版，一七五頁）。

一九七三年五月十四日，余秋雨離開「石一歌」，上調到康平路一四一號寫作組本部，並領到了上海市革委會頒發的寫作組工作證。余曾一度任文藝組黨小組長，並負責聯繫「石一歌」。他是從週邊組織上調到人數很少的寫作組本部的唯一寫手。從一九七三年五月至一九七六年一月，余秋雨在這個寫作組文藝組為「四人幫」餘黨服務了二年半以上。在此期間，他除自己撰寫大批判文章以外，還擔負著為寫作組改稿、統稿的重任。他的主要問題不是在「石一歌」，而是在文藝組。（張英等：〈余秋雨片斷：一九六三——一九八○〉，《南方週末》二○○四年七月二十九日）

一九七三年八月，由余秋雨作過修改、署名「石一歌」的《魯迅傳》片斷〈鞠躬盡瘁〉，在上海人民出版社出版的《金鐘長鳴》（上海文藝叢刊）上發表。此文不僅「依照『四人幫』的調子，對周揚、夏衍等同志加了不少誣陷不實之詞」（見《清查報告》七十期第四頁），而且替張春橋隱瞞了攻擊魯迅《三月的租界》這一重要史實。

一九七三年十一月，余秋雨在《學習與批判》上發表〈尊孔與賣國之間——從魯迅與胡適的一場鬥爭談起〉，罵胡適為「賣國賊」、「反革命」，與胡適叔侄相稱的胡念柏讀了後感到大禍將要臨頭（胡子暄：〈「余秋雨，你應當受到良心的責備」——一位胡適親屬致余秋雨的公開信〉，《新週報》二〇〇四年十一月三日）。

一九七四年一月，余秋雨又在《學習與批判》上發表〈胡適傳〉，對胡適帽子越扣越大，棍子越打越重，胡適的親屬胡念柏讀了後造成很大的精神壓力以至住進了醫院（胡子暄：〈余秋雨，你應當受到良心的責備」——一位胡適親屬致余秋雨的公開信〉，《新週報》二〇〇四年十一月三日）。

一九七四年初，批林批孔運動開始後，作為寫作組文藝組重要寫手的余秋雨，經常到上海市高校系統作輔導報告。當時，上海戲劇學院有位老師編了個順口溜「一道黑兩道黑」，幫助表演系學生練習口語，糾正讀音。余秋雨聞知後，認為這不是一道紅，兩道紅而是「兩道黑」，便視為黑線復辟。他抓住這個「復辟」典型，在復旦大學召開的高校戰線批林批孔大會上發言說：「我回了一趟戲劇學院，發現資產階級勢力在張牙舞爪。」在余秋雨的煽動下，上海戲劇學院很快「大字報鋪天蓋地」，使那位教師受到嚴重傷害，「倒了大霉」。（馮少棠：〈《南方週末》報導不很全面〉，《新京報》二〇〇四年八月十三日。）

一九七四年三月，在朱永嘉的授意下，上海市委寫作組從學校、工廠挑了二十餘人辦了一期「評《紅樓夢》學習班」。此學習班強調「評紅」要「為現實鬥爭政治服務」，並指定由余秋雨等人負責。在學習班上議論了一批影射現實的「評紅」題目，其中有幾個是評賈母的，後因這個題目怕別人誤解為影射攻擊毛澤東而被朱永嘉勾掉（見《清查報告》七十一期第一、五頁）。在學習班內，上海戲劇學院呂某寫了一篇牽涉賈母的文章，余秋雨看了後說「這篇文章不要寫了，也不要改了」，並由此規定「評紅不許提賈母，以免出差錯」即洩露「四人幫」犯上作亂的天機（見《清查報告》七十一期第七頁）。

一九七四年春，《朝霞》雜誌編輯部與上海造反派「工總司」發生矛盾，余秋雨奉朱永嘉之命幫該刊編輯部擺平此事。寫作組文藝組在《朝霞》編輯部舉辦創作學習班，培訓工農兵作者，組織撰寫謳歌「文革」的作品。余秋雨以寫作組文藝組成員的身份去學習班授課，每次均坐朱永嘉的黑色轎車前往，歷時三個多月。據周培松回憶，上海戲劇學院工宣隊鑒於余秋雨緊跟極左路線的「良好」表現，「已指定他為黨委委員，還準備提拔他為黨委副書記」。（張英等：〈余秋雨片斷：一九六三——一九八〇〉，《南方週末》二〇〇四年七月二十九日）

一九七四年初夏，「評紅」學習班因「《朝霞》事件」匆匆收場。原成員回本單位。有一次，一位姓陳的工人到出版社開會，碰到余秋雨，余告之說：「評王熙鳳那篇文章已改好了，改得很漂亮，不亞於《大有大的難處》。」可見，余秋雨的確擔負著為寫作組改稿、統稿的重任，而郭某執筆的《大有大的難處》，據郭某一九七八年三月二日的交待，該文是「影射攻擊周總理崇洋媚外」。余秋雨居然將評王熙鳳那篇文章改得比「難處」一文更漂亮，這「漂亮」顯然不是光指文筆好，而是指其思想穿透力不亞於「難處」一文（見《清查報告》七十一期第七頁）。

一九七四年五月，「四人幫」餘黨為了配合「批林批孔批周公」的需要，特地下令把「石一歌」撰寫的《魯迅傳》中的一章〈再搗孔家店〉提前在《學習與批判》上發表。據上海市委駐原寫作組工作組寫的《關於魯迅傳小組（石一歌）的清查報告》中說：此文「由原係魯迅組成員後調寫作組文藝組的余秋雨同志作了大改。在這一章中，把魯迅反帝反蔣的一九三四年幾乎寫成了『批孔年』，文章從魯迅不同時期、不同內容的四篇文章中，斷章摘句地加以拼湊，得出所謂魯迅總結的關於『尊孔』與『賣國』的規律。」

一九七四年下半年，《朝霞》主編陳冀德回老家休養，該刊的編務改由余秋雨頁責。（陳冀德：〈生逢其時——文革第一文藝刊物「朝霞」主編回憶錄〉，時代國際出版公司二〇〇八年版，三十五頁）

一九七五年一月，余秋雨以寫作組文藝組的筆名「任犢」發表六千字的長文〈讀《朝霞》一年〉。後來的清查報告對此文所作的結論云：「在藝術上堪稱一流，但它的客觀影響很壞。此篇長文把《朝霞》的政治觀點、編輯方針、選題思想、主要毒草作品，以及所謂的籌稿和培訓作者的方法等作了全面、系統的吹捧。這篇黑文還在香港刊物上轉載，流毒海外。」（張英等：〈余秋雨片斷：一九六三——一九八〇〉，《南方週末》二〇〇四年七月二十九日）

一九七五年三月，余秋雨再次以「任犢」筆名在《朝霞》上發表〈走出「彼得堡」〉。此文大力鼓吹把文藝工作者趕出大城市、上山下鄉與工農兵相結合，「給了當時文化界人士當頭一捧」。（胡錫濤：〈余秋雨要不要懺悔？〉，《今日名流》二〇〇〇年第六期）

一九七五年三月二十一日，朱永嘉寫信給張春橋推薦〈走出「彼得堡」〉，張春橋於二十一日回信談了他的讀後感。《人民日報》四月六日奉命轉載此文。（朱天奮：〈孫光萱訪談〉，《當代文學研究資料與信息》，二〇〇四年第五期，三十九頁）

一九七五年春，經朱永嘉安排，張春橋、姚文元在上海單獨接見余秋雨（胡錫濤：〈余秋雨要不要懺悔？〉，《今日名流》二〇〇〇年第六期十一頁）。後胡錫濤更正為：不是張春橋、姚文元兩人接見，而是姚來上海接見寫作組成員時，作為文藝組正式成員的余秋雨才和同事們一起參加接見。（見蕭夏林編：《余秋雨的「敵人」》，海峽文藝出版社二〇〇四年八月版，一一六頁）朱永嘉的回憶也證實了余秋雨確實參加過姚文元的接見（見《新京報》二〇〇四年八月十三日朱永嘉的回憶）。

一九七五年夏天，寫作組二號頭頭王知常稱讚余秋雨為寫作組的「第一號種子選手」。（胡錫濤：〈余秋雨要不要懺悔？〉，《今日名流》二〇〇〇年第六期十五頁）余秋雨在寫作組時，大家叫他小余，他也用過「小余」、「小魚」的筆名發表過幾篇短文章。在檔案裏有他的檢查，「承認有幾點錯誤」（見《新京報》二〇〇三年八月十三日馮少棠的回憶）。可見，余秋雨說他從來不用筆名寫作是道地的假話。

一九七五年七月，余秋雨用真名在《朝霞》頭條發表一萬兩千字的散文〈記一位縣委書記〉，為上山下鄉運動大唱讚歌。

一九七五年八月，「四人幫」餘黨以批「投降派」為名，影射攻擊周恩來。原上海市委寫作組緊跟這一「戰略部署」，其中王知常對哲學組組長說：「某某要為《紅旗》搞一篇，余秋雨和『石一歌』要為兒童版重寫一篇前言，還債。……精神都在姚文元那封信裏。」（見《清查報告》七十一期第六頁）

余秋雨以真名在《學習與批判》上發表長文〈讀一篇新發現的魯迅佚文〉。王知常讀了後大加讚賞，推薦到「四人幫」把持的《紅旗》雜誌上發表，後未果。此文針對鄧小平復出後對鐵路等多種行業進行全面整頓的做法，再三強調「必須加強革命專政」，對所謂的「右傾投降主義路線」「進擊！進擊！永遠進擊！」

一九七五年七到九月，原寫作組成員吳文虎、曹溶寫的〈贛南紀行〉在《學習與批判》上連載三期，由余秋雨負責修改。此文歌頌「文革」，歌頌知識青年上山下鄉運動（見《新京報》二〇〇四年八月十三日朱永嘉的回憶）。

一九七五年九月，一位青年工人寫了宋江屏晁蓋於一〇八將之外的評《水滸》文章。余秋雨看過此文初稿後，「提意見說靈牌問題要做足」。「靈牌」，即繼承權問題。「四人幫」借「靈牌」問題攻擊鄧小平不夠資格接班，而余秋雨要別人忠實地按照「四人幫」的旨意進行修改，以便為張春橋搶班奪權製造輿論。（見《清查報告》四十七期十六、二十六頁）

一九七五年十月下旬，王知常佈置歷史組寫〈《水滸》與新生活運動〉，但寫好後王不滿意。他召集王守稼、余秋雨和郭某特別討論了一次，題目改為〈《水滸》在二十世紀三十年代〉。此文由郭某改了一稿後，「按照王知常的規定交給余秋雨修改。」（見《清查報告》七十一期第九、十一頁）

一九七五年十月，余秋雨在《學習與批判》上發表〈評胡適的《水滸》考證〉，大罵胡適是「臭名昭著的投降派」，胡念柏讀了後氣得心臟病暴發，拿著這本雜誌攤倒在地上，後搶救無效死亡。（胡子暄：〈「余秋雨，你應當受到良心的責備」——一位胡適親屬致余秋雨的公開信〉，《新週報》二〇〇四年十一月三日）。

一九七五年十一月，由余秋雨執筆、署名「任犢」的大批判文章〈讓革命詩歌佔領陣地——重讀魯迅對新詩形式問題的論述〉在《紅旗》第十一期發表（孫光萱未刊稿：《任犢並不都是余秋雨》）。由余秋雨參與修改、署名「羅思鼎」的大批判文章〈《水滸》在二十世紀三十年代〉在《學習與批判》上刊出。

一九七五年冬，余秋雨對胡錫濤的「老戰友」炫耀說：署名「上海革命大批判寫作小組」、在一九六九年《紅旗》雜誌發表的〈評斯坦尼斯拉夫斯基「體系」〉「就是他寫的」（見胡錫濤：〈余秋雨要不要懺悔？〉，《今日名流》二〇〇〇年第六期，十六頁）。可見，胡錫濤在「余古官司」開展期間，說該文是胡自己寫的，這顯然是在代余秋雨受過。

一九七五年，「四人幫」的文化部長于會泳和「初瀾」寫作組長張伯凡派人到上海戲劇學院調余秋雨到文化部工作，「但調不動，原因是上海寫作組已把小余早調走了。」（原《紅旗》雜誌文藝組負責人二〇〇四年三月十五日致古遠清信）。可見，余秋雨在「文革」後期確有上升之勢。

一九七六年一月，余秋雨和另一位寫作組成員用「任犢」的筆名發表〈試看天地翻覆——學習毛主席新發表的兩首詞〉。此文大力歌頌「文革」，並點名批判劉少奇，這再次證明余說他自己受到清查是因為反對「文革」，純屬編造。（張英等：〈余秋雨片斷：一九六三——一九八〇〉，《南方週末》二〇〇四年七月二十九日）

一九七六年一月十七日，正當周恩來去世、掀起反擊右傾翻案風之際，余秋雨在《人民日報・戰地》上發表散文〈路〉加以配合。余說他反對毛主席發動「文革」所以才受審查，此文多處拉大嗓門歌頌「文革」，從反面駁斥了他自己。

一九七六年四月，由余秋雨負責統稿、署名「石一歌」的《魯迅傳》由上海人民出版社出版。這是一本「四人幫」「陰謀文藝」與「影射史學」的混合物。

一九七六年九月，由朱永嘉指派余秋雨以「石一歌」身份參加訪問日本代表團。回國後不久，開始清查與「四人幫」有牽連的人和事。文藝組共十六人，余秋雨等八人成為「說清楚」對象。由於余秋雨交代問題不清，很晚才解脫。最後解脫時，原上海市委駐寫作組清查組給余秋雨下的結論是：「說錯話，做錯事，寫過錯誤文章」，屬一般政治錯誤，回上海戲劇學院工作。（張英等：〈余秋雨片斷：一九六三——一九八〇〉，《南方週末》二〇〇四年七月二十九日）

一九七六年十二月，余秋雨在一份材料中揭發王知常：「去年十月，《解放軍報》上發表了不少紀念長征的文章，大都是中央和部隊的領導同志寫的，文中也大都是不斷出現朱德同志、周總理、陳毅同志和其他領導同志的事蹟。王知常有一次在會議室翻閱了一下，立即拍桌子大罵：『惡劣！惡劣！這完全是頌古非今！』還問在會議室的同志：『你們以為怎麼樣？我認為是頌古非今！』」（引自《批判王知常言論集》，第六頁）這個材料說明余秋雨講他從未參加過寫作組和揭發過任何人是地道的謊言；同時也說明余秋雨在一九七五年下半年還在上海，並不像胡錫濤說的那樣，整個一九七五年余都在養病。

一九七八年五月十九日，原寫作組陸女士揭發余秋雨將她寫的〈封建禮教與賈政〉推倒重來，改為〈賈府裏的孔聖人——賈政〉發表（見《清查報告》七十一期第八頁）。

一九七八年九月十二日，余秋雨寫了關於〈賈府裏的孔聖人——賈政〉炮製經過的交代檢查，承認自己「借賈政批判劉少奇……附和了『四人幫』批林批孔另搞一套的陰謀。」這「另搞一套」即借批大觀園的總管賈政影射周恩來總理（見《清查報告》七十一期第八至九頁）。

一九七八年底，原上海市委駐寫作組工作組長夏其言在《清查總結報告》中說：「余秋雨雖非頭頭，但他是朱永嘉、王知常、陳冀德的得力幫手，不僅能寫、能編，還負責統稿。」（夏其言：〈《新民週刊》調查余秋雨「文革」問題時在造謠〉，香港，《純文學》二〇〇〇年十二月號三十頁）。

一九七九年上半年，由於余秋雨一直沒有把問題主動交代清楚，群眾反映大，上海戲劇學院黨委便根據市委的指示對余秋雨的「文革」問題進行複查。複查組沒有人認為原來的結論「定高了」，後維持原先的「三錯」清查結論。（張英等：〈余秋雨片斷：一九六三——一九八〇〉，《南方週末》二〇〇四年七月二十九日）

二〇〇〇年五月十九日，余秋雨親自出面組織炮製〈余秋雨「文革問題」調查〉，該文捏造夏其言說過「余秋雨沒有問題」。（夏其言：〈《新民週刊》調查余秋雨「文革」問題時在造謠〉，香港，《純文學》二〇〇〇年十二月號二十九頁）。

二〇〇〇年十一月一日，夏其言看到〈余秋雨「文革問題」調查〉後，非常氣憤地給文匯新民報業集團負責人彭正勇、丁曦林並《新民週刊》編輯部寫了一封抗議信，限該刊負責人接信之後兩周內，寫信到他家向其正式道歉，並在刊物上公開發表更正聲明（夏其言：〈《新民週刊》調查余秋雨「文革」問題時在造謠〉，香港，《純文學》二〇〇〇年十二月號三十頁）。

二〇〇〇年十二月，《新民週刊》發表更正啟事，云：〈余秋雨「文革問題」調查〉一文「未經夏老過目……並經外地報刊轉載，以訛傳訛，造成惡劣影響。本刊在此特作鄭重更正，並向夏老道歉。」

二〇〇二年六月十五日，余秋雨起訴「文革」文學研究者古遠清「侵害了他的名譽權」，向其索賠十六萬元人民幣。

二〇〇三年八月十八日，在上海第一中級人民法院的主持下，余秋雨自動放棄對古遠清侵權的指控和索賠，在《民事調解書》上簽字和解。

二〇〇四年七月底，當余秋雨得知《南方週末》要發表該報駐上海記者寫的〈余秋雨文革調查〉時，一會兒用「自殺」方式威脅該報，一會兒又苦苦哀求他們不要刊登這類文章。（蕭夏林：〈我所知道的余秋雨「自殺」風波〉，《新週報》二〇〇四年十一月三日）

二〇〇四年八月，余秋雨出版自傳《借我一生》，再次否認他參加過上海市委寫作組和寫過大批判文章，並認為寫作組「不是什麼陰謀集團」，公然向官方叫板為寫作組翻案，引起輿論界一片譁然。

二〇〇五年五月，古遠清出版《庭外「審判」余秋雨》，披露了「余古官司」的一些秘聞和余秋雨參加大批判寫作實踐的鐵證。余秋雨聞之後，大罵古遠清得了「夢遊症」，希望他到精神病院療養。

二〇〇八年十月，原「石一歌」頂頭上司陳冀德寫作致余秋雨的信，再次肯定余是寫作組和「石一歌」成員，還披露余擔任過《學習與批判》執行編輯（見吳中傑：〈余秋雨與上海寫作組〉，《南方週末》二〇一〇年二月二十五日）。

附錄：

為「年譜」提供證言的證人：

孫光萱（原「石一歌」成員，後成為清查寫作組文藝組的黨小組副組長）

胡錫濤（原「上海革命大批判寫作小組」主筆，由他推薦余秋雨參加「石一歌」）

徐緝熙（原「上海革命大批判寫作小組」負責人之一，曾與余秋雨同室而居達數年之久）

高義龍（原寫作組文藝組成員，曾數次與余秋雨合寫大批判文章）

夏其言（原上海《解放日報》副總編輯、原中共上海市委駐寫作組清查組組長）

周培松（原上海戲劇學院戲劇文學系總支書記，曾參與余秋雨「文革」問題的複查）

馮少棠（上海戲劇學院離休幹部、原複查組負責人）

朱永嘉（原上海市革委會常委、原上海市委寫作組主要負責人）

陳冀德（原上海市委寫作組文藝組組長）

另有《南方週末》駐上海記者張英、《新京報》記者張弘、王元化兒子王承義。

原載於香港《作家》二〇〇五年二月；廣東《魯迅世界》二〇〇六年四期；台北《新地文學》、《時代評論》二〇一一年九月同時刊登

第三章　盤馬爭鳴

毀譽參半的《台灣新文學史》

《台灣新文學史》是一個巨大的工程。過去，台灣學人在這方面幾乎交了白卷，現在陳芳明出版的這本同名書[1]，是這項工程的鋪路石，也是陳氏著作中最重要的一本。該書出版後在獲得掌聲的同時，也出現一片罵聲，是名副其實毀譽參半的文學史。

1 台北，聯經出版公司，二〇一一年。

框架全新，前進不小

這本書框架新，分期有特色——完全不是脫胎於葉石濤的《台灣文學史綱》[2]，更看不見大陸學者出的同類書構架的影子。比起葉石濤過於簡陋寒傖還不是正式的文學史《台灣文學史綱》來，《台灣新文學史》不再是「綱」且在時間上多寫二十年，還不侷限於島內單一族群的狹窄立場，視野顯得相對寬闊：像葉石濤寫台灣詩社時，大書特書《笠》詩社，對外省詩人辦的《創世紀》、《藍星》等詩刊草草掠過，而陳芳明在第十四章中給了充分的篇幅敘述這兩個詩社如何確立現代主義路線，對五十年代的外省作家也有專章論述，讓台灣意識文學與高揚中國意識的眷村文學並存，可見陳芳明書中的台灣作家，既指葉石濤、鍾肇政也包含陳紀瀅、王藍、夏濟安等外省作家甚至包括「皇民文學」的指導者西川滿。他不嚴格區分省籍和是否用台語寫作，而是盡可能將藝術成就突出或對台灣文壇有重要影響的個別外籍作家進入台灣新文學史。正是這種眼光，陳芳明將大陸出版的台灣文學史著作中完全未注意到的馬華作家在台灣以及張愛玲、胡蘭成所形成的「張腔胡調」現象寫進書中。《台灣新文學史》從本省寫到外省，從島內寫到島外乃至海外，這是堅信「台灣文學就是台灣人用台灣話寫台灣事的文學」信條的學者寫不出來的。

橫跨政界與學界的陳芳明，長期遊走在政治與學術之間，在七十年代還有過海外流亡的歲月，那時他被意識形態綁架，認為本土文學才是最好的，而現代主義是西化文學，代表沒落頹廢的意識形態，必須堅

[2] 高雄，文學界雜誌社，一九八七年。

決揚棄。現在他不再認為「台灣的記憶只有二二八」，也不再「熄掉右翼的燈」余光中，不蔑視他過去批判過的超現實主義代表洛夫、商禽，而把他們當作建構自己新文學史工程的一磚一瓦。對現代小說的轉型以及另類現代小說、後現代詩，也持分析或鑒賞的態度，這是一種進步。

和許多喜歡隱藏自己政治身份的學者不同，陳芳明愛在公開場合亮出自己的底牌，如他在一九九七年出席由王拓舉辦的「鄉土文學二十周年回顧研討會」時，曾自報家門：「長桌的右端，是被定位為統派的呂正惠教授；桌子左邊的另一端，則是被認為代表國民黨路線的李瑞騰教授。我無須表白，就已是一個公認的獨派。」[3]現在他不再咄咄逼人，或者說，換上一副新面孔了：在出版《台灣新文學史》時自稱是「自由主義左派」[4]。不換面具確實不行呀。智者本應與時俱進，如完全用過去的獨派觀點寫台灣新文學史，必然會將書中的三分之二的內容剔除出去：「開除」白先勇、王文興、七等生以及現在成了著者「密友」的余光中。這些所謂從未擁抱過台灣土地的「賣台作家」，都是建構台灣新文學史亮麗工程的棟樑或重要的門窗，缺了他們《台灣新文學史》這座學術大廈就有可能建成茅屋，因而陳芳明這次適時地另立旗號，打出自由主義招牌。基於這種新的立場，陳芳明對以往受過歧視的女性文學、同志文學、原住民文學和描寫農漁、工人的文學，均以讚揚的態度向讀者介紹和推薦。在第十七章〈台灣女性詩人與散文家的現代轉折〉以及二十三章〈台灣女性文學的意義〉中，還兌現了他自己過去說的要為女性文學重新評價的承

3 陳芳明：〈敵友〉，臺北，《中國時報》「人間副刊」，一九九七年十月二十九日。

4 黃文鉅：〈從文學看見臺灣的豐富——陳芳明X紀大偉對談《臺灣新文學史》〉，台北，《聯合文學》，二〇一一年十一月。

諾。作為男性評論家，作為所謂「雄性文學史」的建構者[5]，他對陰性文學表現了極大的興趣和熱情，著墨甚多，這體現了他的偏愛與特色。

自由主義立場強調包容各種不同派別的作家，對作家作品的評價盡可能不走偏鋒。力求這樣做的陳芳明，在〈反共文學的形成及其發展〉中，對這些意識形態掛帥的小說作出具體分析，指出姜貴的《旋風》不同於其他反共文學的特殊之處，在於把具有理想色彩的共產黨當作主人公寫進小說中，這種評價比不加分析就判為藝術花朵蒼白者來得高明。對某些評論家不看好乃至拋棄的紀弦們的現代詩與歐陽子的小說，陳芳明也有較溫和的看法。

陳芳明是當今文壇極為活躍同時確有慧眼且文筆好的評論家。體現在《台灣新文學史》中，他對現代主義「入侵」台灣原因的分析，不侷限於美援和台灣社會西化的外緣因素上，還深入到文學本身去詮釋。此外，該書突出林海音對五十年代文壇的貢獻，將聶華苓主辦的《自由中國》文藝欄用專節表彰，這是他超越同類著作的地方。在談到五十年代男女作家創作路線的不同時，他認為「從獲獎與較為著名的反共小說來看，男性的文學思考偏向廣闊的山河背景與綿延的時間延續，而小說人物大多具備了英雄人物的性格……同時代的女性作家，縱然也在呼應官方文藝的要求，卻並不在意重大歷史事件與主要英雄人物的經營。她們鮮明的空間感取代了男性作家的時間意識……這種空間的巧妙轉換，構成了一九五〇年代台灣女性小說的主要特色。」像這種分析，均顯示出作者的評論功力。

5 陳芳明：〈台灣新文學史的建構與分期〉，台北，《聯合文學》，一九九八年八月號。該文稱大陸學者寫的是「陰性文學史」，他要寫一部「雄性文學史」對抗所謂「中國霸權」論述。出書時這些話被刪去。

左右逢源，藍綠通吃

作為學歷史出身的陳芳明，他寫文學史時自然十分注意史料的豐富性，像第十至十二章，均提供了同類文學史少有的作家作品史實。〈一九七〇年代朱西寧、胡蘭成與三三集刊〉、〈齊邦媛與王德威的文學工程〉以及季季將鄉土與現代結合的意義，也是大陸學者寫的台灣文學史著作幾乎不涉及的。作者沒有把一部新文學史理解為作家創作史，還注意文學思潮、文學運動、文學論爭尤其是《文藝台灣》、《台灣文學》、《文學雜誌》、《現代文學》、《筆匯》、《文季》、《笠》等刊物在文學發展中所起的作用，這也顯出了作者的過人之處。可惜遺漏了對打造台灣新文學史工程有著重要貢獻的《文訊》雜誌，這與「陳嘉農」（陳氏曾用筆名）過去拒讀國民黨官方刊物的經歷有一定關係。

《台灣新文學史》還在上世紀末《聯合文學》連載部分章節時，就引起了巨大的爭議，有過所謂「雙陳大戰」。陳映真認為，陳芳明在〈台灣新文學史的建構與分期〉中亮出「後殖民史觀」，明顯是把台獨教條與為趕時髦而硬搬來的後殖民理論拼湊在一起的產物，是李登輝講的「國民黨是外來政權」的文學版[6]。在這次出書時，陳芳明仍堅持這種「雄性」的文學史觀。其實，用「再殖民」解釋光復後的台灣文學雖然漏洞百出但還差強人意，而用「後殖民」來概括解除戒嚴以後的文學，就捉肘見襟了。這「後殖民」的「後」和

6 陳映真：〈以意識形態代替科學知識的災難——批評陳芳明先生的《台灣新文學史的建構與分期》〉，台北，《聯合文學》，二〇〇〇年七月號。

前面的「再殖民」的「再」有什麼聯繫，作者再會強辯也說不清楚。寫文學史，其實不必過分時髦化和政治化，正如黃錦樹所言：「被殖民是歷史事實，再殖民論欠缺正當性（以漢人立場如此立論，有吃原住民豆腐之嫌）。後殖民論是當道的理論話語，佔據的是已『人滿為患』的邊緣位置（借王德威教授的用語）」。

陳芳明在接受記者採訪時聲稱：「不希望用後來的某些意識形態或文學主張去詮釋整個歷史。它在你們出生之前就已經存在了，不能把過去的歷史收編成當前一個政黨的意識形態。我主要的出發點在於，不想替藍或綠說話，而純粹為文學與藝術發言。」[7]作為曾擔任過民進黨文宣部主任這種重要職務的陳芳明，進入學術界時要完全脫胎換骨——由政治色彩鮮明的「戰士」蛻化為無顏色的「院士」，談何容易！書中將中國與日本並稱為「殖民者」和多次出現抗拒「中國霸權」論述的段落，明眼人一看就知在替「綠營」發聲。在第九章中還對光復後擔任《台灣新生報・文藝》週刊主編何欣所主張的「我們斷定台灣不久的將來會有一個嶄新的文化活動，那就是清掃日本思想遺毒，吸收祖國的新文化」持嘲笑和抨擊的態度，這也是在替民進黨說話，是陳芳明獨派胎記未褪盡即並沒有完全轉化為「自由派」的典型表現。和這一點相聯繫，陳芳明把陳映真的小說稱做「流亡文學」，也主要不是文學評價而是一種意識形態判斷。陳映真儘管也寫台灣的大陸人，寫他們在異鄉的種種遭遇，但與所謂「中國流亡作家」白先勇寫的作品截然不同，兩者怎麼可以相提並論？更奇怪的是論述反共文學時，陳芳明說「反共文學暴露的真相，尚不及八〇年代傷痕文學所描摹的事實之萬一。反共文學可能是虛構的，但竟然成為傷痕文學的『真實』。」[8]這是

[7] 黃錦樹：〈誰的台灣文學史？〉，台北，《中國時報》「開卷副刊」，二〇一一年十月二十九日。
[8] 陳芳明：《臺灣新文學史》，台北，聯經出版公司，二〇一一年，第三〇四頁。

不是說，大陸的傷痕文學比當年的反共文學還要反共？這真是語出驚人，可惜與事實相差十萬八千里。當然，這個觀點是從他的「老師」齊邦媛那裡引伸出來的，發明權不屬於他，但如此全盤照搬「教導我如何從事文學批評」[9]前輩的言論，未必能體現自己的獨立思考立場。

眾所周知，大陸的傷痕文學，全部發表在官方主辦的報刊上。如果作品有反共傾向，能允許發表嗎？現在這些傷痕文學的作者，無論是在海外的盧新華或還是在大陸的張賢亮、叢維熙，都沒有受到官方的任何打壓，照樣來去自由和發表或出版作品。當然，傷痕文學也的確有「反」的內容，但反的是中共的極左路線和否定歷次政治運動對知識份子的迫害，而不是要推翻現政權。陳芳明口口聲聲說要用「以藝術性來檢驗文學」[10]，這使人想起司馬長風在《中國新文學史》的附錄中吹噓自己的書是「打破一切政治枷鎖，乾乾淨淨以文學為基點寫的文學史」[11]，可司馬長風當年未做到，現在陳芳明也未必能做到。在有政黨的社裡裏尤其是像台灣這種政治抓狂、亂象叢生、選舉的喇叭聲和鞭炮聲不斷在書桌前響起的社會裡，要走「純藝術」、「純學術」的道路也難。如要堅持不食人間煙火「為學術而學術」，這就像魯迅當年諷刺的「第三種人」那樣拔著自己的頭髮希望離開地球。陳氏在第十一章中對大陸傷痕文學與台灣反共文學所作的這種非學術比較，不僅掉進了「藍營」意識形態的陷阱裏，而且還給大陸學者說的兩岸文學一脈相承提供了最佳佐證。陳芳明在不少地方就這樣左右逢源，藍綠通吃。

9 陳芳明：《台灣新文學史》，台北，聯經出版公司，二〇一一年，扉頁。

10 黃文鉅：〈從文學看見台灣的豐富——陳芳明X紀大偉對談《台灣新文學史》〉，台北，《聯合文學》，二〇一一年十一月。

11 司馬長風：〈答覆夏志清的批評〉，台北，《現代文學》復刊第二期，一九七七年十月。另見司馬長風《中國新文學史》上卷，香港，昭明出版社，一九八〇年四月第三版。

台灣文學應包括嚴肅文學與通俗文學。陳芳明寫文學史，拒絕讓瓊瑤、三毛、席慕蓉、古龍進入他的文學史殿堂，這誠然是一種寫法，但在筆者看來，這有違他主張的相容並納的自由派立場。雅與俗本不應該是對立的，而是互補的。優秀的雅文學也可以向大眾娛樂的流行文化靠攏，好的通俗文學也可向雅文學轉化。陳芳明對非本土現實主義也不屬現代或後現代主義的通俗文學視而不見，但瓊瑤們在消費市場卻獲得了眾多的知音。對此文學史家絕不能採取鴕鳥政策裝作沒看見。

還有文學史寫法問題。《台灣新文學史》不少論述給人的感覺是作家作品評論彙編。陳芳明原本是文學評論家，現在要轉換角色當文學史家，這是一種陣痛，難免留下瑕疵。最明顯的是，該書在標題上出現的作家有張我軍、賴和、楊逵、王詩琅、朱點人、呂赫若、龍瑛宗、張文環、西川滿、吳濁流、鍾理和、陳紀瀅、林海音、聶華苓、夏濟安、張愛玲、鍾肇政、葉石濤、季季、宋澤萊、施叔青、齊邦媛、王德威，可像余光中、白先勇、陳映真、王文興、李喬、洛夫、楊牧等人在標題上打著燈籠均找不見，這種設計誠然欠周全。人們會問：難道這些大牌作家比季季影響要小？再如把張愛玲對台灣的影響寫進書中，雖然很有新鮮感，但花這麼多篇幅論述，便使人覺得這是報刊上的文學評論而非文學史家用的春秋筆法。陳氏在書中首次聲明張愛玲不是台灣作家，這和他二〇一〇年在香港浸會大學舉辦的張愛玲國際研討會上，用充滿感性的語言大談大贊「我們的張愛玲」。張愛玲是屬於中國以外的地區」即屬於台灣自相矛盾[12]，因而所謂「張愛玲不是台灣作家」的表態，是不是「此地無銀三百兩」？

---

12 林幸謙主編：《張愛玲傳奇・性別・系譜》，台北，聯經出版公司，二〇一二年，第三十五頁。

《台灣新文學史》出版後，出版家隱地說陳芳明的書日據部分所戴的是「綠色眼鏡，寫光復以後的文學史卻換了「藍色」眼鏡[13]。一位綠營人士說「陳芳明是標準打著綠旗反綠旗，打著台灣反台灣」[14]。另一位資深作家給古遠清〈關於《台灣新文學史》意見舉隅〉的信中，則指出該書眾多缺失：

一、史料之取捨／取材輕重失準，論述立場偏頗：

1. 日據時代：對台灣先賢作家反帝反封建之論述失之簡略，對皇民文學奴化活動之論述模糊掠過（如：未能揭示葉石濤、陳火泉等等當時媚日實況）。

2. 光復初期：對《和平日報》副刊群、《台灣新生報》「橋」副刊等，在光復初期引介祖國五四新文學以來重要作品之努力情況，未給予應有的記述和評價。對當時國府「劫收」台灣之諸般不當文化措施，留下一片空白。

3. 四、五十年代：對白色恐怖清洗寫實主義之過程，並未作出較為詳細的記載和深刻的批判；對「現代詩」脫離社會現實之虛無本質，曲予回護；對美國文學全面侵襲台灣文壇，缺乏適當的評議。

4. 七、八十年代：對「唐文標事件」批判現代詩，不敢正面評價；對余光中〈狼來了〉打壓民族文學，不敢細述經過。對新興詩刊、詩社群暴起暴落之文化及政經因素，分析粗略。

二、人物之評論／流派意識明顯，攀附名流過度。把當代文學史書，獻給當代文學家，創造了文人

13 隱地：〈一幢獨立的台灣房屋〉，台北，《聯合報》，二〇一一年十二月十日。

14 張德本：〈陳映真與陳芳明的底細〉，台南，《台灣文學藝術獨立聯盟‧電子報》，二〇一二年一月三日。

攀附行為的高峰。

三、風格之輕浮／隨興漫談描繪，藉題露才揚己，等等。

《台灣新文學史》號稱「歷時十二載，終告成書」，其實中間作者寫了許多文章和書。它並不是「十年磨一劍」的精品，書的封底上還有什麼「最好的漢語文學，產生在台灣」，這純粹是商業廣告用語，在書中根本未進行論證。作為一本嚴肅的且具有相當水準的文學史著作，完全用不著借世俗的方法去推銷。許多章節尤其是最後寫到新世紀台灣新文學只有「文學盛世」的空洞讚美而無實質性內容，這就好比不盡職的導遊，他帶人到號稱「奼紫嫣紅，繁花爭豔」的景點，只說你們自己欣賞吧，自己卻溜掉了。這種倉促成書的做法，就難免帶來許多史料差錯，如三〇六頁云：王藍擔任過中國筆會副會長。其實，「中國筆會」是中共領導下設在北京的文藝團體，王藍任職的是由國民黨主控設在台北的「中華民國筆會」。二八三頁云：「以洛夫、瘂弦、張默為中心的《創世紀詩刊》，夏濟安主編的《文學雜誌》都在一九五六年次第浮現」。這將《創世紀》詩刊的創刊時間推後了兩年。其實該刊是於一九五四年十月由高雄左營服役的張默、洛夫兩位青年海軍軍官共同集資創辦，瘂弦於次年加入。二六六頁說孫陵寫歌曲〈保衛大台灣〉時任《民族晚報》主編，這裏有四個錯誤：不是歌曲而是歌詞；不是任職於《民族晚報》，而是供職於《民族報》；不是任《民族晚報》主編，而是任《民族報》副刊主編；不是任副刊主編時寫的歌詞，而是在這之前，見周錦〈孫陵的戰鬥精神〉[15]。

15 見一九八三年八月出版的《文訊》第二期。

《中國時報》二〇一一年「開卷好書獎」評選中，《台灣新文學史》落選而趙剛的《求索》入選，正說明此書經不起時間的檢驗。

原載於《南方文壇》二〇一二年第四期；美國《紅杉林》二〇一二年夏季號

高雄文學史的建構及其弔詭

九十年代以來，台灣地方文學修史出現了《台中縣文學發展史》[1]、《台南縣文學史》[2]等多種成果，其中彭瑞金著的《高雄市文學史・現代篇》，是值得重視的一部。

地方文學史的存在，一般都有自己的精神原理和邏輯起點，有自己的學科範疇和學科概念。對此，彭瑞金在〈自序〉中稱：「凡發生在『高雄市』這個生活空間裡的文學，都謂之高雄市文學。在時間上，可以上溯到高雄先住民的口傳文學——神話、傳說，在空間方面，也不給予嚴格、清楚的限制。」又說：「高雄市文學史，其實也就是高雄市作家及其作品的台灣文學參與史——在台灣文學的滾滾巨流中，高雄市文學並未缺席。易言之，台灣文學是台灣人的文學，也是先有台灣的命題下產生的文學；高雄市文學是高雄市人的文學，卻不是先有高雄市命題下發展出來的文學。」[3]著者在這裏不用種族、歷史、環境的發生發展觀察通則，是符合高雄市文學實際的。此外，著者將高雄市文學定位為「南方文學」：「以南台灣

1 許俊雅等著，台中縣立文化中心，一九九五年。
2 龔顯宗著，台南，台南縣政府，二〇〇六年。
3 彭瑞金：《高雄市文學史・現代篇》，高雄市立圖書館，二〇〇八年，第五頁。

為座標的台灣文學，也就是以高雄市為軸心的高雄文學」[4]，並把環保和人權當作八十年代高雄市文學的重大特徵。這裏的文學定位與美學實踐不存在著「錯位」，與作者企圖建構「高雄成為台灣文學的另一個中心」[5]的大格局相一致。

這部文學史的特點在於不因為研究歷史而與文學現實脫節，注意通過寫史介入當下文學現場。它與《高雄市文學史‧古代篇》最大的不同在於它是只有起點而無終點的正在發展中的學科，同時也是充滿爭吵、論戰的學科。著者與「台灣筆會」諸多健在的研究對象近距離對話，是構成「現代篇」與「古代篇」差異的最重要標誌。這本書一直寫到新世紀，對象本身與著者完全重合，兩者均生活在高雄市同一時空領域，這使《高雄市文學史‧現代篇》具有強烈的當代性。像該書對高雄文學裏監獄文學譜系的剖析，對擎起台灣本土文學大旗的《文學台灣》進行即時的互動，對楊青矗、陳冠學、鄭炯明、陳坤崙、李敏勇等人的創作進行同步分析與判斷，引領讀者對高雄市文學關注的熱情，並從高雄市文學現場提煉出「台灣文學建構運動」的話題給予有效的詮釋與回答，這就使《高雄市文學史‧現代篇》獲得了存在的必要性和合法性。

比起彭瑞金過去寫的《台灣新文學運動四十年》[6]來，《高雄市文學史‧現代篇》在研究的視野方面也有拓展，如該書不僅論述本省作家，還論述在高雄左營創辦《創世紀》洛夫、張默等外省作家；不僅論

4 彭瑞金：《高雄市文學史‧現代篇》，高雄市立圖書館，二〇〇八年，第二〇〇頁。
5 彭瑞金：《高雄市文學史‧現代篇》，高雄市立圖書館，二〇〇八年，第二二〇頁。
6 台北，《自立晚報》文化出版部，一九九一年。

述高雄土生土長的作家，也論述從台灣各地移民來的作家。這種論述，顯然突破了「高雄文學是高雄市人的文學」的桎梏。高雄本是變動頻繁高速發展的海港城市。如果沒有外來作家的加入，高雄文學成分就不可能多元，其文學苗圃就不可能爭奇鬥麗。

彭瑞金主要是一位批評家，他為高雄市文學寫史，這進一步密切了文學批評與文學史的關聯。高雄文學和台灣其他地方文學一樣，是一個複雜的場域。戰後初期林曙光、彭明敏、雷石榆等作家的出擊，均與過去有密切的聯繫。常言道：「一切歷史都是當代史」，文學批評要有深度，就必須具有歷史意識尤其是文學史觀。該書第四、五章把《民眾日報》副刊、《台灣文化》、《文學界》、《文學台灣》放入高雄市文學史領域的努力，值得稱道。

彭瑞金一向以對當下文學建構運動的熱情參與和評論的感性風格著稱於世。但寫文學史，不能滿足於揮斥方遒意氣風發的議論，還必須有文獻史料作支撐，有相當可靠的歷史知識系統。在這方面，彭瑞金注意對史料的發掘、佔有、分析和把握，如談台灣新文學運動開展初期出發的高雄作家及附錄的《高雄市文學年表》，有許多是第一次出土的材料。這些材料的發現，有助於穿越「政治迷障」而回歸文學本位。

《高雄市文學史．現代篇》的某些史料，牽涉到高雄市文學史寫作需要破解的謎團，比如日據時期《文藝台灣》與《台灣文學》對峙局面的形成及終結原因，《文學界》停刊的真相的探討，著者無不把目光投向以前被遮蔽的歷史場域，使讀者瞭解到居於邊緣地位的高雄市文學的複雜性。這裏沒有性質先行、結論先行的敘述模式，完全拜史料價值的作用。

高雄作為文學發展的一個特殊區域，限於許多史料尚未出土，對它的研究在《高雄市文學史．現代篇》出現前幾乎是一片空白。為時人所詬病的「台灣文學在島內，台灣文學研究在島外」的現狀要改變，必須從史料的搜集整理做起。為建立高雄市文學史這門分支學科，彭瑞金還主編過《高雄文學小百科》（高雄市文化局，二〇〇六年）。曾有高雄作家認為，自己生活在高雄，本身就是高雄市文學史的建構者和親歷者，自己已佔有和理解了高雄文學的全貌，完全有資格充當高雄市文學史的發言人。讀了彭瑞金這本「小百科」和《高雄市文學史·現代篇》，一定會改變這種過於自信的看法。

台灣文學學科從誕生那天起，就一直受到兩岸意識形態的特別青睞。短短的二十餘年，兩岸就出現了十多部台灣文學史。在通史撰寫方面，台灣學者比大陸落後了一大步，但在地方文學史編寫方面，台灣遠遠走在大陸前面。無論是大陸還是台灣出版的台灣文學史，均與現實政治有密切的關係：對岸要「統戰」，此岸反「統戰」：要把台灣文學從中國文學中獨立出來，以致一些不同出發點的文學史殊途同歸：政治意義大於學術價值。彭瑞金的《高雄市文學史·現代篇》，有些地方也脫不了這個窠臼。書中多次聲明台灣文學「不是反映與『祖國』關係的文學。」、「台灣文學的主權屬於台灣人，台灣的文學隸屬於台灣的土地的台灣化運動，是終極的，也是基本的運動目標。」[7]並激烈抨擊不同觀點的馬森、游喚，尤其是批判源於國家統一觀念及其不可變異性的大陸學者，稱他們是「外來殖民主義學者」，甚至說他們是「文學恐龍」[8]。這誠然是兩岸爭奪台灣文學詮釋權白熱化的表現。彭瑞金對具有中國意識的學者不僅從學理上也從政治上予以強烈反彈，係出於本土想像在大陸遇到了嚴重挑戰。不過，彭氏回應過於情緒化，其急切情感、決裂姿態與非理性反駁，往往導致簡單的結論，不足以服人。此外，把余光中這樣重要的高

7 彭瑞金：《高雄市文學史·現代篇》，高雄市立圖書館，二〇〇八年，第二二〇頁。
8 彭瑞金：《台灣文學史論集》，高雄，春暉出版社，二〇〇六年，第一〇一頁。

雄作家草草掠過，其篇幅遠比本土作家葉石濤少，並稱其為「中國流亡作家」，這是意識形態判斷而非學術評價。此外，對朱沉冬推廣藝文的貢獻肯定不夠，對非本省籍詩人組成的「掌門」詩社的重要性認識不足，對同屬本土派的陳冠學以個人好惡進行評價，而以自己關係密切的媒體朋友鄭炯明、陳坤崙各占六十六、五十二行，與占七十三行的余光中不相上下，這是典型的友情演出，以至被自稱獨派的人批評彭瑞金「撰寫《高雄市文學史》心態恰恰是另一種『台北觀點』」[9]。

在文風上，《高雄市文學史・現代篇》多次將軍事術語用於文學領域：稱自己是以「實戰」觀點論台灣文學本土化問題，稱「文學界……進行的比較像『保衛戰』，透過一座又一座山頭的捍衛、守護，山頭的標示逐漸在戰略模型圖上的燈示亮了起來。」還說「文學界……仍然不是正規軍依戰略攻下的山頭」，「『文學台灣』是建立在高雄的台灣文學灘頭堡」。在評判學者時，推行的仍是一種「戰場思維模式」：稱大陸的台灣文學史撰寫者是「統戰撰述部隊」，是「中國解放軍的一支」。這種耐人尋味的語言現象，不禁使人想到大陸在「文革」前流行的「文藝戰線」、「文藝陣地」、「文藝新軍」、「文藝戰士」的說法。把文學納入政治化、軍事化軌道的做法，原本是「統戰撰述部隊」樹立的典範，現在由彭瑞金在寶島南部將其發揚光大。要改變這一弔詭局面，必須創造一個和諧、民主、平等的對話機制。

關於高雄文學史建構，二〇〇三年成立的高雄市文化局也做了許多工作：設置高雄文學館，出版彭瑞金的專著，並和台灣文學館合作出版《葉石濤全集》、《葉石濤全集續篇》，並定期主辦「高雄文學創作

[9] 見網頁《寫給彭瑞金老師的一封信》。

獎助計畫」、「文學出版計畫」、「打狗文學獎」，積極提拔優秀人才，鼓勵新人成長。還主辦過三次高雄市文學研討會，其中二〇一〇年高雄文學發聲國際學術研討會論文集已公開出版。

原載於《台灣週刊》二〇一二年第十九期；《粵海風》二〇一〇年第三期

關於《台灣當代新詩史》撰寫及余光中評價問題

——回應高準的批評

拙著《台灣當代新詩史》[1]及拙文〈余光中的「歷史問題」〉[2]在台灣出版和發表後，高準均先後寫了四篇文章批評和「申論」，其中第一次的批評和我的回應已作為〈關於《台灣當代新詩史》的通信〉在北京二〇〇九年四月出版的《博覽群書》上發表，下面則對高準另三篇批評我的文章作出回應。

從高準的轉向說到台灣新詩史撰寫之難

曾參與發起和組織台灣「中國統一聯盟」，並草擬《兩岸和平協定》第三案的激進派高準，最近忽然變得謙虛起來，稱自己遠離政治、厭惡政治，強烈反對筆者在《台灣當代新詩史》中加入反台獨的內容，

1 古遠清：《台灣當代新詩史》，台北，文津出版社，二〇〇八年。
2 古遠清：〈余光中的「歷史問題」〉，台北，《傳記文學》，二〇〇九年六月。

並以蔑視「政治掛帥」不左不右的「中派」人士自居，這真使人大開眼界。對台灣文壇而言，也無異是一個特大新聞。

不過，高準在這裡犯了一個常識性錯誤：把政治妖魔化，把文學史的自主性等同於非政治性。須知，並非任何政治都是骯髒的，比如反台獨這種政治行為，作為有愛國心的人就應支持，而不應躲在旁邊說風涼話。高準之所以由主張統一到嘲笑別人反台獨以及不再參與「統聯」活動，與「左派」切割的轉向，其中一個重要原因與陳水扁打壓統派的同時把中國妖魔化及其他「選舉動物」玩弄政治，使「政治」名聲一落千丈，以至成了最可恥的字眼有關。君不見，當下文壇有一種看法是：台灣詩歌從一九五〇年代的政治化、「戰鬥化」到如今高喊「寧愛台灣草笠，不戴中國皇冠」的去中國化，是一種歷史性的災難，它直接導致詩歌創作主體性、藝術性的喪失，使詩歌淪為政治的傳聲筒。這就難怪高準在〈評論家更應傾聽批評——答湖北古遠清〉[3]中，認為文學創作及其文學史的寫作的根本出路在於非政治化或去政治化，至少《台灣當代新詩史》不應在卷首去敘述一黨專政時期政治力量如何摧殘詩壇，不應談林海音捲入的「匪諜案」，更不應該在卷末去談詩壇客觀存在但當事人幾乎都否認的「中國座標」與「台灣座標」的對峙。如有論者把這暗潮洶湧的現象挑明瞭，這就叫「政治掛帥」，就是把「反獨促統」作為全書（？）的主旨貫穿，就成了「政論的附庸」。這種論調竟然發生在戒嚴時期嚮往祖國大陸、連做夢都夢見大陸「木橋變成了鋼橋／小路成了鐵道／那原野上百花齊放」的高準，並勇闖禁區第一個到大陸訪問的台灣作家身上，真是「士別三日當刮目相看」啊。

3 高準：〈評論家更應傾聽批評——答湖北古遠清〉，台北，《世界論壇報》，二〇〇九年六月四日。

筆者始終認為：一位現代詩人固然不必受意識形態和政黨的操控，但也不應是躲在象牙塔內呻吟的作家。國族認同問題既如此複雜，「藍」「綠」對峙既如此劇烈，不同陣營的選戰既如此具有挑釁性，作為詩人焉得如陶淵明之耽於「采菊東籬下」，如李白之耽於「斗酒詩百篇」，而完全不顧小我世界以外的興衰與悲苦。誠然，不是所有詩人都要有憂患意識，都要有使命感，但每位詩人不可能沒有自己的信仰和愛憎，總不該忘記自己或藍或綠，或亦藍亦綠，或先藍後綠，或先綠後藍，或邊藍邊綠，或能左能右，或不左不右，或不藍不綠什麼都不是的「中派」身份。當然，我們完全理解原先激進得叫人難以承受如今轉向者的無奈，但拙著敘述的是戒嚴時期的高準，而非今天蛻變成「中派」的高準。高準過去的政治傾向，不僅其論敵余光中、彭品光是這樣認為，就連其親密「戰友」、先後任「中國統一聯盟」主席的陳映真、呂正惠及筆者的「論敵」謝輝煌也是這樣認為的呀。高準今天不承認過去自己親筆寫下的歷史，不承認是左翼詩人——時過境遷，解嚴後的今天完全可以用這種稱謂。在多年前我幫他聯繫到武漢大學作美術史研究的訪問教授及去年給我的長信中，他詳述過自己生存的苦衷和原委，要我不再稱他左翼詩人而改用「觀點前進、眼光超前」一類說法，對此我充分理解和同情。但作為「隔岸觀火」的文學史編撰者，我必須充分尊重原有的史實，在「有故事的文學史」中寫進戒嚴寒流如何使詩花顫抖，以讓不知戒嚴為何物的年輕人或親歷過這一事件但已淡忘或反悔的當事人重新喚起歷史的記憶。

拙著《台灣當代新詩史》寫有兩節的詩人屈指可數。鑒於高準是不同於主流詩壇的另類代表，因而他獲取了這一殊榮。可他仍嫌不過癮，多次來信「給我進一步指點」：要把他所有著作目錄列上，要把《詩潮》創辦經過及查封情況逐一作詳細敘述，又要我把他的朋友、《詩潮》編輯何郡的作品及與《詩潮》幾乎同命運的另三種詩刊一一寫進文學史中。如此看來，他對自己「左傾」的光榮歷史念念不忘，並非真正的「中派」。他又如此不厭其煩「指點」指導筆者：拙編《余光中評說五十年》收了他一篇批評余光中的文章，他又要我再收他兩篇並非取「中派」立場的批評余光中的文章，還寄來明顯左傾的《高準文藝思想摘要》等材料要我寫進《台灣當代新詩史》。由此我體會到：台灣當代新詩史難寫呀，主要還不在於未蓋棺先定論的詩人變化大，而主要在於沒寫進去的人意見很大，寫進去的人那怕寫了兩節還要對我下「指導棋」：加碼寫他自己和他的「戰友」。這種近乎無理的要求，我這個所謂「不知藝術為何物」的著者當然無法「傾聽」和滿足他，這算是文學史家主體性的一種表現吧。

高準還指責《台灣當代新詩史》「沒有藝術標準」，可他在去年五月二十八日給我的長信中，對拙著詳盡分析紀弦〈你的名字〉的藝術標準大加讚賞。他還說我「也沒有道德標準」，這就更奇怪了！高準在鄉土文學論戰中有過太多「不幸」遭遇，受到右翼文人的誣陷和攻訐，我在過去寫的多篇肯定高準詩文的評論中，在《台灣當代新詩史》及即將出版的《海峽兩岸文學關係史》中，一再為其辯誣和「申冤」，這難道是沒有道德標準和道德勇氣的人所能做到的嗎？我寫這多文章從不要求對方有什麼回報，可意想不到的是高準竟「回報」我「沒有道德標準」，他如此健忘，如此沒有情義，這簡直是匪夷所思了。在《台灣當代新詩史》〈紀弦是「文化漢奸」嗎〉中，也體現了筆者而不一定為高準認同的道德標準，為什麼就視而不見呢？

高準〈評論家更應傾聽批評——答湖北古遠清〉另有一處硬傷：說大陸「胡風案」是何其芳「帶頭製造的」。其實，作為一位文學研究所所長的何其芳只不過是奉上級命令寫了一篇學術批判性質的論文，他哪有資格充當源頭？在大陸文藝界，真正帶頭的是在黨政界兼有重要職務的郭沫若、周揚、林默涵，從根本上來說則是「偉大領袖」毛澤東製造了這一特「偉大」文字獄，這怎麼可以說「胡風案」是小小的所長何其芳「帶頭製造」的呢？

高準在回應中反對大陸評論家「唯初稿主義」的看法，倒很新鮮，算是長了見識。不過，我的原意是指初版的單行本，而非寫作過程中未公諸於世的草稿。筆者最近出版的《古遠清文藝爭鳴集》[4]中收錄了高準二〇〇九年二月十九日對我嚴重不滿即所謂「無意再寫」的短信，當時還未看到他早已反悔又新寫了〈評論家更應傾聽批評——答湖北古遠清〉，未能及時收入此文，特作說明，並向他一再「指點」和認為《台灣當代新詩史》將「與時俱逝」這「廣告」式的批評致諍友式的謝意。

偏見遮蔽了高準客觀評價余光中

高準在〈《詩潮》的歷史回顧〉[5]中指出我有兩點誤述：一是把彭品光與彭歌混淆。關於這一點，高君過去看過拙著《台灣當代新詩史》已幫我指出，這次因電腦改後未存檔引起差錯，故我收到台北《傳記文學》六月號樣刊後，以第一時間給該刊寫了更正。此更正的寫作時間雖然比彭歌七月號刊出的回應遲一天，但我在武漢並沒有看到彭歌的來信，這點《傳記文學》可證明。二是把〈狼來了〉的矛頭本係針對《詩潮》改成為「指控某些人」，這本是根據高君在〈《詩潮》與詩壇風雲〉[6]中所說余光中的矛頭所向還包括唐文標在內，故我不把鄉土文學論戰的「功勞」全記在高君一人身上，並沒有違反高君的原意。

4 古遠清：《古遠清文藝爭鳴集》，台北，秀威科技出版公司，二〇〇九年。
5 高準：〈《詩潮》的歷史回顧〉，台北，《傳記文學》二〇〇九年八月。
6 高準：《文學與社會》，台北，文史哲出版社，一九八六年，第五頁。

在〈文學史家的評判不需作家本人來認可〉[7]中，我曾勸高準不要把自己和余光中的恩恩怨怨看得太重，要朝前看。可讀了高君的〈《詩潮》的歷史回顧〉後，給我印象最深的是受過余光中傷害的高君，對余光中仍有很深的成見和偏見，這影響了他對余光中文學成就的客觀評價。不可否認，余光中寫〈狼來了〉是他創作道路上的嚴重敗筆，其人品也的確有缺陷，但不能由此一筆抹殺余光中文學上的重要成就。高君說余光中的散文「婆婆媽媽的扯了很多沒有什麼意義的瑣事」「相當龐雜和拖遝」，其實余光中的散文成就不比他的詩歌差，他的詩質散文有強烈的藝術魅力。此外，余光中那些著名的幽默散文〈給莎士比亞的一封回信〉、〈催魂鈴〉、〈我的四個假想敵〉，不僅有諧趣，而且有理趣，其中蘊含著生活的哲理，是作者人生經驗的總結和昇華，它道出了洞識人生的學問和機智，顯出廣博姿肆。還有〈書齋・書災〉、〈尺素寸心〉常見神來之筆，妙語機鋒，寧靜與嬉戲、姿肆飄逸與凝重溫厚被融為一體，從而使現代散文的建設提升到一個更高的層次。高君對鄉土文學論戰中所出現的以牙還牙、攻訐余光中的文章念念不忘，他這樣形容連陳鼓應今天都不認可、且在他的著作目錄中從未出現過的〈這樣的詩人余光中〉有如此神奇的威力：余光中「讀了後，一夜之間滿頭頭髮盡白」。且不說陳鼓應斷章取義「三評余光中」是否有如此巨大的殺傷力，單說余光中的滿頭白髮就是陳鼓應批余後一夜發生的，這用的是什麼統計方法「計算」出來的，這一說法至少違反了生理常識吧。

[7] 台北，《世界論壇報》，二〇〇九年四月九日。

高準在回應有關拙著《台灣當代新詩史》的文章〈評論家更應傾聽批評〉[8]中，自稱是不左不右的「中派」。我讀了〈《詩潮》的歷史回顧〉後，覺得他哪裡是什麼中派，而是唯我獨統、不許別人「統」的大統派。如他批評「『統一』在余光中心目中絕無（古按：請注意「絕無」二字）地位」，他「並不以台獨為敵」，就是武斷的。高君在六月四日寫的上述文章中曾嘉許讚揚余光中針對台獨派「加強國文教育的呼籲」，怎麼只過一個月「另一個」高準就自打嘴巴呢？他批評我「把所有人都塞到非左即右的兩端去」，其實把這句話還給他自己最恰當，比如他對主張台獨的陳芳明的評價所採取的就是非獨即統的思維方式，而且認為只要是台獨，就會一獨到底。其實，陳芳明並不是生來就是台獨派，也不是一舉一動都在搞台獨，他研究余光中以及後來參加倒扁活動就與台獨無關，這怎麼能說因為陳芳明主辦余光中研討會就說明余光中在跟台獨勢力搞聯盟呢？

鄉土文學論戰是兩種政治勢力、兩種意識形態、兩種文學創作道路的對決。到了高準筆下，這場嚴肅的論戰竟成了余光中對丁穎「強逼」他出書的報復，是他們之間的個人恩怨糾紛。由此我深深體會到：文學史家研究文學運動、文學事件，決不能光聽當事人的敘述。由於「當局者迷」，他們提供的資料難免有某種片面性，有人甚至借回憶為自己塗脂抹粉。如採用這種片面的材料，就不可能對文學現象做出正確評價。

在高準所製的「〈狼來了〉造成的災難效應表」中，把自己當年離婚完全歸咎於余光中，這要打上問號。我就曾聽高準的親密「戰友」所說，高氏與朋友相處常常會給人一種怪異的感覺，覺得他待人接物不合常理，不合常情，你幫了他的忙他反過來埋怨你。像他這種連朋友（筆者也可算是他的一個朋友吧，他

---

8 台北，《世界論壇報》，二〇〇九年六月四日。

每次來信差不多都要我推薦其作品在大陸發表並要我為其大著寫評論）都相處不好的人，怎麼可以想像和妻子生活得和諧？當然，清官難斷家務事，高君離婚不排斥《詩潮》遭查禁「女方恐懼牽連」這一點，但我相信決不止這一些，而很可能是兩人性格不合、感情不和更重要的是理想不同所致。高準還把溫瑞安、方娥真被拘捕並驅逐出境歸結為余光中所造成的災難，這有些牽強附會。事實是，組織十分嚴密的神州詩社，在出版的《高山流水知音》和《風起長城長》兩部詩文集中眷戀昆崙峨眉和江南美景，再加上他們無視戒嚴法的權威，躲在社內飽覽中國風光錄影帶，豪唱大陸歌曲，閱覽禁書毛澤東著作，才使台灣安全部門認為這不是一般的異類或幫派，更不是邪教，而是打著文學旗號的所謂「叛亂」團體。在溫瑞安台大讀書的第四年，即一九八〇年九月二十五日深夜，三十多位員警破門而入，以「為匪作宣傳」的罪名查封神州詩社，而非警官們讀了〈狼來了〉得到「靈感」而去抓人或去「抓頭」。據「文學視界」宇慧撰寫〈方娥真作家簡介〉所說，溫、方兩人落難後，有美國四十二位教授為溫瑞安、方娥真求情，島內則有高信疆、余光中以及遠在香港的金庸力保，這怎麼能說溫瑞安的災難是余光中造成的呢？如果說，余光中指控《詩潮》提倡工農兵文藝是冤假錯案，那高準指控余光中是迫害溫瑞安的幫兇，是否又是另一種冤案呢？

高準在〈《詩潮》的歷史回顧〉後面的〈附誌〉中，說我編的《余光中評說五十年》沒有給他寄樣書和轉載費（古按：轉載費極為微薄，如果寄台灣恐怕連寄費都不夠），這完全是一個誤會。該書在書末專門有一頁北京「文化藝術出版社」的鄭重聲明：樣書及稿酬均由出版社寄，並附有「文化藝術出版社」的聯繫方式，我本人也曾多次給該書責編寫信提供高準的台北地址，並至少有三次向高君去信說明並告知責編潘豔小姐的電話，故此事絕對與我無關。

大陸學者研究余光中及「余光中熱」形成諸問題

高準在〈糾正與再申論——敬覆古遠清先生〉[1]文章中，認為大陸學者從事台灣文學研究均是按中共中央統戰部門的秘密檔行事，我把這一資訊傳達給大陸同行後，他們無不頭搖十下，齒冷三天。高君對祖國大陸太隔膜，太不瞭解，完全不理解大陸三十年來社會發生的巨變及隨之而來研究環境的改善。現在早已不是評論家必須做政治家奴僕的年代，有誰還會一手捧著中央的「秘密檔」，一手去寫自己的文章？具體到大陸學者的重要研究對象余光中，他愛國並不認同中共。像他這種政治信仰與大陸不同[2]的文人，中共統戰部門怎麼可能下達檔要大陸學者去捧紅他？事實上，中共中央有關部門也從未下過「大捧」余光中的文件。高準因我肯定余光中的藝術成就而把我描繪成「以統戰部決策的執行者自命」的學者，這不是出於對大陸的無知就是有意破壞我以及眾多大陸同行在台灣文壇的形象，用他自己的話來說其「敘述的語句卻簡直與（台灣）警備總部如出一轍。」以這樣「心造的幻影」——大陸有關部門從來沒有下達過要大捧余光中的檔——去批評對方，高君的重拳無疑是擊在棉花上了。

高準的理論功底不足，只好靠斷章取義、借題發揮的手法去「申論」，如我不止一次說過陳芳明「主張台獨」，是台獨派，只是他不是生下來就是如此——他曾是以做中國人自豪的「龍族詩社」成員，他也

1 台北，《傳記文學》第九十五卷第三期，二〇〇九年九月號。以下引高準的話均出自此文。

2 傅孟麗：《茱萸的孩子——余光中傳》，台北，天下遠見出版公司，一九九九年。

不是每做一件事情、每寫一篇文章都在宣傳台獨。到了高君筆下，我這種辯證論述被其歪曲為古遠清認為陳芳明「已不主張台獨。」更可笑的是高君把余光中「患了梅毒依舊是母親」的詩句[3]，惡解為「梅毒」「指的是整個中國共產黨，而絕不是限於文革」，這個武斷說法有何根據？本來，在高準眼中余光中是標準的右派。既然不是左派，怎麼可能認為「在文革中患了重病的中國共產黨依舊是我余光中的母親？」這簡直是滑天下之大稽、荒天下之大唐嘛！高君不把余光中視為愛國主義詩人，認為余氏根本不可能有「出現十年浩劫的大陸依舊是我的祖國」的想法。這裡只見「梅毒」不見「母親」，這種砍頭入棺法用得上高君自己的話「究竟是腦筋不清還是有意玩字句呢？」

余光中另有一首具有濃烈中國意識而決非獨派所能寫的〈當我死時〉，其中云：「我便坦然睡去／睡整張大陸」。高君不懂得這裏用的是「縮小的誇張」修辭手法，而把這句詩理解為寫實——余氏自己一個人獨霸「大床」而把別人統統擠走。看了這段話我不禁啞然失笑，這正像有人質問李白：「你說自己『白髮三千丈』，那你怎麼走路，怎麼洗澡，怎麼吃飯，怎麼理髮，尤其是睡覺時把自己的老婆擠到哪裡去了呀？」照高君這種理解，「睡整張大陸」的余光中豈不是成了超級巨人了？請問，世界上有睡整個神州大地的巨人嗎？既然沒有，那何來余光中不關心其他人睡在何處這類問題？勸高君還是翻翻拙著《詩歌修辭學》[4]的有關論述吧！不要目光如豆只會沉醉在自己創作成就中；既然要否定余光中的散文成就並和別人論爭，就不能以「無暇去查閱」余氏作品為理由開溜；或只會捏著一把生鏽的尺，去丈量一個人到底能否

[3] 余光中：《在冷戰的年代‧忘川》，台北，藍星詩社，一九六九年，第七頁。
[4] 台北，五南圖書公司，一九九七年。

睡下整個中國大陸這種連小學生均能回答的問題。

為了說明余光中的藝術水準，將其和一些詩人作比較是必要的。但高君這回舉出有「戰士詩人」之稱的大陸革命作家郭小川和其相比，卻不甚恰當。高君認為郭小川寫的〈大風雪歌〉[5]要比余光中的〈敲打樂〉優秀得多。其實這兩位詩人政治背景不同、成長道路不同、意識形態不同、創作追求不同，可比性很差，更重要的是不能認為只能像郭小川那樣只唱「英姿颯爽」的戰歌頌歌，而不能唱格調低沉的哀歌或「精神頹廢」的葬歌。如這樣認為，那西方現代派的作品得通通送去造紙漿了。何況郭小川為配合當時的「反修（正主義）防修（正主義）」政治任務，其「英姿颯爽」有時還流於標語口號，如高君極力推崇的〈大風雪歌〉有這麼兩段：

南征，
北伐；
東擋，
西殺。
哪兒有任務，
就向哪兒進發！
……

[5] 郭小川：《甘蔗林，青紗帳》，北京，作家出版社，一九六三年，第二十頁。

是你大，
還是咱們大？
是你怕，
還是咱們怕？
而今喲，
難道還用回答！

這是詩嗎？「難道還用回答！」高準竟用這種不是「東擋」就是「西殺」的配合政治任務的作品去作為兩岸詩人學習的樣板，真不知他要把詩歌創作引向何方？

高準還說我把「左」「右」扭曲為「統」「獨」，這其實是他自己的寫照。且看高君的文字：「陳芳明長期是以左派台獨代表自居的」。好傢伙！這裏的「左」與「獨」嫁接得是如此之巧妙和天衣無縫，這不是高君自打嘴巴，「真有點語無倫次了嗎？」

我不止一次說過鄉土文學論戰是兩種政治勢力、兩種意識形態、兩種文學創作道路的對決。到了高君筆下，點燃論戰之火的余光中〈狼來了〉，其鬥爭鋒芒竟成了指向唐文標這些堅定的統派。按此推理，鄉土文學豈不成了一場統獨鬥爭，因為余光中是企圖置統派於死地的呀。可大家都知道，一九七七年發生的那場鄉土文學大論戰，雖蘊含有「中國意識」與「台灣意識」的對峙，但從根本上來說並不是統派與獨派的對決。那時不管是統派還是獨派，均未正式形成。相反，後來成了獨派的王拓和統派陳映真當年還站在同一條戰線作戰呢。

關於余光中反對陳水扁去中國化的「國文教育」是否和統一有關，回答是當然有關，至少和文化統一中國有聯繫。也是在這個意義上，余光中絕非獨派。至於另一具有強烈中國意識的組織「神州詩社」被鎮壓後是否有眾多作家聲援過，高君說我根據的是網路上的材料，其實還有溫瑞安自己在廣東報刊《南方日報》發表的答記者丁冠景問的文章，高君為什麼不顧別人的完整論述，只剪裁自己需要的部分來反駁別人呢？

不僅是偏見遮蔽了高君對余光中的客觀評價，而且文人相輕也使高君不能認清余光中作品的藝術價值，比如他大言不慚地說：「至於全面寫中國之美的，又有哪一首能和我的〈中國萬歲交響曲〉比呢？」他在給我的信中甚至將膾炙人口的〈鄉愁〉說成是兒歌一類的低級粗俗之作，這未免太小看了余光中和低估了大陸讀者的鑒賞能力。誠然，高君在白色恐怖中能創作〈中國萬歲交響曲〉，表現了他的藝術家勇氣。這首優美的祖國頌歌，寫得鋪張揚厲，氣魄雄偉。不僅其心可敬，其情可嘉，而且它的藝術也達到了較高的地步。為此，我曾不止一次為文推薦過[1]，但比起余光中的〈鄉愁〉，還是有相當大的差距哩。

關於「余光中熱」在大陸的形成，絕不是如高君所言自上而下出自於中共統戰部門的指示，而是出於廣大讀者對余光中作品的藝術性和思想性的認同，是自下而上自發產生的。究其原因，主要是余光中本人的藝術成就所使然。我在《余光中評說五十年》前言[2]中說過：

1　古遠清：〈一首氣勢磅礴的交響樂〉。此文除在大陸、台灣兩地發表後，另收入古遠清《台港現代詩賞析》，鄭州，河南人民出版社，一九九一年，第二十五頁。

2　北京，文化藝術出版社，二〇〇八年，第六頁。

經歷過一系列論戰的洗禮和考驗，尤其「向歷史自首」[3]後的余光中，他在兩岸三地讀者的心目中，還能傲視文壇、屹立不倒，像一座頗富宮室殿堂之美的名城屹立在中國當代文學史上嗎？

答案仍然是肯定的。

一是從創作的數量和質量看，余光中半個世紀來已出版了十八本詩集、十一本散文集、六本評論集，另還有十三本譯書。百花文藝出版社不久前為其出版的九卷本《余光中集》，更是洋洋大觀，全面地反映了他創作和評論等方面的成就。當然，光有數量還不行，還要有質量。余光中雖然也有失手的時候，寫過平庸之作乃至社會效果極壞的文章，但精品畢竟占多數，尤其是傳唱不衰、膾炙人口的〈鄉愁〉，已足於使余光中在當代文學史上留名和不朽。

二是從文體創新看，余光中右手寫詩，左手寫散文，做到了「詩文雙絕」，乃至有人認為他的散文比詩寫得還好。這好表現在他那綜觀中西、兼及古今的散文，為建構中華散文創造了新形態、新秩序。他還「以現代人的目光、意識和藝術手法，描寫現代社會的獨特景觀和現代生活的深層體驗，努力成就散文一體的現代風範」（古耜），這是余光中為當代華語散文所做的又一貢獻。

三是理論與創作互補，創作與翻譯並重。以評論而言，他較早地提出了「改寫新文學史」的口號，並在重評戴望舒的詩、朱自清的散文等方面做出了示範。在翻譯方面，他無論是中譯英，還是英譯中，既不『重意輕形』，也不『得意忘形』，在理解、用字、用韻以及節奏安排上，都比同行有所超越。他既是一位有理論建樹的文學評論家，同時也是一位出色的翻譯家：從翻譯的經驗與幅

3 余光中：〈向歷史自首？——溽暑答客四問〉，廣州，《羊城晚報》，二〇〇四年九月二十一日。

度、翻譯的態度與見解、譯作的特色與風格、譯事的倡導與推動等各方面，余氏的翻譯成就均「展現出『作者、學者、譯者』三者合一的翻譯大家所特有的氣魄與風範」（金聖華）。

四在影響後世方面，張愛玲有「張派」，余光中在香港也有「余群」、「余派」乃至「沙田幫」。在台灣雖然還沒有出現自命「余派」的詩人，但至少是「余風」勁吹，有溫健騮、鍾玲這樣的余門弟子。在大陸，「余迷」更是不計其數，不少青年作家均把余氏作品當作範本臨摹與學習。他的作品進入大陸中學、大學課堂，許多研究生均樂以把余光中文本作為學位論文的題目。

五是在對待別人的批評方面，有大家風度。如「我罵人人、人人罵我」的李敖，直斥余光中「文高於學，學高於詩，詩高於品」，定性為「一軟骨文人耳，吟風弄月、詠表妹、拉朋黨、媚權貴、搶交椅、爭職位，無狼心，有狗肺者也。」可余光中對這種大糞澆頭的辱罵，不氣急敗壞，不暴跳如雷，更不對簿公堂。這種不還手的做法，是一種極高的境界。如不是大家，必然申辯和反擊，就不可能堅守古典儒家的準則：「君子絕交，不出惡聲」。正如王開林所說：余光中「誠不愧為梁實秋的入室弟子」[4]。

「金無足赤，人無完人」，任何作家都難保不做過錯事、寫過錯誤文章。關鍵是他對以往過錯有無反思的態度。在大陸有人認為，無論是彼岸的余光中，還是此岸曾為「四人幫」造輿論出過力的余秋雨[5]，

4 王開林：〈從余勇可賈到餘音繞樑〉，長沙，《書屋》，二〇〇〇年第二期，第五十頁。

5 關於余秋雨文革中參加「四人幫」控制的寫作組，除見中共上海市委一九七八年編印的《清查簡報》第七十一期外，另見余秋雨

都對自己的「歷史問題」諱莫如深，均取掩飾、修改的態度。這種說法過於籠統。在對待自己的歷史問題上，「二余」還是有差別的。至少余光中承認〈狼來了〉是篇壞文章，而不像余秋雨那樣矢口否認寫過大批判文章，認為自己「永遠站在正面」，並倒打一耙，把說出真相的對手說成是「誣陷」，是侵犯自己的名譽權而把批評者告上法庭。

高君文章中還牽涉到胡秋原是否長期游走在左右翼之間，以及拙著《台灣當代新詩史》的構架、黃震遐的《黃人之血》是否比余光中的詩要好、余光中的散文遠不如魯迅《野草》等眾多問題。如再逐一回答，必然會模糊焦點，浪費篇幅。

在台北二〇〇九年十一月出版的《傳記文學》上，高準又發表了回應我的題為〈向庸俗靠攏的文藝評判水準〉一文，內中夾雜有不少人身攻擊和醜化大陸學者的地方，如為了說明筆者是所謂中共統戰部門的傳令兵，竟說我是中國共產黨員。其實本人從未參加過任何黨派，是無黨派人士。為了醜化我的人格，他又說我二〇〇二年和余秋雨打官司被法院判為犯有「誹謗罪」。其實當時是庭外和解，和解的前提是余秋雨放棄侵權的指控和放棄十六萬人民幣的索賠。一場關於余光中評價問題的學術論爭，竟發展成人身攻擊，這使我感到深深的遺憾。

原載於《學術界》，二〇一〇年第一期

當年寫作組的領導人陳冀德《生逢其時——文革第一文藝刊物〈朝霞〉主編回憶錄》，香港，時代國際出版公司，二〇〇八年，第十三頁。

附：洛夫致古遠清

古遠清教授：

你好，自上次福州海峽文學節相晤以後，就再無機會見面，想必近況甚佳，念念。最近偶從《傳記文學》上讀到你談余光中的大作，想不到你蒐集台灣文壇的資料竟如此之豐富，瞭解得如此之詳細而深刻，我這個台灣詩人自愧不如。目前另一台灣友人寄我一本《台灣當代新詩史》，翻到版權頁，這本規模宏大內容充實的大著竟是二〇〇八年出版的，恕我在海外卜居多年，少與外界聯繫，竟孤陋寡聞到未曾讀到這部大著，說來實感遺憾與慚愧！

大著已拜讀一遍，不論就史料的蒐集與運用、歷史的鈎沉與分析都能見到你的卓識、且敢於觸及一些敏感的政治層面，實屬不易，可以說不論大陸或台灣的詩歌學者、評論家，寫台灣新詩史寫得如此全面、深入精闢者，你當是第一人。你在書中批評了台獨詩，必然會招致《笠》詩社的強烈抵制，也可能受到你未提及的小詩社小詩人的不滿，好在你在自序中已有了心理準備。但就史論史，我個人覺得這是一部以事實說話的公正歷史。當然，在詩歌美學的論述方面仍有待商榷與可以再加強的空間。對我個人而言，我很感激你的許多美言，雖然偶有批評，我也能接受。但其中有幾點資料上的錯誤，將來有機會再版時，請予以改正：

1. 第一五三頁，論及〈沙包刑場〉時，你說「表現了戰爭摧殘人類和危害和平……」，其實我寫的是當時越南政府整肅貪腐，槍斃一個華裔大奸商的情形。

2.第三二六頁第三行中，「從他第三本詩集《外外集》……」，資料引錯，應為「第五本詩集《魔歌》……」。

3.第三五二頁，論及《探親詩》時，說我的〈湖南大雪〉是一九八八年我首次回國探親之後寫的，其實是我當年回國之前（寫於一九八八年五月）就寫好了，這個改正很重要，因為它涉及一個詩人的想像力。

我今年九月下旬可能有武漢之行，到時我會與你電話聯繫，匆此祝好！

洛夫　二〇一二年五月十四日於溫哥華

再談台灣詩壇的藍綠問題

〈藍綠對峙的台灣詩壇〉係我即將在台灣出版的《台灣當代新詩史》的〈結束語〉[1]。十分感謝台灣佛光大學博士研究生劉正偉在〈讀《藍綠對峙的台灣詩壇》〉[2]中對拙文的謬獎與指正。

但也有不同意見，願與劉正偉先生一起探討。

其一，拙文不是亂貼標籤。有些詩人儘管在口頭上不承認自己是泛藍或泛綠詩人，也就是劉先生所說的「平時除非言論偏激，否則無人會告訴你他偏藍或偏綠」，但作為評論工作者，有權利和義務弄清這些詩人的政治傾向，尤其對其詩作（主要是政治詩）及其詩外活動做出分析和判斷，然後得出科學的結論，說明他們如何用詩的特有形式乃至「行為藝術」去表現自己的政治取向。這點能得到他本人的確認最好，但他不贊同也不要緊，這正好顯示批評家的主體性和獨立性。

當下台灣詩壇的確有藍綠之分。當然，這不是唯一的劃分。像拙文中所提到的夢想建立「台灣國」及提出「寧愛台灣草笠，不戴中國皇冠」的李敏勇，及動用抹黑、抹紅、抹黃手段醜化「紅衫軍」領袖的

1 汕頭，《華文文學》，二〇〇七年，第二期。
2 汕頭，《華文文學》，二〇〇七年，第三期。

江自得等人，便是泛綠乃至深綠詩人。這點，恐怕他們自己也不會否認。當然，台灣也有如劉正偉先生所說的「中立或厭惡政治對立的學者或詩人」，但這不是拙文論述的重點。我已在拙著《台灣當代新詩史》中，用極大篇幅敘述這些不在藍綠之間的詩人。

其二，劉先生說：藍綠詩人平時「都是『好朋友』……舉例來說，筆者是古教授所說深藍的『中華民國新詩學會』監事，上週四（五月二十四日）參加理監事會，到場的有古教授所謂深綠的《蕃薯詩刊》社長林宗源，同時也是深藍的『中華民國新詩學會』監事，當天我們只談詩與生活，無關政治」。謝謝劉先生提供這一我不知道的資訊。不過，這一資訊正證明拙文所說「當台灣政治天空由『藍天』變『綠地』的政權和平轉移後，這兩個詩派在新世紀的對峙已由顯性轉為隱性，熱戰變為冷戰，由對抗變成交叉」。認為「愛中國／真危險」的林宗源居然在深藍文學組織任職，這也算是一種「交叉」吧。他們開會時只談文學，不展開爭論，這正是「對峙已由顯性轉為隱性」的表現。

其三，關於「『泛藍政治家及其附屬的詩人』的提法是錯的」，這值得討論。以著名詩人楊渡為例，他現任國民黨文傳會主任委員。台灣媒體這樣形容他：「楊渡做為馬英九的一條腿，跳躍得天『馬』行空」。又說：「一向隨性和思考跳躍的楊渡，對馬英九的幫助多半是亂丟一些『另類的逆向思考』。他曾建議馬英九換個髮型，不要再梳油頭和旁分，因為這樣看起來『太乖』」。希望馬英九採用「不按牌理出牌的態度，大力破除長輩加在他身上的刻板印象」。當然，楊渡也寫過許多與藍綠無關的詩，他給馬英九的建議也不屬詩的範疇，但這不能否定「附屬」現象的存在。在台灣政壇中，有的詩人、作家當了縣長或立法委員，其中詩評家陳芳明還擔任過民進黨文宣部主任。沒當官但黨性太強的作家則做輔選工作，或參加競選公關公司，或親自撰寫有關候選人的宣傳文稿，從老一輩作家李喬到中生代作家林雙不、李敏勇、向陽，都曾為民進黨執政大喊大叫過，這也可以說是「附屬」現象又一例吧。

其四，劉先生說我「『在泛政治化的台灣，詩人要脫離政治的操控也難』，所言失真」。其實並沒有失真，筆者的親身經歷便可證明這一點。我於一九九七年二度訪台時，參加一家本土詩刊的酒會，與會者全部說「台語」，我只聽懂「建立台灣共和國」這句話。今年我又在這家本土詩刊上發表專談詩歌不涉及政治的文章，可該雜誌竟以「台灣國」詩刊自居，把我的論文放在《國際交流》專欄，真使我哭笑不得。我這一奇特遭遇，正說明有部分台灣詩人和詩刊受「政治操控」。

其五，劉先生說：古教授文中「還有認同三民主義，與國民黨同進同出的像余光中這樣非國民黨籍詩人，所言不知何以為本」。這裡可以明言，余光中政治身份的判定，係出自余氏二〇〇四年九月二十一日發表在廣州《羊城晚報》的一篇題為〈向歷史自首？——溽暑答客四問〉。此文曾由台灣《人間》叢刊二〇〇四年秋季號轉載，其中云：

> 我從未參加過任何政黨，包括國民黨，有時出席某些官方會議，也不過「行禮如儀」……

當然，不能完全相信詩人的自白。正如劉先生所說：「詩人余光中搞不好是資深國民黨員，但你我不知」。至於能否知道，劉先生近在台灣，考證起來肯定比我方便，希望他以後能有以教我。

其六，劉先生說：「古教授『左翼詩人的施善繼』之說，亦待商榷，若施善繼知悉可能吐血。」關於這個問題，我請教了施善繼先生，他於今年八月二十四日給我的電郵說：

古老師：

並不存在「吐血」的問題。

「左翼詩人」誠然是一頂鞭策的冠冕，只怕是否名實相符而已。六十年來，台灣一直被「右翼」專政得死死的，連透氣的空間都幾乎沒有。正如斯人所言「左翼」早經肅清，至今自由派滔滔不絕如縷橫行霸道。反之，我若謂博士生的思維充滿「右翼」，不知他聽後會不會嘔，又吐些什麼？

善繼　上

劉先生還說：「詹澈不是泛藍詩人，而是傾向泛綠詩人。」可據我的瞭解，詹澈早期傾向泛綠，當下則是典型的「泛藍」詩人。今年七月，我在武漢會見詹澈，「密談」了幾個小時，他贈給我今年五月三日至九日的《新新聞》雜誌，內有廖哲琳寫的特別報導：〈楊渡天「馬」行空，詹澈一步一腳印——改造馬英九的兩條馬腿〉。詹澈之所以和楊渡一樣被媒體戲稱為「馬腿」（又是「附屬」詩人！），係因為他最近成了「馬英九團隊」的重要成員，即詹澈出任馬英九競選團隊為數極少的「高參」。說詹澈是「泛藍」詩人，應該是名實相副吧。

儘管在一些技術性的細節上有歧義，但大原則上我贊同劉正偉先生講的「台灣藍綠的詩人，主要是受政治氣候與環境的牽引，無形中形成藍綠對立的觀點和看法。」他建議我「將〈藍綠對峙的台灣詩壇〉改為〈藍綠政治環境影響下的台灣詩壇〉，將更貼近台灣政治與詩壇的現實」。我原來的題目本來就是〈藍天綠地籠罩下的台灣詩壇〉，可謂與劉先生所見略同。他希望大陸學者隔岸觀火時，不要失真；隔岸傳真時，不要模糊。這是金玉良言，值得我反思和警惕。再次感謝他的指正。我今年九月底至十月上旬將到台灣出席研討會，希望有機會向他當面求教。

原載於《華文文學》二〇〇七年第四期

關於紀弦歷史問題的兩點辯證

東華大學須文蔚教授發表在《文訊》二〇一一年三月號上的〈紀弦研究綜述〉是篇好文章，但文中提到紀弦是否文化漢奸問題，有兩處欠準確：

第一，紀弦的歷史問題並非起於劉心皇，而是一九七〇年，紀弦由中華民國有關單位提名為中國作家代表，派往韓國出席國際筆會。在他出國前夕，即六月二十二日，台灣出版的《大眾日報》發表題為〈中國筆會究竟做了什麼〉的社論，對紀弦出國的團體「中國筆會」痛加針砭。同月二十三日該報第三版頭條在「讀者投書」欄目內則發表了「鍾國仁」（「中國人」之諧音）的文章，除指出「中國筆會始終維持小圈子主義，緊閉會門，飄裙帶風，不能開誠佈公，難免有不可告人之事」外，還檢舉紀弦是當年的「文化漢奸路易士」，無資格代表中國作家出席國際會議：

紀弦其人者，此人名叫路逾，平時以詩人自命，到處吹噓。在抗戰前，以路易士之名撰寫新詩。在抗戰期間，竟背棄祖國，靦顏投敵，落水為漢奸，出席日本召集的大東亞文化更生會，大放厥辭，賣身求榮。當中國抗戰時期的陪都重慶被炸，傷亡慘重之時，他在上海撰詩歌頌，其辭有曰：「炸吧，炸吧，把這個古老的中國毀滅吧……」，這是盡人皆知的事實，且有上海淪陷期間出版物為

> 證。似此出賣國家民族文化的人，怎麼可以代表中國人到韓國去出席國際筆會？應請該會迅速將其除名，不要把（中國）人（的臉）丟到國外去……

此外，「史方平」又於一九七〇年八月十日寫了〈紀弦、路逾與路易士的漢奸活動〉，文中稱：路易士在一九四三年抗戰游擊隊出沒的蘇北，主要任偽「軍事委員會委員長蘇北行營上校聯絡科科長」，代表敵偽對蘇北進行「文化宣撫」。曾有大規模的兩次對青年的演講，一次是在泰興縣講〈和平文學與和平運動〉，另一次在泰縣講〈大東亞共榮圈與和平文學〉。聽他演講的人，還有人在台灣。……他在蘇北一或二年之後，由於胡蘭成的關係，把他調到宣傳部，擔任專門委員會的偽職，在上海從事文藝活動。此文係打印稿，未公開發表。劉心皇為撰寫《抗戰時期淪陷區文學史》，曾參考引用過。

第二，須文蔚說古遠清曾採納劉心皇和陳青生的說法，指控紀弦「屬於民族立場歪斜、民族氣節虧敗、正義觀念淪喪的大節有虧的作家。」這裏用了「指控」二字，竟思是說筆者認為紀弦是漢奸。其實，我並不認同劉心皇的看法，數次指出劉著給作家下政治結論時隨意性大，把一些作家誤為漢奸文人，具體到紀弦，其所舉的「有些重要事實畢竟還有待進一步核實」、「路易士到底有無出席東亞文學者大會或大東亞文學更生會還是一個懸案」。又指出陳青生所舉的「作品發表的出處，還需進一步查實」。我文章的末尾一再強調：

> 對文學史家來說，要嚴格區分「文化漢奸」與不分敵我是非、親近日偽、參加過漢奸文學活動與寫過漢奸作品的作家的界限。鑒於紀弦寫的漢奸文學作品在他詩作中不構成主流，作品數量也極少，

他亦非漢奸政權要角或汪偽文壇的頭面人物，因而不應再去「補劃」他為文化漢奸。從這個角度看，紀弦在新出的回憶錄中說「我絕非漢奸！絕非漢奸！」倒是對的。但我們還要補一句他「大節有虧」，以說明他有過不光彩的昨天。

關於紀弦寫的漢奸文學作品，已有新的發現：劉正忠已將紀弦的〈炸吧！炸吧！〉找到原始出處，證明該詩內容和「敵機轟炸重慶」無關；1942年紀弦作的〈巨人之死〉，也不是悼念漢奸，而是悼念遭蘇聯特工暗殺的託派。[1]又據吳奔星的公子吳心海稱，紀弦在一九四四年出席第三屆大東亞文學者大會得知汪精衛剛死去時，除參與用中文和日文為汪逆致悼詞外，還自告奮勇即席賦詩〈巨星隕了〉，並要求登臺朗誦他這首為中華民族罪人歌功頌德的作品[2]。

原載於《葡萄園》，二〇一二年第二期

1 劉正忠：〈藝術自由與民族大義：「紀弦為文化漢奸」新探〉，台北，《政大中文學報》，二〇〇九年六月。
2 見《台灣詩學》第十六號，第二八六頁。

對《中國新詩總系》的三點質疑

由北京大學中國新詩研究所所長謝冕先生總主編的十卷本《中國新詩總系》的出版[1]，是中國新詩史同時也是中國現當代文學史上的一件大事。這是前人沒有做過的工作，它為中國新詩保存了豐富的史料，為新詩的典律化打下了基礎，同時為中國新詩的理論建設提出什麼是好詩，「好詩主義」能否實行以及能否建立「北大學派」[2]等一系列值得探討的重大理論話題。正是為了探討，特提出下列三點質疑。

一　是中國新詩是否一定要中國詩人所寫？

《中國新詩總系》涵蓋了兩岸四地詩人，這體現了編選者寬廣的視野，遺憾的是清一色選的都是中國詩人的作品。其實，「中國新詩」與「中國詩人」是兩個不同的概念，前者是指作品，後者是指作者。當然兩者有重疊之處，如中國新詩的創作主體無疑是中國詩人，但非主體部分也有個別外籍詩人，像新加坡

1 北京，人民文學出版社，二〇一〇年。

2 關於「北大學派」，最早是臧克家一九八七年四月十八日與古遠清通信時提及的。他認為謝冕、孫玉石、孫紹振等這些北大出身的學者，不是支持朦朧詩的崛起，就是弘揚新詩史上的現代派，已形成一個對現實主義詩派造成嚴重威脅的小團體。這本是一個未公諸詩壇的隱形學派，現在通過《中國新詩總系》的編輯和《新詩評論》刊物的出版，我認為完全可以堂堂正正打出這一學派的大旗。

華文詩人王潤華，祖籍廣東從化，馬來西亞出生，一九六二年到台北政治大學讀書，與同學創辦《星座詩刊》，在台北發表和出版詩集。後回新加坡教書，退休後又在台灣元智大學教了十多年書。他在這期間用中文在台灣發表的作品，難道不能視為中華文化和中國新詩的組成部分？

韓國許世旭在台灣師範大學國文系讀碩士、博士學位，以後又做了《創世紀》詩刊多年的同仁，還經常往返於韓台之間，他常說「台灣詩人是我的異姓兄弟」，曾與紀弦、鄭愁予、楚戈並稱為台灣詩壇的四大飲者。像他這種多次參加台灣的各種重要詩歌活動，並用中文在台灣發表具有濃厚中國風味的詩作，這同樣可視為中國台灣新詩。台灣在編各種詩選時，均把他的作品編進去，這種做法值得大陸同行借鑒。

事實上，《中國新詩總系》已選了從台灣移居外國的美籍詩人葉維廉、彭邦楨的作品，為什麼就不能選從外國移居中國台灣的王潤華們的作品呢？

當然，選這類作品面不能寬。一般來說，必須符合下列條件：

1、作者在台灣上學或工作時間較長；

2、作品用中文所寫且發表在台灣或中國其他地區；

3、以中國題材為主，或寫外國事物在風格上受中國影響；

4、其人其作品對台灣詩壇影響大。

這類的詩人作品不會多，入選他們的作品，正可表明中國新詩作者隊伍成分和內容的多元。

二是中國新詩是否一定要用中文書寫？

有人認為語言是底線：中國新詩必然是中文所寫，也只能用中文書寫。這對大陸新詩，當然不成問題。但一到境外，就不是那麼一回事了。比如台灣最早的新詩，便是日本語所寫，即追風於一九二三年五月創作的〈詩的模仿〉四首短制[3]，其中〈煤炭頌〉為：

在深山深藏
在地中地久
給地熱煞了數萬年
你的身體黝黑
由黑而冷
轉紅就熱了
燃燒了溶化白金
你無意留下什麼

這是月中泉翻譯的。該詩顯得稚嫩，談不上是精品，但胡適的《嘗試集》也不過如此。從兼顧歷史影響看，此詩應入選，但《中國新詩總系》將這麼重要的一首詩遺漏了。遺漏的還有一九二五年十二月張我軍自印的台灣第一本白話詩集《亂都之戀》。張我軍由於時在北京，故此詩集係中文寫就。當時留在台灣作者寫的作品，則清一色用日本語書寫，如王白淵的詩。一九三〇年陳奇雲出版的詩集《熱流》，

3 參看向陽編著：《台灣現代文選．新詩卷》，台北，三民書局，二〇〇六年。

一九三一年水蔭萍出版的詩集《熱帶魚》，無不是日本語寫就。之所以不用祖國語言創作，是因為日本人統治台灣期間，全面禁止中文寫作。

這裏要區分「日本語詩歌」與「日本詩歌」的界線。前者是中國台灣新詩，後者是他國新詩。「日本語新詩」是指日本殖民統治體制下台灣作家用異族母語即日語書寫的詩作，而不是指所有用日語書寫的作品。在外來政權統治下的非日本人也就是台灣詩人無法使用母語，典型的作家有上述的水蔭萍等人。他們均活躍於一九四〇年代文壇，作品多發表在《文藝台灣》、《台灣文學》等雜誌上。但「日本語新詩」不限於日據時期的作品，它還包括光復後有些作家用日語創作的詩作。對這種文學的評價，不能籠統說是「皇民文學」，像巫永福寫於日據時代的〈祖國〉，下面是開頭一節：

未曾見過的祖國
隔著海似近似遠
夢見的，在書上見過的祖國中心
流過幾千年在我血液裏
住在我胸脯裏的影子
在我心裏反響
呀，是祖國喚我呢
或是我喚祖國

這裏洋溢著濃烈的民族精神。在日本軍國主義統治下，他隔海呼喚祖靈和土地，呼喚只在夢裡看見、在書本上讀到的祖國，這種感情是多麼真摯強烈，這種遭遇又該叫人多麼心痛。他希望「東亞病夫」的日子一去不復返，堅信「睡獅」一定會咆哮。他強烈要求結束殖民統治，「還給我們祖國」。他這類作品感情真摯、強烈，雖用了暗喻，但語言不晦澀。

用日本語寫有語言運用不自由問題，也有「日本語詩人」與日本詩壇、祖國大陸詩壇的互動關係。當然，也不能否認日本同化政策所帶來的「皇民化」問題。

和「日本語新詩」不同，台灣的「日本新詩」是專指日據時期居住在台灣的日本作家用日文創作的詩作。這是殖民地文學，是殖民地特有的文學景觀，這裡不再論證。

英國人統治香港期間，香港華人作家幾乎不用英語寫詩。澳門詩壇卻有例外。它和香港詩壇一大不同是華文作家與土生詩人互補並存。

澳門新詩以華文新詩為主流，另有土生文學的存在。所謂土生文學，就是土生葡人用葡文寫出的作品。長期以來，人們把土生作品看作是葡國文學的一部分，而不認為是一種獨立的文學現象。到了一九九〇年代，由於面臨澳門回歸，大量的土生葡人將留下，因而人們才將其視為澳門歷史發展過程中一個特殊族群，土生新詩由此也被納入澳門文學的範疇。

土生葡人作品數量不多，但有影響較大的作品。如生在澳門、父親是葡國人的李安樂，從小就夢想成為中葡詩人。他的遺著《孤獨之旅》，有身世的感歎和生活不如意的煩惱。他的許多作品，反映了對大自然的熱愛，對故鄉的熱愛，對葡國的熱愛，對中國的熱愛，如由葡語譯為中文的〈澳門之子〉：

永遠深色的頭髮，
中國人的眼睛，亞利安人的鼻樑，
東方的脊背，葡國人的胸膛，
腿臂雖細，但壯實堅強。
思想融會中西，一雙手
能托起纖巧如塵的精品，
喜歡流行歌但愛聽fados
心是中國心，魂是葡國魂。

娶中國人乃出自天性，
以米飯為生，也吃馬介休，
喝咖啡，不喝茶，飲的是葡萄酒。

不發脾氣時善良溫和，
出自興趣，選擇居住之地，
這便是道道地地的澳門之子。

曾任澳門文化司長的馬若龍，也是土生族群中的出色用葡文寫作的中國澳門詩人兼建築師。他把葡國獨有的文化魅力與李白詩風奇妙地揉合在一起，表現了兩種不同文化的交彙和滲透[4]。

廣義的澳門詩歌，便由華人新詩與土生作家用葡文寫成的新詩組成。它們長期共存，互相競爭。《中國新詩總系》選詩時，無疑未考慮到澳門詩歌這種複雜情況。

三是中國新詩用中文書寫是否一律要用北京話？

在大陸，用普通話寫作成為主流，方言文學只在個別地區存在，其詩作難登大雅之堂。但在台港地區就有所不同，如台灣有所謂「台語詩歌」。

眾所周知，台灣使用的語言除北京話外，另有鶴佬話（河洛話、閩南話）、客家話、原住民語言。台灣話通常以鶴佬話為代表，因而「台語新詩」一般是指用鶴佬話寫作的詩歌。其作者不僅有林宗源、向陽等本土詩人，也有中國意識強烈的杜十三。在本土化思潮影響下，「台語詩歌」發展極快，其中有意識形態問題，更多的是藝術粗糙，不堪卒讀，但也有少量好懂且有詩味，編詩選決不能對它視而不見。

至於在香港，也有方言詩即粵語詩的存在。這種詩歌，在內地學者寫的香港文學史中毫無地位。其實，這裏仍有精品，如慕容羽軍諷刺熒屏上出現床上戲的〈南鄉子・詠電視〉：

> 電視亦加鹽，睇落當然好肉酸。晚飯一家同睇嘢，牙煙！點解有衫都唔穿？孩子眼兒圓，鏡頭映到似擺船，到底床中人做乜？該尊，電視機前要落簾。

4　劉登翰主編，陶里、莊文永、施議對、李觀鼎等著：《澳門文學概觀》，廈門，鷺江出版社，一九九八年。

這裏用了不少粵方言，「睇」即為看，「加鹽」也是廣東話，他們把色情片稱為鹹濕片。「牙煙」為危險，「點解」即為什麼，「唔穿」即不穿，「落簾」即要用幕布遮蓋起來。即便不加注解，也大體可以讀懂。它雖是詞而非新詩，但按這種思路追尋下去，也肯定可以挖掘出好的粵語新詩。

《中國新詩總系》的選詩標準除「好詩主義」外，另還有一把未亮出來的尺規：「中國新詩以大陸為中心，台港澳新詩只是邊緣」。這是用大中原心態看待台港澳新詩。不錯，台港澳之於中國，無論從地理、政治及文化的角度來看，都位於邊陲。歷史上的香港，也是中原貶謫之地。不過，當今持中原心態的論者，將台港澳新詩判為「邊緣文學」，不是單純指地理空間，而是包含了價值判斷，即居中原地位的大陸新詩具有領導、示範作用，屬第一流文學，而「邊緣文學」則屬「邊角料」文學[5]。這裏以優越的中原文化代言人自居，並以傲慢的態度排等級不言自明。這種心態和以地理位置來區分新詩的「中心」與「邊緣」的做法，值得商榷。明顯的例子是：「文革」期間，當內地詩歌園地一片荒蕪的時侯，台港澳詩人仍堅持創作，寫出了像〈鄉愁〉等優秀詩歌作品，填補了「魯迅一人走在『金光大道』」上中國當代詩歌的大片空白，這能說它是「邊緣文學」嗎？在內地閉關鎖國的「十七年」，台港新詩在溝通世界華文詩歌，尤其是為東南亞輸送華文詩歌精品做出了重要貢獻。相比之下，這時的所謂社會主義現實主義或弘揚革命現實主義與革命浪漫主義相結合的內地詩壇，不但沒有成為國際文化交流中心，甚至連「邊緣」的位置都沾不上。就是到了新世紀，香港仍是聯繫世界各地華文詩歌的橋樑和紐帶。作為國際大都會對天下來客一律歡迎的做法，是在向內陸的中心文化挑戰，甚至北伐中原，將自己的特色文化去解構內陸文化的部分結

[5] 以澳門詩歌為例，《中國新詩總系》第十卷只選了姚風的詩，澳門詩歌在這裏連「邊角料」都談不上。

構。反觀內地，由於受意識形態的牽制，設有各種各樣的禁區，它無法起到香港的橋樑和紐帶的作用，故籠統地認為台港澳新詩是「邊緣文學」，不足以服人。

在處理境外詩歌方面，問題決不止這些，突出向題還有余光中的作品選少了，未免小看了這位完全可以與艾青平起平坐的大家，這就不在本文的討論範圍了。

原載於《文學報》二〇一一年七月八日；《學術界》二〇一一年第八期；
《博覽群書》二〇一一年第十一期

第四章　文藝茶座

光環之外的李敖

近年內地出版了多種李敖的傳記和有關他的著作。這些著作，大都把李敖寫成一個匡時濟世、救治天下的「神」：一個繼梁啟超、胡適之後獨一無二的狂飆型的知識份子，一個時代的叛逆英雄，一個五百年來白話文豪和弱勢群體的救世菩薩。其實，李敖並非是人們想像的「其仁心如堯舜，其智慧如孔丘，其志操如精衛，其頑強如刑天」而又超越名利的俠士，而是如李敖前妻胡茵夢所說的「一個多欲多謀，濟一己之私的俠盜。」由香港齊以正等著的《黑白講李敖——從認識到批判》[1]，便給廣大讀者一個真實的李敖，一個既思想敏銳、筆鋒辛辣而又有嚴重人格缺陷的李敖，或借用該書編者吳小攀的話來說是：一個批判的李敖，一個商業的李敖，一個娛樂的李敖，一個凡人的李敖。

1 香港富達出版有限公司，二〇〇五年十月。

著者和編者是以客觀公正的立場並以誠信態度來重塑李敖形象的。李敖以不怕坐牢、不怕殺頭的勇氣獨戰專制獨裁的王朝，出獄後不改「與人鬥，其樂無窮」的作風，說明他不僅是頑童，也是戰士，是反極權的英雄。他靠一支禿筆，寫盡天下政治人物，這就難怪四十多年來，人們對他千夫所指，他對人們橫眉冷對。反感他的人，認為他狂妄自大，目中無人；欣賞他的人，讚揚他獨來獨往，個性鮮明。但這只是人們熟知的光環之內的李敖。

光環之外的李敖是什麼樣子？《黑白講李敖》告訴我們：李敖作民主鬥士的同時，也有人性醜惡的一面，如侵吞他人財產，恩將仇報。他既是戰士，同時也是一位作秀的小丑，是一個無行的文人。

關於恩將仇報，最典型的是李敖與蕭孟能反目成仇的這段往事。李敖常對人誇耀說，他是因為抨擊國民黨而坐了兩次政治監。其實第二次坐的並非政治監，所受的也不是國民黨迫害，而是因為犯「背信與侵佔罪」而被判刑的。被侵佔對象蕭孟能，本是李敖的大恩人——是蕭氏創辦的文星書店和《文星》雜誌，在上世紀六〇年代給李敖提供了活動舞臺，並借這個舞臺演出了一場威武雄壯的討伐台灣當局黨政要人的活報劇。沒有蕭孟能提供陣地，沒有蕭孟能提拔李敖當《文星》雜誌總編輯，李敖就不可能暴得大名，以至成為青年人的偶像。可李敖後來恩將仇報，乘人之危侵吞蕭孟能的財產，兩人由此對簿公堂，後以李敖敗訴告終。關於李、蕭這段「恩仇記」，《黑白講李敖》有詳盡的記載。

《黑白講李敖》主要作者齊以正，即王敬羲，江蘇青埔人。一九五〇年代初由天津去香港，早年畢業於台灣師範大學國文系，後獲美國愛荷華大學英文創作文學碩士。五〇年代在台灣著名的《文學雜誌》發表作品，一九六〇年代開始主編《純文學》香港版、《南北極》、《財富》等月刊。著有中篇小說、短篇小說集和散文集多種。一九九八年六月再度任復刊後《純文學》的主編，並在年底出版自選小說集《搖籃與竹馬》。在一九六〇年代，王敬羲還是李敖著作在香港的總代理。當年他每回台探望師友，都會和余光中、李敖、林海音等一起渴酒吃飯，並和張愛玲、夏志清有書信往來。有一本在台灣出版的《消滅李敖，還是被李敖消滅？》[2]，曾這樣記載王敬羲與李敖初次見面的對話：

李敖：「喂，他媽的王敬義！」
王敬義：「喂，王八蛋李敖！」

這一「親密無間」的關係，來源於一九六七年前後，李敖處於極端困難、連人身自由也無保障的情況下，王敬羲挺身而出出版了李敖著作香港版，這對瀕於絕境的李敖無疑是道義上和經濟上最大的支持，同時也贏來了香港及海外眾多讀者對李敖的信任。李敖為此深受感動，以致在被捕前給王敬羲寫「絕對機密」、「以死事相托」的密信，尤其是一九六七年二月三日李敖致王敬羲的「絕命書」——也可以看作李敖「遺囑」，內有「拼命」、「死事」一說表現了李敖與國民黨決鬥隨時準備犧牲自己的堅強決心，另有拜託他身後「煩敬羲兄獨力」出版自己「遺著」的囑咐，表示了李敖對王敬羲的高度信任。像這樣珍貴的史料，內地出版的各種李敖傳記均不見記載，而《黑白講李敖》的史料價值也正在這裏。說實話，該書轉載的王敬羲當年主編的《南北極》刊登的各類有關李敖的文章固然有可讀性，但最重要的是該書首次披露的李敖「以死事相托」鮮為人知的李、王生死之交這一段「秘史」，以及書後出示的李敖關於撰寫《林語

[2] 韓妙玄著，遠流出版公司，一九八五年版。

堂論》致王敬義的九封信。

李敖常說他沒有永久的敵人，也沒有永遠的朋友。正像李敖和蕭孟能反目成仇一樣，李敖與王敬義後來也不再是「密友」，兩人之間還發生過磨擦。箇中原因，外人無從知道，筆者也只是略知一二，可惜齊以正——不，王敬義生前未能用回憶錄的形式寫出李、王之交及其演變的來龍去脈。

原載於《書友》，二〇〇六年第二期

台灣文壇的「實況轉播」

——評王鼎鈞的《文學江湖》

近年來，台灣出版了不少作家回憶錄，其中引起轟動效應的有齊邦媛的《巨流河》，而王鼎鈞由台北爾雅出版社出版的的回憶錄四部曲《昨天的雲》、《怒目少年》、《關山奪路》、《文學江湖》，卻未引起文壇的充分注意。其實，只要我們認真閱讀和比較，就會感到這四部回憶錄中於二〇〇九年出版的《文學江湖》的藝術魅力並不亞於《巨流河》，其歷史文獻價值和藝術力量還有待大家充分挖掘。

《文學江湖》巨大的藝術魅力來源於它的真實性。回憶錄最怕摻假，它與一般散文不同之處在於要求作品中的人名、地名以及歷史事件要完全吻合歷史真實，甚至連細節也不允許編造。如同所有經得起時間篩選的回憶錄那樣，王鼎鈞的作品全部以真實材料為依據，其中《文學江湖》所述的五十至七十年代台灣文藝界的情況，來源於作者一九四九年隨軍撤退到台灣後在各個時期各個單位工作的經歷和遭遇：參加「中國文藝協會」主辦的首屆小說班，並先後編過《掃蕩報》、《公論報》和《征信新聞報》（《中國時報》前身）的副刊，在「總政作戰部」參加過多次座談和聽過眾多名家的演講，又分別在名為「台灣」、「中國」的廣播公司、中國電視公司工作過，還與台灣地區的「文藝總管」張道藩以及文藝政策的執行者魏景蒙等人往來密切，當然，還有查閱歷史檔案所得來的材料。《文學江湖》就這樣以閱歷的廣博和材料的高度真實性取信于讀者，完全不同於大陸某文化名人提倡的「記憶文學」，在其自傳《借我一生》中多次改編、偽造自己的歷史。

作為傳記一種的回憶錄，它以講述自己的生平經歷為主，但也少不了寫上司、同事和親人乃至領袖。不管是寫「最憔悴的上將」還是別的什麼人，王鼎鈞所記的均是經得起查證的真人真事真景物，這是作者寫自傳所遵循的最高創作準則。憑著作者豐富而複雜的特殊經驗和《文學江湖》對「本」和「實」都要求真，故讀之如同讀史，如他寫戰鬥文藝運動為什麼會選中軍隊做主要陣地，以及「中國文藝協會」走出「道公（張道藩）」的庇蔭後，「果老（陳果夫）」如何協調軍政關係，讓讀者認識到五六十年代的台灣「文學江湖」，實際上是黨政軍一起聯合打造和經營的，其中特工起了重要作用，如有一次，保安人員問王鼎鈞最近看什麼書，答曰：「有曹禺和李健吾。」對方兩眼一瞪：「這你從哪里弄到『共匪』的書？」王告訴他：「這

王鼎鈞先生近照

是『中廣』公司指定參考書，公開擺在資料圖書室裏。」幾個月後，公司裏突然出現幾個特工，沒收了這批文藝作品，緊接著大搜全島各地中小學圖書館，各縣市舊書攤，連解放後短期滯留大陸的所謂「附匪文人」張愛玲的作品也不例外。王鼎鈞無疑感到這是自己過於坦白惹的禍。這種敘述，不僅揭示了時代的瘡疤，同時也坦露了自己天真得近似癡傻的個性而導致全台島各類圖書館精神食糧嚴重鬧災荒的後果。讀了王氏這種近乎「不打自招」的敘述，人們會思考：三十年代乃至二十年代的文藝作品為什麼不能在台灣全面開放？這固然是白色恐怖下官方的有關條例造成的，但這些條例的具體貫徹還得靠人尤其是得靠像王鼎鈞這樣「過於坦白的人」來配合。王鼎鈞不怕背上查禁書刊「幫兇」的罪名，這需要極大的勇氣。而這勇氣，來源於他不善於作偽編造及其敢於面對歷史的嚴肅態度。

作為當年文壇實況記錄的王鼎鈞回憶錄，是傳主在台灣三十年來人性鍛煉的「實況轉播」。書中的材料經過多次核對，作者背誦自己的經歷，比禱告還要多。正因為如此，王鼎鈞寫出來的都是真相，說出來的都是實話。敘事，他有客觀上的真誠；議論，他有主觀上的誠實。有一些事情沒有敘述出來，有些話沒有完全講出來，那是剪裁的需要，而非存心欺騙讀者。顧名思義，《文學江湖》只能寫自己所知道的文學江湖的險惡和文人載沉載浮的經歷，這些只能通過自己的文學生活表現出來。即是說，王鼎鈞只能寫出對讀者有啟發，對文學史家研究台灣文學有價值的材料。當然，也有文字處理上的技術原因：一本書不能寫得太厚，否則出版商會以書厚定價高為由要求作者刪減數字；另方面，總不能有聞必錄，認為凡是有價值的全都要包羅進去。這主要不是怕超過預定篇幅，而是因為書中寫的一些人還健在——即使去世但其後人還在，故無法放開手腳完全毫無顧忌地大寫特寫。作者在《文學江湖》序言的末尾中，曾說過一對夫妻因對方說出隱私或秘聞而導致另一方發怒而撕打，其中遭丈夫欺侮的老太太掩面大哭說：「不該說啊，不能說啊！不能說的事到死都不能說啊！」王鼎鈞寫回憶錄時也遭遇到這種尷尬。正是這個原因，王鼎鈞認為自己的回憶錄並非畫圖，也非塑像。《文學江湖》「好比浮雕，該露的能露的都露出來了。塑像最大的角度是三百六十度，任何人寫的回憶錄最多是一百八十度，我沒有超過，也不應該超過。」[1]

傳統散文觀念強調的是一種再現式絕對真實，即與作者並非間接關係，而源於自己的生活遭遇。據散文研究家陳劍暉解釋，「但從散文的創作規律和散文的發展趨勢來看，要使散文所描寫的內容與作者的『個人經歷』完全吻合幾乎是不可能的」[2]。可自傳不是一般的散文，傳主所表達的個體經驗不應像散文那樣不與個人經歷劃等號。作為傳主歷史真實記錄的個人生活經驗，是一種客觀存在，連斧頭也砍不掉，而個體經驗雖然是「對以往『個人經歷』的一種整合」[3]，但這整合是為了使個人經歷更典型，更帶普遍性，而非靠合力的想像去彌補。像《文學江湖》所寫的五十年代「中國廣播公司」發生的一系列人事異動和個別重要人物為何成為「匪諜」，都是以作者自己所見所聞為素材，而非綜合各式各樣人物的個性體驗的藝術描繪，這就保證了《文學江湖》並非「記憶文學」而是名副其實的回憶錄。

回憶錄不同於一般散文之處，在於它純屬「過去時態」。因年代久遠，動筆寫回憶錄時又年老體衰，這就容易造成失憶和誤憶。「這樣，從親身經歷到記憶中的真實，再到筆下的物象情景，其生活的原生狀態實際上已不可避免地發生了變形。」[4]再加上王鼎鈞對中共的看法與眾不同和對國民黨的專橫尤其是

1 王鼎鈞：《文學江湖》，台北，爾雅出版社，二〇〇九年。
2 陳劍暉：《中國現當代散文的詩學建構》，南昌，江西高校出版社，二〇〇四年。
3 陳劍暉：《中國現當代散文的詩學建構》，南昌，江西高校出版社，二〇〇四年。
4 陳劍暉：《中國現當代散文的詩學建構》，南昌，江西高校出版社，二〇〇四年。

特務統治嚴重不滿，他就不可能讓各種不同類型的讀者百分之百滿意，有些地方難免引發不同立場觀點讀者的爭議。如王鼎鈞認為陳若曦的《尹縣長》是反共小說，可作者辯解說她只是否定文革而不是反共。又如王鼎鈞認為一九五六年七月「中華文藝獎金委員會」停辦，十二月正式結束，「象徵『黨部掛帥』的時代逝去」[5]。其實，「黨部掛帥」情形在「文獎會」停辦後仍然出現，不過沒有過去那麼突出和嚴重罷了。對這段歷史的評價，就這樣見仁見智，但王氏畢竟是一家之言，且其講的「文獎會」結束的時間沒有任何差錯，因而別人的質疑毫不動搖《文學江湖》的真實性。

敘中有議，述評結合的寫法，使王鼎鈞不滿足於做歷史的書記員，他還要對涉及的人和事做評價，如談到五十年代文壇不應該由外省作家包辦，而應把省籍作家看作文壇未來的希望的時候，作者寫道：「但是現在，《掃蕩報》是軍報，從未接到本省作家的稿子，《中華日報》是黨報，也跟本省作家結緣不多，《新生報》是省報，跟本省作家有歷史淵源，承他們不棄，但很少採用。」這裏對各種報紙的定位和評價，簡單明瞭，鞭辟入裏，十分鮮明地體現了作者對文壇的思考和評價。

寫回憶錄，真實的一個重要方面是用詞的精確：既不能誇大，也不能縮小。比如五十年代開展的戰鬥文藝運動——這裏明明說的是「文藝」，可到了現今有些文學史家的筆下，反共文學成了戰鬥文藝的代名詞。王鼎鈞指出，反共文學並不是五十年代前期文壇的主流，反共文藝的地位比反共文學高得多，其中反共戲劇才是獨霸文壇的文體。當時的小說、新詩反共氣焰雖然高漲，但遠沒有傳統戲曲的改編和話劇的創作來得迅猛和影響大，這其中舞臺劇中分化出廣播劇，有了電視後又出現了和電影競爭的電視劇，再加上

[5] 王鼎鈞：《文學江湖》，台北，爾雅出版社，二〇〇九年。

反共電影劇本和反共音樂、反共戲曲的批量生產，使反共小說的覆蓋率遠遠無法和它們相比。後來的文學史家大談反共文學而不談或少談反共文藝甚至不知反共戲和廣播劇，是一種不符合當時歷史真相的遮蔽。讀了王鼎鈞的《文學江湖》，就知道「江湖」中人有不少既是文學家又是藝術家，既寫小說新詩更會利用各種藝術形式配合和響應蔣介石的戰鬥文藝號召。

王鼎鈞的文壇回憶錄，所反映的是國民黨在軍事作戰沒有實力、反攻大陸只能說不能做的情況下，只能重視政治作戰和心理作戰的實況。在那個年頭，復興崗上的政工幹校一再擴招，培養了大批向中共作戰的「文藝戰士」。這些「戰士」大都是渡海去台的青年人，開辦這類學校和相關的寫作班，是為了吸取國民黨丟失大陸不重視文藝作戰的經驗教訓。為亡羊補牢，當時國防部的預算占官方總預算的一半多。有關部門便從這龐大的軍事預算中抽出一小部分來辦軍中文藝獎，辦軍方雜誌和辦劇團、辦各種徵文比賽，尤其重視訓練一批「保密防諜」的文藝審查官，這樣便有台式「姚文元」的出現。《文學江湖》寫道：王鼎鈞根據《詩經・汝墳》篇構想了一個情節：魴魚發怒時尾巴變成紅色，那一定是忍無可忍了罷，這使人感到害怕，好像將要發生不可測的行動，便借著故事人物的口吻說：「你不可欺人太甚！」他寫這個小故事只想炫耀自己博學，可在號稱「恐怖十年」的一九五〇年代，被「檢肅匪諜」辣手無情的圖書檢查官發現，便惡狠狠地指著他的鼻子：「你們這些臭文人這套把戲我看得很清楚，魚代表老百姓，紅色代表共產黨，你分明是鼓吹農民暴動！」原來深文周納的姚文元不僅大陸有，台灣也有，而且比大陸早出十年呢。

《文學江湖》在真實地記錄了傳主個人的生活經過和文壇交遊情況的同時，更反映了幾十年來中國人的顛沛流離、家國之難和文人遭殃的情況。其中記錄當年「警總」查禁書刊以及官方管制文藝界的情況，是人們研究戒嚴時期「文網」的重要參考資料。

《文學江湖》的深刻處還體現在它的預見性。王鼎鈞誠然不是預言家，但漫不經心的記錄給歷史留下了見證。該書寫到：在戒嚴還未解除時，有一次孫陵和王鼎鈞路過某大學的蔣介石銅像旁時說：「在我們有生之年，這些玩藝兒都會變成廢銅爛鐵，論斤出售。」又有一天，他鄭重地告訴王鼎鈞：「不久以後，台灣話是國語，叫你的孩子好好說台灣話。」陳水扁執政後的千禧年，孫陵這些預言已初步實現。這種預言不只關乎政治還包括日常生活。作品寫道：近半世紀以來，淘汰論一直流行，王鼎鈞就不斷聽過廣播將淘汰報紙，報紙將淘汰圖書，電影將淘汰小說，電視將淘汰廣播，電腦將淘汰毛筆……後來他見孫子天天往網吧裏跑，既不回家，也不上課，甚至不吃飯，這時讀者順著王的思路才驚覺是網路在淘汰一切。這種精闢的預言，是如此叫人深思。

和預見性相關的是《文學江湖》的哲理性。該書筆調平實，但某些地方深具哲理性。如談到是做得早還是做得好時，認為做得早，開風氣，做得好，集大成，都可以在文學史上留名。做得早是馬背上的皇上，做得好是龍椅上的皇上，馬背上到底風險大，風霜多。再如作者用江湖命名文壇，顯然有異於武林江湖、幫派江湖，但就複雜的派系明爭暗鬥和幫規甚嚴由此導致的恩怨情仇來說，與黑道江湖爭當大佬就相差無幾，王鼎鈞在書中講過「天下為公」如何演變為「天下為公子」的故事：一九五三年六月，「大陸廣播部」取代「中國廣播公司」。這個單位對外稱為「中央廣播電臺」，脫離國民黨中宣部體制，納入所謂「總政治部主任」蔣經國領導的情報系統。「中廣」公司董事長曾虛白眼看大權旁落，便諷刺說：「蔣介石這種做法還不如把孫中山講的『天下為公』添加一字而成『天下為公子』，把『青年歸主』添加一字而成『青年歸主任』。」《文學江湖》還寫到：台灣那時的法律，凡是在大陸上和中共人員有過接觸的人，都要向官方辦理「自清」，否則視同「繼續聯繫中」。中國廣播公司副總經理李荊孫隱瞞了這段歷史，後被判無期徒刑。王鼎鈞由此感歎：「文學在江湖中。文學也是一個小江湖，缺少典雅高貴，沒有名山象牙之塔，處處身不由己，而且危機四伏。」

《文學江湖》不是小說，但許多地方寫得有情節、有故事，可讀性甚高。在某種程度上看，這不僅是文筆鍛煉的結果，更重要的是和作者的特殊經歷有關。在台灣，有兩位當過俘虜的作家：一是原中國人民志願軍文曉村，二是「吃過保安司令部蛋炒飯」的王鼎鈞。被中共俘虜過的王鼎鈞，到台灣後一直受到監控，這使他對情治單位非常反感，促使他把「我在黑社會的日子」一類的遭遇如實揭露出來。《文學江湖》寫道：有一次，保安司令部的人要王氏寫一篇自傳，由六歲寫到現在，寫自己幹過的職業和讀過的書，到過的地方和認識的人，怎麼會由大陸到台灣來。寫完後，不久有人送了一碗蛋炒飯。事後才知道這碗蛋炒飯大大有名，凡是受審查的人通常是早晨接過來，下午放回去，中間供給蛋炒飯作午餐。「吃過保安司令的蛋炒飯」也就成為暗語，和後來香港廉政公署請人喝咖啡成了一項資格一樣。另還有「蔣總統」與「蔡總統」的故事：蔡某於一九七一年開始主編台南《中華日報》副刊，王鼎鈞提醒他：「對每篇刊出的作品，必須從頭至尾看完，這樣才知道自己如何負責，才知道自己是如何死的！」關於「死」，《中央日報》有一次把「蔣總統」誤排為「蔡總統」，總編被撤職，排字工人和編輯蹲大牢。蔡某慶倖自己不在《中央日報》工作，要不然以為是自己想當「蔡總統」呢，今後得加倍小心。這時他有可能看到即將發排的詩題為〈中正紀念堂落日〉，連忙將其改為〈故宮博物館落日〉。

王鼎鈞既寫劇本，又寫散文，有人甚至認為他的散文可與余光中並肩。王氏散文的一個重要特徵是講究「彈性」，像余光中那樣不認為文體之間有絕對的界限。只要適合內容表達和作者風格的需要，盡可能放手寫，哪怕打破了文體分類的條條框框也不要緊。王氏的回憶錄，通常是詩的延伸。他的《文學江湖》，也往往抒情色彩濃厚和意象繁複，難怪有人說他的文章「散文不像散文，回憶錄不像回憶錄。」其實，任何作家均不會按文體分類學進行寫作。文類的互補，正像雜交的水果，不見得就不可口。「任何文體，皆因新作品的不斷出現和新手法的不斷試驗，而不斷修正其定義，初無一成不變的條文可循。」[6]與其要王鼎鈞寫得像散文或像回憶錄，還不如讓王氏寫得像他自己。在讀其作品，如聞深海遺珠，如見亂山璞玉的生動性方面，《文學江湖》完全不遜於台灣的余光中和香港的董橋。請看王鼎鈞如何用詩、散文、應用文比喻不同類型的女人：

> 有一次，王曾和劉荒田說起他一位朋友，找伴侶最理想的是像詩一樣浪漫的女子，其次是兼有紅塵的瑣碎與形而上寄託的散文般的女孩，最後是只幫你管理日常生活的應用文式的少婦。這位朋友在美國旅遊時，邂逅一位妙齡女郎，她那長長的頭髮飄逸得像一首詩，「目送她的背影時，真覺得向唐宋詞人的婉約風格中走去。可是，我怕這首詩早晚要被譯成英文。」

散文家劉荒田受了他的啟發，用「接龍」的形式順著王鼎鈞的話說：

> 如果這位女孩嫁給一位美國帥哥，即王氏所說的「成為英文詩，也可以具有多種風格：如果愛得奔放，便是惠特曼式的自由體；如果嫁入豪門，在晚宴裡以一襲黑禮服出場，便是典雅的十四行；如

6 余光中：《焚鶴人》，台北，純文學出版社，一九七二年，第二一二頁。

果作風前衛，則成為現代詩；如果投入政壇或商場，幹一番驚天動地的事業，弄得好就是史詩，弄不好便成濫調。」

王鼎鈞一點擊發，引起後起之秀劉荒田的聯翩浮想。其接力之所以不是狗尾續貂，一是有王鼎鈞尺幅之內，舒卷自如的妙文做鋪墊，另方面王書本是一座豐富的礦山，無論從哪方面開採，都不會空手而歸。下面不妨以筆者根據《文學江湖》改寫後在《羊城晚報》發表的「文飯小品」〈寫作致富的姜貴〉為例：

姜貴原先寫詩，可得來的稿費只能喝咖啡，改寫散文後潤筆費也無法應付日常開銷。王鼎鈞便建議他改寫長篇小說，果然一炮打響，得到胡適的稱讚，後來新寫的長篇〈碧海青天夜夜心〉被各報副刊爭奪發表，由此得到一大筆稿費。文友們看到他生活突然闊氣起來，便請教他其中秘訣，姜答：「寫詩只能喝咖啡，寫散文勉強可以吃客飯，寫長篇可以買洋房，開賓士。」問：「那寫文藝評論的呢？」姜答：「這種人不屬文化部門管，而必須到民政局申請生活補助」。

這中間姜貴的回答原文為「寫詩可以喝咖啡，寫散文可以吃客飯，寫長篇可以養家」，此小品後面一段對話也是筆者根據王氏的記述發揮的。儘管我喜愛王鼎鈞的散文並寫過評論，但還不敢自稱是他的文字知己。論人生智慧，我遠不及他；論文筆的精緻，我也與他有很大差距，但我的改編從反面說明王鼎鈞的文筆誠實，不似筆者「油滑」。他有一說一，決不加油添醋。不過，這正好為他人在不違反原意的基礎上有所創造提供了發揮空間。寫小品就要寫出境界和韻味，這是筆者學習王氏散文的一點體會。

王鼎鈞和余光中相似之處在於其文充滿了幽默色彩。眾所周知，詼諧風趣是一位作家天才的標誌，富於幽默感同樣是一位散文作家成功不可缺少的因素。王鼎鈞傑出的藝術本領是善於開掘，一種近乎雷達式的探求。敘述達不到的效果，描寫難於奏效的地方，王氏依靠不拘一格的文筆，把那最動人的鏡頭攝下來。他那些並非斯斯文文、正正經經的筆墨，不僅有諧趣，而且有理趣，其中蘊含著生活的哲理，是作者人生經驗的總結和昇華，它道出了洞識人生的學問和機智，顯出廣博姿肆而筆筆收放得體，惜墨如金，如自述「寫回憶錄是為了忘記，一面寫一面好像有個自焚的過程。」另有寫自己與正在倒楣的姜貴聊天時的感受：「我一向主張找失意的人聊天，……跟得意的人談話是件非常乏味的事情，失意的人吐真言，見性情，而且有閒暇。」[7]王氏的回憶錄就這樣常見神來之筆，妙語機鋒，寧靜與嬉戲，姿肆飄逸與凝重溫厚被融為一體，從而使現代回憶錄的文體建設提升到一個更高的層次。

「如果說西方藝術的崇高感主要來自空間對象伴有恐怖的愉悅，那麼，由於中國詩人的恐懼更多地來自時間，其喚起的就是一種伴有恐怖的悲哀」[8]。這種恐怖的悲哀，幾乎成了我國古人哀歎韶華易逝，人生如夢的傳統基調。像曹植有「人生處一世，去若朝露晞」，阮籍有「壯年以時逝，朝露待太陽」，李賀有「況是青春日將暮，桃花亂落如紅雨」之感歎。而王鼎鈞的《文學江湖》，由於時間所喚起的恐懼悲哀感並未貫穿到底。在回首往昔追懷故舊時，王氏雖然也流露過對人生的惋惜之情，在一些地方倒是為過去曾有過和狂濤搏鬥的經歷而產生自豪感。如〈我和軍營的再生緣〉這一節中所寫：「從望遠鏡看『準星尖

7 王鼎鈞：《文學江湖》，台北，爾雅出版社，二〇〇九年。
8 肖馳：《中國詩歌美學》，北京大學出版社，一九八六年。

上的祖國』，心潮比浪高，伏下我後來寫〈左心房漩渦〉的遠因。我當時最迫切的感受是，對岸繼『三年災害』之後搞『十年浩劫』，我的今世肉身幸而還能站在太武山上悵望千秋，我對來台灣以後所受的一切都原諒了！我內心的一切都化解了！」正是這種「原諒」，使王鼎鈞沒有變成大陸作家和中共的同路人，使其「台灣作家」的主體性異常鮮明。這是《文學江湖》的成功之處，也正是這一部書能成為台灣文壇「實況轉播」的重要原因。

原載於《香港文學》，二〇一二年二月。

蔡文甫與台灣當代文學

由江蘇省台港文學研究會和鹽城師範學院等單位主辦的「蔡文甫作品研討會」，於二〇一〇年深秋在鹽城舉行。與會學者提供了許多論文，分別論述了蔡文甫作品的藝術特色。本文只想就蔡文甫作為出版家、編輯家、小說家的成就方面略抒己見。

蔡文甫對台灣當代文壇的貢獻，廣為人知的是他為許多作家、學者出了不少有價值的作品和論著。他於一九七八年獨資創辦的九歌出版社，其宗旨「為讀者出好書，照顧作家心血結晶」。當時鄉土文學論戰還未結束，後來又遇上文學商品化的年代，可「九歌」遷就市場卻不違背原則，堅持出版可讀性強又能有益世道人心的高品位書籍。和爾雅出版社、洪範書店、純文學出版社、大地出版社一樣，始終以出版純文學作品為主，堅守自己的文化理念。那怕是出版市場不斷萎縮，蔡文甫始終不改初衷。以「九歌文庫」下屬的五條書系為例：年度散文選、當代文學風情系列、九歌小說大河系列、九歌譯叢及九歌文教基金會叢書，膾炙人口的還有「九歌兒童書房」，這些都是台灣出版界眾口皆碑的品牌，可看作是針對台灣文壇豐碩的成果進行檢視和總結，這有助於台灣文學經典的產生積累資料。

眾所周知，無論是台灣還是在大陸，詩歌均被視為「票房毒藥」，可九歌出版社從不拒絕詩歌作品。除長時間扶持過《藍星》詩刊並出版余光中等人的詩集、白靈的詩論集外，還出版了具有文獻價值即由蕭蕭和張默共同主編的《新詩三百首》。這部詩選企圖描繪中國「新詩的譜系與新詩的地圖」，並為百年中國新詩「寫史記」。蕭蕭暫時收起原有的本土立場，認同張默所持的大中國詩觀，不僅選台灣詩人，也大量選大陸詩人；不僅選大陸詩人，也選海外華文詩人；在台灣不僅選本土詩人，也選「外省詩人」。這種視野，有助於反映兩岸四地的作家成就，和整個華文詩壇發展的軌跡。該書每篇還附上作者簡介和鑒賞，這有助於提高讀者新詩的欣賞能力。九歌出版社和別的出版社不同之處，還在於十分注重參與台灣文學史的歷史建構，為廣大讀者和文學研究者提供優秀之作和豐富的史料。繼一九九八年為慶祝九歌出版社創社二十周年編印《台灣文學二十年集》後，又於創社三十周年的二〇〇八年編印《台灣文學三十年集》。這兩本選集，精選光復後有代表性的三十位作家的作品，入選者有外省第二代作家和從東南亞等地移居台灣的作家；其作品也不侷限於在九歌出版社出版的，這便顯示出編者不以人取文的開闊胸襟。該書分小說、新詩、散文、評論四卷，體現了戰後新世代創作的實績，展現了台灣文壇三十年來所取得的成就。這是向文學史交卷，為台灣文學史的書寫發出自己的獨特聲音。每篇還附有作者小傳和作家創作道路的概述，有利於讀者欣賞和閱讀。

作家辦出版社是我國新文學的優良傳統。這個傳統一九四九年後在大陸被中斷，而台灣卻一直保持著，如陳紀瀅辦重光文藝出版社，王藍辦紅藍出版社，平鑫濤辦皇冠出版社。在「純文學」等所謂「五小」出版社中，堅持最久、成效最為顯著的是九歌出版社。辦文藝出版社容易倒閉，就是不關門也會越辦越小，能堅持下來也是因為滲淡經營，可蔡文甫的九歌出版社卻越辦越興旺，老字號的「九歌」竟像母雞下蛋生出了子公司：健行文化公司、天培文化公司，還有出版社與讀者間的溝通橋樑《九歌雜誌》，迄今發行兩百多期。被稱為大手筆的是繼創辦「九歌現代兒童小說獎」外，又創辦了台灣其他媒體難以相比也幾乎是空前絕後的「兩百萬長篇小說徵文」。在「九歌」出版史上，更值得稱道的是《中華現代文學大系》，其中一九七〇至一九八九年分為新詩、散文、小說、戲劇、評論五卷，計十五冊，約六百萬字，出版後在海內外獲得一片好評，又於二〇〇三年推出一九八九至二〇〇三年同名「大系」，仍分五卷，共選三百多位作家的作品，厚達九千餘頁，計十二冊。這兩套選集的總編輯均為余光中，他是一位詩文雙絕的大作家，其他各卷的主編也是各自領域的成就突出者，因此無論是全書的〈總序〉還是各卷的〈導言〉，均構成了十年文學創作很好的歷史總結。對於台灣當代文學研究，這兩套「大系」是不可多得的參考文獻。如果把各卷〈導言〉匯合起來，也就成了台灣文學最佳的斷代史。

一九三五年，上海良友出版公司由趙家璧主編了十卷本《中國新文學大系》，香港在一九六八年出版了第二個十年「大系」，大陸從一九八〇年代也開始編選「大系」，但大陸出的「大系」基本上不收台港澳作品，而九歌出版社出的這兩套大系，正好填補了空白。它不僅在填補空白，「大系」在〈導言〉中對台灣新文學一九七〇至二〇〇三所做的宏觀總結，其理論所達到的深度也是前所未有的。這裡還應指出的是：「大系」定位於「中華」並把「台灣」置於「中華」之下，這可看出蔡文甫及其編撰者，均認為台灣文學是中華文學的一部分。這在本土化浪潮鋪天蓋地襲來的時候，九歌出版社仍高舉中華文學的大旗，這無疑是一個異數。

蔡文甫不僅是一位傑出的出版家，而且還是一位出色的編輯家。一九七一年七月，《中華日報》社長楚崧秋大膽起用只出版過六七本作品集的中學教師蔡文甫做該報副刊主編，一做就是二十餘年。由於編務繁忙，再加上還要在中學教課，蔡文甫只好中斷創作，把精力放在挖掘佳作、發現新人上。為了更好地滿足廣大讀者的需要，《中華日報》除登小說、散文外，還開闢各種專欄，如「我的生活」、「書與我」、

「我的另一半」、「生死邊緣」、「我最難忘的人」，其中最有名的是替王鼎鈞開闢的「人生金丹」專欄，後結集成《開放的人生》，打破當時暢銷書的記錄，直到今天仍為讀者喜愛而長銷不斷。這本書為九歌出版社創業挖了第一桶金，由此也開啟了文學出版市場的黃金時代。

台灣報業競爭激烈，《聯合報》有所謂「副刊王（慶麟）」，《中國時報》有所謂「副刊高（信疆）」，《中華日報》副刊主編蔡文甫夾在中間，被戲稱為「副刊蔡」，但這「蔡」不是「差」的同音，而是「菜」的諧音，即蔡文甫為讀者端出的是一盤營養豐富的精神大餐。兩大報相爭，漁人得利，蔡文甫由此邀來了資深作家梁實秋的《四宜軒雜記》。正因為《中華日報》副刊在報業競爭中找到了自己的位置，時有佳作見報，因而被評論家劉紹銘戲稱為蔡文甫編的是「漁翁版」[1]。

蔡文甫主持《中華日報》副刊期間，還做了一件大事：主導高等學校文學教育論戰。一九七二年六月十到十一日，語文學家趙友培在「華副」發表〈我國大學文學教育的前途〉，說明「教育部」曾分令各高等學校包括獨立學院，應增設現代文學系。這篇文章刊出後，反響巨大，「華副」包容各種聲音——無論是贊成在中文系（或國文系）之外另設現代文學系或文藝系，還是提倡保留中文系的古典語文特色，均一律刊出。這場討論，有三十八位作家參加，最後因教育部門制定文藝系課程標準而終結。蔡文甫把全部討論文章輯印成《大學文學教育論戰集》[2]，成了台灣當代教育史和文藝史的重要文獻。後來私立中國文化大學在中文系內增設文藝組，不妨看作是這場論戰的成果。蔡文甫主導這場論戰時看好就收，沒有無休止

1 蔡文甫：《天生的凡夫俗子》，九歌出版社，台北：二〇〇五年。
2 中華日報社，一九七三年。

的讓這場論戰進行下去，這是他作為編輯家的高明之處。

蔡文甫是一位嚴於律己、為人正直、以清廉著稱的編輯家。他在主編《中華日報》副刊時，和做中學教務主任一樣不要工資以外的報酬，沒有在自己編的副刊發表自己的文章，也從未在《中華日報》領過稿費。他創設和舉辦歷屆梁實秋文學獎，同樣不領評審費和車馬費。他千方百計為作家的精品申請獎項，只盡心做一個為讀者選稿、為作者服務的平凡編輯，維持版面的清純和高品質而已。凡是《中華日報》副刊的專欄文章結集成冊，他也不擔任主編。這位天生的凡夫俗子，只知道像老黃牛一樣奮力工作，不為名不為利，在當今物欲橫流的世界，尤其對照當今為數不少的報刊編輯，以自己主持的版面向報刊同行作為相互交換作品、互發高稿酬的「山頭」，形成了鮮明的反差。

正因為蔡文甫不僅文品而且人品皆優，故先後有皇冠出版社、《中國時報》等單位「挖」他去擔任重要職務，中國文藝協會還希望他出任理事長，可蔡文甫不肯見異思遷，更不想放棄剛創辦不久的九歌出版社，因而他婉謝了這些在許多人視之為求之不得的高升要求。現在看來，他不跳槽是他忠誠出版事業，對九歌出版社無私奉獻的最好見證。

蔡文甫的出版家、編輯家的聲譽掩蓋了他作為小說家的地位。其實，他也是一位有創作個性和風格的著名小說家。以寫於一九五〇至一九六〇年代《成長的故事》為例，這不是人們當年習見的「戰鬥文學」或「懷鄉文學」。它沒有淋漓盡致描述苦難，沒有被迫離鄉背井的感傷，沒有對大陸紅色政權的控訴，從而給人一種不迎合主流話語的清新感。

《成長的故事》是單純的和富有教育意義的。蔡文甫以一位年輕作家的眼光，去觀察台灣社會及其複雜的人際關係。他沒有像長詩《常住峰的青春》的作者葛賢寧那樣熱衷於大敘事，而是寫自己理解的小小世界，諸如一個家庭，一個舞廳，一座破廟。小說敘述從容，人物心理刻畫細膩，《懸崖》式的愛情故事令人神往，極大地緩解了我們對於那個白色恐怖年代的緊張心理。

在蔡文甫的文學世界中，比「戰鬥」和「復國」更為恒遠的是人性，而比人性更為恒遠的是對未來的憧憬，對美好社會的期待，對和諧人際關係的嚮往。在這部新出的舊作中，蔡文甫所要表達的依然是道德或者說是「救贖」的主旨，或像《她要活下去》告別絕望「向上提升」的力量，或又似《希望》所說的：

「希望」是美滿的，經常保持著希望是幸福的，我正憧憬著美麗的未來。

作為從軍隊退役的作家，蔡文甫的第二故鄉台灣是一塊不平凡之地。它經歷過中日戰爭，見證過國民黨撤退來台的艱苦歲月，經歷過血與火的洗禮，這種背景使蔡文甫倍感成長的重要性，他總是把成長和人格的鑄造融合在一起，人性的鍛煉就是成長的歷史，成長歷史就是人生的重要組成部分。在眾多作家競寫時代的動盪和戰爭殘酷的年代，蔡文甫將自己的筆觸伸向日常生活，轉向戲院，轉向萬家客廳，轉向夜總會，轉向《相親宴》。這種相親宴，是民族型的，又是文化型的，以此描繪出那個年代的社會風俗和生活的歷史圖景。飽含深情的筆觸，加上生動細緻的描寫和如行雲流水的文字，使這些短篇小說和劇本無論在思想性、現實性還是可讀性方面，都有一定新意。

可貴的是，從踏上文壇起，蔡文甫不玩文學，他始終堅持追求人性的完美和「為了他人，犧牲自己不是傻瓜行為」的思想力量。他不刻意雕飾人性美，也不是說教式的演繹道德主題。他筆下的人性美是情節的自然流露。雖然從現代小說中吸取過營養，但蔡文甫不突顯現代西方文化中的個性與自由，而更多的是指向民族傳統中的善、忍、寬容的本性。以前面提及的《相親宴》為例，在這談婚論嫁的場合上，無數的客人——包括舅公、姑丈、姨媽、區長、局長都帶著搜索、新奇的目光，來觀察未來的新郎何萬福，胡總經理則挖苦他「頭腦簡單，四肢發達」，但他不還擊。對他心愛的人穎香千呼萬喚不出來，雖然感到委曲，但還是耐心等待。到離開時，客人們對他品頭評足，不是說他頭髮樣子難看，就是說他皮鞋又舊又破，家裏一定很窮，但他同樣不和這些人一般見識，只發幾句牢騷便揚長而去。

蔡文甫的小說，是一種傳統的創化。他有意淡化作品的戰鬥性，而著力強調精神性的因素。對老一代希望後來者勝過自己的心情，對年輕人追求美滿幸福婚姻的情感狀態，均浸潤在他的小小說、短篇小說和廣播劇、電視劇中。他力求筆墨有變化，不僅不重複別人，也不重複自己。他希望「每一篇小說的形式、技巧、描繪方法都不一樣」，如《相親宴》、《犧牲》是用極短篇的手法，結尾出現高潮，而《綠衣使者的獨白》，夾敘夾議，用時空、對話混淆的方式，描繪主人公憂鬱的心情和挫折經歷，與一般的寫法不甚相同。《成長的故事》中的男孩，誤以為後母不喜歡他，在一次暴風雨中發現自己誤會了對方，這時他才覺得自己長大成熟了。值得一提的是《恐怖之夜》，用全新的超現實主義手法，批判連做棺材均偷工減料這種缺德行為，寫得非常生動。這是一種全新的「恐怖小說」，作者描繪主人公心理緊張狀態起伏有致，寫他受驚嚇而做噩夢的思想變化過程綿密細膩。黑雲壓城的氛圍，「琵琶聲、棺木移動聲、神像吹氣聲」鬼氣拂拂的筆調，幻化出蔡文甫少見的演奏「鬼曲」之淒美。

在一九七〇年代，台灣文壇出現過一種「接力小說」。顧名思義，這種小說是一個人寫開頭，其餘作者按開頭的情節延伸下去。俗云：「萬事開頭難」，負責寫開頭的蔡文甫考慮到其他九位作者有內容可發揮，在佈局時精心構思開了一個大門，讓女主角走進學校找老師，使接力者郭嗣汾、司馬中原、蕭白等人有了創造的餘地。這篇小說儘管年代模糊，地點不明，但不妨礙我們欣賞作品的藝術性。蔡文甫深知，一般讀者愛讀小說，是看書中的人物喜怒哀樂的變化，以及愛欲情仇的情節。作品中的人、事、物，在任何時空都可能發生，所以不特別記載時、地，是給讀者留下聯想的餘地，這正是蔡文甫的高明之處。總之，收入《成長的故事》中的作品，無論是長是短，是小說還是劇本，均氣氛濃郁、想像超拔，故事精緻，語言清澈。讀之再三，一切仍舊久久縈回。

蔡文甫還創作過長篇小說《雨夜的月亮》和其他題材的作品，其中重要者是他的回憶錄即自傳。自傳這種文體近年在台灣文壇悄悄流行起來，前後有紀弦的三部回憶錄[3]、上官予的《千山之月》[4]、陳若曦的七十自述《堅持・無悔》[5]、王鼎鈞的《文學江湖》[6]、齊邦媛的《巨流河》[7]。蔡文甫的《天生的凡夫俗子——從〇到九的九歌傳奇》[8]是其中卓立不群的一種。

作為耄耋老人，蔡文甫仍然思路清晰，往事娓娓道來，這全靠「記憶」、「回憶」這兩種方法。《天生的凡夫俗子》寫著者親歷兵荒馬亂的年代，以至學農不成學文，學文不成學商，學商不成學武，學武不成從公、從教，從事新聞、從事出版……這些複雜經歷之記憶，著者均將其故事化。個別地方也有非親歷

3 聯合文學出版社，二〇〇一年。
4 台灣商務印書館，二〇〇五年。
5 九歌出版社，二〇〇八年。
6 爾雅出版社，二〇〇九年。
7 天下遠見公司，二〇〇九年。
8 蔡文甫：《天生的凡夫俗子》，九歌出版社，台北：二〇〇五年。

性書寫，但都建立在可靠的史料基礎上，因而讀來親切感人。

幾乎在所有關注台灣文壇的人看來，蔡文甫都是一個難解之謎，一個另類的奇蹟。從創設九歌文教基金會到設立九歌文學書屋，從出「名家名著選書系」到出「新世紀散文家書系」，從獲中國國民黨實踐二等獎章到獲新聞局主辦之金鼎獎特別獎，他每前進一步，都在文化界引起巨大的反響。然而人們只看到送給蔡氏的鮮花和掌聲，而忘了蔡文甫事業成功後面一系列的「創傷記憶」。《天生的凡夫俗子》中所寫的這類記憶，有著者擔任值星官處理白雪溜冰團勞軍所謂「不公」的指控，有「遭誤會的桃色紛爭」，有「自修英文連連失敗」，其中《白色恐怖的陰影》所寫小說《豬狗同盟》引發差點坐牢的風波，其遭遇令人同情，化險為夷的細節真實可信。除了它是個人的親歷外，還在於作者與官方話語拉開了距離。這是無需政治「正確」而隱瞞事情原貌的真實回憶。

在大陸，作家寫傳記成為一種時尚。不少傳主在寫書過程中，出於現實利益的考量，扭曲記憶的原貌，向讀者遮蔽自己所做過的錯事乃至壞事。如有一位文化名人，為改編、偽造自己的文革歷史，給自傳起了一個花哨和欺騙性的名稱「記憶文學」。他這種「記憶文學」專記自己過五關斬六將的經歷，而有意遺漏自己所做過的蠢事，隱瞞自己所做的錯事，修改自己所做的壞事。在蔡文甫的傳記中，不存在虛偽、欺詐、刁橫、醜陋的痕跡。他深知，真實是人格的命脈，同時也是藝術的生命線。故他下筆不溢美不拔高，平實寫來，形成其自傳的獨特風格。著者生來就不喜歡鑲金嵌玉的語言，他用一種雖不夠生動但卻十分素樸的筆調記敘。如果說，作者是「天生的凡夫俗子」，那他寫傳記就是「天生的不會說謊話的凡夫俗子」。像他寫自己學交際舞和談戀愛的經過、處罰學生的方式、公事包不裝鈔票而裝滿稿件，和《中國時報》要他跳槽而他婉拒的經過，就寫得平凡、平淡、平實，真可謂是文如其人，書如其人。

為人誠懇篤實的蔡文甫，從不把自己裝扮為學富五車的知識份子，裝扮為先知先覺的天才。他以自己從軍、教書、編報、出版的平凡經歷串聯出《從〇到九的九歌傳奇》。這些經歷不是平分秋色，而是以白手起家辦出版由「蔡三棟」轉到「蔡九棟」乃至「蔡一街」的變遷，形成全書的高潮。在他筆下，有冒險家，有打工仔，有淘金者，有投機商，有助人為樂的好漢，他們相生相剋，共同組成了一個充滿權力、機遇、拼搏、成功的都市奇觀。一個芸芸眾生的欲望與憧憬，轉機與殺機，蔚為大觀，不愧為一位成功人士的奮鬥史和創業史。

《天生的凡夫俗子》的文獻價值，還在於提供了許多文壇史料和掌故，如林海音審稿細緻到留意作者稿件的裝訂方式、顏元叔的投稿趣聞、在「皇冠」出書的經驗以及梁實秋文學獎的策劃經過，這對瞭解台灣文壇生態及研究台灣作家的生平，均是難得的第一手資料。

歷史是在否定之否定的過程中不斷演進的。今天，我們一方面要通過讀《茱萸的孩子——余光中傳》[9]這類名作家的傳記，來確認和承續我們的文化之根和精神之魂，另方面也不能忽略讀出版人的傳記所蘊含的特殊價值和魅力。在《天生的凡夫俗子》中，著者對成長的記憶，對人生的思索，或對故土的懷念，或對楚崧秋這類「伯樂」的感激，均讓人感到自然清新，意蘊深厚。這確實一冊傾情而作的自傳，一本能給人思想養料的回憶錄，同時也是一本具有文學史和出版史料價值的好書。

原載於《鹽城師院學報》二〇一一年第一期

[9] 天下遠見公司，一九九九年。

不盡的文化芬芳

——蔡文甫回鄉記

台灣九歌文教事業群總裁蔡文甫攜夫人郁麗珍、女兒蔡澤松於金秋季節回到闊別多年的故鄉江蘇。他從台北直飛南京，鹽城師範學院派專車迎接。一踏上南京這片舊地，他不禁想起一九四九年南京大撤退，自己從舟山群島到了台灣，再也無緣親炙這座繁華的大都市。現在再次回來，仍見江山依舊，物是人非：無論是河川、村舍，還是田埂、人群，均不似記憶中的原來模樣，失去的童年再也找不回來，這真如唐詩所云：「少小離家老大回……兒童相見不相識，借問客從何處來」。

從南京到鹽城，一路不是高樓大廈就是一望無垠的田野。小轎車一路飛馳，不再有往昔坐小木船時碰到地痞、水匪、路霸、傷兵前來糾纏。沿途看到許多熟悉的地方名，有如在夢境中一閃而過。正沉醉在山鄉水色和賀知章寫的「唯有門前鏡湖水，春風不改舊時波」意境的蔡文甫，忽聽司機說：「到家了！」可這裏並沒有小木橋、土地廟，更無螢火蟲和風車，這顯然不是他的出生地建陽鎮，但離久違的故鄉只有半小時車程，因而也等於是到了家。親戚不是過世就是在上海、武漢，當然不可能前來迎接，但有鹽城師範學院的校長和中文系的教授送來的一大束鮮花，使他感到不是親情，勝似親情。這時他想起家鄉不再是過去無公路、鐵路、機場的窮鄉僻壤，又想起過去腦裏縈繞過多時的宋人周邦彥的「故鄉遙，何日去」，現終成遙遠的記憶。

二〇一〇年十一月六日晚，鹽城師範學院歡迎晚宴在該校翰苑賓館墨香廳舉行。出席者沒有政府官員，只有教授級的校領導和當地名流，另有遠道而來的蘇州大學、揚州大學、中南財經政法大學教授。筵席間彼此不談敏感問題，更沒有上次返鄉時有人趁他來時搞「招商引資」。和這些學者、作家邊吃邊聊，內容不是曹雪芹就是余光中，還有人引用大陸帶有黑色幽默的順口溜，使蔡文甫感到十分爽快。尤其是帶家鄉風味的菜肴和點心，使蔡文甫一家餘香滿口，一路的勞累在主客的談笑中全都煙消雲散了。

第二天，「蔡文甫作品研討會」在鹽城師範學院國際會議中心舉行。主持人為副校長、鹽城市文藝評論家協會主席溫潘亞。校長薛家寶致歡迎辭後，另有江蘇省台港暨海外華文文學研究會會長曹惠民、鹽城市文聯主席暨鹽城市作家協會主席王效平、文學院院長陳義海先後致辭。輪到蔡文甫致答辭時，他說：「大家都把我當作一位作家來討論，使我坐立不安。其實，我只是一位天生的凡夫俗子，只在鹽城上過九天初中。」由一位文化不高的所謂「初中生」成為一位文學家，由五塊銀元起步打拼而成為大企業家，成為大學教授研究的對象和大學生寫論文的目標，這是蔡文甫本人勤學苦練、磨礪多年，一磚一瓦建築自己的小江山所得的回報。茶敘完畢，溫潘亞、蔡文甫分別為蔡文甫研究所、蔡文甫藏書室揭牌，研討會人員紛紛在研究所門前照相，蔡氏一下成了明星，個個爭著和他合影，以留下這歷史的難忘一刻。當蔡文甫來到藏書室，面對一排排自己非常熟悉的著作和九歌出版社出版的《中華現代文學大系》，不禁心緒萬千：想不到這些繁體字書籍竟千里迢迢通過海運回到了故鄉，既欣慰又遺憾，他連說「書太少了，太少了，以後還要不斷地補充。」

在大陸，台港文學研究所一類的機構遍地開花，但以台灣作家命名的機構，「蔡文甫研究所」是頭一個。這個研究所的所長是沐金華，在他主持的研討會上，眾多師生發表了一系列論文：

1. 古遠清：〈蔡文甫在台灣新文學史上的貢獻〉
2. 王玉琴：〈蔡文甫小說美學——以《誰是瘋子》為例〉
3. 孫曉東：〈穿行於傳統與現代之間的蔡文甫小說——以小說集《船夫與猴子》與《小飯店裏故事》為例〉
4. 李偉：〈對映體結構形態的處理技巧——長篇小說《愛的泉源》藝術技巧探析〉
5. 潘海鷗：〈愛情考驗考出人性的美醜——讀長篇小說《雨夜的月亮》〉
6. 陶文靜：〈淺談短篇小說《船夫與猴子》中的畫面技巧與象徵藝術〉
7. 王金陽：〈淺析《女生宿舍之三部曲》〉
8. 張平：〈淺談蔡文甫小說中的意識流手法〉
9. 周浩春：〈筆露三分　峰迴路轉——讀《移愛記》有感〉

筆者宣讀時，臨時將題目改為〈五個蔡文甫〉，從文學家、教育家、編輯家、出版家以及鹽城人五個角度去闡明蔡文甫對台灣當代文學和家鄉的貢獻：「作為出版家，蔡文甫選題嚴謹，並十分注重參與台灣文學史的歷史建構。作為鹽城人，他在台灣為家鄉人爭光。他那坐落在台北市八德路上的『蔡一街』，實實在在是『鹽城街』啊。」

曹惠民在總結這場研討會時，謬獎我的論文是兩岸唯一的全方位研究蔡文甫的論文，很有宏觀氣勢。我在評講論文時，則充分肯定四位學生對蔡文甫作品的細讀，使人覺得後生可畏，蔡文甫研究後繼有人。不足之處是微觀研究多於綜合研究。今後要將蔡文甫研究推進一步，必須抓《蔡文甫評傳》一類的拳頭產品。我還說：「鹽城不僅出鹽，還出名人，現在又多了一位台灣來的著名出版家。我羨慕之極，恨不得現在就申請加入鹽城籍。」曹惠民回應說：「你有高血壓，不能多吃鹽，你做鹽城人不合適啊。」在午宴時，我和蔡文甫同席，他對我說：「你的論文溢美之詞頗多，不過聽了你的發言，發現你是一位雄辯家。」校長聽了後插話：「正因為古遠清是雄辯家，所以他才敢和大陸的一位文化名人對仗。」

蘇州大學本來邀請蔡文甫到該校講學和舉行贈書儀式，由於行程很緊，贈書儀式改在鹽城師範學院舉行。蘇大代表曹惠民答謝說：「蔡文甫贈給我校三套著作和其他重要書籍，我一定發動研究生也一起加入研究蔡文甫的行列。」儀式完畢後，蔡文甫談話會在文學院會議室舉行，參加者有現當代文學專業教師、中文專業學生代表。在這個會上，蔡氏將自己從文學愛好者到成長為小說家、出版家這一心路歷程，與同學們分享。同學們問蔡老的成功經驗，他謙虛地說：「我這個人很平凡，不值得讚揚。我主持的出版社出書最重要的經驗是認書不認人，不問流派只講素質。一方面要適應市場，另方面又要堅持原則：不出爛書！」這位「新潮中的傳統出版人」問學生自己的鄉音改了沒有，同學們齊聲回答：「鄉音未改鬢毛衰」。

為使研討會增色，另有兩場講座，我講〈當下台灣的文化與政治〉，曹惠民講〈大陸台灣文學研究的現狀及趨勢〉。兩場報告同樣離不開蔡文甫，離不開九歌出版社這些話題。

蔡文甫在鹽城只停留三天，除出席研討會以及和師生交流外，還被記者層層包圍。當地出版的《鹽城晚報》、《東方生活報》，分別載有〈蔡文甫研究所昨在鹽師揭牌〉、〈「我只是個天生的凡夫俗子」——專訪著名出版人、鹽城籍台胞蔡文甫先生〉、〈鹽師等舉辦鹽城籍台灣作家蔡文甫作品研討會〉。他一家從鹽城到南京，由我一路陪同。我乘此機會，和他聊台灣出版界，聊台灣文壇軼事。我建議他寫出版方面的回憶錄，可他忙得不可開交，更重要的是牽涉到一些健在的人和事，不便執筆。比如有一位名作家的書稿被「九歌」打回票，此人對蔡文甫異常不滿。可蔡氏認為名作家也有敗筆，不能看人出書。我建議是否可先寫好以後再出版，他還是搖頭。我希望他的太太把蔡文甫平時的點滴回憶和言行記錄下來，作為今後研究台灣出版史和文學史的重要史料，郁女士點頭贊成。

和這位精神矍鑠、滿面紅光的老人握別時，感到這位「奏九歌而舞韶兮」的長者大手是這樣有力，這樣溫馨。他不是「男高音」，談吐總是悠悠的，輕輕的，其中卻有著鏗鏘的韻律，不盡的文化芬芳。這韻律和芬芳從台北傳播到南京，又從南京傳播到鹽城，撒播得四處飄香。

原載於台南《中華日報》二〇一一年一月二日；香港《文綜》二〇一一年第三期

張默：為現代詩嘔心瀝血的編輯家

張默不僅是詩人、詩評家，而且是出色的編輯家。他的編輯業績與他的創作成就相比，毫不遜色，甚至影響更大，也更具史料價值和學術價值。他給人印象最深的是他對詩歌編輯事業的熱愛，所投入的精力乃至財力，均是別人難以企及的。他一生最癡迷的是詩，最熱戀的是詩歌編輯和創作、評論。編輯詩雜誌，是他進入詩壇的起點，也是他一生矢志不渝的「經國大業」。

如果說，張默「千萬遍千萬遍唱不盡的是陽關」，那他千萬遍千萬遍做不盡的是詩雜誌的編輯工作。他對台灣文壇最大的貢獻是創辦《創世紀》。那是一九五四年七月下旬，張默在左營炮兵隊工作之餘獨自構思的《創世紀》詩刊計畫基本就緒，於是連夜與時在鳳山大貝湖海軍陸戰隊服役的洛夫聯繫，希望他加盟，一起發起創辦這個詩刊。洛夫欣然同意後，由第二期起，又有以「詩儒」之稱的瘂弦加入。創辦刊物最困難的不是稿源，而是經費。開始幾期的印刷費，用去了這三人每月的大部分薪金，後來還到當鋪典當手錶、自行車和毛毯。皇天不負有心人，這個詩刊一出版，頃刻間成為中流砥柱，和《現代詩》、《藍星》一起「三分天下」，寫入當代台灣文學史中。

如果說一九五〇年代是《現代詩》的年代，那一九六〇年代，就成了《創世紀》的天下，「而《創世紀》詩刊的歷史，可以說是張默個人推展詩運的歷史」[1]。創刊伊始，「詩癡」張默和「詩魔」洛夫一起提倡「新民族詩型」[2]。這個運動，雖然理論上還不夠周延和嚴密，但在那個唯西方馬首是瞻的年代，能有這種預見性的思考，也是相當難得[3]。

和以學院派為主的「藍星」詩社相比，「創世紀」成員大都是軍人出身。他們不習慣經院式的表達，而偏愛意象的大膽、潑辣和新、奇、怪的前衛色彩。到了一九六九年，《創世紀》因經費問題停止運作，洛夫、羊令野便聯合《南北笛》詩社同仁，另組「詩宗社」。作為該社的重要成員張默，還在鄉土文學大論戰前，基於對現代詩的反省和對中國傳統的重估，提出「現代詩歸宗」的口號。張默之所以主張新詩應歸宗於傳統，一方面源於社會上對超現實主義種種批評所作出的積極回應，另方面也是早年主張「新民族詩型」的回歸。從血氣方剛的青年變成穩重成熟的中年人，張默無論是對社會還是對繆斯都有更深的認知，對生與死的體悟也能從哲學上得到解答，因而他在一座孤島上隔著南海的青煙藍水轉頭東望，是順理成章的事。經過人生的大悲慟，張默的詩風變得更加冷凝而深沉。

一個詩刊的總編輯，無疑是刊物的總設計師、總策劃人、總把關者。草創時由於缺乏經驗，張默編創刊號是以紀弦主編《現代詩》第五期為藍本，依樣畫葫蘆。後來逐漸積累了經驗，形成與《現代詩》不同的編輯風格。這種風格的形成，和社內成員的溝通分不開。作為「創世紀」的機關刊物，總編輯的辦刊意

1 蕭蕭編：《詩癡的刻痕》，文史哲出版社，一九九四年，一〇三頁。
2 張默：〈關於詩的民族性〉，《創世紀》一九五六年九月。
3 瘂弦：〈為永恆服役〉，《中華日報》一九八八年七月二十二日。

圖必須通過詩社社員來貫徹，因此，一定要讓社員瞭解其專輯、特輯的組稿意圖，讓他們接受你的意圖。張默編輯的《詩論專號》（三十七期）、《詩劇專號》（四十二期）、《訪韓作品小輯》（四十五期），正是這樣做的。

其次是和作者溝通。《創世紀》雖是同名詩社的刊物，但張默並沒有把自己封閉起來。該刊除登社員詩作外，還登社外來稿。張默在社外組稿時，注意和作者溝通，告訴他們該刊的性質和編輯意圖，希望他們把自己的得意之作投給該刊。一九六五年九月中旬，創世紀詩社舉行改組座談會，在洛夫、張默主持下，刊物編輯陣容由台灣輻射到香港，再輻射到海外：這時的編委名單有香港詩人李英豪、馬覺，菲律賓詩人雲鶴、戰塵。到了世紀末，則有大陸詩人舒婷和詩評家謝冕等人加盟，顯示出《創世紀》的影響力擴及兩岸三地和海外。

再次是和讀者溝通。刊物的生命在讀者之中，正如英國一位哲人所說：「一本書如果打不開，那不過是一塊石頭。」一本詩刊如不被愛詩者閱讀，那只不過是一堆印刷符號。而任何一本刊物，在投入市場之前，總是和讀者存在著某種距離。如何儘快縮短這種距離，不讓詩刊與讀者隔開，這是編輯藝術，也是張默長期思考的問題。為吸引讀者，他設計了《詩壇鳥瞰》、《詩壇掃描》、《創世紀書簡》、《創世紀走廊》、《創世紀書訊》、《每期一書》等欄目，以讓讀者一打開詩刊，有如走進一座詩的百花園。知識性與史料性，正是增加刊物吸引讀者眼球的一個重要方面。

還不應忘記張默所寫的《編輯人手記》。這「手記」總是不放過機會向讀者「吆喝」，讓好作品贏得更多的知音；總是不斷向讀者發佈最新資訊，準確而巧妙地渲染刊物的看點，強化溝通效果。當讀者發現「手記」所起的引路作用，便自然認同編者的推薦，從而達到溝通的目的。至於《每期一書》和《書訊》，更多的是採用「導讀」的方式。如對張雙英的《二十世紀台灣新詩史》，一方面揭示這本書的長處，同時又毫不掩飾對其侷限性的評價。這種「有好說好，有壞說壞」的寫法，不是以廉價的吹捧、媚俗的喝彩為能事。這體現了作為一位編輯家的眼光，亦體現了一位詩評家的藝術良知。

如果說，後起的《台灣詩學季刊》是最亮麗的詩刊，那麼，《創世紀》則是在長壽媒體中永葆青春，其寶劍的鋒芒仍不減當年的詩刊。它就像一株蒼勁的雪松，不僅在作品的前衛上、論述的深度上，而且在史料的整理和精編細校方面，均堪稱一流。洛夫曾這樣歸納該詩社的兩大傳統：一是追求詩的獨創性，重塑詩語言的秩序；二是對現代漢詩理論和批評的探索與建構[4]。到了一九九〇年代後，該刊愈來愈成為兩岸三地乃至世界各地華文詩歌交流的橋樑，這無疑有張默的一份功勞。

《創世紀》除定期出版刊物外，還負責編輯年代詩選、詩社詩選、「創世紀文獻」。擔任這一重任的「聯合艦隊」的「老總」，需要更開闊的視野，更為高超的才能和更為飽滿的熱情。而張默，正是具備這種條件的出色編輯家。他以自己火一般的熱情，向詩壇四周投射著光與熱。「他有名士派的瀟灑，而無名士派的矜持」[5]，只要是辦詩刊、編詩選、編叢書，他總是使出渾身的勁全力以赴。當然，每個人為詩壇付出的熱情和代價均不會相同，而張默的經驗是：一旦決定要編輯刊物、編叢書，他就癡迷地工作著，準備無條件地付出。一切聯絡與準備工作，包括校對、發行，他都任勞任怨地一身肩負。他那種對詩的執著精神，對詩歌無限眷戀的心態，以及行動速捷的作風，一直贏得創世紀同仁及社外詩友的敬佩和讚歎。

4 洛夫：〈創世紀的傳統〉，台北，《創世紀》，二〇〇四年十月，第一四〇至一四一期，第二十五至二十七頁。

5 洛夫：〈無調的歌者〉，《台灣新生報》一九七八年六月二十四日。

張默除出版了許多詩集和詩論集外，先後主編過詩刊、詩選、叢書等，共二十三種之多。下面是他截至一九九五年編的各種選集：

《中國新詩選輯》，創世紀詩社一九五六年
《六十年代詩選》，大業書店一九六一年
《七十年代詩選》，大業書店一九六七年
《中國現代詩論選》，大業書店一九六九年
《現代詩人書簡集》，普天出版社一九六九年
《八十年代詩選》，濂美出版社一九七六年
《中國當代十大詩人選集》，源成圖書供應社一九七七年
《剪成碧玉葉層層（現代女詩人選集）》，爾雅出版社一九八一年
《感月吟風多少事（現代百家詩選）》，爾雅出版社一九八二年
《七十一年詩選》，爾雅出版社一九八三年
《創世紀詩選》，爾雅出版社一九八四年
《小詩選讀》，爾雅出版社一九八七年
《中華現代文學大系·詩卷》，九歌出版社一九八九年
《台灣青年詩選》，人民文學出版社一九九一年
《新詩三百首》，九歌出版社一九九五年

這些選集除最後一種是與蕭蕭合編外，其餘各種署名不是張默單獨一人，但實際上多數為他一手策劃或執行。當然，作為「火車頭」有時難免超速，如一九七〇、一九八〇年代詩選大大超前出版，成了早產的嬰兒。這從另一方面說明他辦事求快效率高。還應看到，這些選集保存了許多重要資料，為典律的建構做了有益的工作，有時則因編選方針引起爭議、論戰，這無疑活躍了詩壇，並引發出不同主張、不同類型詩選的問世。到了兩岸文學開展交流的一九八〇年代末，這些選本還成了大陸學者撰寫詩史和編詩選的重要參考資料。如流沙河的《台灣詩人十二家》[6]、《台灣中青年詩人十二家》[7]、古繼堂的《柔美的愛情》[8]，大都從張默編的詩選中脫胎而來。

作為詩人的張默，有自己的獨特風格。作為編輯家的張默，他的一大風格是精雕細刻或曰精編細校，力求把錯字消滅到最低限度。從事刊物編輯工作的人員，如果沒有捕捉錯字的本領，不具備咬文嚼字的才能，就不能算是一位稱職的編輯。現代出版史上的一些名人，都非常重視校對和勘誤，如鄒韜奮提出編雜誌就要編出高水準，要做到「沒有一個錯字」。可校對如掃地，再怎麼掃總會發現灰塵仍在，再精心校對也難保不出錯字，這就需要一種耐心、恒心。張默正是具備了這種恒心。他最看不得編校馬虎的書，他寫的《〈中國新詩淵藪（中卷）〉抽樣糾繆》[9]，是一篇使人歎為觀止的糾錯文章。可見任何史料差錯均逃不過他的眼睛。他和大陸新詩史家古繼堂論戰，建立在說理基礎上，亦幫古著校勘出眾多史料錯誤，成了

---

6 重慶出版社，一九八三年。

7 重慶出版社，一九八八年。

8 春風文藝出版社。

9 《創世紀》一九九三年冬季號。

這場論戰的意外收穫[10]。

在張默編的選本中，最具文學史價值的是他與蕭蕭合作的《新詩三百首》。他在編此書時，沒有「拿到籃裡就是菜」，而是精心遴選，體現出「四性」：一是經典性，入選的都是有廣泛影響的名家名作；二是文獻性，保留了許多新詩史料；三是全面性，不囿於兩岸三地，還包括海外華文新詩，真正體現了立足台灣，放眼中國，面向世界。雖然入選標準值得商榷，兩岸詩作比例有失調之處，但畢竟屬創舉，體現了編者的敬業與「火車頭」精神。四是鑒賞性，每首詩後面附上〈鑒評〉，使讀者有幸在精品之光的反照中領略這些詩作的藝術妙締。這些「鑒評」寫得概括精練，個別篇章簡直就是詩人評傳的壓縮本。張默獨立編的另一本《台灣現代詩編目一九四九——一九九五》，做到了求實，求真，求新。「求實，求真」，要求編者充分佔有材料，並具備有查證、辨偽的功夫。「求新」，要求編者在編排上獨闢蹊徑，獨具匠心，突破已有的編排格式，顯示編者的學術個性。而這三點，張默均做到了。

張默之所以在台灣新詩史料整理方面做出突出成績，是因為他自接觸「五四」新文學作品以來，對新詩就有強烈的愛好。一九四九年春去台時，他的簡單行李中就有冰心、徐志摩、俞平伯、艾青、馮至、田間等人的詩集。他的新詩史料整理工作，幾乎是與《創世紀》在左營創刊時同時進行的。對一個經常要待命出發的人來說，這種收集、保存的工作其艱辛程度可想而知。據他自述：「在左營桃子園海邊，我幾乎待了十五個春秋，以後又調到澎湖，再回左營，繼而台北，那些形形色色大小不等的詩刊，跟隨我從南

10 張默：〈偏頗・錯置・不實？〉，《台灣詩學季刊》一九九六年三月。

到北，上山下海，不下數回，想要避免失散，可能比登天還難。」[11]可以說，張默所藏的每本詩集以及他所收藏的每則新詩史料後面，差不多都隱藏著一段辛酸而動人的往事。正是這種不怕艱苦、持之以恆的精神，造就了這位台灣新詩史料家，使讀者和研究者才能從他那裡得到完整的新詩史料。他從不壟斷史料，到晚年又把自己珍藏的史料無償地贈給中央大學等單位。這種不求回報的精神，令人感動。

張默整理文學史料，還不限於新詩。他編的《當代台灣作家編目（一九四九——一九九三爾雅篇）》，雖然不是為台灣一千七百餘位作家立傳，只是為在爾雅出版社出過一冊書以上的作家編目，但它是第一本首次公開發行的當代台灣作家編目，是一本內容豐富的別出心裁的工具書。特色之一是入編作家陣容強大，代表性強。特色之二是材料翔實可靠。當中列出的作家生平、書目，均是編者搜集、查證多種文學史料而成，其中許多是爾雅出版或張默本人獨家佔有的第一手資料，尤其彌足珍貴，填補了不少同類辭書的空白，從而增加了該書的史料價值。特點之三是資料新穎，信息量大。此書編至一九九四年初，使我們瞭解到世紀末作家最新創作動向，這是其他工具書難以比肩的。特點之四是編目體例新穎，編排生動活潑，不似以往出版的書目，板起面孔，枯燥無味。該書以作家小傳、書目為主幹，另有〈作家評論參考書目〉、〈爾雅出版社大事記〉。尤其是第四編〈當代台灣作家出生年表〉，彌補了該書只收在「爾雅」出過書的作家條目的不足，很具文獻價值。該書為了讓讀者瞭解一九四九年以來文壇之概貌，特在卷首選刊文學海報、活動照片、手跡、書影等有關資料，書眉上端摘錄當代作家之名言或詩句，這種圖文並茂的編排增添了美感，使讀者在閱讀書目時也能得到藝術享受。應該說，編者所追求的「史料精緻化，書目藝

---

11 張默：〈從覃子豪到許悔之〉，《台灣文學觀察雜誌》總第二期。

術化」的目標是達到了，「真是為當代台灣文學輕輕掀開一片層巒疊翠的風景」。特點之五是胸襟開闊，以淡化政治的手法處理一些關鍵的政治術語，有利於兩岸文學交流。如出版年份一律用西元而不用「中華民國××年」，也是一種很富遠見的學術考慮。它不僅便於大陸讀者閱讀，免去換算之苦，而且也有利於中國以外的讀者檢索。

張默是有名的新詩史料家，這次他擴大自己的工作範圍，編選各種文體作家的生平和書目，且是用最快的速度，其對文學事業的獻身精神令人感佩。作為彼岸的台灣文學研究工作者，我向這位為現代詩嘔心瀝血的編輯家鼓掌，向這位為台灣文學做出重要貢獻的詩人致敬。

原載於香港《當代詩壇》第四十九至五十期；《閩台文化交流》二〇〇九年第四期

《文學界》：台灣文學的另一中心

七十年代末發生美麗島事件後，那時雖還沒有形成「藍天綠地」，但南部的高雄在政治、經濟、文化和意識形態方面，已逐漸成為不同於台北的另一中心。

當王拓、楊青矗等人因美麗島事件被捕坐牢後，整個社會陷入低迷的氣氛之中，文學也不例外。作品的題材如涉及到二二八一類的敏感問題，便無法與讀者見面。就是發表出來，作者的安全也成問題。在這種「黑雲壓城城欲摧」的情況下，一九八二年元月在高雄創辦的《文學界》季刊，成了本土作家的「避風港」。該刊大量採用在別處發不出來的反體制、反威權或因種種原因無法問世的作品，如被國民黨列入黑名單的陳嘉農的新詩、宋冬陽的評論，以及廖清山的小說，在《文學界》均受到禮遇放在重要位置刊出。東方白在改組後的《台灣文藝》突然停止連載的大河小說《浪淘沙》、陳冠學在報刊被切割後充當補白的長篇散文《田園之秋》，也在《文學界》完整地發表[1]。可見，《文學界》的編輯方針所體現的是以台灣意識為主的「非台北觀點」，它的出版打破了「北部文學」壟斷文壇的局面，使高雄成為「南部文學」的發源地和中心。

---

[1] 彭瑞金：《高雄市文學史·現代篇》，高雄市立圖書館，二〇〇八年。陳嘉農、宋冬陽均為陳芳明的筆名。

《文學界》創刊的最初原因是傳說在台北出版的《台灣文藝》因經濟原因要停刊。這個唯一代表本土派文學水平的刊物，如劃上句號就會使持異議態度的省籍作家失去了發聲的管道。後來，《台灣文藝》繼續苦撐著出版，高雄文友仍覺得有必要另開闢一個新園地，辦一種能和台北眾多文學出版物並駕齊驅的文學雜誌，由此有人誤解為《文學界》另起爐灶是想與《台灣文藝》打擂臺，這是本土文學界的分裂，是「北鍾（肇政）南葉（石濤）」的亮瑜情結造成相互不買賬。其實，這種說法毫無根據。如果說台灣文學有南北對立，也是持統派觀點的陳映真即「北陳（映真）南葉（石濤）」，而非持同樣觀點的「北鍾南葉」。

刊名沒有傾向性、問世時也沒有創刊詞的《文學界》，在葉石濤執筆的第一期〈編後記〉中，明確辨刊的宗旨是建立台灣文學的「自主性」。在創刊號另發表署名葉石濤的〈台灣小說的遠景〉中，也指出台灣小說今後的走向「應整合傳統的、本土的、外來的各種文化價值系統，發展富於自主性的小說。」坐過牢的葉石濤心有餘悸，將「自主性」塗上了一層保護色：「自主性強烈的表現並不意味著台灣作家要建立脫離民族性格的文學……那麼當有一天，海峽兩邊的中國人共同建立現代化的、統一的民主國家時，台灣文學的經驗與成就有助於壯大未來的中國文學。」[2]而年輕的理論家彭瑞金不打「太極拳」，他在《文學界》第二期發表的〈台灣文學應以本土化為首要課題〉中，主張不要使用羞羞答答的「鄉土文學」、「民族文學」這類名詞，直接使用「台灣文學」這一稱謂，以表明「鄉土」是指台灣而非大鄉土神州大地，「民族」不是中華民族而是「台灣人」。可見，「非台北觀點」其要害是「脫離民族性格」擺脫中原意識，與中國文學切割。

[2] 葉石濤：〈台灣小說的遠景〉，高雄，《文學界》，一九八二年一月，第一期。

《文學界》雖然不是評論刊物，但它的文學評論極有份量，其影響並不亞於文學創作。該刊每期均有或小說家或詩人的評論專輯。評論者不固定一人，所採用的是「集評」方式，另還附錄被評作家的年表及著作目錄。這種專輯共討論了五位小說家和九位詩人。當時還沒有「台灣文學系」，以本土作家為對象的研討會也極少召開，《文學界》所舉辦的「紙上研討會」[3]，正好彌補了這一不足。

鑒於日據時代的台灣文學資料被「自由中國文壇」所封殺，致使連李昂這樣的著名本土作家在七十年代中期也沒有聽說過楊逵、賴和等人的名字。《文學界》下決心改變這種情況，從檢視台灣文學的傳統，整理新文學史料開始。為此，該刊先後製作了《〈文友通訊〉特輯》、《〈中華日報〉日文欄作品翻譯特輯》、《日據時代作家作品》、《新生報橋副刊文學論爭作品選輯》。在重古輕今、重陸輕台的高等院校，本土文學史資料的整理和挖掘不認為是科研成果，其展示只能通過學院外的報刊進行。當然，學院派人士的參加，為史料的規範化和學術化起了重要作用。不管是體制內還是體制外的作家，整理史料均不是發思古之幽情，而是為撰寫台灣文學史做鋪墊。

作為台灣文學的另一個中心，《文學界》最重要的理論貢獻是催生了葉石濤《台灣文學史綱》。葉石濤、鍾肇政主編由遠景出版出版的《光復前台灣文學全集》，可看作「史綱」誕生的前奏。《文學界》本來有「葉六仁」——葉石濤、林梵（林瑞明）、陳千武、趙天儀、鄭炯明、許達然六人組成的「台灣文學史」撰寫團隊，但最終合作不起來。當時最有資格寫台灣文學史的本是經歷過不同時期文學的葉石濤。據葉氏後來回憶：

3 彭瑞金：《高雄市文學史·現代篇》，高雄市立圖書館，二〇〇八年。

《台灣文學史綱》寫成於戒嚴時代，顧慮惡劣的政治環境，不得不謹慎下筆。因此，台灣文學史上曾經產生的強烈自主意願以及左翼作家的思想動向也就無法闡釋清楚。加上那個時候，文學資料缺乏，討論台灣文學本土作家和作品的論文稀少，幾乎都以外省作家群為主導，各種的不利因素導致《台灣文學史綱》只聊備一格。[4]

這裏講的「謹慎下筆」，是指葉石濤無法把自己的「台灣要成為一個國家，基本條件一定要有一本台灣文學史……而既然我強調台灣的主體，因此，我必須先寫出台灣文學史，以確定台灣作為一個獨立國家人民的基礎」[5]的意圖和盤托出。但利用寫史為新的國族認同創造條件畢竟是他最大的心願，這心願還伴隨著是否會因書惹禍再進監獄的恐懼，故正式出書時還要看政治氣候能否「由陰轉晴」。據陳紹庭研究，這個過程與民進黨的成立有異曲同工之妙：一方面民進黨的誕生是在一九八六年九月即解除戒嚴前一年，但在此年的春天國民黨已準備逐步開放政治自由化。因此，民進黨突破黨禁而成立，「等於是測試執政當局所能容忍的程度。同樣地，《台灣文學史綱》選擇在一九八七年年初正式出版，也是在測試當局是否會利用戒嚴體制最後的餘威，打壓台灣文學自主性論述的聲音。《文學界》必須慎選正式發表《台灣文學史綱》的時機，因為這樣才有利於下一個階段工作的進行，也就是正式的台灣文學史的編寫工作。」[6]

4 葉石濤：《台灣文學入門——台灣文學五十七問・序》，高雄，春暉出版社，一九九七年，第二頁。

5 李文卿記錄整理：〈文學之「葉」，煥發長青——陳芳明專訪葉石濤〉，台北，《聯合文學》，二〇〇一年十二月，第四十七至四十八頁。

6 陳紹庭：《八十年代台灣文學的自主性論述——以〈文學界〉為分析場域》，成功大學碩士論文，二〇〇二年六月。

整整過了二十餘年，「下一個階段工作的進行」即正式的《台灣文學史》寫作才由宋冬陽即陳芳明接棒。陳芳明的新著《台灣新文學史》在學術水準上比葉石濤有不少超越，但書中所貫穿的「台灣意識」乃至台獨意識的觀點只不過五十步笑百步而已。

《台灣文學史綱》的出版，畢竟是台灣文學史上的一件大事。它問世後得到了不少慶賀花藍，同時也收穫了不少荊棘和蒺藜。不管怎麼樣，《文學界》策劃和支持《台灣文學史綱》的出版，為高雄成為與台北抗衡的另一文學中心起了重要的作用。「史綱」的出版，代表著《文學界》完成了自己階段性的使命。該刊於一九八二年二月停刊，共出版二十八期。有人認為，「《文學界》還來不及發揮它的影響力就停刊了」[7]，這種看法低估了《文學界》在八十年代所擔負的另立文學中心的歷史使命，也未看到它給後來創刊的《文學台灣》所奠定的基礎。

[7] 蘇美文：〈《文學界》研究〉，台北，《台灣文學觀察雜誌》，一九九一年一月，第三期，第七十六頁。

博雅通達的學人散文

春節過後一個月，顏元叔的《煙火人間》一直擺在我書桌上最顯著的位置，成了我百讀不厭的一本書。像其中〈我愛開會〉、〈哀哉肉體〉、〈西餐請客〉、〈足下的鞋子〉，我邊讀邊笑，以至笑出淚來。為了怕家人疑為「神經」，我乾脆關起門來孤芳自賞，這就難怪台灣著名小說家張大春早年不放過顏元叔任何一篇散文，其文字的廉悍和風趣給他極大的影響，為其日後走上創作之路起了引路作用。

一九七〇年代顏元叔因詮釋杜甫詩出現兩處不可原諒的硬傷，受到文化名人徐複觀等人抨擊而提前退出文壇後，差不多被人遺忘。如果說，他當年倡導的「新批評」已不再領歷史潮流的話，那他「在重濁之中見清澈，在嘈雜中聞清香」的散文不再被人提起，更不用說被評上「台灣文學經典」，確是一種極大的遮蔽。現在，由北京世紀文景文化傳播公司將其從歷史的長河中打撈出來，這對內地的廣大讀者和出版市場，無疑是一種福音。

這套命名為《台灣學人散文叢書》的散文集，共出版了龔鵬程的《多情懷酒伴》、黃碧端的《昨日風景》、顏元叔的《煙火人間》、周志文的《第一次寒流》、林文月的《三月曝書》、漢寶德的《建築筆記》。即將推出的還有馬森、尉天驄、陳芳明等人的作品。

這套由台灣學者周志文主編的叢書，其特色在於：

一是名副其實的學者散文。所謂學者散文，通常是指有雄厚知識背景的作者所寫的有關詩書人生的抒情小品，人文景觀的遊記，世道人心的記述以及序跋、日記、書信、雜文、幽默短章。這些記述或短章，均不是學問的延伸，而是學問之外的另一片天地，盡得性情之真。作者們常以生動自然的語言轉述典故、俗諺，將傳統文化與現代意識相結合。博識與機智，是它們的共同特徵。學者散文另有一些作者不在學院圍牆之內，他們所寫的博學而富於情趣的作品，廣義上也叫學者散文，如大陸的李國文、台灣的王鼎鈞的作品，但《台灣學人散文叢書》的作者，不屬於此類。他們清一色是把文化傳承與創新當作首要任務的高等學校教師，如顏元叔退休前為台灣大學外文系教授，陳芳明現為台灣政治大學台灣文學研究所所長，林文月擁有學者、作家、翻譯家三種身份，叢書總主編周志文曾任捷克查理大學東亞研究所客座教授，黃碧端為台南藝術大學校長，龔鵬程的經歷更廣泛：博士、經生、官僚、教授、人天師範。他們所寫的作品，均是學者身份的自然流露。這裏沒有好為人師的牽強，而有的是才子、仙家、劍客、文化傳播者的赤子情懷。他們的學思、懷抱、交遊、情感皆坦露在字裡行間，讀之如沐春風，如閒庭信步，是一種美的享受。

二是台灣學者散文的優秀代表。學者散文也並不是凡專家教授寫的作品均稱學者散文，而是具有學者身份的作家所寫的高格調兼備才學識的文化小品以及知性與感性密切結合的散文。他們比一般學者，更重視文化命脈的承接、文化人格的塑造，有很強的學問優越感與玩弄詞語的興致，在關注社會的同時注意文章的博雅通達，和自我形象的風流倜儻。如龔鵬程不僅寫出了自己和國學大師錢穆、小說家高陽、詩人周棄子、哲學家傅偉勳交往時的深厚情誼，而且寫出了他們作為有骨氣的文人不曲學阿世的崇高品德。作為文章的知性之美，龔鵬程的散文著重義理、氣格，同時又富有婉約、情韻的感性之美。當代建築學家漢寶德，以化外的靈手描述西方建築，漫步文化之旅，能啟發讀者的思考，開拓他們的情感領域。黃碧端文如其人，她用素樸之筆寫時光聲音，借鑒黑白電影的手法描時代之目，其文理性與感性交錯，在許多篇什中顯露出優雅的城府，難怪被著名編輯家瘂弦稱之為「穿裙子的士」。

三是形成了這個群體的獨特風格。風格是作家在題材選擇、主題提煉、創作方法運用等多方面表現出來的獨特美學觀點。它不僅牽涉到作品的藝術形式，還與作品的思想內容有密切的關係。如果用兩句話來概括「台灣學人散文叢書」的風格，那就是博雅通達，深情雋永。在總體風格下，每個人另有自己的特色，如黃碧端的碧淨端麗不同於林文月的平易深邃；漢寶德對理性文明的擁抱，亦有別於陳芳明對往事的情怯與忘卻。再如顏元叔借莎士比亞諷喻芸芸眾生的市井百態，妙趣橫生，在另一些文章中文白夾雜，中英文並用，完全不同於周志文對生存環境所呈現的和平感受，和〈新天堂樂園〉中體現的滄桑感。

四是與大陸的學者散文形成了一種互補格局。大陸的學者散文，如余秋雨的文化大散文，表現傳統文人的內心衝突，體現自然山水的人文意義，尤其是顛覆楊朔模式方面取得了巨大的成功，而台灣學人散文並沒有楊朔或秦牧式散文的羈絆。顏元叔、龔鵬程散文所表現的紅塵掠影和對現代社會的批判以及環保意識的覺醒，均比余秋雨們早；林文月在描寫留學生涯及中西文化碰撞方面，也為林非所不及。特別是他們作品中表現的放逐主題及身份認同的焦慮，在潘旭瀾的作品中也是找不到的。這裡要特別提及的是漢寶德筆下的倫敦公園、浪漫道上的山城，黃碧端的〈車過英法海峽〉、周志文的〈布拉格的鳥〉，其中所寫的東西方文化差異及流露的文化遊子情結，在賈平凹散文中也較少見。

台灣學人散文與大陸同類作品不同之處，還在於表現了境外華人移民生存經驗和生命體驗。像黃碧端的〈跨越傳統與當代的漢學家：敬悼周策縱老師〉等篇，便是她形塑族性記憶的重要文化想像場域。台灣學人散文另有一個重要題材是鄉愁，這與大陸作家「美不美，故鄉水；親不親，故鄉人」的狹隘故鄉情結也不相同，如顏元叔筆下田間的漁業、山村的黑夜、菜籽與香油，所寫的無不是富於民族特色的故園風味和飽含泥土氣息的童年記憶，從中體現出對故鄉杜鵑啼血式的呼喚，比一般作者寫的鄉愁更加沉重，更富於濃厚的憂患意識和悲憫情懷，更富現代意義的美感，同時也更有離散意味。本來，鄉愁及與此相聯的放逐感和認同焦慮，幾乎是所有離鄉背景的華人的共同情結，也是台灣學人的共同母題。只不過在這套叢書中有人寫得多，有人寫得少，或來不及收入集子裡罷了。

很多人均認為學者散文要寫得好，要做到聲名遠播，其中很重要的一個因素是作者的身份。就「台灣學人散文叢書」而言，這些散文集之所以贏得讀者的青睞，主要不是他們的遊學經歷或擔任職務的顯赫，而主要來自他們的表現技巧。像林文月的〈蒼蠅與我〉，透過蒼蠅與人的周旋即主人對它展開的追捕廝殺，我們仿佛感受到了作者因城市現代化的發展及繁忙工作所伴隨的沉重壓力，以及人與人之間難以溝通所帶來的孤寂感。文中的蒼蠅是一種象徵，它象徵環境的醜陋，又似乎象徵著生命。作者憎惡它，有時又在特種語境下飽含著同情與憐憫。這些象徵意豐富而不確立，主人對它的情感複雜多變，使其塗上一層朦朧色彩。在狀物形象、比擬精巧以及謀篇上由物及人、以小見大方面，此文堪稱富於生活情趣且耐人咀嚼。這類作品還有顏元叔寫開會放假、商場菜鋪，寫假日庭院和懶貓之態，均有獨具慧眼的發現。其中〈箱子的煩惱〉綜合運用了誇張、變形、排比等手法，滲透著反差的張力，層層推進，強化了作者批判和嘲諷野蠻裝卸的效果。

在兩岸文化交流越來越頻繁的今天，世紀文景文化傳播公司推出「台灣學人散文叢書」，對進一步強化兩岸的文學交流，和加深大陸讀者對台灣社會，對彼岸的人情風俗的認知，以及幫助大陸作家借鑒台灣同行的寫作技巧，均有重要的現實意義。如果這套叢書能繼續做下去，希望在第三輯中再引進余光中、楊牧等人的學者散文，以進一步滿足廣大讀者的需要。

原載於《中華讀書報》二〇〇九年五月二十日

「寫作是興趣，談不上是志業」——讀《琦君書信集》

琦君從論述到散文到兒童文學總共出版了四十多種集子，使琦君研究成為一個資源豐富大有可為的學術領域。同時，伴隨著琦君書信或日記不斷鉤沉和發現，使單純從文本出發的研究方法受到挑戰。與其他作家的研究相似，進入這位女作家的文學天地，每一位研究者都要面對來自國際化與本土化的挑戰：面對全球化，如何定位琦君——她是海外華文作家還是台灣作家？面對本土化，如何彰顯並非生於斯、長於斯的琦君在台灣當代文學史上的地位？由李瑞騰、莊宜文主編的《琦君書信集》（台灣文學館，二〇〇七年），也許能給我們一些啟示。

琦君的大學教育是在大陸完成的。她於一九四一年畢業於浙江杭州浙江大學中文系，一九四九年五月到台灣，曾在「中」字打頭的三所大學即中國文化大學、中央大學、中興大學任教。一九八三年隨工作外調的丈夫到了美國，二〇〇四年回台定居淡水，二〇〇六年四月在台北病逝。從經歷看，她雖有二十多年海外華文作家的身份，但她主要是台灣作家。到美國後，她日夜思念祖國，最常去的地方是「中國城」。她在書信中常向友人傾訴她如何思念故國，思念台灣的風土人情。她洋裝穿在身，但胸中跳動的是一顆華夏心。如一九八四年一月十一日給新加坡作家尤今的信中云：「農曆新年快到了，新加坡是否也過陰曆年？我們旅居美國，一點年味也沒有。」可見，人在異邦的琦君，並沒有被西方文明所同化，難怪她在信中反復說想「過舊曆年」。她始終不忘記自己是炎黃子孫。為解鄉愁之渴，她一直在讀台灣的報刊，並為台北的《中華日報》兒童版寫稿。寫這類文章，一方面是使自己晚年保有一顆童心，另方面，在有報頭「中華」字樣的媒體上發表文章，有使自己重回故土的親切感。

由於長期在台灣工作和寫作以及意識形態方面的原因，琦君只認同文化中國，而不認同政治中國，認為「反共文學」至今仍散發出生命力。這種看法值得討論。在筆者看來，「反共小說」是一種逝去的文學，離讀者遠去的文學。它之所以經不起時間的沉澱，一個重要原因是虛幻性。如果說還有什麼值得肯定之處，一是它反映動亂年代的歷史文獻價值，二是作者們常常把「反共」與「懷鄉」聯繫在一起，在思念故土故鄉時散發著泥土的芬芳。

琦君不是文學評論家。她以創作著稱，不太寫文學論文，但這並不等於說她對文學創作沒有自己的見解。一九九四年五月十一日她給小英的信中說：〈畢業留言〉這類文章「非常難寫，要深入淺出，要有人情味，不能板起面孔訓話。」這是夫子自道，是琦君自己創作經驗的總結。又如一九九八年在致陳素芳的信中認為「寫作是興趣，談不上是志業。」寥寥幾句，說出了她為什麼寫作為何寫作。在她看來，「命題作文實在太難」，難在容易迎合政治需要。其實，寫作不必成為政黨的宣傳工具。儘管琦君有自己的政治立場，參加過「三民主義統一中國大同盟」徵文的評審，但她自己寫作時並不刻意為政治服務，更沒有裝出一份教訓人的面孔。寫作只能憑自己的興趣而非憑長官意志出發，自己熟悉什麼題材就寫什麼，感興趣寫什麼就寫什麼，不必勉為其難去搞什麼「大敘事」。

文化生命是琦君散文的整體審美建構。在琦君看來，自己的生命固然是父母所賜，但後來卻是文化尤其是東方文化——中國文化賦予的。這就不難理解，琦君的散文無不是創作主體向內發展並十分注意內在的文化生命體驗，在各種文集中所著意表達的是對低層社會的關懷、對道德淪喪的反省與批判。她在美國致友人的信中，認為這裡雪下得再大，也無法遮蓋醜陋骯髒的世界。世界既然充滿了災難和欺騙，琦君便以自己潔白的、美麗的心靈與之抗爭。她的書信，處處表現了高層次的文化價值目標，即重建中華文化價值體系的終極目標。在一九八五年一月二十八日給蔡文甫的信中說：「我覺得天寒地凍不免想到貧病之人」。這使人想起杜甫的「朱門酒肉臭，路有凍死骨」的詩句。有人認為琦君是富婆，其實她是「無業遊民」，在異國他鄉日子過得很緊，房租還有汽車保險和看病都很貴，台幣折美金只能勉強應付一日三餐。正是這種社會地位和對中華文化憂患意識的傳承，使她有悲憫情懷，便她生活在高樓大廈而不忘記荒郊野地的窮苦人。

「人生旨趣是以作家相對成熟的豐富老到的人生觀念和人生智慧為基礎的。人生旨趣在文學創作中的不同內蘊與不同表現，不僅可以體現作家的創作原則與審美標準的個性色彩，而且也是作家各不相同的道德規範與人格魅力的生動反映」[1]。一九七九年五月三十一日致蔡文甫的信中，便表現了琦君晚年「萬事都視作過眼雲煙，只要書銷得不錯，有版稅好拿，就好」的人生旨趣。此信是由九歌出版社老闆蔡文甫要把琦君作品《與我同車》申請「中山文藝獎」引發的。對這種天大好事，琦君不是以「正中下懷」或默認的態度對待之，而是不顧別人的美意表示「本人堅決不同意」。這不是故作姿態，也不是玩欲擒故縱的把戲，而是因為「這樣一大把年紀，我寫作只是消遣，有版稅、有稿費，可以安度餘年，於願已足，這種擠

1 賓恩海：《中國現代文學的文化闡釋》，人民文學出版社，二〇〇七年。

得頭破血流的，是年輕人的事，我太看穿了。」這不是清高，也不是不屑與人競爭，而是她洞察世事，早已把文壇的險惡看透。在這種「獎金非我所願望」的細細訴說中，典型地顯現出一種只滿足於生活過得去的淡泊的人生旨趣，這是中國知識份子的一種精神境界。不過，從另一方面解讀，它「千萬撤回申請」的表面所掩飾的是作者內在苦悶——跟不上時代潮流的彷徨心態，這是一般人不容易感受到的。

在過去流行的文藝理論中，接受主體沒有得到應有的重視，其原因是把作品接受者和消費者視為被動的反映者，或把讀者讀作品看成是一種消極的接受過程，而琦君並不這樣認為。在她的書信中，可看到她十分注意讀者在閱讀自己作品中如何發揮能動作用和創造作用。一旦接到讀者這種來信，她常常視為知音。就是一般的讀者來信，她也看成是與陌生朋友作心靈溝通的一次難得機會，是自己尋求心靈滿足的人生旨趣的實現，故她高度重視讀者來函，做到有信必覆。在一九八一年六月五日致葉步榮的信中，稱自己「我平均每天收到一、二封，封封必回，也是我忙碌的原因。」對尹雪曼懶得寫信和回信，她略有微辭，委婉地說這留給她的是一種「『壞』印象」。這是講究禮尚往來，與有信必回而且回得很快的梁實秋相似，而與根本不寫信只打越洋電話的高信疆，尤其是交遊千萬、幾乎每位朋友都數得出屢欠友人信的前科如此不堪「信託」的余光中，大異其趣。

作為傑出散文家的琦君，她的書信同樣體現了澄靜淡泊的藝術境界。琦君從小讀中國古典名著，深受《論語》及佛家思想的薰陶。她自述自己「是個孤兒，一歲喪父，四歲喪母，是伯母把我拉拔大的，可是她是個苦命的人，我們母女受盡了苦，我當年切齒說要做個強人報仇，伯母（也即母親）說，不要做強人，要做弱者，弱者才能堅忍到底，我要你報恩，不是報仇。我問她如何以恩回報仇人呢？她定定地說：『對人好，寬容原諒，自己不再苦，別人也快樂。』我永不忘記她老人家的話。我沒有變成心胸狹窄的人，全靠她。」琦君所受的這種教育及其真誠和敦厚，使她總是用愛心對待一切人和事。她大至愛國家，小至愛朋友和家人，對他們表現了無微不至的關懷。如一九八一年七月十五日致葉步榮的信中，對其眼疾表現了深切的關心，並詳細地告訴他眼睛的保養方法，信末又特別注明喝茶對明目的用處。她偶爾也有發牢騷的時候，但不存在謾罵更談不上恐嚇。對自己深惡痛絕的人物，琦君總是儘量忍耐不溢於言表和形諸文字，表現了少有的詳和與寬厚。俗云：「文如其人」，平時為人低調的琦君，表現在她的書信中絕少用華麗的詞句，喜用質樸平淡的語言與對方交談，雖平易近人但又不是流水帳式的書寫。

要瞭解一位作家，最重要的是讀其作品，其次是讀其日記和書信。作品是寫給所有人看的，有時難免有顧忌，行文會有矜持之氣。如想和作家拉近距離，對其瞭解得更透徹更全面，讀書信是不可少的。書簡有特定的對象，讀者是一人而非眾人，故寫起來隨意放鬆，平日不便說的話在書信中都有可能透露，可為作家生平之旁證。如琦君的書信就多次與友人說到其童年經驗與後來的遭遇，這在她的作品中均難得一見。未來作家要寫《琦君傳》，《琦君書信集》是不可少的參考資料。從這部分公開的書信中，可窺見琦君的某些「隱私」，這對我們理解她的創作心態很有幫助。

琦君的書信常將思鄉之情溶入對當地的景色描寫之中，使字裡行間充溢著淡淡的詩意。另外一些書信則散發出幽默的芬芳。如一九八七年六月四日給夏志清的信中，琦君發現洋人講中國話沒有說對時，反而變得妙語雙關，比如有位金髮女郎對中國朋友說：「謝謝你不見外，從頭至尾把我當內人看待。」又有一洋人寫信給丈夫稱其為「犬犬」。在這位洋人看來，中國人稱妻子為「太太」，那點子點在裡面，所以丈夫的點子當然應該點在外面。人家跟她指出錯了，可她回答說：「我的先生本來就是可愛的小寵物『犬犬』呀。」這裏的幽默與詼諧接近，但由於有中西文化差異的內容，使其體現的境界更高，顯得機智和含蓄，而不似詼諧總不免沾上油腔滑調。

屬私人檔的書簡，一般是在作家仙逝後才公開。由於涉及的內容複雜和敏感，編者只好將某些段落割愛，這為後人考證帶來困難。其實，《琦君書信集》的編者至少可將人名用**代之，不必整段刪去。

原載於《常州工學院學報》二〇一一年第五期

悼「小巨人」沈登恩

當我校對完《當今台灣文學風貌》一書後，照例來到學校港臺閱覽室，隨手翻閱香港《信報》，發現二〇〇四年五月二十一日刊登有著名作家戴天的〈悼一個出版人〉。他悼念的竟是不久前還和筆者聯繫過的遠景出版公司發行人沈登恩先生，我真不敢相信！於是再翻閱報紙，赫然又發現該報另有上海作家柳葉寫的〈悼念一位出版家〉，我這才相信沈先生千真萬確地走了！

在和沈登恩先生認識前，我曾通過電話、電傳與他聯繫拙著《我與余秋雨打官司》出版一事。他用傳真傳來的信中說：

古先生：

外遊剛回，很高興收到你的FAX。久仰大名，可惜一直無緣相見，年中游長江三峽時路過武漢，曾停留一日，只與長江文藝出版社的副社長匆匆一晤，如果那時能見面詳談，那就太好了。

孟樊先生是老友，不知他約您在台北或宜蘭山上見面？盼告，也請給我他的手機號碼，我來安排為您接風，邀他作陪，反正您此行必會經過台北的。

只要編選的文章都有來源，且經作者同意授權，我會設法為您出版，但台灣市場不大，要先有心理準備才好，請來台時將稿攜來，若有磁片尤佳。覆函時盼先示知出版條件。我曾向湖南中南大學出版社購置一書版權，歷時兩個月，E-mail不到台灣，磁片寄不出大陸，只能托人攜帶。如果您願幫忙，請致電文社長，請他即時將《國富論》一書光碟快遞寄您並代為攜來台北，先此預先道謝。

尊函提及的二部大作，若能簽名贈我最好。待您來台，我可以送您本公司的叢書。「遠景」創立三十周年，出版了一千三百種叢書。

匆此候覆，即祝

日安！

弟　沈登恩　上　二〇〇三年十一月二十四日

*大陸海關規定磁片不能郵寄，此乃世界怪事也！

這裡講的赴台，係指我應佛光大學當代詩學研究中心主任孟樊教授之邀，於去年十二月上旬到台北參加「兩岸詩學國際研討會」。抵台後，我馬上打電話跟沈先生聯繫。他原定晚上十點鐘來我下榻的飯店，後他忙得不亦樂乎，一直遲到深夜才找到機會與我商談出書的各種問題。我從交談中得知，他即將邁入花甲之年，可精力仍然這麼充沛，辦完許多事後仍興致勃勃地和我作兩岸出版的民間交流，並當場拍了不少我帶來的海內外媒體報導「余古官司」的圖片。

沈先生是一位有獨到眼光的出版家，在台灣出版界有過「小巨人」之美譽。在一九七五年初，當他得到金大俠的作品時，時任國民黨新聞局局長的宋楚瑜曾私下找他借閱《射雕英雄傳》，可當時金的作品在台灣被禁。禁的理由非常可笑：毛澤東的詩詞中有「只識彎弓射大雕」之句，因而金的書名有影射毛澤東之嫌，是替毛澤東作宣傳的作品。大約在一九七七年，沈先生向國民黨當局提出：查禁金的作品理由不能成立，要解禁金大俠的作品。一旦時局好轉，他便以第一時間把金庸的作品引進台灣，並主編了一套「金學研究叢書」。他信中提到的要我簽名贈他的拙著，一是武漢版《台灣當代文學理論批評史》，內有〈「金學」的興起〉專節，提到他主持的出版社為「金學」研究所作的拓荒性貢獻；另一本為吉隆坡版〈古遠清自選集〉，把他主持的「金學」研究叢書的封面當插圖刊入書中。當我把這兩本書當面請他指教並給他帶來《國富論》的光碟時，他非常高興。他是一位嗜書如命的人，難怪他的出版社出了這多有價值的書。像他率先出版的白先勇《孽子》，為台灣的「同志小說」開了先河。另有《七等生全集》以及陳映真、柏楊、高陽、陳若曦以及香港劉以鬯、董橋、彥火、林行止等人的作品，都是研究台港文化必讀之書。胡蘭成的作品也是他最先出版的。在我離開台灣前夕，他特地趕來為我餞行，贈我胡著《山河歲月》及其他文藝作品，並幫我郵寄台灣文友送我的一大箱書。

沈先生出書不怕爭議，不怕圍攻，當然也更不怕風險，如李敖在上世紀七十年代中期坐完五年大牢後，一般人都不敢出他的書，可這時候，沈登恩先生以出版人的智慧看到了李敖的價值後，曾三顧茅廬找李敖，李深受感動，便把新書《獨白下的傳統》交「遠景」出版。李敖事後稱沈登恩是「一位最有眼光的出版家」，他「是在出版界反應一流的人」。兩岸開展文化交流後，沈先生又風塵僕僕穿梭於台北與京滬之間，出版了大陸作家張賢亮、陸文夫、高曉聲等人的作品，由此和一些大陸文人結下了深厚的情誼。在財力和精力比過去有所遜色的情況下，當他在獵書過程中看到上海《咬文嚼字》資深編委金文明在山西出版的《石破天驚逗秋雨——余秋雨散文文史差錯百例考辨》，仍以出版人的敏銳嗅覺買下繁體字版權。他不但未刪作者尖銳的文字，而且在增訂本中還附錄了許多金、余二人的論爭文章，並邀請金文明到香港簽名售書。這種敢向權威挑戰以及出好書的敬業精神，真令人感動。但我在某些私人聚會場合，也聽到有人罵他甚至要砍他，原因是不給人版稅和用過的珍貴圖片不還。

今年二月，我在桂林參加台灣作家楊逵作品研討會期間，托台灣詩人施善繼先生把《我與余秋雨打官司》[1]一書的光碟帶給他。他事後來電話說：「凡是我決定的事情都不會改變的。請你放心，你的書我一定會出，但不要催我。」今年四月我曾寄上一份澳洲出版的報紙給他，內有拙作《我與余秋雨打官司》自序，我正為他未回信感到納悶，原來是他病了，且一病不起，從此就永別台灣出版界。這些天，我撫摸著他在今年初寄來的「遠景」出版的四本戴天作品集，心中不禁湧起一股悲痛之情。

二〇〇四年五月二十六日於武漢

原載於《中華讀書報》二〇〇四年六月二日

[1] 此書後來由山西北嶽文藝出版社出版，易名為《庭外「審判」余秋雨》。

《台港朦朧詩賞析》自序

「朦朧詩」一詞，始於八十年代初廣東詩人章明的〈令人氣悶的「朦朧」〉（《詩刊》一九八〇年八月號）一文。但「朦朧詩人」的提法，早在四十年代就出現過。至於朦朧詩作，二十年代的李金髮以及稍後的戴望舒、卞之琳等人就寫過許多。在台灣，大量的「朦朧詩」則產生在五十至六十年代。不過，台灣從一九五三年紀弦創辦刊物起，並未有過「朦朧詩」的稱謂，只有「現代派」、「現代詩」的說法，而「現代詩」在現代的大陸詩壇，被許多人認為是「朦朧詩」的同義語。所以這本小書《台港朦朧詩賞析》，還不至

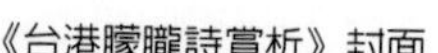
《台港朦朧詩賞析》封面

於離弦走板。更何況台灣著名詩人覃子豪早在他的《詩的藝術》中，就曾多次論述過詩的朦朧美。現摘抄幾段，一來是說明「朦朧詩」並非是大陸詩人的專利品，二來也是為了方便讀者理解本書所選詩作的朦朧美：

「詩本身有一種夢的氣氛」。「象徵派的詩人則特別重視朦朧美的效果，便是詩是富於夢幻的魅力。即是使讀者能在朦朧中窺見真實，而詩人則將真實藏於如夢如幻的境界中。」只因「這夢幻的世界，具有一種神秘、幽玄的情調，這便是朦朧美的特徵。」

「中國詩中的所謂『含蓄』和『言外之意』，便是馬拉美的將真實隱藏，愈不能捉摸的東西，就愈覺有味。凡欣賞景物必須有其適當的角度，太遠則模糊一片，無法辨認，自無美的感覺；太近則一覽無餘，毫無遐想的餘味。美便是距離所造成。詩的朦朧美便是詩給讀者製造一個適當的距離，而使讀者對詩感覺到有領略不盡的意味。」

「詩的朦朧美，不是含糊不清，一片混沌，是由清晰到朦朧，即是其朦朧不失其為視覺可感的意象；朦朧不失去事物的真際；表現不失去事物真際的準確性。」

參看文曉村：〈《覃子豪全集》介評〉

台灣地區出現的所謂「朦朧詩」，比起七十年代後出現的大量回歸傳統的詩作來，意象顯得繁複而駁雜，語言奇巧而乖張。它強調詩人對外界現實的主觀驅使力，強調藝術創造者主體對客體的重新組合作用，輕視詩的情節性和明朗化的理性表白，追求意象直覺感，多採用象徵、暗示、隱喻、變形的手法，打破直抒胸臆的傳統表現方式，使人讀了後似懂非懂，半懂不懂，留有咀嚼的餘地。當然，也有的叫人「丈二和尚摸不著頭腦」，根本無法讀懂。但我們決不能因為這一點就將現代詩與晦澀詩完全等同起來，正如不能將「朦朧」與「含混」完全混同那樣。台灣現代詩有許多還是可解的。其中所蘊含的朦朧美，有明朗詩所難以提供的美學價值。像本書所選的紀弦的〈妳的名字〉、余光中的〈白玉苦瓜〉、鄭愁予的〈小小的島〉、張健的〈夜語〉，就似一條花木掩映的曲徑，把讀者引到一個意想不到的境地。何況台灣的現代詩，是彼島在政治、經濟方面依賴西方社會的一種反映，是對五十年代「戰鬥文學」的一種反叛，它的存在自有其合理性。為了幫助內地的讀者更好地瞭解彼島的現代詩，也為了說明內地的「朦朧詩」如何自覺或不自覺地受了境外現代詩的影響，筆者應花城出版社之約，特編了這本以台灣「朦朧詩」為主的《台港「朦朧詩」賞析》。

「朦朧詩」的賞析要想符合作者原意，這是困難的；要取得讀者的公認，也恐難辦到。因為懂與不懂本身就是一個較難證實或「證偽」的「模糊判斷」。這裏的「賞析」，只能算是編選者的一家之言，讀者完全可以根據自己的主體知解力作出新的判斷。為了使賞析工作不致做得近乎癡人說夢，儘量能給讀者以會心、解頤的藝術享受，筆者曾在不少地方吸收了海內外詩評家流沙河、紀壁華等先生的見解，在這裏特表謝意。最後還要說明的是，本書是筆者在寫作《中國當代文學理論批評史》的間隙中進行的，時間緊迫，魯魚亥豕的情況在所難免，歡迎海內外詩人、讀者批評指正。

附：臧克家、向明、洛夫、璧華、李魁賢對此書的爭鳴

臧克家：你（古遠清）寫臺灣朦朧詩論，一聽名字，我的心便為之不滿，何必趕「時髦」，為名乎？為利乎？我以為可以不在這些方面花精力。

向　明：朦朧詩在大陸是精神污染代名詞，這位寫賞析的先生也許是為了證明精神污染的罪魁禍首來自海外台灣，其目的是在醜化台灣，不在解釋詩。鄭愁予的〈錯誤〉是情詩，卻被解釋為對母親的懷念，太離譜了，簡直是荒腔走板！

洛　夫：向明認為古遠清給台灣現代詩叩上「朦朧詩」的帽子，有嫁禍之嫌。公平的說，據我對作者的瞭解，未必如此，而是另有原因，那就是從商業觀點出發。

璧　華（香港）：向明對大陸詩壇似乎相當陌生，只知道大陸有將「朦朧詩」說成「精神污染」的日子，卻不知道那只是在八三年底至八四年春的短短幾個月內。朦朧詩在此之前與之後雖然仍有極左分子批判，但並不成主流，甚至八九民運以後某些逃亡國外的朦朧詩人受批判（如北島），朦朧詩照樣出版。

李魁賢：有關鄭愁予〈錯誤〉一詩的爭執倒頗有趣。記得一九九〇年八月陳千武在漢城的第十二屆世界詩人會議上發表論文評論此詩時，也是指為對情人的懷念。會後，鄭愁予親自在大家面前向陳千武解釋，是對母親的思念。究竟古遠清是有所根據，還是歪打正著？

「相逢一笑泯恩仇」

——「兩岸作家台北對話文學」散記

二〇〇〇年，我們中南財經政法大學台港文學所一行五人應中國文藝協會和文史哲出版社之邀訪問台灣，並參加中國文藝協會和《中央日報》共同主辦的「兩岸作家台北對話文學」會議。

在主席團就座的有來自大陸的「中國作家協會」代表團團長袁鷹和副團長葉辛，以及東道主中國文藝協會理事長王吉隆和《中央日報》副刊主編林黛嫚。他們先後講了話，然後兩岸作家彼此介紹各自的創作和評論現狀。其中「中國文協」秘書長兼大陸文藝工作委員會主任張放的發言最引人矚目。他說大陸的《文藝報》每期必讀，連天津的《文學自由談》他也期期擁有。他說讀過筆者在《文藝報》上「罵」台灣的文章，還在《文藝報》上讀到另一位大陸學者把台灣文學打成「台獨文學」的奇文，後者使他非常傷心。因他及「文協」朋友們寫的作品均非台獨文學。他的身患癌症的夫人聽說大陸學者有這個誤解後悲憤地說：「那我就不用葉落歸根，死在台灣算了！」張放說到此時，情緒非常激動，聲稱「彼此心靈都不能相通，還能搞什麼三通？」以至哽咽不能語。

據說他批評的正是當時在會場上的一位大陸學者。事後我問了這位學者，她說從未寫過這方面的文章，也從不把「台灣文學」等同於「台獨文學」。這也許是張放誤讀或記憶有錯。但他的發言，卻啟示我們研究台灣文學，下筆一定要慎重，彼此應多交流、溝通，澄清一些不必要的誤會。我把這一看法轉告張放，說我們從不認為台灣文學即「台獨文學」。他對我耳語：他「搞理論是『游擊隊』，而不像你是正規的『紅軍』。我張放的『放』是解放的『放』，也是大鳴大放的『放』，有話就直說，說錯了請你們包涵。」王吉隆理事長則提醒他說話不要過於激動，以免像台灣詩壇大老鍾鼎文那樣因情緒化而血壓升高，差一點出現意外。

說到交流、溝通一事，我想起和我正對面座著的台灣資深詩人向明先生。我和他有過一場筆仗。那是一九九二年底，他在《台灣詩學季刊》創刊號上寫了一篇〈不朦朧，也朦朧——評古遠清的《台港朦朧詩賞析》〉。此文說：「誰都知道，所謂『朦朧詩』在大陸根本就是一個對詩污蔑的稱號」，是「精神污染」的同義語。現在由花城出版社出的這本「賞析」，竟說台灣也有「朦朧詩」，其目的是「證明朦朧詩的其來有自，這種精神污染的罪魁禍首先是來自海外台灣」。即是說，古遠清編著此書是不懷好意的，「故入人罪」，是為了證明「台灣也有朦朧詩的罪證確鑿」。面對這種莫須有的「指控」，我也寫了一篇措辭尖銳的〈兩岸文學交流不應存在「敵意」〉的文章回敬他。

我於一九九五、一九九七年先後二次來台灣，《文訊》編輯部和「中國文藝協會」、《創世紀》詩社曾先後三次安排了有我們兩人參加的座談會，可向明一聽說有我在場，均推辭不出席。這次他居然來了，又被安排在對面相座，這也許就是通常所說的冤家路窄、狹道相逢吧？我雖與向明未曾識面，但看過他的照片，況且每人桌前標有姓名，彼此均心知肚明。大會安排兩岸作家分別坐兩行，我隔著這兩道長長的條桌，就好似隔著一道淺淺的海峽，相視而難於跨越。當我抬頭望向明時，他面無表情，彼此感到尷尬，不像我跟斜對面就坐的陳若曦女士打招呼時那樣面帶微笑。

為了打破這種僵局，我趁發言機會向他「放話」：「兩岸文學交流開展了二十年，由於隔絕太久，彼此均鬧過不少笑話。如我們這邊編的第一本台灣作家小傳，竟將『尹雪曼』這位頭童齒豁的老先生誤為女作家，而台灣某單位則邀請已在陰間的張恨水訪台，還錯把當時還健在的胡風誤以為辭世了。我方是『男女不分』，你方是『生死不明』。就是到了今天，兩岸文學交流仍時有碰撞，如我寫的書就曾遭到向明先生的激烈抨擊……」。說到這裏，聽眾都笑了起來，其中楊宗翰還補充說：「台灣也有人把藍星詩社的老作家夏菁當成女作家。」

會議中間休息，大家一起喝咖啡，我主動給這位頭髮花白的向明先生打招呼，遞名片，他也禮貌地回了一張名片給我，並溫和地說：「我早知道你」，這一下便冰釋了原有的「冷戰」狀態。我是晚輩，理應主動和他溝通，消除誤會。何況我的回應文章也過於情緒化：如反唇相譏說他的文章也屬另一種「胡編亂湊」和「荒腔走板」，並武斷地說他根本沒讀過我的書，只憑書名做文章……。也許是由於「不打不相識」的緣故吧，會議聚餐結束後，向明主動邀我參加《創世紀》部分詩人的聚會。我們在計程車上邊走邊聊，他還爭著給我付車費。《創世紀》詩社元老

向明先生（左）近照

張默見我和向明一道同來，十分高興。我和向明作為張默共同的朋友，他早希望我們化干戈為玉帛。當大夥聚談結束後，我提出單獨與向明合影。向明調侃說：這是「仇人相見，分外眼紅」。旁邊的《創世紀》詩人大荒、商禽、辛鬱則異口同聲地引用魯迅的詩，說這是「相逢一笑泯恩仇」嘛。張默一再強調說，台灣詩人說話和寫評論文章崇尚尖銳，說過寫過也就算了，何必記仇？其實，我並未「記仇」。向明是我敬仰的前輩作家，論戰前我賞析過他的五首詩，論戰後得知他出版有《新詩五十問》、《新詩後五十問》，我曾先後通過台灣朋友郵購。我讀了後覺得他的論著比詩寫得還高明，尤其是他對新詩本質層面的一些解釋，頗得我心。何況我的反批評文章在大陸無法刊出——被轉載向明文章的廣州《華夏詩報》退稿，而向明卻一字不改地在他參與主持的《台灣詩學季刊》刊登出來。我對他的評文至今仍有不同意見，但對他的詩作及詩藝修養，從來持肯定態度。

俗云：「不批不知道，一批做廣告」。我與向明的論爭被相當於大陸《文藝報》的台灣《文訊》雜誌以二十三票評為「九十年代前期台灣十大詩事」，既增加了我的知名度，也加深了我對台灣詩壇的瞭解。台灣詩壇遠不像大陸。由於圈子特多，各自割據稱雄，常常論戰不斷，爆發一連串的文學上的「私人戰爭」。我與向明的「私人戰爭」，是兩岸文學交流由於意識形態差異、各人文化背景不同和研究方法不同產生的碰撞。他對我無「私仇」，我對他無個人恩怨，自然應與把學術論爭化為人身攻擊的做法區別開來。

我因要趕赴下午三點半《聯合報》的聚會，揮手與前來相送的向明告別。告別前，我一直把盤旋心底已久的一個疑問告訴他：「聽說你在台灣出生的公子填表時，國籍不填『中國』而寫成『台灣』，你打了他一耳光，而兒子卻強辯說：『老爸，你應給我選擇國籍的自由』。這個故事曾在大陸詩友間流傳，不知是否確有其事？」

向明聽到這個「故事」後，斬釘截鐵地說：「在我家絕不會發生這種事。我是湖南人，我兒子的籍貫當然也是中國大陸。」他這番話，使我想起兩岸作家台北對話會上周玉山教授發言的頭一句話：「歡迎中國大陸作家到中國台灣來」。這位周玉山教授我與他未有過文字之爭，但在拙著《台灣當代文學理論批評史》中，對他研究大陸文學的論著卻多有貶詞。政治信仰和文學觀念不同，並不妨礙我們文學交流，這從周玉山先生多次用他老家湖南茶陵的「茶陵」做筆名便看出這一點，這使我想到台灣著名詩人余光中的話：「許多東西因政治而分，可又因文化而合」。像余光中、向明這類作家，其身份是曖昧的。他們一到大陸、香港，便被認為是台灣作家，可一回到台灣，便被稱作「外省作家」乃至「大陸流亡作家」。在台灣，堅持做一個「中國作家」頗不容易，有人還覺得「中國作家」這一稱呼聽來頗為刺耳。余光中、向明先生等人卻始終認為：「自己不僅是台灣作家，而且也是中國作家，更且是中國作家」。一想到此，我就對向明先生充滿了敬意。

這第三次台灣之行，我終於和「仇人」向明先生在台北兩岸作家對話會議上握手、合照，也算是兩岸文化交流中化解「敵意」的一段插曲和佳話吧！

原載於台北《珞珈》二〇〇一年第四期；《世紀行》二〇〇〇年第十期；
《人民政協報》二〇〇〇年一月十一日

王蒙自傳有關台港文學的筆誤

早就盼望著王蒙的第三部自傳的出版。在武漢逛書店時，終於發現《九命七羊》在武昌街道口書店亮相，連忙購來，愈讀愈有味，同時也發現王蒙不太熟悉台港文學，出現了幾處筆誤。

一是人名的錯誤。三十四頁台灣作家「席慕蓉」被誤為「席慕容」。一〇六頁香港女作家盧瑋鑾的筆名是「小思」被誤為「小斯」。

二是組織機構名的錯誤。八十七頁邀請王蒙的單位應為「香港嶺南學院現代中文文學研究中心」，而非「香港嶺南學院現代文學研究所」。這「現代中文文學」與「現代文學」含義不完全相同，因境外還有非中文文學；「研究中心」與「研究所」也有別，如邀請王蒙者便是「研究中心主任」而非「研究所所長」梁錫華。筆者在王蒙回北京後也曾應邀在這個單位客座二月，該中心的名字自始至終未改。另香港只有曾敏之領導、成立於一九八八年一月三十一日的「香港作家聯誼會」，後改稱為「香港作家聯會」，而不是二八九頁說的「香港作家聯合會」。

三是會議名稱欠準確。一九九三年十二月在台北召開的是「四十年來中國文學會議」，而非八十七、一〇五頁說的「中國文學四十年研討會」。乍看起來，兩者意思相差不大，但既然是紀實文學，就應該力求精確。另主辦單位也不僅僅是《聯合報》，準確的說法是「《聯合報》系文化基金會」，這個

「報系」包括《聯合報》和《聯合文學》月刊等單位。

四是轉述台灣學者發言有誤。一○七頁云：「余（光中）還說，台灣、香港、新加坡（？），是中國文學的三座仙山」。這裏「新加坡」雖打了問號，但它不屬「中國」，把它與中國的台灣、香港並列，明顯不通。查台灣《聯合報》系所屬聯合文學出版社一九九五年出版的《四十年來中國文學》，余光中的發言題目為〈藍墨水的下游〉，其中談到「文革」期間，中國文學有「三神山」：台灣、香港、澳門。至於余光中講到的新加坡，是談到「中國文化不斷南下……更新的三神山恐怕要再向南移，移向南洋群島了」提及的。《九命七羊》除把「神山」誤作「仙山」外，還把「三神山」和「三神山南下」一鍋煮了。

以上糾錯，近乎吹毛求疵，目的是希望該書再版時，在敘述人和事時能更符合原貌。

原載於《文匯讀書週報》二○○八年八月八日；《中華讀書報》二○○八年九月三日

第五章　新花品賞

行吟者的詩意人生
——讀落蒂的《一朵潔白的山茶花》

讀落蒂的《一朵潔白的山茶花》[1]，既嗅到山茶花的芬芳，也體味到「天涯共此時」的異樣溫馨。這部以「在禪坐中尋魚」為主旨的詩集，真實生動地展現了兩岸河山的絢麗風景，也細膩入微地描繪了詩人「甜蜜的苦澀」的內心世界和行吟者的詩意人生。

大陸地區的灕江、花溪、黃山、長江，是如畫江山的重要組成部分。它遠離紅塵，遠離喧囂。在作者筆下，藝術大師張藝謀導演的《印象・劉三姐》，歌聲從弦月上飄下，一個忽隱忽現的少女身影在月光下緩步輕舞。遙遠的故事連接著美麗的傳說，使觀眾進入如歌如畫的精神境界。《印象灕江》就這樣引領我

1 秀威資訊科技公司，二〇一〇年。

們走進一片神奇而陌生的土地，揭示了祖國的江山為何這樣美，劉三姐的歌聲為何這樣甜的動人歷史，讀來使我們興味盎然，激動不已。

從藝術的表現角度看，登黃鶴樓是一個難於駕馭的題材。古人已有許多吟詠，要寫出新意不易，而落蒂作為一位資深詩人，在開拓這一題材時駕輕就熟地使用襲故彌新的筆法，把「晴川歷歷漢陽樹，芳草萋萋鸚鵡洲」的名句當作自己詩作意境的陪襯，將自己力圖超越前人的雄心置於敘事抒情的中心。比李白還美的千古傳誦的名句雖然他沒有也無法寫出來，但——

詩還在
煙波江上
怎麼抓也
抓不著
夜色逐漸低垂
天地漸漸蒼茫

古人云：「為人重晚節，行文看結穴」。落蒂這種以情語結，又輔之以景語結的尾聲，讓讀者浮想聯翩，這正所謂詩句結束之時，正是讀者聯想之日。

《一朵潔白的山茶花》最為動人的藝術構思，就在於用現代詩人聰穎理性的眼光，去重新解讀古人留下的名篇佳句。用今天的眼光來看，古代詩人的作品再美，也有不足，這種不足集中體現在李白們無法表現現代人的感受。這是時代的侷限，落蒂沒有強求他們把楊柳寫成起重機，但十分聰明地讓古人為今人服務，讓現代社會才有的「導遊」與王勃發生聯繫：

途中有人欲尋找王勃
陸游說他小酌去了
若小睡片刻
當有秋水共長天的好詩

落蒂這輩子恐怕均難寫出「秋水共長天一色」這種千古傳誦的名句，但他敢調笑古人且又說得近情合理，看來這落蒂也不是好惹的。結尾處寫——

我手上拿著空白的稿紙
苦苦尋覓詩句不得
無奈間撕得粉碎
一揚手
晚春最後一場雪
竟從最高層飄然落下

這裏既道出晚春最後一場雪的美景，又終結了「苦苦尋覓詩句不得」的幻景，讓人回到現實世界。這種不肯定的寫法，尤其是讓紙屑幻化成雪片的聯想，就似翠嶂擋道的瀉玉青溪，別是一番天地。

落蒂的詩不以高亢的節奏和政治題材取勝，更少見脂粉氣和工匠氣。〈過長江偶見水鴨子〉，正是以真情求真巧，隱真巧顯真情的佳作。小鴨浮游江水淩空飛翔，這是任何人都見過的景象，然而經過作者的加工提煉，便有了「在江面上寫出五六公尺長」詩句的象徵意義。作者將提煉的「墨痕」隱去，讓「含意是深了些」的內涵不和盤托出，從而達到用技巧而不見技巧的境界。翻開〈花溪〉、〈廬山觀瀑〉、〈黃山去來〉，也會使讀者吟誦得津津有味。你會覺得我們熟悉的巴金雕像以及李白「飛流直下三千尺」的名句突然變得有聲有色，在落蒂筆下鮮活起來，讓你發出一聲會心的微笑，時而發出一聲喟歎，或進一步做出深深的思索。〈昔日高樓賞花人〉，也是一首言淺意深的佳作：

年年有人賞花
處處有人賞花
只有園裏孤單的樹影
陪著落寞的花朵
欣賞著自己的
影子

這「樹影」指涉的是什麼，讀者完全可以憑藉自己的想像去補充，去發揮。

在創作手法上，落蒂的詩不拘一格，語言質樸清新。他追求哲理而不故作高深，營造氛圍而不故弄玄虛，如〈夜遊圓明園〉，不刻意寫圓明園的荒涼，而是借用

把所有聲音
縫進了時間之中

的詩句瓦解圓明園之蕭瑟，在抵達神秘的同時再現了五彩燈光下圓明園的靜寂。

在《一朵潔白的山茶花》中，我看到了落蒂對山茶花、翠鳥、深井、古城、牧場的眷戀和熱愛，對於山茶花潔白情感的鍾情，對於在物欲橫流的世界中沉浮的悲哀，以及對友情的讚美，對愛情的謳歌。他是直面人生的，並不迴避社會中的陰暗面。詩人以濃烈的情感和繪畫美的語言，抒寫尋找靈感的苦況和覓尋詩意的樂趣。可以說，落蒂是憑藉「重塑風景」企圖打造一個潔白、透明的世界。這是一朵如山茶花美的世界。他的追求，他的思考，他的超越，值得人們惦記。

原載於《葡萄園》二〇一〇年秋季號

透剔玲瓏，生機流溢

孟樊《旅遊寫真》（唐山出版社）的出版，是繼張默《獨釣空蒙》問世後，台灣詩壇二〇〇七年一個重要亮點：不僅因為它刷新了中青年詩人在創作上的空白點，更值得重視的是它展示了學院作家在詩歌創作題材獨闢蹊徑的藝術把握能力——給學院詩壇打開了一個新的視窗。

孟樊的旅遊詩優美動人。他對世界各地風光的捕捉，對最佳景點的描繪，顯示了藝術的寬度、生命的厚度和歲月的蹤跡；他知性審視與審美情感的交融，山水之美與主觀之情的互匯，拓展了旅遊詩的寫意空間。有了張默，又有了孟樊；有了《獨釣空蒙》，又有了《旅遊寫真》，台灣詩壇就顯得更加豐富與多姿。

寫旅遊詩，對孟樊來說是出遊的記憶與回味。別人寫旅行小說、遊記散文來記載自己所周遊的地方，而孟樊則用抒情短詩留下生命中走過的軌跡。《旅遊寫真》一書雖然無法涵蓋他遊過的二、三十個國家和地區，但基本上仍是他旅行地圖的記錄。

孟樊有多種身份：評論家、編緝家、教師、詩人，而後者往往為人所忽視。這主要不是因為他創作量不豐，只出過一本《S.L.和寶藍色筆記》詩集，而是因為他的詩論家身份十分突出，像《當代台灣新詩理論》、《台灣後現代詩的理論和實踐》，已足以奠定他在台灣詩壇的地位。可孟樊不僅在現代詩學的建構做出重大成績，而且在創作上，他通過綺麗的景象描繪、偏向知性的語意結構和詩的建築美的嘗試，說明他形象思維的能力也毫不遜色於抽象思維。

在台灣寫旅遊詩的有洛夫、余光中、鄭愁予、楊牧、張默，孟樊與他們的不同之處，在於表現大自然的奇采壯觀和世界各地絢麗多姿的風土人情時，富於別趣和奇趣。如〈春日午後蘇州虎丘聞評彈〉開頭兩段：

暗香浮影
是碧螺春的春
從軟軟的喉管
彈出來的嗎？

桃花太花
在琵琶女的嘴角兒
一朵又一朵
不疾不徐地綻放出來……

詩中的奇思妙想，可謂是異想天開。作者懷逸興壯思，豎起耳朵向聽眾發問，筆力奇崛，問中見奇。寫琵琶女的高超技藝，作者不沿用古人的「嘈嘈切切錯雜彈，太珠小珠落玉盤」的比喻，而說盎然的春意從喉管而非樂器中彈奏出來，讓視覺形象與聽覺形象結合，將無物質形式的音樂表現得如此恍惚迷離，變幻莫測。作者不滿足於此，又隨著旋律的變化，出現桃花徐徐綻放的畫面，而這畫面不是從彩筆描繪出而是從演唱聲中幻化而成，由此表現出餘音嫋嫋、餘味無窮的境界，給讀者留下了涵泳回味的廣闊空間。

孟樊寫各地山水美景時，常常將歷史、傳說、故事或古代經典、前人詩文巧妙地熔鑄在作品中，使詩的意境活潑生動，透剔玲瓏，詩的語言精粹、奇警，生機流溢。下面是〈紹興烏篷船上〉的後半部分：

……

兩岸燈火闌珊
疑是水蔭萍喚出
端端的尼姑
木魚敲響的冷月
兀自呢喃

原來是停歇在頂篷上
飛來一隻釵頭鳳
垂首輕聲啁啾

有茉莉花香
幽幽地從沈園傳出

這裏的「水蔭萍」，係一九三〇年代台灣「風車」詩社的領頭人。他原名楊熾昌，這裡改用他的筆名「水蔭萍」，正好似景物鑲嵌在紹興的風景畫中。而水氏的代表作〈尼姑〉、〈茉莉花〉，亦被作者巧妙地化為人物和茶香。而最後四句的「釵頭鳳」和「沈園」，系指宋人陸遊題〈釵頭鳳〉中的沈園。這裡用的均是「明典」而非「僻典」，其好處在於通俗易懂，就是不明白它的出處，也不妨礙讀者進入詩人所締造的藝術境界。〈冬日在採石磯〉所寫的採石磯，係因有詩仙之稱的李白醉酒於此地，為撈水中之月跳到江中溺斃而聞名。孟樊將這一傳說用在詩中時，寫得明白如話，一點也不佶倔聱牙，看不出襲用典故的痕跡，真可謂是「水中著鹽」，不見鹽塊而有鹹味。孟樊寫外國風光的詩，所用的洋典同樣渾然天成，如肺肝中流出。

詩畫虛實相生，取長補短，這在孟樊的另一些詩中也非常突出。眾所周知，詩是語言的藝術，它的表現手法既靈活而豐富，便於摹虛；畫是空間藝術，它的材料是顏色、線條，其表現手法鮮明具體，長於寫實。孟樊將這兩者結合起來。像〈西湖泛舟〉，便是詩情與畫意的結合：

……
餘暉傾斜
仿如狂草一揮
灑在波光粼粼的宣紙上
一行斗大的翠綠的
淡妝濃抹總相宜

竟寫在南屏的倒影裏
……

這裏的「餘暉傾斜」的詩句給宣紙上的畫面餘味包曲的情意，而翠綠如畫的景色則給南屏的倒影栩栩如生的形象，這是詩與畫結合的成功範例。

詩情與畫意的結合，離不開色彩的描繪。像上面的詩句「淡妝濃抹總相宜」的色彩便構成了動人的畫面，而傾斜的餘暉這種景物也成了畫面的一部分。〈紹興烏篷船上〉的繪畫美，則是通過烏篷船的黑色、青藤書屋的綠色去描繪江南水鄉的音容物態。〈夜上海〉中的「泛黃」、「紅木」、「霓虹」、「烽火」、「瑰雲」一類有鮮明顏色的意象或色彩詞，反映出夜晚的大上海千姿百態的迷人景色，使作品具有繪畫的可視性和直觀感。

作為自由體運用得嫻熟的孟樊，還重視詩的「建築美」。這種美，牽涉到詩句音步的多少，節與節、行與行的對稱。像〈莫高窟隨想曲〉，每段限兩行，每行十六個字，或多幾個字少幾個字，顯得相對整齊。這比起詩行、詩句絕對整齊的作品來，有一種既統一又自由的美。而〈夜上海〉、〈披星戴月在青海〉，結構嚴謹，形式整齊，方方正正有如「豆腐乾」，確是「建築美」的典範。可貴的是作者不因為追求詩行的整齊妨礙感情的抒發，不去做那種削足適履或砍頭入棺的蠢事，正如他寫的〈北京十四行〉、〈新加坡十四行〉一樣，束縛與自由得到統一，有如火車在鐵軌上飛馳，完全恰到好處。

做人，不可處處突出自己，尤其不可把自己淩駕於集體之上，這便是孔夫子所說的「無固」、「無我」。寫詩，卻不可以無我。無我，無自己的藝術個性，則會與他人雷同，這就是韓愈說的「惟古於詞必己出也」。孟樊的旅遊詩之所以有藝術魅力，正在於有「我」，有自己的獨特視角和語言。他無論是寫中國還是寫外國，寫大陸還是寫香港，都有自己的身份、心胸、情趣、格調。以身份而論，他寫紹興、寫揚州，總忘記不了自己來自台灣，即是說他是以台灣客的身份觀察大陸，觀察異地風光——

我的鄉愁是
台北一塊塊意象的
拼圖
一一從我詩的旅行地圖上
出發

這就難怪孟樊寫出「西班牙臺階躺在故宮腳下」、「中正紀念堂有天安門廣場」的詩句。他遊揚州時，為當地遊客「帶來寶島溫煦的笑靨」；遊紹興時，會想起台灣詩人水蔭萍；在天津光顧「狗不理」，會聯想起台北迪化街的包子……。孟樊不僅是詩人，而且是學者，是文學評論家，這表現在〈夜上海〉中用了一系列書名，如張愛玲的《半生緣》、夏衍的《賽金花》、王安憶的《長恨歌》、衛慧的《上海寶貝》。這些人名或書名成了詩句的有機組成部分，即使不知道「遊園驚夢」一詞的來歷，也可照樣欣賞。如此書卷氣十足又如此自然流暢，看不出作者在開書單或給讀者提供有關上海遊的讀物。這種把書名加以錘煉，經過消化變成自己的東西，使之成為形象和意境的有機構成部分的寫法，與那種掉書袋式的「盛書櫃子」的筆墨，完全不可同日而語。

最後，值得稱道的是此書圖文並茂，尤其是詩末附上「旅遊寫真」的做法，不僅有助於讀者理解詩的內容，而且有助於擴大讀者的知識面，使此書具有導遊的功能。過去人們發表旅遊詩從未有過這種安排，這具有開創性，值得推廣和借鑒。

原載於《名作欣賞》二〇〇八年第二期

孟樊先生近照

澄明的心境，清遠的風格

讀完楊錦郁的《穿過一樹的夜光》[1]，思緒起伏，浮想聯翩，腦中浮現出彰化舊城的風貌和作者年輕時生活中所遭遇的悲歡離合。這是一本值得推薦的散文集，它給文壇吹來一股懷舊的輕柔之風。雖少了些陽剛之氣，卻顯得情感真摯，筆調溫馨，對廣大讀者散發出強烈的藝術魅力。

人有人格，文有文格。楊錦郁無疑是人品不俗的作家，她面對疾病的折磨，能坦然對待；對長輩往昔的苦難，能化為自己的精神財富，並把一輩子的修行道場安放在自己的家庭。這種澄明的心境和清遠的文格，所體現的均是一種境界。王國維在《清真先生遺事尚論》中指出：「夫境界之呈於吾心而見於外物者，皆須臾之物。惟詩人能以此須臾之物，鐫諸不朽之文字，使讀者自得之。遂覺詩人之言，字字為我心中所欲言，而又非我之所能自言，此大詩人之秘妙也。」所謂「須臾之物」，指的就是創作者在現實觀照中的真切感悟，它是一個比在國際大都市中追逐令人眼花撩亂的資訊還要廣闊的心靈。在這「須臾」的瞬間，洞悉社會的本質，禪宗的明心可使生命達到充實與圓滿，可親的修行能洞見人間難覓的智慧。

[1] 台北，九歌出版社，二〇〇七年。

楊錦郁在咀嚼歷史、迎看人間風光時，其「須臾之物」不僅撞擊了她心中千山鳥飛絕的孤境，而且還使她產生了一股創作衝動，直至把那些被自己遺忘的情景呈現出來。在她筆下，當年住家不鏽鋼外門門把被竊賊撬動的情景，是如此鮮活生動，其中表現了作者專注的神情和愉悅地整理的心態：「我就這樣跌入了舊日時光，天慢慢暗了下來，我的屋子依舊零亂，但我已無視於周遭的情形，我開始回想著，這些紀念檔到底擺在那裡？這麼多年為什麼我從來不知道它的存在。」這裏，既有往昔時光的悲懷展示，又有作者深情的追問。作者在審美觀照中發現泛黃的「學生成績通知單」的感歎，經過內心強化之後，就形成了「精神之蛻跡、心理之證存」的傷逝文字。讀者閱讀到這樣早已遺忘的鄉野舊事就會覺得作者之所言，「字字為我心中所欲言」。這種「自得之」的閱讀經驗，是讀者對作者所講述的遺失故事所作出的審美反應。

楊錦郁的《穿過一樹的夜光》之所以耐讀，至少表現了下面四種情感世界：

一是親情世界。親情，是人類最基本的情感之一。它沒有前提和附加條件，無法選擇，也幾乎不帶功利性。在物欲橫流的今天，歌頌父愛、母愛和親情，不僅是文學的永恆主題，而且對匡正道德、改善人性有一定作用，純屬一種救贖行為。

在高速公路還未開通、現代化還未實現的年代，火車是長途的最佳交通工具。作者每次從台北回彰化，高大英挺和具有豐富人文素養的爸爸，給作者許多教益，讓她學到如何用寬容的態度對待人和事。當父親駕鶴西去後，在火車站外迎接她的是被人群淹沒的媽媽。正是這位慈祥的母親，給她帶來溫情，帶來希望。至於那位以賣豆腐為業的大舅、喜歡開快車的七叔，還有那被車撞死的大伯父、病逝的二伯父，作者每提及他們時懷念之情溢於言表。作者從這些父愛、母愛和親情中分享到人間溫暖，這是她人生道路的重要精神資源。

二是友情世界。任何人都難遺世獨立，不交朋友。要表現得「夠朋友」，就得有社會地位，有充足的薪金做後盾，才能近悅遠來。為生活奔波又為工作所累的楊錦郁，不便敞開大門交朋友，但還是有幾位知己可以隨時傾吐自己的心聲。在〈萬徑人蹤滅〉中，作者這樣寫兩年只見過一面而性格有不少差異的朋友：「你出世，我入世；你直接，我簡接；你刻苦，我富足；你木魚青燈為伴，我在繁華的都市中追逐走馬燈般的資訊，你用禪宗的明心見性直陳在外，我用社會化的機制在作息。我們生活在兩個不同的世界，有截然不同的生活觀。」彼此熱愛文學縮小了差距，有情感的文字把他們連結起來，使其成為心靈上的朋友。當「我」從對方的文字中讀到他那豐沛的創作能量，是一種讓同行豔慕的才氣，自然天成；「我還讀到你對出家因緣的珍惜，對佛法的依止。不過愈是如此，你愈是理直氣壯，坦蕩無懼，當然也會相形孤獨，這些心情我們彼此都懂，所以我們可以一起走過這幾年的歲月。」這種相濡以沫的文字，使陷於生活沮喪的「我」重振力量。這支友誼頌，寫得是那樣感人肺腑。

三是夫妻情感世界。從傳統觀念看，「主外」的男人很少做家務事，常常是不稱職的丈夫。可〈我們〉中的「你」總在妻子身邊。每當太座卸下堅強的表面，脆弱地為經歷多次病苦與死別而悲傷時，丈夫總是在安慰和護持她。在多災多難的人生道路上，丈夫——一位出色的編輯家和著作等身的教授，總鼓勵她用智慧和勇氣坦誠面對突發事件，面對不可避免的病痛或悲離。伉儷情深所帶來的暖流，讓妻子揮別三月的陰霾。兩人就這樣同甘苦共患難，從少男少女走向中年，整整三十年。文章最後說：「子夜，謙卑地匍匐在觀音菩薩的座下，念頭紛飛，我泣不成聲」。這種深情的感歎，是在讀懂生命的許多課題後，積累了大無畏的力量才寫下的。「泣不成聲」不是懦弱，而是醒悟，是為了更好地鑄刻在生命的年輪裡。它不僅可以撫慰身體的傷痛，而且還可強化夫妻間心心相印的情感。

筆者平生讀詩文，最鍾情的是那些洗盡鉛華淡雅之作。記得早年讀朱自清的散文，每為他絢爛之極歸於平淡的描寫所陶醉。現在讀楊錦郁〈三五三八〉等作品，同樣引發了我的欣喜：

「我怎麼會撥錯電話呢？」在走回哥哥家的幾步路上，我不斷地自問。我恍若知道，不論經過了二十年、三十年，「二五三八」這組數目所記憶的故事，一直藏在我內心深處。

這均是不事雕飾而情感濃烈的段落。

純淨素樸的文風，不等於楊錦郁的散文過於淺露和寡淡。同樣，她的許多篇章捨棄鑲金嵌玉的清淺風格，也不等於完全不要絢麗和華彩。像〈午茶時分〉寫一家漂亮餐廳的情景，作者就沒有用白描，而是用各種豔麗的顏色詞，表現這個中西融合的後現代空間，同時不忘表現這一空間悠遠的古意。

楊錦郁攝於拉薩布達拉宮

楊錦郁的本職工作是報紙副刊編輯。這種職業特性，常表現為宏識孤懷，義以淑群，在文風上不故弄玄虛又注意曲徑通幽。作者受中原文化的影響，又得台灣文化之薰陶，故每篇文章都有濃郁的地方特色。她筆下的彰化、大肚溪、國光號、台北火車站，都表現出不同於大陸作家的情韻。不少篇章採用第二人稱敘事，增強了作品的親切感。在刻畫人物方面，〈午茶時分〉所寫的美麗、開朗、幽默的夏莉，給讀者留下了深刻的印象。其他篇章，也完成了愛的傳遞，美的歌吟。筆者希望楊錦郁抵抗生活的壓力，戰勝頻出狀況的孱弱身軀，繼續努力筆耕，以不辜負彰化這片土地對她的培育。

原載於台南《中華日報》二〇〇七年九月二十七日

新文學史被遮蔽的另一面
——讀蔡登山《繁華落盡》

中國現代文學研究近三十年內百家爭鳴，有關現代文學的起點、現代文學的邊界、現代文學的重新命名、現代文學的文化研究方法是否可行諸問題，各家說法不一，爭論起來熱鬧非凡。蔡登山是來自台北的一位新文學史研究家。他研究中國新文學史，不似眾多大陸學人著重理論問題的探討與爭鳴，而是通過自己扎扎實實的史料搜集與整理，將中國新文學史研究引向更具建設性和可持續發展的方向。《繁華落盡——洋場才子與小報文人》[1]，便是他這方面研究的最新成果。

無論從體例上還是從敘述方式看，《繁華落盡》絕對是一部可讀性甚高的專著。在這本盡顯作者關於新文學史研究要擴大版圖的野心的書中，蔡登山用汪洋恣肆的語言和繁複多解的生平鉤沉，講述了一個個洋場才子與小報文人的故事。該書共分兩輯，如將每篇文章抽出來看，作者寫的每位文人就像單間旅館一樣上演著各自獨立又互相關聯有如「周瘦鵑——張愛玲——紫羅蘭」的悲喜劇。

上海小報別看其「小」，上面常常有「大」作家登的作品，尤其是連載小說。張愛玲最新出土的一些

1 秀威資訊科技公司，二〇一一年。

長篇小說，就是從小報上發掘出來的。在這個意義上，《繁華落盡》也是一部與現代文學有關的小報發展史。因為關注小報作品，故有助於對作家作品進行更全面的重新解讀。從新文學史角度出發，蔡登山擴大了研究範圍，讓研究者不僅要注重精英文化，也要重視大眾文化。大眾文化包括了通俗小說、故事新編、文史掌故、舊書新說、筆名來歷等。以文壇正史加野史為出發點進行社會的、文化的、文學的觀察和評價，在看似不起眼的諸如「余心麻」是影射徐志摩、「伍大姐」是寫陸小曼、「海狗會」是指天馬會一類的陳年往事，構建了新文學史另一不被人重視的歷史畫面，而這正是蔡登山於細小處書寫或補充新文學史的過人之處。

在《繁華落盡》問世之前，兩岸鮮有以新文學史視角如此詳實地介紹報人陳冷血、小說家天虛我生、嚴獨鶴、何海鳴、周瘦鵑、《夜上海》的作詞者范煙橋以及王小逸、秦瘦鷗、張丹斧、錢芥塵、余大雄、施濟群、鄭逸梅、陳定山、蔡釣徒、馮夢雲、陳靈犀、陳蝶衣、唐大郎、陳存仁等人的生平作品和逸聞趣事。蔡登山懷著為舊學根底深的通俗文學作者群樹碑立傳的願望，懷著對洋場才子與小報文人的眷戀寫成了這部作品，讓雨打風吹去的「外冷心熱」的編輯、在《快活林》中鶴立的作者以及棄武從文的作家、流行歌曲歌詞的誕生經過、慘遭砍頭的「文字白相人」、補白大王一個個復活過來，讓我們瞭解新文學史的被遮蔽的另一面。書中寫到的眾多文人，儘管現在已被許多讀者遺忘，但周瘦鵑、陳蝶衣等人的確參與了新文學史的建構，不能因為他們是所謂「鴛鴦蝴蝶派」便在新文學史中抹去他們的名字。而這，正是蔡登山的文章受兩岸讀者青睞的原因，也是他的貢獻。

原載於《愛情婚姻家庭》二〇一二年第五期；《信息時報》二〇一二年九月二日

散發出詩的芳香

（一）

歲月的花瓣不停地凋落，已過花甲之年的台客，不變的是一顆溫熱摯誠的詩心，其思想鋒芒和藝術創造力仍像年輕時那樣活躍。僅最近五年，他頻繁地往來於海峽兩岸，在有影響的報刊發表了大量的詩作。

二〇〇七年冬天，對「葡萄園」詩社來說，是一個重要的分水嶺。那一年，《葡萄園》詩刊的靈魂人物文曉村——這個曾經在荒漠的曠野裏亮著、曾經在深夜的大海上亮著的一盞小燈，終於吹起了熄燈號。從那以後，接受文曉村所豎起的民族主義大旗而將其發揚光大的重任，便落到了台客這一代中年詩人身上。當年，《葡萄園》詩刊的創辦及其旗手的仙逝這一當代台灣新詩史上具有重要意義的事件，給台客的創作思想銘刻下深深的印痕。如果把創作思想與個人心靈互為印證的話，那台客的文學創作道路就以他擔任《葡萄園》詩刊主編之前和之後劃為兩個階段，前者照見詩人的創作史，而後者映現詩人兼編輯家「迎向詩神召喚」的靈魂。

在台灣，寫詩是一種寂寞的歲月，是一種近乎「自殺」的行為。大多數詩人的作品沒有市場，也沒有讀者，更不可能有粉絲。它不像席慕蓉等少數人的作品那樣能掙到銀子，反而要貼去大量的金錢和時間。可台客從不在詩歌寫作道路上畏縮和退卻。這是一位頑強而有自己追求的作家，詩作均從生命的深處噴湧而出，而且越寫越大器，越透出一位詩人的社會責任心。〈感時篇〉便說明作者不是一位不食人間煙火的作家，而是時刻關心著當前社會中的重大問題，並對現實的挑戰作出自己答案的詩人。他這些觸及時事的詩，不是政治的圖解，而是通過藝術將其思想形象地道出，如〈一群綠頭蒼蠅〉，作者只寫這些蒼蠅成天嗡嗡嚶嚶四處亂竄，不斷擾亂著人們的視線，而不具體寫這蒼蠅指的是誰，但關心台灣政治的讀者均不難讀出其中含義然後發出會心的微笑。〈壽國永昌〉，因在大陸某詩會上朗誦而惹禍，但作者寫「中華民國」因「土八路的步槍」打得其「倉皇出走，來到海上一個撮爾小島」，卻是大實話，由此也可看出台客詩作的一個重要特點：寫得看似隨意，極其恬淡，但又極其嚴肅，極其認真，從中濃縮了一部民國史。〈他們都是在演戲〉，則可看出作者超然的立場。不論藍綠，不論黨派，也不論省籍，只要開會上演全武行，詩人均不贊成，均持否定態度。作者選取一個政治會議「演戲」的場面和鏡頭，就將台灣當今族群撕裂作了形象的反映和評價，這沒有一定的功力是寫不好的。

台客的詩作繼承了文曉村等老一輩詩人反對晦澀詩風的傳統，不崇尚華麗的語言，而是以冷靜、簡潔的口語化語言道出深刻的事理。像〈一群黑蝙蝠〉，寫阿扁的貪污腐化，然而全篇無「扁」無「貪」字樣，只通過「一群黑蝙蝠」「大口大口地吸／吸牛羊牲畜的血／吸人類的血」表現其作惡多端，這正是「不著一字，盡得風流」。可見，「明朗」不是一覽無遺，它是建立在含蓄的基礎上。正因為含蓄，「明朗」才不會等同於大白話；正因為「明朗」，含蓄才不等同於晦澀，叫你猜了半天而不明其中意。

台客的詩，我更喜歡讀的還有他〈山水映象〉中的景物詩。作者無論是寫台灣的太魯閣峽谷，還是寫安徽的天柱峰，或越南的下龍灣，我經常被其詩性的語言和描繪的精當所打動，被他所描寫的碧藍的湖水、浩渺的煙波所吸引。像〈喀納斯湖頌〉，先是將這座湖比作天上王母娘娘手中所持的一面明鏡，後又比作一塊靜靜躺臥於群山之間一塊深綠美玉，這種繪形傳神的比喻，構成神完意足、栩栩如生的境界。作者仍嫌不足，後面又用有關「湖怪」的神秘傳說去補充和點綴，從而讓上述的描繪登上了「神似」的高地。再讀〈路過賽里木湖〉：

大片碧藍的湖水
向我們迎面撲來
浩渺而幽遠，一顆
讓人讚歎的高山明珠

天山的雪水滋潤你
而你滋潤著周遭萬物
走近你身旁捧起一掌清涼
我內心有莫名的激動

這裡用「高山明珠」比喻賽里木湖，仍是以實喻實，以彼物比此物的佳喻。作者前後寫不同湖泊所用的不同比方，使人感到作者彷彿展開了一場曠日持久的接力賽，使人目不暇接，蔚為大觀。

詩學即人學。〈續行的腳印〉寫文曉村，寫周興春，寫鼓山正嚴法師，寫莊雲惠，寫同學會，無不筆意蔥蘢，韻味充足。這裏不再饒舌，請讀者自己去欣賞。

（二）

讀過一些詩人寫的散文，也在努力尋覓他們作品的詩性特徵，但不少均以失望告終。一位作家能左手寫詩，右手寫散文，做到像余光中那樣「詩文雙絕」，甚至有人認為他的散文比詩還好，談何容易。台客的〈童年舊憶〉雖然遠未達到這種境界，但其中不少篇章的確散發出詩的芳香，具有一種特殊的魅力。

台客不是貴族出身，而是來自農村的一位作家。他小時候幹過放牛、挑糞、養雞、養鴨等農活，這給他提供了再好不過的「朝花夕拾」的題材。「窮人的孩子早當家」，他無法擁有大城市少年兒童那種優裕的物質生活和工作環境，在「借米賒賬」和颱風來襲的農村中摸爬滾打，以刻苦耐勞的精神幫父母親幹各種雜務。在老榕樹下，在西瓜寮中，他與樸實善良的農友同甘共苦，建立了深厚的感情。農村中摸爬滾打，以刻苦耐勞的精神幫父母親幹各種雜務。在老榕樹下，在西瓜寮中，他與樸實善良的農友同甘共苦，建立了深厚的感情。

〈童年舊憶〉真實地描繪了台客「汗滴禾下土」的生存環境和讀書條件。正是在這樣的處境中，居住著一群像古力伯、青瞑阿嬸那樣淳樸的百姓和阿卿仔那樣天真的孩子。生活的磨難則加速了這群「土地公廟前看大戲」的農村少年的成熟，「牽豬母去給豬哥打」的生活經歷則養成了他們不同於城市少爺的品格，讓人真正領悟到並非童話般的童年的酸甜苦辣。

〈童年舊憶〉有底層者寫底層生活的特點。正因為作者是農村底層生活的親歷者，故字裡行間所流露的是「我喜歡這樣的颱風天」的真情實感，語言是如此質樸無華，真切感人。其中感人的一個重要因素是作者追求一種野趣。所謂野趣，係相對雅趣而言。好作品要對作者有吸引力，必須講究情趣。這種情趣如果能和野趣結合起來，更能為讀者所愛。

野趣不靠粗俗的語言奏效，或純用地方語言娛樂讀者，而主要靠「抓魚樂」一類的題材取勝。如〈放牛的歲月〉寫饑腸轆轆的放牛仔採摘山上盛產的小野果，個個吃得口角生津。嘴饞時還「越過田埂或防風林，到別人種植的果園裡偷摘水果。由於是『偷』，故我們每次的心情都很緊張、刺激。記憶中經常光顧的地方，是鄰人種植的一處蕃石榴園」。在這裡，作者不是為「野」而「野」，而是為了表現少年活潑頑皮的可愛性格。

台客散文的野味，有時不是通過細節描寫而是通過事件表現。如〈牛擊事件〉，寫耕田後疲勞不堪的水牛經不起主人鞭子的一再抽打，終於野性大發，用頭上的觸角猛碰主人導致其身亡。這是一齣悲劇。為了不讓暴力驚嚇讀者，作品對牛擊過程寫得簡略，而在牛的主人彪伯的勤勞吃苦上著墨，故讀者在這篇散文中所聞到的不是家牛變野牛的血腥味，而是牛撒野給彪伯一家帶來的災難，從而使人感受到農民耕田的血淚史。

散文中的野趣，並不是作者為吸引讀者在形象之外附加進去的佐料，而是作品本身的有機組成部分。也不能把野趣與庸俗乃至下流等同。在台客〈挑尿澆菜〉中，作者寫「某次，阿母有事去某位鄰居家中，正談得興起時，阿母突然表示要先回家一趟，鄰居問她何事，她說要回去尿尿。於是鄰居就笑她，怎麼如此節儉，連尿液都捨不得讓人沾便宜。」這個細節非常典型。它用來寫農婦的節儉，說服力甚強。這也只有體驗過農村生活的人，尤其是挑尿種菜的人，才能將農家婦女的形象刻劃得入木三分。

魯迅在給一位美術工作者的信中指出：「先生何不取汕頭的風景，動植，風俗等等，作為題材試試呢。地方色彩，也能增畫的美和力……在別地方人，看起來是覺得非常開拓眼界，增加知識的。」台客的〈童年舊憶〉之所以和他的詩一樣有「明朗、健康、中國」的風格，一個重要原因是他十分注意風俗畫的描寫。他對台北農村的歷史和現實生活觀察得非常透徹，對農村社會和農民生活又非常諳熟，這些條件使台客善於在「憶舊」中反映農民的生活風俗，表現農民的精神和氣魄。如〈牛擊事件〉的開頭：

> 豔陽高照，一個沉悶的夏日午後。
>
> 蟬兒在枝頭上高鳴，幾隻狗兒在樹陰下猛伸舌頭，戴著斗笠蒙著臉的阿嫂們在稻埕上翻著穀子。幾個小孩在屋簷陰涼處玩著遊戲，似乎一切都很正常，典型的農村景象。

這種風俗畫描寫，不僅借悠閒反襯下面即將爆發的事件，而且還增強了作品的生活氣息。其中「猛伸舌頭」寫得傳神，「戴著斗笠蒙著臉」則是台灣農婦特有打扮，顯得惟妙惟肖。

讀台客的散文，可以「率真」兩字涵蓋他文心的執著，用「癡情」概括他對童年生活的眷戀，用「溫情」包含他和親人、農友相處的和諧。至於他的筆名「台客」，則更能代表他寫作的視域和鄉土色彩。用散文家的赤誠擁抱故鄉，用詩人的激情擁抱大地，既純潔天真，又韻味悠長，真是好讀。

原載於曼谷《中華日報》二〇〇九年四月十八日

第二輯

實地考察

「共匪燒酒螺九折」

在台灣過端午節

二〇〇〇年六月六日，我們帶著羅湖橋過關時的疲勞與香港通往新機場道路上的愉悅，進入寶島。

我是第三次來台北了，感到變化最大的是有了地鐵。儘管街道仍很古舊，高層建築比香港少得多，但有了這地鐵，台北的現代化步伐無疑邁進了一大步。

到機場迎接我們的是文史哲出版社發行人彭正雄先生。我在他那裡出版過《中國大陸當代文學理論批評史》等兩本書，算是老熟人。我們下榻的賓館距陳水扁就職演說的廣場約一百多米。「中國文藝協會」秘書招待我們吃了有台北風味的麵食後，會長又請我們吃台灣粽子。他說：今天是端午節，也是詩人節。上午「新詩學會」剛開過會，他們都知道我來，可惜我遲到了一步。

台灣詩人在端午節紀念屈原吃粽子這一點，再次使我感到割不斷的中華文化情結。台灣寫舊體詩的高手「畫餅樓主」還專門為此寫了一首風趣的格律詩：

又是詩人節，詩人將佇列。
恭身向汨羅，齊喊屈原爹。
問爹作離騷，有何速成訣？
空中嘔不停，地上一灘血。

下午，同伴顧不得休息便去重慶南路採購與課題有關的書籍，而我則到中央大學李瑞騰教授家作客。他直截了當批評我的某些文章常出現的公式化大陸文風，並批評大陸一位教授與他爭論誰是世界華文文學研究中心問題上綱上線的做法。《文訊》的前途未卜，我希望這個作為瞭解台灣文壇視窗的刊物不要停掉。他說：「台灣的事很難預料。」

李瑞騰是台灣文壇極為活躍的一位學者。他向我透露，擬寫一本台灣文壇論爭史。我聽了很興奮，希望他早日寫出來。可他說他的時間均用在指導研究生的論文上去了。他看過我在北京出版的《世界華文文學》和福建《台港文學選刊》發表的批評他和他的文友們共同策劃的台灣文學經典評選活動的文章，說我掌握的資料不全。這資料不全恐怕是大陸學者永遠無法彌補的缺陷——尤其是像我這樣非沿海城市的大陸學者。他還說，他正在指導研究生寫一篇關於「台灣文學經典事件」論文，對此我亦有濃厚的興趣拜讀。

李瑞騰策劃的《柏楊全集》已出版三卷。他把樣書給我看，使我對柏楊在台灣文壇的地位有了更多的瞭解。他還坦言不願主動和大陸學者交往，對我算是破例。我兩次來台都到他家，均送我一大提包書，這次有一九九七、一九九八年台灣文學年鑒，是我多次搜求未能得到的好書。年鑒有拙著《台港澳文壇風景線》封面的影印及評論，我第一次看到。吃過晚飯，他又陪我逛金石堂書店，這是台北市最有名的書店之一，品種齊全，高檔書多。他帶我參觀後，特地買了一本他太太楊錦郁的散文集送我。他太太在《聯合報》副刊當編輯，我與她在馬來西亞各地一起巡迴演講過，可惜今天未能與她一起吃粽子。

在烏來風景區

六月七日，「中國文藝協會」同時邀了來自大陸的「中國作家協會」代表團訪台。團長袁鷹，副團長為《孽債》作者葉辛，另有中國現代文學館副館長周明、《人民文學》副主編韓作榮、《文藝報・文學週刊》主編何孔周、獲得台灣《聯合報》中篇小說大獎的作者鄭雪波及學者趙遐秋、徐乃翔和青年作家李平。由於航班不同，昨天未能碰上面。

當天，我們在王吉隆先生陪同下，共遊台北市近郊的風景區烏來。烏來原為阿美族聚合的山區。因有瀑布和溫泉，被開發為民眾休閒娛樂的名勝風景區。我們坐小火車，觀賞小瀑布，泰耶魯文化村山地歌劇院還為我們表演了頗具地方特色的民族舞蹈。這些演員年齡偏大。演出時邀中國作協代表團鄭雪波等人扮演新郎，與「新娘」共喝交杯酒。鄭雪波是內蒙古人，頗豪放，扮得相當出色。另一位作家因首次面臨這種場面，放不開，我嘲笑他面部表情有如寫學術論文。

演完後，演員們邀我們與她們一起共舞。一邊跳，一邊拍照留念。我們均沉醉在這種兩岸同胞的歡樂融洽氣氛中。可過了數分鐘，她們像變戲法似的每人手持一個瓷盤的兩人合照，每盤新台幣四百元，弄得我們措手不及，連忙掏錢。有些人不好意思將此照片帶回家，某作家倒挺大方，他們說：「不要緊，我可證明這是『集體豔遇』，是難得的留念，何必這麼認真？」

另一景點是碧潭。一些人因太累不想去，覺得看多了大陸的壯麗河山，台灣的一切景點均顯得一般。後「投票」表決，我提出一定要去，那怕停留二分鐘也好。因余光中寫過一首著名的〈碧潭〉情詩。可與我同座的袁鷹說：「朱自清的〈荷塘月色〉寫得那麼美，可真的到清華園的荷塘一看，則大失所望。碧潭恐怕也經過余光中的藝術加工，不去反可將藝術上的碧潭永遠留在記憶裏。」但我經不住余光中所寫的「十六柄柱敲碎青玻璃／幾則羅曼史躲在陽傘下」的誘惑，還是去了，並在吊橋下留影紀念。

晚上，詩人「瘦雲王牌」請客。這位現任中華民國新詩學會常務監事的王牌，原名王志濂，湖北武穴市人。「王牌」是他出生的地名，以此灣作為他的筆名，可見他對家鄉、對故土的熱愛。他聽說我們均是來自老家的代表團，更是高興，頭一個提出要給「老鄉」洗塵。作陪的有中華詩經研究會秘書長徐世澤先生等人。在祝酒時，徐先生高呼「中華民族萬歲」。

搭一座虹橋橫跨在兩岸中間

六月八日早上，曾任我校新聞系客座教授的張健來看我們。在他帶領下，我們參觀了他工作長達數十年的台大校園。我們在該校前任校長、五四時代風雲人物傅斯年墓前照相，後參觀了台大圖書館。該館設備十分現代化，我冒昧提出查台大藏有幾本拙著，很快用電腦檢索出三冊，每本均有外借的記錄，連《香港當代文學批評史》也在流通中，這出乎我的意料之外。另一同伴則「掉」到書海裡去了，一見到與他的課題有關資料，一定要看完才走。以後又專門去複印了數次，還與該校經濟學家座談、交流。

中午，《葡萄園》詩社請客。名譽社長文曉村先生十分熱心兩岸文化交流，曾邀請不少大陸作家訪台。一九九七年我因在台停留時間超過四天，未事先提出申請，被台北有關部門處罰一年內不准來台，邀請單位也在一年之內不准邀請大陸學者。說起這件往事，台客等文友們均一笑置之。因當時《葡萄園》詩社均覺得我來台一趟實屬不易，因而盡可能給我排滿各種行程，根本未考慮到超期一事，而我也被頻繁的交流弄得暈頭轉向，把規定在台停留的時間拋在腦後，以致出現了這種差錯。好在這種處罰下達時我已離台半年，在下半年內我未有來台的打算，因而文曉村先生把有關部門的處罰文件送我作留念。

午宴後，由葡萄園詩社社長金筑演唱大陸大躍進民歌和抗日歌曲。他的嗓子真洪亮，不愧為「金」嗓子。後來我還和他合演了大陸相聲小段，為文友們助興。新加入葡萄園詩社的同仁傅予則朗誦了他的新作〈牆與橋〉。詩中云：牆，不僅存在於人與人之間，而且「也存在於台灣海峽的中線上」。最後他希望：

讓大愛的東風吹垮
人與人之間所有的牆吧
讓我們在地球村裡
不分你家我家，也不分
你、我、他
站在冰封半世紀的台灣海峽的中線上
讓我們搭一座
新世紀的虹橋，它將

雄偉而壯麗地橫跨在
台灣海峽的兩岸之間

下午，同伴去考察台灣中小企業，而我則去拜訪台北武大校友會。他們那裡藏有不少台灣校友的著作。我首先看中了蘇雪林的《二三十年代的作家與作品》，後又看中了王章陵送給校友會的《大陸文化思潮》。他們均慷慨贈我，另還贈我《吳魯芹散文選》與《珞珈》季刊以及研究蘇雪林的資料。我如獲至寶，比校友會送我的別的珍貴紀念品感到更有意義。

晚上，「海基會」以自助餐的形式宴請中國作家協會代表團與中南財經政法大學教授代表團。「海基會」文化服務處處長李國安先生作了無任何套話的簡短致辭，並自我介紹多年來從事文藝工作（如創辦《文訊》）和自己也是大陸人，聽起來分外親切。葉辛等作家紛紛把自己印得很漂亮的得意之作送他，我也想送他一套拙著《台港澳文壇風景線》，可由於是自費出版，覺得拿不出手。我最後還是決定送他，並說：「評論家出書比作家困難得多，印得比葉辛的差，不好意思。」機靈的在北京華文出版社工作的鄭雪波馬上揭我的「老底」：「你別聽他的。他就是自費印刷也由別人贊助，我擔保他未出過分文。」李先生聽了後笑了起來，並興致勃勃翻閱拙著目錄，說我所評的台灣作家他大部分都認識。

我因遲到，被安排在與「海基會」負責人坐在一起，總感到有些拘束，便趁取水果之機移至老作家張放先生餐桌旁。他一見面便親切地說：「遠清，你真勤奮，寫了這麼多厚重的書。」我以為他是指拙著《台灣當代文學理論批評史》。當這本書在台灣受到某些人的「炮轟」時，他站出來為我辯護，說我們台灣自己沒寫出這類書應感到汗顏。後來，通過交流，才得知這回他指的是我在台北最新出版的厚達千頁的

《中國大陸當代文學理論批評史》，並寫了書評登在去年的《文訊》上，還說將拙著的封面一起影印在評文裡。我訂有《文訊》，可因郵路欠通，剛好差這一期。要不是他主動說，我還不知道，我連忙請他給我複印一份。

張放先生既是小說家，也是評論家。不久前，我在《中央日報》看到他的一篇文章，認為毛澤東《在延安文藝座談會上的講話》的基本精神當年是正確的，可後來將文藝為政治服務絕對化，且用來作為打擊胡風集團的武器，就大錯特錯了。他很早就出版過《大陸作家評傳》，後來又出版了《大陸新時期小說論》，稱得上是台灣少見的大陸文藝研究家。他性格直率，不喜歡繞圈子，在閒聊時，批評大陸一位評論家對姜貴的《旋風》批評得不公道。我叫他明天開會時把新著帶給我，並不客氣地說：「我這次來台灣是向你討書債的，你還欠我的書債呢！」

溫馨的家庭式宴會

六月九日下午，同伴帶著課題去作別的學術交流，而我則隨中國作家代表團訪問《聯合報》。該報記者抓住大陸女作家衛慧、棉棉的作品這類熱點問題提問，由來自上海的小說家葉辛一一作答。

晚上，由「中國青年大陸研究文教基金會」設宴招待。宴請地點在劍潭海外青年活動中心貴賓室。桌上每人有一份「歡迎『中國作家協會代表團』暨『中南財經政法大學教授訪問團』」餐會座次表，顯得頗莊重。

作東的是「中國青年大陸研究文教基金會」董事長的李鍾桂女士。她帶著九十多歲的老母親和我們共進晚餐，致辭時不拿講稿，只聽她在回憶以前在大陸蘇州、重慶等地的生活，並像說順口溜地一連說出四個一：我們與大陸同胞是「一脈相承，一見如故，一往情深，一點即通」。與會者都為她的口才折服。我連忙給她補充了第五個一：「你的演講真不愧為『一鳴驚人』。」她接著說，兩岸好似未通航，其實在香港回歸中國後，再不能說經過「第三地」，實際上已通航，又說她為做一個中國人而自豪。有人插話：李登輝、民進黨請她當「文建會」（現文化部）主任，她堅決不去。她聽後糾正說：「民進黨怎會請我去？即使請了，我也不會去。」她希望兩岸共同攜起手來，迎接新世紀。會後，她在給與會者贈送禮品時還贈送了她的自傳。這個帶有家庭氣氛的溫馨晚宴，給我們留下了深刻的印象。

李鍾桂女士出身政治大學外交系，為留洋博士。台北市長馬九英是她的學生。聽說她教過國際公法，我們中南財經政法大學幾位教授均表示歡迎她來我校講學。

晚上，我們一行五人同逛台北最豪華的、二十四小時營業的敦南誠品書店。在物欲橫流的台北市，有這樣環境幽美的精神家園，令人欣慰。後來，我們又到重慶南路逛三民書店，見我多年前在台灣出的幾種書仍在書架上高高地站著，頗有感慨。後又同逛武昌街，感到台北的夜晚比白天更迷人。

化妝的女人

六月十日早上，原在《中央日報》副刊工作的詩人周伯乃先生陪同他原先的長官宋先生與我們一起乘計程車到名牌店永和喝豆漿，用的是燒餅、油條、煎餃、蘿蔔糕，完全是大陸風味，與途經香港時喝早茶所用的西點完全不同。

台北無論是街道面貌還是待人接物，均更像大陸，而不像香港洋味甚重。宋先生八十多歲，前年我和太太曾陪他回老家武漢蔡甸。他在老家拍了許多童年記憶中的鏡頭，並在老屋旁鏟了一把土帶回台灣，長期放在床頭，其思鄉之情令人感動。這次他聽到我們代表團來自武漢，又特地從新竹趕來看我們，並問了不少家鄉變化情況。

回到飯店，只見「新詩學會」會刊主編一信先生早已在樓下等待，並帶來一位女詩人，要我為她出版的新作寫序。這位女詩人的〈千禧迷思〉曾獲《聯合報》副刊獎。隨手翻到她寫的〈劫後中秋〉一詩，感到內涵豐富，女性的特色鮮明。其他詩作如〈化妝的女人〉，就似她的名字一樣清香。

一信先生是漢口人。他平生最大的願望是在故鄉出版他的詩集。前幾年我幫他實現了這一夙願，他一直對此念念不忘。我更念念不忘的是上次來台時，到他家參觀書房，從書架上「掠」走他藏有多年的好書《中國新文學史》等一批珍貴的台版書。他見我嗜書，又割愛贈我一套剛到手的「文建會」最新出版的工具書四巨冊，使我覺得這份友情特別珍貴。

中午，《乾坤》詩社宴請。有藍雲、一信、潘皓、張清香、張朗、傅予等參加。下午，同伴帶著課題又出去作學術交流，而我則趕往台北最豪華的來來大飯店參加九歌文教基金會舉辦的第八屆現代兒童文學獎暨小說寫作班結業典禮。我作為唯一的大陸代表參加，受到與會者的熱烈歡迎。與我同排就座有當地文壇老將司馬中原、羅蘭、周夢蝶、蓉子、綠蒂等。

新任「行政院文化建設委員會」主任陳郁秀致辭。她的講話強調「文建會」的服務功能，聽不出有什麼政治色彩，更未宣講新的文藝政策。她原是台灣師大的一位藝術教師，也許還未進入「文建會主任」的角色吧。

晚上，《秋水》詩社設宴。又見到老友林齡、汪洋萍、張朗、綠蒂等人。張放先生再次作陪，和我「密談」了兩岸文學交流中出現的一些怪人怪事。而我的同伴林漢川教授則因到圖書館查資料忘記了赴宴，乃至把僅存的台幣用來複印，弄得無餘錢只好步行回賓館。我們嘲笑他做學問到了走火入魔的地步。

下半夜兩點半左右，台灣又發生了六點八級地震，其中台北為三級。我被震醒，感到整張床在強烈搖晃，這是我有生以來難遇的體驗，不但不覺得恐怖，反而感到很刺激，很新鮮。我們遙望窗外的總統府毫無動靜，便又倒頭呼呼入睡。

溫泉峽谷與「共匪燒酒螺九折」

六月十一日，隨中國作協代表團一起到花蓮觀光。比起我前兩次看過的高雄墾丁公園來，這太魯閣國家公園另有不同的韻味。這裏有飛瀑、清泉、峽谷、峭壁、河階及岩石景觀，碧綠神木尤其有名。

一路上，見五步一崗、三步一哨的檳榔店，賣者均為台灣妹，穿著極為暴露的性感服裝以吸引顧客。據說吃檳榔可提神，司機及打工仔特別喜歡吃，吃後還容易上癮。但由此帶來環境污染問題，檳榔殼吐得滿地都是。這是台灣特有的檳榔文化。它蘊含的不知是世道的改變，還是濃郁的鄉情乃至色情？

在花蓮住「國統大飯店」。

六月十二日上午，遊台東知本溫泉。在看完「水往高處流」（可能是視角差異造成的吧？）的景點後，在一雜貨鋪前休息。當店老闆看見袁鷹時，一眼看出他不是本地人，便說：「你是國民黨吧？」這位店主大概恨國民黨，想罵他們活該下臺，可袁鷹這位「老革命」的回答出乎他的意料之外：「不，我們是共產黨。我跟國民黨幹了一輩子，是我們把他們趕到台灣來的。」

這個鋪子前面貼有「共匪燒酒螺九折」的廣告，我們百思不得其解。王吉隆先生給我們破譯說：台東比較封閉，這是以前的廣告。「共匪」即大陸，「燒酒螺」來自大陸或烹調法效法大陸，當地人喜歡吃，故打「九折」以便推銷。由此可見國民黨的反共宣傳滲透到每一個角落。王吉隆先生還講了這樣一個故事：兩岸交流不久，一位台北市老作家在兩岸文學對話會上，劈頭一句便是「歡迎共匪作家到台北來！」說得大家哄堂大笑，覺得這位老先生太跟不上時代，被國民黨的反共宣傳弄得頭腦僵化，不知今月今日是何年。

中午，陳映真伉儷在鄉土詩人詹澈陪同下來訪。我和袁鷹、葉辛、周明等人一邊用餐一邊與陳映真先生就台灣改朝換代問題交換了看法。

在台東部分作家所住的標準間只置放一張雙人大床，帶隊的連忙要求撤換，可換的又是兩張雙人大床，這也許是「同志」酒店吧？作家們覺得這家賓館怪怪的，均不敢用浴室裡的浴巾。

台灣火車無臥鋪

六月十三日，我們教授五人團應詹澈老友之邀到他家作客。台灣著名的社會活動家陳映真伉儷也在座。他和我們共同探討了台灣社會的性質及經濟發展現狀，受益匪淺。交流完後他慷慨地送了他們出版社出的《戰後台灣經濟發展》系列套書給林漢川教授。

因下大雨，原準備從台東飛台北改乘火車。幸虧有詹澈先生相助，不然我們不知要費幾多周折才能返台北。

台灣的火車一律為軟座。當我們提出買臥鋪時，人家聽了好笑。因台灣島小，火車均為短途，即使從台東到台北也不過五個多小時，故用不著設臥鋪。車上很乾淨，還有礦泉水和紙杯免費享用。車上不賣飯，中途停車時有便當，價廉物美。我們五人享用後，均一致認為這便當完全不似大陸火車賣的盒飯既貴又不可口。

一回到台北，我的同伴仍念念不忘到「中央圖書館」查資料，但我無法陪同前往，因為有一批詩友在等候見我。等了二個鐘頭未見到即留下一大包書和紀念品離去。我剛從台東回來，又接到羅門打來電話，邀我們明天共進午餐，可我們已無時間了。

阿扁總統接見鄭愁予

六月十四日，我們懷著戀戀不捨的心情告別台北。高雄「大海洋詩社」原準備免費接待我們，因日本航班不能改期，只好向他們表示歉意。

一信先生是個熱心人。在他的陪同下，我將朋友們送我們的和自己購的五大包箱書全部郵寄回大陸，共花台幣兩千多元。除經濟類書外，最珍貴的是文建會贈我的七卷本《中華民國作家・作品目錄》第三版。關於第二版，我曾寫過批評意見，不知他們這次修訂時有無改進？

下午兩點多鐘，我們準時飛抵香港，住尖沙咀美麗華大酒店。一住下，同伴們又忙著採購書，而我則忙於與文友聯絡。除在次日會見香港藝展局文委會主席藍海文外，晚上由《明報月刊》總編潘耀明（彥火）在沙田希爾頓中心一家潮州酒樓設宴，作陪的有定居美國的台灣詩人鄭愁予伉儷和由台灣大學到香港中文大學擔任講座教授的吳宏一，及兩位女作家和詩人。宴席備有洋酒和內地酒，任君選擇。幾杯酒下肚後，大家的話題仍離不開台灣政壇與詩壇，其中鄭愁予說阿扁當總統後接見過他，並當場背誦他的新詩，使他受寵若驚。我則與他討論了他的名詩〈錯誤〉的評價，這事關我與台灣詩人的論爭。他說，他寫此詩確有大陸背景，馬蹄聲是指日寇，但此詩融合了各種社會場景，不必作實解。現代詩有多義性，各人的解釋只要言之有理就可成立，不必符合作者本意。

分別時，豪飲過的兩位香港女詩人當著鄭太太的面行西方禮節，與這位年過花甲的旅美詩人文質彬彬地接吻、擁別，真夠浪漫。

原載於台北《葡萄園》二〇〇〇年八月

「台灣詩壇本無事，遠清先生自擾之」

飛機上的特大新聞

二〇〇三年十二月四日下午快下班時，終於拿到去台簽證，晚上八時才買到武漢——香港——台北的往返機票。五號一大清早趕往武漢天河機場。

抵達香港機場後，連忙往機場書店鑽，去看那些久違的在大陸無法看到又是研究海外華文文學必讀的台港書刊，就像饑餓的人一頭撲到麵包上。眼看差十分鐘就要起飛了，我連忙前往三十二號登機口。好險！是最後一名。

我坐的是華航，在飛機上有台灣的《中國時報》、《聯合報》、《民生報》，還有香港本地報紙。我每種都拿了一份，空姐怪我不該抱這麼多。這報紙本來是免費閱讀的，有的旅客根本不看報，就算鄰坐的那一份送給我好了。

一打開《聯合報》，發現報紙頭版刊登了這樣一條消息：

高普考科名　全面去中國化：
試院通過明年起專業科目改名　「中國」改「本國」　「中西」、「中外」一律改「世界」

這是阿扁「去中國化」又一重要步驟。可考試院秘書長辯解說：「改名稱反倒是為了避免認同爭議。以前把台灣史放到中國近代史裡面，台獨人士老是抗議。現在改成中性的『本國』，親統親獨的人都可以『一個本國，各自表述』」。

我由於提前到，另方面也因為我多次來過台北，故我不要邀請單位佛光大學來接。當我登上機場開往台北火車站豪華的「國光」大巴時，只見車廂內寫著「輕聲說話是美德，請共同維護乘車品質」，與大陸巴士上寫的「司機私自收錢是貪污行為」形成鮮明的反差。

在大巴上，聽到幾個年輕的乘客用粵語在輕聲交談。他們是從香港來的遊客，我問從香港到台北往返的機票要多少錢？對方回答說：「一千五百元港幣」。我聽了後吃了一驚，因為我在武漢買的同類機票竟用了四千兩百元人民幣。

出機場後，我連忙掏出兩張一百元的台幣去購大巴票，被售票員退還。他說：「你這種台幣已不能流通了，趕快到機場銀行兌換」。還好，沒有作廢。阿扁上臺後這麼快就把三年前的台幣廢掉，而且指定只能在「台灣銀行」而非有「中華」字樣的銀行兌換。形勢變化得如此之快，因而我下決心這次將台幣用完，寧可下次來時再重新兌換。

夜宿忠孝西路的五星級天成大飯店。北京、廈門的兩位教授還未到，研討會召集人孟樊教授帶我去逛對面聲名遠播的誠品書店。這家分店就在超級市場的三樓，其品種之多令人歎為觀止。大陸的超級市場也有書店，但往往在最頂樓，且多為通俗讀物而不像這裏還有眾多的純文學作品和學術著作。由於台版書昂貴，因而我買了兩本便用去一千元台幣。另有兩本書是我正在寫《九〇年代的台灣文學》的課題急需的，但一看書價高達一千五百元，因而看了又看還是把它放回書架。研究台灣文學投資這麼大，可換來的稿費還不夠買這幾本書。

深夜十二點，遠景出版公司老闆沈登恩來訪。大陸的出版社老闆叫「社長」，台灣叫「發行人」。我在拙著《台灣當代文學理論批評史》寫到過他，可謂神交已久。我和他是頭一次見面。他帶來一張台版《蘋果日報》彩色製作的〈余秋雨作偽，聞所未聞〉專版。文人相聚，均無拘無束，我們就像多年的老朋友天南海北地聊起來。他把該社出的數種新書送我，並決定把我正在寫作中的《我與余秋雨打官司》交由他出版。他上次在越洋電話中點名要我的三本拙著，我簽了名後當面贈送給他。

研討會上玩「失蹤」遊戲

十二月六日，由佛光大學、《聯合報》副刊等單位主辦的「兩岸現代詩學學術研討會」在台北市濟南路台大校友聯社開幕。

由原佛光大學校長龔鵬程教授致開幕詞。他講話不長，主要談的是中華文化，談著談著不知從哪里冒出一句「包二奶」。台商在大陸另找女人同居，大陸人叫「一中一台」，在台灣則戲稱為「一國兩妻」。龔教授為什麼會在這莊重的場合談到此事？原來，佛光大學董事會與這位原校長鬧矛盾，新來的代理校長趙麗雲和龔鵬程還在某廣播媒體直接「過招」。為了把龔轟下臺，反對派誣他謗佛的同時，「檢舉」他在大陸「包二奶」。和大陸一樣，要搞垮對方，最好的武器就是製造桃色事件。但擁龔派也不甘示弱，把《佛光正義報》和一些傳單派發到會場，強烈要求董事會負責人「星雲法師」讓龔鵬程官復原職，以實現他辦一所「充滿人文精神、精緻的研究型大學」的理想。

北京清華大學王教授也在佛光大學客座。他是大陸研究後現代理論的權威，這次參與主持一場研討會。會後與他聊到余秋雨，他認為此人學問浮誇，喜歡作秀，在清華、北大這樣的名校是不受歡迎的。

在台灣開會不像大陸要交會務費——不但不交，還發稿酬給與會者。其中發表論文者每篇得三千元台幣，主持會議和評講人每場得兩千元。孟樊說：「過去每篇論文是一萬元台幣，以後可能還會逐步減少。民進黨執政以後，邀請大陸學者來台越來越不容易。」會議主持人或評講者多半是從外面邀請來的。他們或忙於工作，或忙於應酬交際，往往完成任務後就跟與會者玩「失蹤」遊戲。其中有兩位十點鐘開會，九點五十分才到，吃完中飯後再也見不到人影。

中午吃盒飯。打著「國際研討會」招牌卻吃這樣的粗茶淡飯，這在大陸不可想像。記得我以往去澳大利亞和新加坡開會，中間也吃過盒飯。中國大陸開會宴請不斷，每頓有酒有肉且吃不到一半就丟掉，他們均看不慣這種慷公家之慨的浪費行為。大陸有一首民歌諷刺這種現象：「自從當上副縣長，一副腸胃交給黨。如果派我去台灣，保證吃垮國民黨！」

晚上沒有活動，又和剛到的兩位大陸教授去逛書店。我把昨夜看中的那兩本書下決心買了回來。我到台灣不買什麼紀念品，就把買書當作一種高消費。我今年已退休，不再想搞什麼研究，但一進書店經不起誘惑，一下子就買了近兩千元書。

正要入睡，台灣文史哲出版社發行人彭正雄來訪，他一下子又贈我五套《中國大陸當代文學理論批評史》樣書。他說剛才和福建出版代表團喝酒回來。由於高興，喝得滿臉泛著紅光。在帶著醉意中，我們開始了兩岸出版民間交流。其中廈門來的陳仲義教授有一本書在他那裡出版，彭老闆把清樣給他，希望他在會議期間完成校對任務。我問彭：「我的《台灣當代文學理論批評史》可否由你出繁體字本？」他爽快答應，條件是要我修訂，增補一章寫到最近。我主動提出不要稿酬，只要多給幾本樣書就行。「文史哲」在海峽兩岸名聲甚大，京滬寧等地的著名學者都在他那裡出書。可他們是夫妻店，小本經營，出的幾乎都是滯銷書乃至虧本書。像研究甲骨文的著作連大陸出版社都不願出，可「文史哲」照樣出，這真難得。

「台灣詩壇本無事，遠清先生自擾之」

十二月七日繼續開研討會。佛光大學的年輕學者楊宗翰發表〈如何敘述台灣詩史〉，批評大陸學者古繼堂的新著《台灣文學的母體依戀》是「統戰作品」。我在自由討論時回應道：「古繼堂多次成為對岸學者批判的對象，因意識形態不同這可以理解。大陸學者研究台灣文學，主要是從個人興趣出發或出自學科建設的需要。如有特殊任務就不會弄到像我這次開會前的一天晚上才拿到機票。」

楊宗翰先生近照

我這次發表的論文為〈台灣三大詩社互動而衝突的關係〉，大會特地安排了持台獨觀點的靜宜大學趙天儀教授講評。他很客氣，不跟我展開爭論，只以前輩的身份談了一些詩壇往事，並說在台灣居然買到了我在吉隆坡出版的《古遠清自選集》。書中我曾引用過他認為台灣文學與中國文學無關的觀點，他順便回應了一句「想不到我成了分離主義分子」。他在會上還說到我在論著中批評過的另一獨派理論家陳芳明，認為「這是一位投機分子」。他正在連載的《台灣新文學史》，有許多史料錯誤」。由於我的論文主要是談台灣文學論爭，在自由討論時，楊宗翰對我的論文提出批評：「台灣詩壇本無事，遠清先生自擾之」。

四場研討會完畢後，舉行另外一場別開生面的「兩岸詩人與詩學的交流」，由我和另兩位台灣詩人同台「演出」。主持人為孟樊。眼看我左邊坐著「仇人」向明——他曾用猛烈的炮火炮轟我編著的《台港朦朧詩賞析》。右邊坐著的焦桐也是一位「槍手」。他在二〇〇〇年九月的「兩岸文學發展研討會」上曾用「機關槍」把大陸學者一個個「修理」了一番。其文章〈大陸的台灣現代詩評論——以思鄉母題為例〉雖然寫得情緒化，但對我還算客氣，只在開頭給了我「溫柔的一刀」，接著便把槍口瞄準古繼堂、楊匡漢等人。丟開他那些過激的言辭，有些批評還是值得我們參考。

我在會上說，「在政治方面，我們過去說大陸的建設速度一天等於二十年如果是發高燒的話，那你們攻擊我們窮得一條褲子穿二十年則是典型的發低燒。彼此都有誤會，要坐下來談談」。

這次座談會由於彼此只談詩學而不談或少談意識形態分歧，因而並沒有出現有些人期望的火爆場面。但仍有上述講的零星「炮火」。這幾年，通過兩岸詩學交流，的確誤會在逐步消失，溝壑在逐步填平。雖有碰撞，但還沒有演變成「事件」。

下午到宜蘭縣礁溪鄉，宿佛光大學招待所。礁溪鄉是名副其實的溫柔鄉，街上佈滿了溫泉賓館、溫泉酒店的招牌，還有星羅棋佈的酒廊、咖啡廳、理容店。當我把行旅放下時，巧遇武漢大學哲學系耿教授。他在宜蘭和星雲法師共沐佛光已有一段時間，彼此寒暄了幾句，便回到各自的房間，然後打開水龍頭，只見一股滾熱的泉水冒出。我們每人一間房，在這裏關起門來「泡湯」，是另一種享受。

「余古官司」成了下酒的佐料

今日的台灣，大學多如大街小巷的小廟。地處宜蘭的佛光大學能夠在這眾多的小廟之中一枝獨秀，香火鼎盛，完全是拜星雲法師的魅力和創校校長的開拓能力。

在深山老林裡建立的佛光大學，一般人很難進去。從招待所坐校巴上山，差不多要半小時。一到山頂，只見學校坐落在密密的叢林中，大霧彌漫了整個教學樓，就像一幅水墨畫，猶如到了仙境。我曾在香港中文大學教過書，那裡有八仙嶺，有吐露港，是我見過風景最美的學府。想不到佛光大學有美麗的林美山，還面對浩瀚無際的太平洋，與香港中文大學相比毫不遜色。

校方安排我們參觀校景，可我們三人一頭撲進圖書館，後又進該校教授陳信元設立的私人圖書室。陳氏是藏書家，他收集的大陸文學論著，有些連我們都未見過。我在這裡找到了自己急需的資料，連忙複印了幾份。

校方派秘書領我們參觀供辦公用的「雲起樓」。在走廊上，看到有四個垃圾桶，在上面分別貼著「飯盒」、「廢紙」、「渣子」之類。垃圾進行分類存放，我是頭一次見到。當我們走到樓下時，發現有一間

「唐山書店」，我們三人說進去看一會就出來，可一進去就出不來了。這裏的新書打八五折，且又賣以中國文化為主的書，是名副其實的「唐山」書店。

下午，由我們三位大陸學者與佛光大學研究生座談交流。按主持人朱壽桐教授的要求，我著重介紹了大陸的「文革文學」研究及其涉及的法律問題，並對「余古官司」的文化意義作了闡釋。首都師範大學原文學院院長吳思敬介紹了他們的詩學研究中心，希望雙方互派學者訪問。當介紹到陳仲義教授時，主持人說這是著名詩人舒婷的先生，陳連忙「糾正」說：「我是舒婷的詩歌教練」。陳仲義專門研究新生代詩，在兩岸小有名氣，說他是「教練」，也名實相符。

晚上，由佛光大學文學研究所請客。出席者除學校有關負責人外，另有從東南亞、台港和大陸到「佛光」客座或專任教授。席間，又把「余古官司」當作下酒的佐料。我說，余秋雨在法庭上說我研究他卻從不採訪他，可見我研究的是「另外一個余秋雨」。我針鋒相對回答說：「要求研究者和研究對象見面，是違反文學常識的。難道研究李白的人也要和李白見面嗎？」一位從吉隆坡來的教授評論道：「你把余秋雨比作李白，大抬舉他了！」另一位台灣教授說：「這說明即使在法庭上，古遠清也沒有誹謗余秋雨呀。」又一位從香港來的學者說：「你這是把余秋雨比做死人，是對他真正的『誹謗』」。我說：「我決不會當著法官的面詛咒他。審判長只是批評原告被告『談的與本案無關，不要再爭了！』」

大家都向我一邊倒，覺得余秋雨這些年太張狂，真應下點猛藥讓他清醒一下。

回到招待所，陳仲義發現自己沒有帶牙刷，連忙買了一把，用了七十九元新台幣。

在宜蘭縣考女研究生

十二月九日上午，又去佛光大學圖書館查資料。查完，趕緊下山買了一些「牛舌餅」之類的宜蘭土特產，以便帶回大陸哄外孫。

下午說是去參觀宜蘭人文景觀，可我這幾天除自己購書外，文友們又送了一包包書作「見面禮」，得連忙寄走，因而驅車到大一點的郵局寄。可宜蘭縣是偏僻之地，大概很少有大陸客到這裏寄大宗印刷品，故磨磨蹭蹭花了將近兩小時才寄完。原說無海運，而航空寄費高達四千多元台幣，已和書價相差無幾。後改寄海運只花了一千兩百元，只相當於兩三本書的價錢，這樣算就不貴了。當郵件用打包機封口時，女職員問可不可以用「中華郵政」字樣的封條，我連說「很好很好」。

晚上，由佛光大學一群研究生請客。其中一位女生因寫研究余秋雨的論文，不好意思向我請教。我說：「我仍肯定《文化苦旅》的藝術魅力。我否定的是他在文化革命中的表現，這是兩回事」。她說，她買了金文明給余秋雨挑錯的《石破天驚逗秋雨》。我說，這一正一反正好作為寫論文的對照。

這群研究生既然稱我為老師，我也就不客氣「考」她們：「武漢市屬大陸哪一省？」其中一位回答說「湖南省」，還是那位女研究生糾正說應為「湖北省」。大概是她做研究余秋雨的論文吧，故對大陸瞭解得比較多。

遭遇大地震

十二月十日上午，從宜蘭返回台北，由揚智出版公司招待食宿，住松江路的康華大酒店。該飯店給每間客房派送的是《自由時報》，與上次飯店派送的《中國時報》不同。大概這飯店的老闆是本土人吧。

中午，孟樊帶來一張當天的《中國時報》，內有余秋雨結束所謂「法律苦旅」的聲明，稱他告蕭夏林和我均「獲勝」。我連忙聯繫該報記者更正，未果。

十二點三十八分，到陸軍餐廳用餐剛坐下時，每人均感到整個身子在跳搖擺舞，長達一分鐘。我在三年前來台北碰上過地震，這是第二回了。我見孟樊「面不改色心不跳」，說這是家常便飯，不必驚慌，照樣點菜。可東海岸地區就不同了，據東河鄉泰源山區的謝姓民眾心有餘悸地描述：地震時海岸山脈出現轟隆隆的地鳴聲，接著煙塵四起，他們還以為世界末日降臨了，不少民眾衝出戶外逃命。這次發生芮氏規模六點六強震，是二〇〇三年台灣最大地震，其威力相當於四顆原子彈，造成部分大樓民眾受困電梯、瓦斯外泄，多處道路、橋樑龜裂塌坊，部分建築物的天花板、瓷磚掉落。這場二十年來台東的大地震有十六人受輕傷，所幸並無重大災情。

下午，孟樊帶我們到陽明山去泡溫泉。一路上下著小雨，不時遇到絢麗的彩虹，與山下風和日麗大異其趣。來到馬槽花藝村，只見泉質透明，屬弱鹼性碳酸氫鈉泉。這裏沒有圍牆，沒有屋頂遮攔，躺在露天式的溫泉浴床中目觀藍天帷幕，並與山林相伴，讓暖暖的溫泉滋潤著肌膚，此情此景令人陶醉。據說泡湯對風濕、神經衰弱、皮膚搔癢、肌肉疼痛有一定的療效。泡湯是一種日式文化，周圍掛滿小紅燈籠。「洗手間」全部叫「化粧室」，據某教授考證：這名詞係從日本引進過來。

泡湯後，我們趕緊去參觀草山行館。它坐落於台北市北投區湖山里湖底路八十九號，初由台糖株式會舍所建築，係日據時期名流雅聚之溫泉別墅。一九四九年後成了台灣最高領導人隱居的地方，是一個具有權威色彩的神秘境地，如今撤除了森嚴的警衛，卸下了厚重的窗簾，成為一般民眾可親近、可遊賞的藝術園區。該館猶如藝文沙龍，舉辦各種展覽和講座，為來到這裡的遊客打開了另一扇知性之窗。

接著瞻仰文學大師林語堂的故居。故居位於陽明山士林區永福里。房屋是林語堂自己設計的，沿著大道有一堵白色的圍牆，中間有一扇紅色的大門，度過精緻的小花園，穿過雕花的鐵門，是一個小院子。院子樹木蔥綠，樹下有一個小魚池。右邊為書房，左邊為臥室，中間是客廳和飯廳，陽臺面對綠色的山景。房屋下是斜坡，走下去便是青青的草地，在這裡可以種菜種花和養雞，是名副其實的「空中有園，園中有屋，屋中有院，院中有樹，樹中有天，天上有月，不亦快哉！」據林語堂的女兒林太乙在《林語堂傳》中所云：父親「在小院子中叼著煙斗對那一小池魚沉思」。魯迅研究專家陳漱渝在《訪台散記》中補充說，林語堂對煙斗情有獨鍾：「他認為抽煙斗的人大多是快樂的，和諧的，懇切的，坦白的，善於談吐的。一斗在口，像抽煙，又不像抽煙；像有所思，又像無所思，神態最為飄逸瀟灑。因此，把他煙斗視為生活的伴侶，沉思的工具。只要醒著，嘴裡一定叼著煙斗。直至去世前二十個月，他才遵醫囑跟煙斗戀戀不捨地分手。」我們喜歡他的煙斗，連忙在他的「有不為齋」拍照留念。

晚餐由「揚智」老闆設宴，我們圍繞著台灣未來走向問題無所不談。回到飯店，詩友白靈來訪，後到咖啡店聊天到深夜。

與葉維廉同遊台灣大學

這次來台只准許停留七天，不像上次可住十一天。

十二月十一日，是研討會結束後由我們自行安排的一天，住宿費自理。孟樊特地為我們選了位於羅斯福路的教師會館，三人一間才一千兩百元台幣，和大陸標準差不多，很合算。整個房間設施和三星級賓館相差無幾，就是擠了點。

上午，我應《中國時報》之約，由該報記者陳希林採訪了「余古官司」和解真相及其文化意義。接著去揚智出版公司參觀，然後到台大尊賢館用西餐，由台大出版中心主任柯慶明教授做東。共進午餐者有來自美國的當代文學理論及比較文學界之重鎮、詩人葉維廉和當地詩人向明、張默。主人說先參觀校圖書館和校園以及首任校長傅斯年的墓地。我提出把行程顛倒過來，先參觀出版中心和書店。這個書店果然很有特色，有面積不小的台大校友文學作品展。台大出的著名作家真多，如這次陪我們的葉維廉，另有李歐梵、余光中、白先勇、聶華苓、歐陽子、劉紹銘、顏元叔……都是台大外文系畢業的。當台灣文學史寫到二十世紀五六十年代這一章時，簡直成了台大外文系的同學錄。這次還有黃春明作品展，也是一部形象的台灣文學史。

參觀完後到台灣最大的文藝組織「中國文藝協會」考察該會主辦的「詩歌鋪子」。詩集賣不動，只好在這裏設「鋪子」孤芳自賞。滯銷的或自費出版的詩集整整齊齊地排列在這裡，顯得好孤獨。看到這些印刷精美而無法走向市場的好書，真替它們難過。向明買了幾本自己的詩集分贈我們。買時他發了句牢騷：

「詩集無人買只好自己買自己的書贈人，真是荒唐」。他贈我詩集時還「搭配」了兩罐進口食品。我調侃說：「你上次『罵』了我，就以這點禮品打發我嗎？」他聽了後不但不生氣，還開心地說：「這是給你消消氣，消消氣」。旁邊的詩人看到我們由過去互相「對罵」到現在這樣友好地開玩笑，都為這情誼感到由衷的高興。這時我記起十年前受過我「批判」後成為好友的台灣老作家姜穆。我正準備跟他打電話，張默連忙說他前幾天「剛走」，我聽了後一股悲情湧上心頭。

晚上，由沈登恩老闆單獨設宴招待我。在他來之前，我又抽空到「金石堂廣場」買了本《呂秀蓮前傳》。這是我早想買而未能得到的書。呂原是小說家兼女權主義者，是文人參政的另類典型。我過去對她知之甚少，但在上次去台時，聽過時任「副總統」的她在電視上發表演說：「兩岸關係都是男人弄壞的，現在要靠我們女人來解決」。我聽了後很好笑。這位老闆還問我要買什麼書，並說均由他買單，我說帶不動，不買了。我只希望這幾天朋友送我的書請他代寄。他滿口答應，連忙叫秘書把我的一大包書拿過去，使我如釋重負。

夜色深沉之時，翻開《中國時報》，發現紛爭不斷的佛光大學有緩和跡象：新任校長與原校長共同發表三點聲明，盼學校儘快回歸平靜。看完報紙後，台灣詩人黃梁來訪，彼此又談了一會。這幾天顯得非常興奮，服了「安定」還是睡不好，只好打開電視機看選戰，兩派競選團體簡直成了大陸六十年代出現過的「揭老底戰鬥隊」，難怪台灣一位作家把大陸的民謠作了如下改動：「到了北京才知道官小，到了深圳才知道錢少，到了台灣才知道文化革命還在搞」。

在香港巧遇白先勇

十二月十二日，由揚智出版公司派車送我們到機場。一路上司機與我們聊天。我說：「台灣有沒有車匪路霸搶劫計程車司機？」他聽了好生奇怪，說他只聽過台灣計程車司機搶劫顧客財物，有一次還把女乘客送到郊外強暴了，至今未破案。

在上飛機前，我連忙到對面報攤買了一份《中國時報》，只見陳希林對我的採訪登了出來，題目為〈古遠清談余秋雨官司案〉，重點說明這場官司的文化意義。

十二時抵達香港，後又風塵風塵僕僕應邀到香港大學出席「白先勇與二十世紀華文文學國際研討會」。港大主辦的會發表論文者均沒有論文費，但大家從頭至尾參加完。論文在發表前網上互相傳閱，並組織「戰鬥隊」炮轟，最後評獎，得獎者多為年輕的碩士生和博士生，與台灣開的研討會形成另一種不同的景觀。

這是我去台返程的末站。在這個會上巧遇在台灣文學史上有很高地位的白先勇，也算是一個收穫。台灣許多著名作家我都見過，惟獨遠在美國的白先勇無緣識荊，這回算是補上了。

這次台灣之行確是一次文化之旅，處處給人意外的驚喜，因而也是一次快樂之旅。

原載於《海燕‧都市美文》二〇〇四年第四期

向台灣出版社討「債」

入台手續：既繁瑣又折磨人

這次赴台開會，辦理手續比我上次去台的二〇〇三年一點也沒有簡化，使人再次感到去台灣比到世界上任何一個地方都要艱難。

大陸居民前往寶島，因私探親手續簡便，因公去進行文化交流，則要從中央到地方——地方又從學校到省市層層審批，既繁瑣又折磨人。

首先要獲得對方的邀請函。台北教育大學舉辦首屆學院作家研討會，邀請書於二〇〇七年六月二十一日很快發過來了。接著是對方代我向「出入境管理局」申請「中華民國台灣地區入出境許可證」，工作日要二個月左右。聽朋友說，凡在中央電視臺《海峽兩岸》頻道主講過台灣問題的學者，民進黨均登記在案。像中國社會科學院台灣研究所的某研究員，就因為在「央視」頻繁亮相赴台時被「陸委會」拒簽。我也曾在《海峽兩岸》頻道主講過一次，會不會不准入台呢？心想：我在「央視」出鏡率非常低，且民進黨政策天天變，說不定不會被拒絕吧。果然，過了兩個多月，我的「中華民國台灣地區入出境許可證」終於申辦成功，由台北教育大學用特快專遞寄到武漢。

這是獲准入台的第一步。第二步為向內地有關部門申辦「大陸居民往來台灣通行證」。這是一個叫人等得心力焦瘁的漫長過程。現在出國出境（香港、澳門）均免去政審，唯獨赴台要政審。我領到的政審表，竟有「家庭出身」、「個人成份」等這些過時的欄目。政審的內容需從「文革」表現寫起，像我這樣年過花甲的人，當有內容可寫，可現在大量的年輕人在「文革」前還未出世，只好填「無可奉告」。不僅如此，還要填一九八九年那場政治風波的表現，這對四十歲以下的年輕人也不知如何填。在我看來，應彷照出國的辦法，把去台的政審這一項取消掉！只要是公民，而且出去係為祖國做文化交流工作，應信任人家。「政審」是審人家的立場、思想、表現。像原中共上海市委書記陳良宇這種人，能通過政審去辨別他是好人還是壞人嗎？可以肯定，在他垮臺前，每次向上爬的政審均是合格乃至「優秀」。

盼星星，盼月亮，在我九月二十八日赴台開會前一個禮拜，總算盼來了「國台辦」下的批件。我立即去武漢市公安局申請「通行證」。申請正常工作日為半個月，我們想加急也需要一星期。當我們照完像填好表後，工作人員叫我們九月三十日來取。天哪，到了這一天，我們去台開會也就泡湯了。再怎麼求情也無用，說這是按程式辦。於是，我們使出渾身解數，動員了所有的人際關係，甚至整天在出入境管理處打轉盯住不放：從一樓跑到二樓，從二樓跳到四樓，總算在九月二十六日下班前拿到入台證，而我們早已訂好二十七日飛香港，二十八日飛台灣的機票！只要延誤半小時取證，我們的一切計畫便付諸東流了！

上次赴台為辦簽證也是忙得團團轉，有驚無險。這次又是重蹈覆轍。為什麼不可以簡化一下入台手續呢？明明同意我們去，為什麼每次均要在臨行前才匆忙通知批准，難道不可提前二十天乃至一個月嗎？

更使人不可理解的是，入台前有關部門通知：不可在青天白日旗下照像，不可參觀「蔣公紀念館」。

在我們武漢——這個辛亥革命發源地，在「紅樓」就有青天白日旗，有許多遊客均在此旗下拍攝留念，從無人干涉。或曰：台灣不比大陸，到那裡照像是政治問題，可難道不可換個視角：在旗下照像只當作到台灣一遊的紀念？說不定下次來台灣，這種旗幟已被「綠旗」所取代，再也看不到了呢。回想兩岸交流之初，我方均把對方郵票上的中華民國字樣塗掉才發給收信人，後來雙方協議互不塗改，只將其（包括國民黨黨旗圖案）視為郵資憑證，甚至是集郵者收藏的紀念品看待，為什麼對照像一事就不可寬容一些，作同樣的處理呢？如果說在旗下照像就等於認同國民黨（今天應解讀為民進黨），這種看法未免太幼稚太不相信人了吧？不許參觀蔣介石紀念館，這顯然是把兩岸關係定位為國共兩黨鬥爭關係的表現。何況，現在形勢發生了變化，原先許多外省人均轉變了立場，被民進黨譏諷為「擁共」、「投共」、「親共」分子。如十年前我首次訪台時，曾拜訪正中書局總編輯顏元叔教授，他現在寫文章〈向建設中國的億萬同胞致敬〉。另一位在廣州天亮前夕炸「海珠橋」的軍中作家姜先生，我在一九九五年訪台時，他對我說：「我現在最恨的是民進黨。如果你們共軍來解放台灣，我一定幫你們帶路。」還應該看到，像我這樣專門研究台灣問題的學者，如不參觀「蔣公紀念館」乃至國民黨黨史館，我的研究工作如何能出新呢？

「藍天」下的台北

多虧台北教育大學楊玲小姐熱情而周到的服務。這次到機場迎接的又是她。

從香港到台北，一下飛機就感到這裡不同從前：機場的名字不叫「中正國際機場」，而被改為「桃園國際機場」。

來到台北市區，只見有一輛運貨的集裝箱卡車上寫著大幅廣告：

台灣 ↑↓ 大陸

我看了後心情為之一震：這就好似看到一幅標語：台灣與大陸相連相通。這輛卡車一直在鬧市區大搖大擺地穿梭，「大陸」與「台灣」的字體寫得既漂亮又大，難怪民進黨人戲稱台北市為「淪陷區」。

過去到台灣，至少可停留十多天，可這次只批准四天。如果頭尾一除，只有兩天。無論是邀請方還是被邀請的我們，均費去至少半年時間才得到這兩天的批准，這未免太得不償失了。何況我還有許多事要辦，兩天怎麼夠用，因而我們一到下塌的酒店，第一件做的事便是申請延長。

楊玲立即驅車帶我們去學校附近的派出所，只見辦公室內的警員個個全副武裝，佩帶手槍。我感到好生奇怪，在大陸派出所，外出執行任務才帶槍，也許是這裡治安不好的緣故吧？但坐計程車並無大陸通常看到的內設司機與顧客隔離的「鐵絲網」。

由於辦延長手續要等待，我便到大廳的報架上取下兩份報紙翻閱，只見《聯合報》與《蘋果日報》的報頭向我撲來。後來聽到警員向上級請示時，稱「湖北來了兩位教授申請延長」，我聽了更覺親切。回想我十年前來台灣參加一個本土派團體的慶祝酒會時，他們均眾口一辭問我：「古先生，你是從中國來的吧？」

辦完事回到台北教育大學，先到「語文與創作學系」林于弘主任辦公室稍事休息。我見他書架上有大陸書，便說：「你的藏書真豐富啊。」他說：「在八二年前大陸書籍不許陳列。如被人看到，會帶來麻煩。現在解除戒嚴了，簡體字書不再被視為洪水猛獸，也可和繁體字書一起上架供人觀賞。」在辦公室門口還遇到該系一位資深教授，他插話說：「像古先生的繁簡兩種字體的著作我差不多都擁有。」我在台灣出了八種書，他有這些書不奇怪，可簡體字本他也有，我便問：「你是在北京買的吧？」他說：「以前大陸書這裏禁止出售，可還在解除戒嚴前，台灣大學附近的書攤上就有『走私』過來的，現在到處都有。像你的書我是在台北一家專賣大陸書的書店購得的。」

出席這次學院作家研討會的還有來自韓國「東國大學」中文科的金榮哲教授。和他共進午餐時，他說：「我二十多年前就來過台北，現在第二次訪問，發現台北與過去變化不大。要是到大陸，就會發現許多城市變得叫人認不出來了。」

晚上，由楊玲陪我們看李安導演的《色，戒》。由於有三場激情戲未加刪節，被定為少兒不宜的三級片。全場座無虛席。這是台灣最豪華的電影院，但票價只兩百九十元台幣，相當於人民幣七十四元，比大陸看潔片還便宜。

逛書店的奇遇

我們下榻的賓館為「福華國際文教會館」。這個「會館」離台灣大學很近，用完晚餐正好可到這個著名學府散步。

和大陸一樣，凡是高校集中的地方，周邊書店成林。台灣大學也不例外。當我走到新生南路三段七十五巷入口處，發現掛著「台灣𠆩店」的牌子，頓覺好生奇怪，因那個「𠆩字我從未見過，莫不是日本字吧？於是走了進去，發現原來是一家書店。我問女老闆「𠆩」字如何讀？答：「這是『台語』，是

『的』的意思，即『台灣仐店』為『台灣的店』」。原來如此！這家書店不怕用生僻字趕走顧客，用怪招吸引人，這是台北書店的一個特殊景點。

該書店比我看到的香港「二樓書店」面積要大，書架一個接一個，有許多書還沒地方放。穿進這密密的書林，只見儘是「本土圖書」、「本土音樂」、「本土圖像」，由日本人寫的《被出賣的台灣》，放在最顯眼的位置向讀者推薦。這也正是我需要的書店。我研究台灣文學，從高雄到台中，從台中到台東，從台東到台北，一直未能找到「前衛出版社」門市部。可我研究台灣文學，得知己知彼，不能只看某一方面的書，因而我接連光顧了兩次，共花了三千多元新台幣。當時我台幣不夠，還是由林于弘主任預支明天我的論文發表費三千元，供我解購書的燃眉之急。其中有一本《台灣正名100》，作者高永謀，玉山社出版。前面有李登輝的〈台灣正名運動是「國家」自救運動〉序。有趣的是在我付款時，他們免費贈一張舉報馬英九「貪污」特別費的光碟。當我看到還有一張宣傳陳水扁的光碟並向其索要時，老闆說要付費。書店居然有政治顏色，店名居然有自造的「台文」，這是我第五次入台的一大發現。

這幾天我均婉謝主人為我們安排旅遊的各種景點，把業餘時間全花在逛書店上。台北的舊書店真不少，如台灣師大的「茉莉書店」、「二手書店」，都留下了我的足跡。在另一家不起眼的「華欣二手書店」，我還購得一本台版《林希翎自選集》，其中報導了林氏到台灣訪問時，當局要她做「反共義士」而被拒的經過，這對我研究當代文學是難得的參考資料。我在拙著《中國當代文學理論批評史》[1]「文藝運動」部分，曾寫到這位「大右派」。但不知她後來的情況，這正好為我將來修訂時做參考。

[1] 山東文藝出版社，二〇〇五年。

重慶南路是書店一條街，我這個超級書迷每晚差不多都要到那裡留連。逛完「誠品」這樣二十四小時營業的超級書店，又想逛小書店，果然在懷寧街偏僻的公寓頂樓發現標榜全台灣最便宜的二手書店，我有如在沙漠裡發現清泉。這幾天購台版新書，每本均高達幾百元新台幣，折合人民幣至少一百多元，現已購了近一萬元新台幣的書，便想買點便宜的然而在新書店又見不到的書。我登上八層樓進這家書店，劈頭便問老闆：「有無台灣文學書？」這個年輕人的回答令我大出意外：「台灣哪有什麼文學，台灣只有民進黨！」我猜想他一定是「外省人」，他連忙自我介紹是「台灣屏東人」。這個書店賣的二手書，均有八成新。他說，這裏的每本書均經他親自挑選，凡是不合自己理念的書，他一律拒售。

我的同伴胡君嗜書如命，一下購了幾千元書。當付款時，阿維要求和他猜拳，並許願如他輸了，再給這些最便宜的書打折。胡君應戰，阿維敗陣，他馬上說再給你打兩折！如此性情中人，這是我在逛香港、逛新加坡書店從未碰見過的。

向出版社討「債」

由於研究台灣文學，和許多作家打交道，由此認識了不少出版社的老闆。這十年來，我幾乎平均每年在台出一本繁體字書，大部分均是以書抵酬，少部分有象徵性的報酬。

二〇〇四年，經一位台灣詩人介紹，我和台北某社簽訂了一本談大陸文化現象的書的出版合同，版稅為百分之十，出書一年後付清。可過了三年，分文未付。我第一次打電話，該社老闆竟回答說「忘記了！」第二次打電話是一位工作人員接的，回答說「老闆出國了。」第三次再打，人去樓空，連續盲音，無人接聽。

我感到這家出版社不守信用，便乘這次赴台之機去討「債」。經原介紹人指點，終於查到了這家出版社新的電話和位址，約好十月二日上午十時見面。

出版社新址在台灣大學附近。經過七繞八拐，終於在一個小巷裏找到了，其辦公地點竟是地下書庫。只見到處堆放著庫存書，一股霉味撲鼻而來。接待我的地點在倉庫外面的空地，大熱天連電扇、空調都沒有，且全場只有一位打工者。辦公條件如此差，我猜測他們未付酬原因是否經營不善，頻臨破產？如是那樣，把實際情況告訴我，我會體諒他們「卻酬」的。接待我的人說：「我們還未破產，但的確連年虧本，一再搬家，現在只好寄居在這狹小的倉庫裏。你的書只賣了三百多本，按合同付你一萬零伍百元新台幣。」上次樣書只給我十本，我要求他們追加，便隨同版稅再奉送二冊。他說：「我社過去出的全部是宣揚中華文化的書。現在均賣不出去，包括你的大著。我們已轉向，什麼《曹操評傳》、《朱元璋評傳》統統不做了，改為做軍事武器方面的書」。經他這一說，我對該社的遭遇有了進一步的瞭解，並對其處境深表同情。原聽說，台灣有不少出版社專宰大陸作者，看來這家出版社還不屬這種情況。我去台前，就曾接到武漢大學一位老教授的電話，說他們在台灣出書受騙上當，對方不但沒給版稅，連樣書都不寄，只好托我幫其在台買樣書。

台灣的出版社多如牛毛。這裏實行的是「登記制」而非「審批制」，只要交少量的錢就可註冊開辦出版公司，而不似大陸出版社一律公營。如此輕而易舉辦出版，這就難免出現坑騙作者的「皮包公司」。但台灣出版商並非都是「海盜」，也有一些非常本分，視作者、讀者如衣食父母的出版家。如拙著《台灣當代新詩史》在台北文津出版社出版，就碰到這樣一位貴人。

我原來與「文津」素無來往，是通過電郵投稿命中的。我發出電郵的第二天，就接到該社老闆邱先生的電話，說「你這本書我們要了。按慣例，版稅百分之十，印一千冊，結算方式為以賣出實際本數計算。樣書為十本。」我在電話裏討價還價，要求他版稅一次付清，他勉強答應了。我得寸進尺，要求樣書增加十本，他也欣然同意。接著是輪到他向我提條件：「我作了這大的讓步，你是否可作出相對回應，比如你這本書三年之內不得在大陸出簡體字本。」我說可否縮短為兩年，對方說這是死條件，無還價的餘地。理由是你的簡體字本到大陸一出版，馬上會「進軍」台灣。「大陸書比台版書便宜許多，那我的書就賣不動了。」他說得如此懇切，如此實際，我只能答應他。

這次到台灣，我順便取校樣。只見「文津」十分尊重作者，隻字未改，而不似我十年前在南部一家出版社出書，要求我把「解放後」改為「淪陷後」，把「解放軍」改為「共軍」。對方說：「解放軍的名詞在台版書中出現，會使人聯想到『解放台灣』。你要知道，我們因懼怕『八路軍』連八路公共汽車都沒有的。現改為『共軍』，是我們這裡的習慣用語。這是中性名詞，『共匪』才是罵你們。」我說：「只能同意你將『一九四九年』改為『民國三十八年』，其餘最好尊重作者」。

台灣書商給大陸作者付版稅，不說外匯差價，單說郵寄費就貴得出奇。我想這次拿校樣順便帶回酬金，可書還未出版，實在不好意思開口。想不到邱老闆主動提出版稅由我親自帶回。對他這種「預支稿酬」做法，我在海內外出過二十本多書從未碰到過，因而十分感謝他。想不到付完一小疊面值一百元的簇新美鈔後，已過古稀之年的老闆又親自開車送我到賓館。

入夜，由孟樊教授陪我們去看梁實秋故居。故居在台北市雲和街十一號，年久失修，破爛不堪，雜草叢生，道路狹窄，不似陽明山上的林語堂故居寬敞豪華，從外觀看簡直就像貧民窟，使人不勝唏噓。

在中央大學演講

國民黨撤退到台灣時，新建了不少大陸原就有的學校，如「輔仁大學」、「中山大學」、「清華大學」、「交通大學」等，上世紀末還出現了「暨南國際大學」。位於桃園縣的「中央大學」，也是其中一所。

當時官方規定，以城市命名的大陸高等學校不得在台灣復校。正因為如此，武漢大學、北京大學就沒在台灣鬧出「雙包案」。

在高喊本土化的一九九〇年代，一些人說「清華大學」的校名侵犯了北京的同名大學名譽權，且常因校名混淆而吃虧，應以台灣「清華大學」所在地新竹為標記，重新命名為「新竹大學」。可這一做法遭到「清華大學」師生反對。他們認為「清華大學」的名字響噹噹，全世界都知道。改為「新竹大學」，是矮化自己，萬萬改不得。進入新世紀，傳五年後位於新竹市的「清華大學」與「交通大學」將合併，合併後有人主張用「國立清華交通大學」校名，另有人主張「國立交通清華大學」，本土派則主張「新竹大學」的校名。

接待我的是老朋友中央大學文學院院長李瑞騰教授。我問他：「現在台灣實行『去中化』，把『中華郵政』改為『台灣郵政』，把『中國石油』改為『台灣石油』，你這個學校的名字也受到威脅吧？」李教授笑了笑說：「改名作業雖然頻繁，但還輪不到我們。台灣『中』字打頭的學校起碼有六所：中山大學、中正大學、中央大學、中興大學、中原大學，還有中國文化大學。要改名首當其衝的是『中國文化大學』、『中正大學』，其次是『中山大學』。現在這三所大學的校名沒有改也改不了，其他的當然就顧不上啦。」但我看到的《台灣正名100》，就有「中央大學應改名桃園大學，中興大學應改為台中大學，暨南國際大學應改為南投大學」的說法。

中央大學係大陸「南京大學」的原名，該校與南大有密切的往來。李瑞騰則是一位著名的學者兼社會活動家。我去中央大學演講的題目係由李教授出的〈我與余秋雨這場官司〉，並配之與「湖南衛視」拍攝的錄影帶《一個文化名人的「法律苦旅」》，這不僅吸引了文學院眾多師生包括博士生參加，還有外國留學生和教授前來聽講。為了配合我作報告，李教授在會前作了認真的準備，除把我在該校藏有的《庭外「審判」余秋雨》、《余秋雨現象大盤點》等著作陳列出來外，還列印了〈古遠清教授簡介〉，人手一份。這份簡介反面附有〈台灣地區館藏古遠清著作目錄〉近二十種。演講完後，李教授又介紹我認識該校歷史研究所所長劉教授。他是「中共黨史」研究專家，並贈了《兩岸發展史研究》叢刊三大冊給我們。

回到台北教育大學，先是由佛光大學楊宗翰博士生採訪我，要我談《台灣當代新詩史》寫作經過及其特色。接著，台北教育大學兩位女研究生領我們去參觀台灣據說也是全世界最高的大樓「101」。一百多層的頂樓，眨眼功夫就到了，這電梯的速度也是最先進的。極目望去，只見星光燦爛，燈火通明，一片繁榮昌盛的大台北氣象。可惜來去匆匆，再加上颱風即將登陸，我明天只好和這座城市相交多年的李瑞騰等文友，以及像阿維那樣熱情似火的年輕人，像邱先生那樣視作者為衣食父母的出版家，還有那給我度過台北最美好時光的大小書店，說聲再見了！

原載於《中華讀書報》二〇〇七年十二月十二日；《台灣週刊》二〇〇八年第十期

「我的敵人又來了！」

應中國詩歌藝術學會和青溪新文藝學會邀請，我於二〇一〇年十月九至十五日訪問台灣。一路參觀、遊覽、購書、考察、演講，使我在這七天時間裡過得愉快而充實。

兩岸三地作家笑談「匪」

十月九日　前五次到台灣，每次在大陸辦手續均非常艱難，這次我們省略了「大陸居民往來台灣通行證」的公辦簽證，只辦了「往來港澳通行證」（個人旅遊），再加上原本未過期當然也未簽的「大陸居民往來台灣通行證」以及台灣發給我的入境證，總算順利過關了。當時捏了一把汗，生怕被打回票。如此冒險出於無奈，好在也未違規，誰叫「國台辦」的批件我每次都是在臨走的前一天才拿到的呢。

晚上由《藝文論壇》社長雪飛設宴招待。同行的深圳一級作家劉虹曾是「共軍」的諜報員，一見到她的老相識早年也幹過「國軍」諜報員的詩人向明時，便打趣地說：「我是『共匪』諜報員，你是『蔣匪』諜報員」。全場建議他們倆人握手合照，一位詩友高聲朗誦魯迅詩：「度盡劫波兄弟在，相逢一笑泯恩仇」。這動人的一幕使我想起二十多年前，在香港召開的兩岸三地文學研討會上，來自高雄中山大學的余光中、廣州中山大學的吳宏聰、香港中文大學的梁錫華，在貴賓廳開「三中全會」。各人自報家門，余光中自我解嘲說：「我來自『偽中大』。」吳宏聰回應道：「我來自『匪中大』。」梁錫華聽了後笑彎了腰：「你們不是沾了『偽』字，就是身帶『匪』氣，可香港中大沒有這個福氣。猶記得兩岸未解凍前，台灣罵對手為『毛匪澤東』，大陸回罵『蔣匪介石』，現在彼此均不再用『匪』了。我今天倒希望你們稱我『梁匪錫華』，那我就成了名垂千古的人啦！」

大陸螢屏盛行放映描寫國共內戰的諜戰片，我問一位台北作家：「你們這裡有沒有反共電影供我們觀摩參考？我很想知道你們是怎樣寫共軍的」。「反共電影和電視在五、六十年代流行過，現在沒有人看了。」

二十年前，拙著《台港朦朧詩賞析》由花城出版社出版後，遭到資深詩人向明的痛批。這場論戰從大陸打到台灣，又從台灣打到大陸，煞是熱鬧，因而向明一見到我就說：「我的敵人又來了！」後來我們倆人在台北握手言歡，他稱讚我很有風度不記仇，這也算是兩岸文學交流的一段佳話。

出席宴會的有台灣文壇的各路英雄好漢，其中有老朋友文史哲出版社社長彭正雄。該社出版的多卷本《文革文學大系》，很有學術價值，在大陸購買無門，我便當場向他訂購，他說打五折並幫我郵寄。旁邊的《世界詩壇》主編王幻先生打趣說：「彭老闆，你又做起生意來了。」我想：這不是一般的做生意，而是進行兩岸文化交流。他出的這套書，大陸出版社根本不敢出，出後也無法在大陸做廣告，我買回後一定會為他宣傳。

「上有天堂，下有詩房」

10月10日 上午逛「台灣學生書局」，可這個書局已搬遷到台灣師大對面的一條狹窄巷子內，其書店不像過去那麼堂皇，簡直像個茅屋。現在學生都忙於上網不買書，再加上該書局不適合本土化的潮流，我想「台灣學生書局」的命運也許是同類出版社的命運。

台灣畢竟擁有一小批像「學生書局」那樣具有濃郁人文氣息的出版社。他們願意盡自己的綿薄之力為文史學者服務。他們多半不是以公辦而是以家庭手工業方式從事出版，位於羅斯福路小巷的「文史哲」便是這樣的出版社。只見這裏滿坑滿谷都是賣不動的學術書。我十多年前在該社出版的上、下冊《中國大陸當代文學理論批評史》也未賣完，彭社長慷慨地贈我兩套，我又買了一些該社出版的書，他同樣打大折並幫忙寄。他拿出郵局寄書單據，原來我昨天下午買的書他回去後就幫我寄大陸了，其效率真是驚人。接著和他洽談拙著《台灣當代文學理論批評史》出繁體字版的問題，他再次欣然答應。我說此書有七十多萬字，你不怕嗎？他說不要緊，還要我增加新的內容。

然後驅車赴重慶南路的三民書局，只見樓梯口有很大的廣告：「新到簡體字書，價錢人民幣乘四點七」。這裏文藝理論書特多。十年來我平均每年在台灣出一本書，可未見我在台灣出版的《世紀末台灣文學地圖》、《分裂的台灣文學》、《古遠清文藝爭鳴集》、《台灣當代新詩史》，莫非已賣完？

中午，由創世紀詩社設宴招待，出席者有方明、張默、管管、碧果、丁文智、辛牧等，《乾坤》詩社發行人林煥彰也前來參加。飯後到「方明詩屋」小坐。這裡珍藏了眾多詩友躍躍想飛的墨寶，其中洛夫題詞放在中央：「鏡子裡的薔薇盛開在輕柔的拂拭中」。管管酩酊大醉後，留下一首打油詩：「方明有錢沒處花，弄個房子做詩家。偷個時間就來坐，留首小詩再回家」。方明邀我題詞，我欣然命筆：「上有天堂，下有詩房」。

下午趕赴台灣最大的誠品書店。此店號稱二十四小時營業，現在改為上午十點才開門，也許是讀者不多的緣故。我看書時剛好碰到詩人李敏勇在此店舉行新書發表會，同台「演出」的還有小說家李喬。「雙李」的演講離不開「寧愛台灣草笠，不戴中國皇冠」的內容，聽眾還不少。我觀望時碰到一位多年前曾評講過我論文的某大學教授，看起來比過去蒼老了許多，且已拍起拐棍。鑒於他身體欠佳，話不投機我就沒有跟他打招呼。我原想到前衛出版社買書，好在「誠品」也有鍾肇政、張良澤、陳芳明、彭瑞金的論著，我不管三七二十一連忙抱了回來。一結算，高達五千多元新台幣。

在「台灣詩路」上

10月11日　由台北到台南參觀「台灣文學館」。這個館從一成立起就走本土路線。國民黨重新執政後，中央大學文學院院長李瑞騰教授借調到這裡當館長。李館長聽說我要去，特為我準備了豐厚的禮品：新出版的兩大本「台灣文學年鑒」和多冊該館「通訊」。在參觀時，同行的一位大陸朋友遞給該館一位處長藍色名片，處座連忙說「這是台灣的主流顏色，很吃香」。馬上又補充：「可惜你是大陸來的，應用紅色才合適。」

中午，由台南文藝界設宴招待，其中最有特色的當地著名的擔擔麵，台南縣春風文學學會理事長林芙蓉則特地向我推薦形似「棺材板」這道奇特的菜。會後參觀「台灣詩路」，一條道全是「蕃薯詩社」社長林宗源的詩，其中刻在碑上的詩云：

龍的傳人
不是　不是　不是
天頂無龍
……

這位同時兼任「林家詩社」的社長嗜好與大陸詩人來往，還贈我們他的詩集和台灣特產，然後和我說悄悄話：「我贈你的詩集其中有一本是性愛詩，請不要外傳。」他真是一位老頑童，年近八十仍童心未泯，永遠保持著年輕心態。

下午到高雄，晚上由當地文藝界宴請。我們下榻寒軒國際大飯店，兩張大床可睡四人，這在大陸飯店很少見。稍事休息後，同伴連忙去看六合夜市，我則泡書店。這裡的書店專賣台版絕版書，門面很大，與台北完全不同，我和林靜助先生均滿載而歸。

初遊阿里山

10月12日　在遊阿里山途中，見到「一統徵信社」的特大廣告，我問林精一先生是什麼意思，他說這是私家偵探，專門「徵信」也就是調查包二奶也包括包二爺這樣涉及隱私的事，另外還看到許多選舉廣告。

公路沿線充斥著「小老婆檳榔」、「野玫瑰檳榔」這類廣告，不少「檳榔西施」穿著吊帶裝。對這種充滿誘惑力的「檳榔文化」，我們甚覺新奇。據說大陸有一位官員還親自下車「考察」，買了一包檳榔嚐了一口，感到味道不對就丟棄了。

來到風景秀麗的阿里山，我們遊三代木、姐妹潭，尤其是神木群令人歎為觀止。休息時，我和同伴們討論台灣文化是否海洋文化，《深圳商報》首席文化評論員許石林覺得此問題太枯燥，便跑到一棵大樹下哼起大陸歌曲，劉虹前來伴舞，同行的台灣詩壇新人也欣然高歌。下山後發現飯店的門口擺滿了摩托車，車牌上寫著「台灣省」，我問林理事長：

本書作者（中）與兩岸文友於阿里山合照

「台灣省不是給李登輝廢掉了嗎？」「不是廢省，而是凍省，到後來變成精省。台灣省政府已名存實亡，但還有辦公室，只是做做發牌照之類的瑣事」。

夜宿台中市「中南海大酒店」。這個店豪華但不貴，其名大概是為吸引陸客而取的，難怪一打開電視竟是北京的中央電視臺。洗漱完畢又連忙奔赴台中的誠品書店。此店設在該市最大的超市十一樓，九樓還有一家書店。它們均不像大陸超市樓上設的書店賣的全是大路貨，而是有不少精品書，因而我又買了幾本有關台灣文學的書。

講「段子」解悶

10月13日 第三次遊日月潭。我興趣不大，因此潭太小，遠沒有我們武漢的東湖大，但湖水非常清澈，我們一行七人包了可容五十人的遊艇，在拉魯島、玄奘寺談詩說文，流連忘返。在游湖時和台灣文友們聊天，倒是人生一大樂趣。路上我的「準博士生」劉虹暈車，她要我講「段子」解悶，我跟她說起大陸詩壇流傳甚廣的故事：成都市於二〇〇五年邀請作家余光中、洛夫及舒婷訪問。在峨眉山賓館門口掛的歡迎橫幅為「熱烈歡迎余光中一行來我市訪問」。各媒體的焦點均將鏡頭對準余光中。一位洛夫的忠實讀者和崇拜者去採訪時問「你是洛夫吧？」「我不是洛夫，我是『余光中一行』！」全車詩友聽後均捧腹大笑，劉虹也不暈車了。我連忙補充解釋說：這個故事對洛夫不公平。台灣十大詩人評選，有一次洛夫還排在余光中前面哩。

台客昨天專門從家裡趕來陪同我們。他帶了許多台灣水果，尤其是小甘蔗，我在大陸沒有吃過，啃起來餘香滿口，蓮霧的味道也與大陸不同：不僅新鮮且多汁甘甜，大家讚不絕口。

途中休息時，大家都忙著上「化粧室」。這「化粧室」倒也名副其實，裡面有鏡子、梳子，衛生紙也有好幾種。對面剛好走來一大群從上海來的遊客，一位同伴說：「台灣現在開放人民幣兌換，大陸學生可以到台灣上學，台灣書店又賣簡體字書，大陸遊客的消費能力更使台胞吃驚。」

不批不知道，一批做廣告

10月14日　由台客領我們參觀廣興紙寮，然後到鶯歌鎮陶瓷街購物，台客送了一套印有「台灣」二字的文化汗衫給我做紀念。著名作家黃春明以前還特地寄過不同顏色的這種汗衫給劉虹。

下午趕回台北參加華文地區藝文交流座談會。報告人有深圳三位作家：劉虹、許石林、李松樟，我被安排第一個發言，題目為〈新世紀兩岸文學關係的互動與衝突〉。現在兩岸的交流由單行道到雙行道，由民間到官方，由對立走向親和，但由於意識形態原因仍然存在著衝突。比方拙著《台灣當代新詩史》遭遇不少台北詩人炮轟就是一例。林理事長連忙叫接二連三寫過批評拙著的《文學人》總編落蒂發言，並說你們兩人是「不打不成交」，落蒂溫和地說：「我和古先生根本沒有打，是在討論、爭鳴。」其實，我當時回應落蒂的文章有些盛氣淩人，連標題〈落蒂不如大陸學者熟悉台灣詩壇〉也極富刺激性，但他不計較。在互動時，又碰到我的另一個「敵人」謝輝煌。我因在書中否定「反共文學」，他以老兵身份提出抗議，並說拙著送到廢品收購站還不到一公斤，我在回應文章〈評謝輝煌對拙著的「反攻」〉云：我的作品大家怎麼批評都可以，怎麼罵都行。只要不是人身攻擊，不像余秋雨那樣將我告上法庭。至於說拙著只能送廢品收購站，對這種說法我一點也不生氣，俗話說得好「不批不知道，一批做廣告」嘛。正因為如此，謝輝煌說我倆是「戰友」，不是「敵人」，他還帶來多份《金門日報》及其大作給我參閱。

另一位老友、「葡萄園」詩社社長金筑的發言倒毫不客氣：「你的《台灣當代新詩史》寫得客觀，要是換了別人寫就沒有這麼大的包容性，但你的行文有些地方像共產黨在批判國民黨，如你說我們台灣詩壇的『聖人』紀弦是文化漢奸，我就很不以為然。」落蒂幫我糾正：「古先生在〈紀弦是文化漢奸〉後面有一個問號，他並沒有說紀弦是落水文人。」向明則對拙著和這次演講中重提余光中在一九七〇年代鄉土文學論戰中的表現持異議，認為這種涉及意識形態的事不要重提，更不要在別人傷口上撒鹽。我說這場論爭是由北京學者趙稀方發起的，台灣作家也參加了爭論，我並不是始作俑者。何況大陸有些人認為筆者對「小余」即余秋雨的歷史問題窮追猛打，為什麼對「老余」即余光中的歷史問題不置一詞。另一位研究國共兩黨關係史的台北學者站起來支持我的看法，認為面對歷史問題不能含糊，還讚揚中共在這方面比國民黨做得好。曾任國民黨中央黨校機關刊物《實踐》雜誌總編輯周伯乃認為在這種場合不宜談政治：「如要談，我比他更有資格。」一位八十多歲的老先生則對我評李敖開罵魯迅的某段文字有意見。

這次座談時間有限，雙方未能形成共同的話題交流或交鋒，但金筑的發言對我仍有警示作用。可惜的是另一位真正「敵人」高準沒有去。我和他就拙著《台灣當代新詩史》的撰寫及余光中的評價問題，在台北出版的《傳記文學》和《世界論壇報》論戰了四個回合，後來他乾脆說我在大陸出版余光中傳和《余光中評說五十年》，是因為看了中共統戰部門下的要大捧余光中的秘密檔寫的。對這種子虛烏有的編造，我曾為文澄清。他不服，又攻擊我人格很差，犯有誹謗罪被余秋雨告上法庭，官司打輸了還賠了很多錢。其實，他完全弄錯了，這場官司是余秋雨撤訴和放棄索賠而和解。

八十五歲高齡的「九歌文化事業群總裁」蔡文甫先生聽說我到台北，特地趕來與我交流，並送來我在台期間《中華日報》發表的稿費。前幾年因炮打民進黨天王謝長廷而名聲大震的詩人杜十三，老遠趕來與我會面。林宗源也從台南提前到達給我送前天的照片，還從頭至尾參加會議，這非常難得。

從《文訊》到《中國時報》

10月15日　最後一個節目是訪問我研究台灣文學受益良多的《文訊》雜誌。他們六月號要刊登我一篇書評，我提出「預支稿酬」購買他們出版的書，封德屏總編連忙叫會計核算，我後來又補了近一千元另購青年會議論文集，這些書在市場上均看不到。《文訊》附設的文藝資料服務中心資料齊全，僅本人的著作他們就搜集了十種，簡直就是一個小型台灣文學館。我開玩笑說，我來擔任你們的首位大陸駐「館」學者，封總連忙說「不勝榮幸」。我在香港購買過他們出版的《人間風景陳映真》，封總聽後頗感意外，並說要把這消息告訴病中的陳映真，有這麼多朋友惦記他，對恢復他的健康也許有幫助。

午飯後，回到中源大酒店，隨手翻開當天的《中國時報》，只見頭條標題為：

搶試免學大陸　生標頂測學

我和兩位深圳作家鑽研了半天，均讀不懂。後來才知道台灣雖用繁體字，但標題讀法向大陸看齊，不再是從右到左讀，故此題應讀為：

學測頂標生　陸大學免試搶

看內容後才知道「頂標生」即優秀生，「陸大學」即大陸的高校，台灣高中生達到優秀者到大陸免試，因大陸高校爭著「搶」台灣的高才生。對照同天《深圳商報》的報導「大陸高校免試接收台優秀生」，這才徹底明白《中國時報》標題的意思。

台灣繁體字的書寫不規範，標題有時從右到左讀，有時又從左到右讀。大前天我在台中市的大街口看到「中國山中」的牌子，百思不得其解。林靜助理事長告訴我，應讀為「中山國中」即以孫中山命名的「中山國民中學」。看來，我這個大學教授到台灣讀報還得從頭學起呢。

林理事長叫我們不要鑽牛角尖了，便親自送我到機場。我實在還捨不得這書香四溢的台灣島，台灣師大附近的「茉

左起：林靜助、古遠清、林明理
攝於台北國父紀念堂

莉二手書店」還未逛呢，為了彌補這一不足，我又利用離起飛香港還有兩小時的間隙，本性難改趕緊泡機場的「亞熱帶書店」——好一個富有詩意的名字。我把剩下的一千台幣全部用來買書，錢包中僅剩下幾枚有所謂「蔣匪介石」頭像的硬幣，那就當作紀念品珍藏吧。

原載於台灣《葡萄園》二〇一〇年五月；香港《中國評論》月刊二〇一〇年五月十六日；《中華讀書報》二〇一〇年五月十二日；《湖北對台工作》二〇一〇年第六至七期

寶島書香入船來

巧遇柴可夫斯基

二〇一一年九月二十三日，我從武漢直飛台灣，到台北教育大學參加「中生代詩人——兩岸四地第四屆當代詩學論壇研討會」。坐計程車時，發現司機和乘客坐位上，均安裝有小型電視，我擔心司機看電視影響安全，同行的陳仲義教授也問：「要是螢光屏上出現了台北近郊碧潭剛出浴的傾城美女，看走了眼怎麼辦？」司機說：「這就是余光中在〈碧潭〉詩中所說的美麗的交通事故了，可惜我從未有過這種豔福。」原來，他不是一般的司機，而是有文化素養的柴可夫斯基。

傍晚時分出現了堵車。我發現前一輛車尾部有這樣的廣告：「八百多本老武俠小說出租」。我問接我的台北教育大學的劉小姐：「這出租對象一定不是年輕人吧？」「是的，都是上了年紀的男生」。年過半百居然叫「男生」，同樣老太婆也稱為「女生」而不是大陸說的「女同胞」。稱謂的另一差異是在公共場合台灣人從不用「同志」的稱呼，這使我想起自己在《羊城晚報・文飯小品》專欄裏寫的〈余光中同志〉——

一九八一年，香港中文大學召開以研究一九四〇年代作家作品為主的「中國現代文學研討會」。在會上，上海作家柯靈頭一次見到台灣同行余光中，便緊緊地握住他的手說：「余光中同志，你好。」余光中聽後很不是滋味。他心裏嘀咕：在台港，同性戀者才稱「同志」，我和你頭一次相識，怎麼就成了你的「同志」？退一步說，大陸作家不知道境外「同志」的特殊含義，那在台灣，國民黨開會才互稱「同志」，而你是共產黨，我怎麼有可能是你的「同志」呢？

在大陸，稱余光中為「同志」的老作家決不止柯靈一位。那怕改革開放後的多年即二〇〇三年，筆者出席海峽詩會，還聽到東道主、福建作協老主席郭風在致辭中說：「熱烈歡迎余光中同志的到來」。

簾垂茶熟臥看書

會議結束後自行安排活動，八月二十五日我的第一站是拜訪新地出版社社長郭楓。當我來到新北市新店花園一路二段時，只見這裡山清水秀，綠樹環繞。這是座高級住宅區，柏楊等文化名人曾住此。可這裡沒有防盜網，也看不到保安，我如入無人之地敲開郭楓的家門，只見正中央有台大教授台靜農的手書：

酒闌興發更張燭
簾垂茶熟臥看書

郭楓是最早出大陸作家作品並付版稅的出版家，同時又是一位生命力極為頑強的老人。他年近八十歲時，一種晚期癌症曾宣判他死刑，一旦戰勝死神後他連忙復刊《新地文學》。這是一個超越黨派、不分藍綠的刊物。該刊也從不登廣告，自籌經費出版。在台灣還真難找到第二本像這樣沒有任何背景的純文學雜誌。它不但堅持四年準時出刊，而且郭楓又於今年五月四日創辦了以社會評論、文化評論和文學評論為主的《時代評論》雙月刊。在創刊號上刊登了不少抨擊時弊的文章。該刊今年九月號還和《新地文學》同步登出筆者的長文〈台灣所不知道的余秋雨〉。郭楓一邊煮凍頂烏龍茶一邊臥在沙發上翻看從北京寄來的書刊，話題聊到大陸不久前舉辦的茅盾文學獎。郭楓對大陸作家堅持純文學創作取得豐碩成果，甚為欽佩，但對得頭獎的某部長篇小說是否要寫三十九卷總計四百五十多萬字才算好？他認為，作家應該追求質，而不應該比「長城氣勢」看誰寫得長。這次評獎的作品有七千多萬字，評委在九十多天裡怎麼看得完？我問他為什麼不出全集，他說中國作家最有資格出全集的只有魯迅。

郭楓是不與主流文壇合作的獨行俠。晚上居郭楓夫人畫室。臨睡前，我還和主人敲定由筆者策劃的兩岸合辦作家研討會的一些細節。郭楓的原則是：辦一個高研究水平的而非高熱鬧的研討會，同時會找些批評研討對象的人寫文章，讓不同聲音加入進來，這個會尤其不宜沾台灣作家有衣錦返鄉之嫌。

兩岸風水輪流轉

九月二十七日晚，由九歌文化事業群總裁蔡文甫宴請，陪同的有九歌出版社總編輯陳素芳、拙著《消逝的文學風華》責任編輯陳逸華、《文訊》雜誌社社長封德屏、台灣「中國詩歌藝術學會」理事長林靜助。蔡老闆是江蘇人，他特地將見面地點設在台北市金山南路二段有江浙風味的寧福樓。

台灣文壇長期流行「發表文章要上兩大（《聯合報》、《中國時報》），出版純文學作品要去五小」：九歌出版社、爾雅出版社、洪範書店、大地出版社、純文學出版社。「五小」現在只剩下「兩小」：爾雅和洪範，而九歌出版社越做越大，下面還有二個分公司。去年我在江蘇鹽城為蔡文甫策劃了一個研討會，這次他把會議論文集《人性的證明》送給我，同時還送了該社以大手筆出版的十七巨冊《中華現代文學大系》（台灣篇）和年度小說選等眾多很有價值的著作。

席間聊起當天上午在台北中山堂舉行的台灣最高文藝獎——國家文藝獎。獲獎者每人台幣一百萬，相當於人民幣二十多萬，比大陸的茅盾文學獎獎金五十萬人民幣（還不算得獎者在省裡再獎三十萬元）相差甚遠。以前大陸作家希望到台灣發表作品得高稿酬和拿大獎，現在台灣作家倒希望到大陸發表作品得高稿酬和拿大獎，真是風水輪流轉。這次純文學獎由小說家陳若曦獲得。在正式頒獎前，馬英九特別上臺致贈五位得獎者小禮物，唯獨歌劇藝術家曾道雄不願上臺，他表示這是藝術的場合，不應扯上政治。不過，馬英九事後仍走下臺親自向這位綠營藝術家握手道賀。

馬英九致詞表示，台灣長期是藝文為政治服務，現在應該倒過來讓政治為藝文服務，「唯有文化可以讓一個城市更偉大，其他的建設只能讓城市變大」。台北市長期沒有文化局，馬英九九十年代末期當市長時專門設了文化局，並且從國外請了著名作家龍應台當局長。台灣長期只有「文建會」沒有「文化部」，馬英九決心設立「文化部」。

狡黠的余光中

一位台北文友忙著為我安排與余光中會面，我便打電話到高雄中山大學，我問：「余光中先生在家嗎？」「對不起，他不在。」「請問您是——」「我是他的秘書。」從這回答的熟悉聲音中，我猜出接電話人是老頑童余光中自己。我問他：「你怎麼可能委曲自己去當秘書？」他答：「我這幾年天天接的電話不是大陸來的授權書，就是台灣要我演講的題目和時間。更麻煩的是：事後又寄來一大疊演講記錄稿要我修正兼校對。所謂『事後』，有時竟長達一年，簡直陰魂不散，簡直令我這位健忘的講者『憂出望外』，只好聽命修稿和仔細的核對原文，將出口之言用駟馬來追。像接電話和校對這些工作，做起來既不古典，也不浪漫，它不過是秘書的責任罷了。」可余光中並沒有秘書，只好自己改行兼任，不料雜務愈來愈煩，兼任之重早已超過專任。

訴完苦後，我問他我寄給他的拙著《余光中：詩書人生》、《余光中評說五十年》收到沒有？他說收到了。「為什麼不回信？」他竟說：「要過好日子，必須像王爾德說的那樣『戒除回信的惡習』。」這種做法顯然不近人情，他只好狡黠地說：「凡是沒有回信的人，我最難忘。因為沒有回信就像欠了你一筆債。一疊未回的信，正好比一群不散的陰魂，在我罪深孽重的心底幢幢作祟。相反，對那些回過信的朋友，我從沒有這種欠債感，回過信後便早把他忘光了。」

接著我問他李敖激烈抨擊你「文高於學，學高於詩，詩高於品」，將你定性為「一軟骨文人耳，吟風弄月、詠表妹、拉朋黨、媚權貴、搶交椅、爭職位、無狼心，有狗肺者也」。還說你跑到中國大陸又開始招搖撞騙，如果還有一批人肯定他，我認為這批人的文化水平有問題。「對此你為何不澄清？」他苦笑地說：「我覺得會是徒然。真理未必愈辯愈明。論戰事件，最方便粗糙的文學史家貼標籤，分楚漢。但是哪一個真有分量的作家是靠論戰，甚至混戰來傳後的呢？」他感歎自己沒有「九條命」，只能把最寶貴的「一條命」用來創作：「與其鞏固國防，擴充軍備，不如提高品質，增加生產。」最後，他表示這次未能分身與我在高雄相聚特致歉意。

漫步在台灣的「文學巷」

九月二十八日上午，由「二哥」駕車陪同穿過南昌路、汀州路，來到一座充滿禪味的小公園，小公園的正對面二樓是爾雅書房，爾雅書房的隔壁是已創立三十六年的爾雅出版社。再往前走，就是另一家著名的文學出版社——洪範書店的社址了。

隱地向我介紹：洪範書店成立於一九七六年八月二十五日，和一九七五年七月創社的爾雅出版社剛好「洛陽兒女對門居」。兩家出版社頗有淵源，除了創辦者彼此都是文人，兩家出版社的發行業務在最初三年也採聯合發行，洪範的前經理黃靜波還把爾雅早年的會計小

左起：隱地、古遠清、林靜助

姐李惠卿娶走了。

說完這個故事後，隱地領我們參觀同在一條街的余光中舊居，那是日式建築，牆頭都有鳥籠和碎玻璃片，亭院裏種的椰子樹有四五層樓高。余光中擔任《藍星》主編期間，其居所就成為編輯部，夏濟安、吳魯芹、周夢蝶、洛夫、瘂弦等名人常常出入期間。

余光中祖籍福建，在廈門大學上過一年級，屬廣義的廈門人。他不住福建廈門而住在台北廈門街，不是嘲弄而是一種安慰。在〈聽聽那冷雨〉散文中，余光中問到：廈門街「那裡面是中國嗎？那裡面當然還是中國永遠是中國。只是杏花春雨已不再，牧童遙指已不再，劍門細雨渭城輕塵也都已不再。然則他日思夜夢的那片土地，究竟在哪裡呢？」

爾雅出版社出版了許多精品書，我和「二哥」買了一萬多台幣該社出的新書。台灣的小型出版社同時又是門市部，我前天去拜訪的文史哲出版社也是如此。由於余秋雨的《文化苦旅》是爾雅最先在台灣推出的，開始時每月至少賣一千本，可自從上海辭書

左起：陳坤崙、林明理、古遠清、丁旭輝

專家金文明指出其嚴重的知識硬傷和我披露他為人不真誠後，據說每月只賣出三百本。隱地便問起我和余秋雨官司的來龍去脈，希望兩人不要再打筆仗。事後我把載有拙作〈台灣所不知道的余秋雨〉的《新地文學》送他指正。

廈門街是一條「文學巷」。據台灣大學張琬琳博士介紹，離這街不遠的還有著名的牯嶺街舊書市，在日據時期成為全台灣最大的舊書畫集散交易中心。一九四九年以後，國民黨軍民大舉遷台，牯嶺又陸續聚集了擺地攤的人潮，販賣舊書、藝品、舊衣及日常用品的小販往來其間，當時牯嶺街一帶充斥著流動攤販，不論是拾荒的、撿便宜的，或是愛看書的作家及窮學生，以及四處尋寶的文史之士，都經常逡巡於此地，而擺攤者占地為王，愈占愈多，後來發展到五十八家舊書攤的規模，除了少數幾家擁有店面外，其餘利用人行道擺露天攤，書本依牆堆疊而立，雜誌書報隨地鋪陳，卷軸書畫掛在樹枝頭，書攤連綿佔據大半條街。而這雜亂卻充滿生命力的牯嶺街，在當局的容忍之下，同時收納了許多文人作家的年少回憶。趙天儀曾有詩〈舊書攤〉描繪當時的情景：「依牆為攤位／靠路天為店鋪／天地是家／書籍是賴以維生的貨品／而我……踩過雨後的泥濘，在書堆中／悄悄地探著奇跡／窮學生來買用過的教科書／窮學生來買破舊的絕版書／而生意眼的舊書商／卻打起算盤……算著古老的年貨。」

左翼作家陳映真在戒嚴年代，也來到牯嶺街的舊書攤去找所謂「共匪作家」或所謂「陷匪文人」的作品，有一次他意外地發現一本破損不堪的魯迅《吶喊》，便很想買下來，可剛出獄的他，窮得只有吃一頓牛肉麵的錢，最後還是買下此書。事後他自豪地說：「今天還有像我這樣的人嗎？」旅美散文家王鼎鈞聽了後補充道：「今天還有值得人們在麵包與閱讀間掙扎的好書嗎？」

今天是台灣的教師節，據《中國時報》報導，台北的老師只收到敬師金兩千元台幣，其餘縣市的老師只分到一張電影票。可對比大陸，僅我供職的中南財經政法大學，每位教師發的人民幣折合新台幣超過萬元。我去年在中央大學等校講學，每次報酬三千台幣，今年降為二千台幣，約合五百人民幣，而一位台灣教授出席我校學術座談會，每人致送出場費二千元人民幣。

獨特的眷村文化

九月二十八日午後南下高雄。我於一九九五年由台北到高雄時，坐火車坐了整通宵，這次乘高鐵只用了一小時四十分鐘。在坐位上看不到任何人吃東西。因那幾天不是開會就是會友和購書太勞累，再加上位子很空，我本能地躺了下去。女乘務員走了過來，我以為她會把我訓斥一通，想不到她用輕言細語問我：「先生，你身體不舒服嗎？要不要看醫生，或我給你送杯開水來。」說得我不好意思連忙起來。

當晚，我在南部作家陪同下賞西子灣夜景，只見沙灘上到處是情侶們肩比肩在聽澎湃的濤聲，我擔心夜深了會有安全問題，可當地作家說這裡從未出現過劫財劫色的事。

二十九日清早，坐摩托到左營參觀眷村。「眷村」是國民黨遷台的產物。自一九五〇年代起，全台灣的各軍駐地，都為去台的軍隊家眷安排了特別的住處，作為他們安居樂業、休養生息的場所。住在眷村的第二代作家所創作的眷村文學，其作品主人公離不開父輩及其後一代，由此將筆觸伸入台灣社會，表現出外省第二代家國難分或揶揄反共復國的特性。故事離不開悲歡離合的套子，情節在現實與理想、他鄉與故鄉、台灣與大陸之間穿梭。作者們不時涉及敏感的族群問題，近年來這方面的代表作有駱以軍的《遺悲懷》、朱天心的《想我眷村的兄弟們》、張大春的《聆聽父親》、朱天文的《巫言》。

以前台灣每次選舉時均有國民黨的「眷村鐵票」，從一九八〇年代後開始流失。但眷村作為特定文化政治產物，在本土化浪潮衝擊下不會消逝。在高雄，問路多半要用台語，但眷村的主流語言不是閩南話或客家話。這裏的街道多為中華路、中山堂、中正園。

中午，與高雄應用科技大學人文社會學院院長丁旭輝及專出本土作家著作的春暉出版社社長陳坤崙一起用富於台灣風味的肉絲涼麵、牛肉麵及碩大的蝦仁餛飩、洛神花茶。路邊還到處可見魯肉飯、大碗公冰、蕃茄切盤、煎虱目魚、海產粥的廣告。女主人也就是「三妹」林明理為我採購了一顆當地出產的像小柚般大的水梨及兩顆燕巢鄉土產的芭樂當伴手禮讓我帶回武漢。

春暉出版社的社長是一位本土詩人。他買過我在台北出版的《台灣當代新詩史》，他讀後很有意見，我便主動向他檢討：「拙著最大的毛病是重（台）北輕南（部）」。「你這個人真爽快！」原來我說到他心坎裏去了。為答謝我們的投緣，他慷慨地贈送了一套該社出版的以南部作家為主的價值近二萬台幣的套書即詩選集送我。同行者十分羨慕，說他們從來沒有得到過這麼貴重的贈書。

二十九日下午返台北與秀威出版社副總蔡登山見面。上星期我邀他到湖北襄陽一起登山考察三國演義名勝「古隆中」，這次他帶我到師大路的舊香居淘書，我就似饑餓人見到麵包，在這個名副其實學術書甚多的舊書店幾乎一擲萬金，他們還幫忙代寄。我過去逛過多家二手書店，從未見過文史哲、藝術外加胡適等名人信箚品種如此齊全的書坊。

告別台北前的絮語

三十日清早，由當地詩人陪同我參觀總統府和對面的「二二八公園」。這裡見不到大陸流行的紀念辛亥革命一百周年的大標語，只見滿街都是慶祝中華民國成立一百周年的大紅幅，這正是「一個辛亥革命，各自表述。」正當我沉醉在附近的「反貪腐民主廣場」路牌及回想起當年「紅衫軍」的壯烈場面時，忽見各種形狀奇異的飛機在上空列隊盤旋，據說是為了迎接今年雙十節而做的演習。

用完早餐參觀國父紀念館。在台灣，到處可見孫文手書的「天下為公」的語錄。中午，大陸文藝問題研究專家、世新大學傳播學教授周玉山為我餞行。他過去寫過〈中共「台港文學研究」的非文學意義〉、〈王蒙的下放與上臺〉等文章，我曾在拙著《台灣當代文學理論批評史》中批評他不該用「匪情研究」的模式研究大陸文學，因而當同席者問他寫過什麼文章時，他坦率地說「我的作品都是古先生批評的對象」。我也回應說：「我的台港文學研究同樣是周教授的批評對象」。上個月，他來我校出席辛亥革命百年紀念學術研討會，當我從名單中得知他也在場時，連忙送了自己剛在香港出版的七十壽辰紀念文集《古遠清文學世界》、《古遠清這個人》請他指正，他當晚打電話說看了個通宵，尤其是我與余秋雨的爭論讀後讓他非常過癮，我和台灣詩人——也是他的好朋友高準就余光中評價問題的爭鳴同樣使他欲罷不能，其他爭鳴文章及中外作家的書簡他也覺得很有參考價值。他勸我和高準的爭論應適可而止，還希望我們兩人儘快「恢復邦交」，並自告奮勇當中間人牽線。

後來周先生談到台北出版學術著作的某出版社，常常將賣不動的庫存書成車載往特殊的「火葬場」焚燒，中途還要拍照作為完稅的證據，被文友譏之為當代版「焚書坑儒」。

十八點起飛武漢，正好與一位老兵同坐。這裏雖然沒有「酒闌興發更張燭」的條件，但由於他是湖北人，所以聊起來很投機。他於一九五〇年從海南島渡海到基隆，從沒有想到會娶當地人做媳婦，從此在台灣安家落戶，做「台灣人」。可解除戒嚴後，當他回大陸探親時，卻被視為「台灣同胞」。他說起自己這種身份曖昧的尷尬引用了一部小說中的對話：

「這一回到大陸，我得到一個痛心的經驗，就是我們這一群人的籍貫沒有了。」

我說：「怎麼會？」

「大陸上的人把我們看作台胞。台灣省的人卻把我們看成是外省人。想想看，我們這些人幹來幹去，不是把籍貫幹掉了嗎？這真是豬八戒照鏡子，裡外不是人。我還有一個認知是，那邊雖是我的故鄉、故土，卻不是我心目中的老樣子。」

起飛前夕，分別收到友人從台北和高雄打來的電話，告知他們幫我寄的台版新書、舊書和文友送的書足足有十大箱，這就好似一艘滿載著寶島書香的船，破曉起航在我水盈盈的心潮。

原載於《中華讀書報》二〇一一年一月十八日；《天津文學》二〇一一年第一期；
《台灣週刊》二〇一一年第四十一至四十三期；《和諧》二〇一一年第一期；
香港《文綜》二〇一一年第四期

附：古遠清著作目錄（四十五種，其中台灣版十三種，總計一千三百五十四萬字）

一、專著（計九百五十二萬字）

1、《〈吶喊〉〈彷徨〉探微》，武漢，湖北教育出版社，一九八五年版。三十萬字。
2、《中國當代詩論五十家》，重慶出版社，一九八六年版。三十七萬字。
3、《詩歌分類學》，武漢，中國地質大學出版社，一九八九年版；高雄，復文圖書出版社一九九一年版。二十七萬字。
4、《海峽兩岸詩論新潮》，廣州，花城出版社，一九九二年版。十七萬字。
5、《台灣當代文學理論批評史》，武漢出版社，一九九四年版。六十五萬字。
6、《心靈的故鄉》（詩學專著。與章亞昕合作），台北，業強出版社，一九九四年版。十二萬字。
7、《詩歌修辭學》（與孫光萱合作），武漢，湖北教育出版社，一九九五年版；台北，五南圖書出版公司，一九九七年版。二十七萬字。

8、《香港當代文學批評史》，武漢，湖北教育出版社，一九九七年版。四十八萬字。

9、《台港澳文壇風景線》（上、下冊），北京，國際文化出版公司，一九九七年版。六十萬字。

10、《留得枯荷聽雨聲——詩詞的魅力》，北京，三聯書店，一九九七年版。二十萬字。

11、《中國大陸當代文學理論批評史》（上、下冊），台北，文史哲出版社，一九九九年版。七十萬字。《中國當代文學理論批評史（一九四九——一九八九大陸部分）》，濟南，山東文藝出版社，二〇〇五年版。七十萬字。

12、《古遠清自選集》，吉隆坡，馬來西亞爝火出版社，二〇〇二年五月版。六十五萬字。

13、《海外來風》，南京，東南大學出版社，二〇〇四年八月版。三十萬字。

14、《當今台灣文學風貌》，南昌，江西高校出版社，二〇〇四年十一月版。二十五萬字。

15、《世紀末台灣文學地圖》，台北，揚智文化事業出版公司，二〇〇五年四月版。十七萬字。

16、《分裂的台灣文學》，台北，海峽學術出版社，二〇〇五年。二十萬字。

17、《台灣當代新詩史》，台北，文津出版社，二〇〇八年。四十萬字。

18、《香港當代新詩史》，香港人民出版社，二〇〇八年。二十二萬字。

19、《余光中：詩書人生》，武漢，長江文藝出版社，二〇〇八年。二十五萬字。

20、《古遠清文藝爭鳴集》，台北，秀威資訊科技公司，二〇〇九年。十六萬字。

21、《幾度飄零——大陸赴台文人沉浮錄》，桂林，廣西師大出版社，二〇一〇年。二十二萬字。

22、《海峽兩岸文學關係史》，福州，福建人民出版社，二〇一〇年。四十一萬字；台北，海峽學術出版社上、下冊，二〇一二年。四十一萬字。

23、《消逝的文學風華》，台北，九歌出版社，二〇一一年。十萬字。

24、《兩岸四地文壇現場》，香港文學報社，二〇一一年版。二十五萬字。

25、《從陸台港到世界華文文學》，台北，秀威資訊科技公司，二〇一二年。十八萬字。

26、《當代台港文學概論》，高等教育出版社，二〇一二年。三十三萬字。

27、《中國詩歌通史・當代卷》（四人合著），北京，人民文學出版社，二〇一二年。古撰寫十萬字。

28、《台灣文壇的「實況轉播」——一位大陸學者眼中的台灣文壇》，台北，秀威資訊科技股份有限公司，二〇一三年。二十萬字。

29、《澳門文學編年史》，澳門基金會即出。五十萬字。

30、《台灣當代文學事典》，上海辭書出版社即出。五十萬字。

二、編著（計四百八十七萬字）

1、《文藝新學科手冊》，武漢，華中理工大學出版社，一九八八年版。四十二萬字。

2、《台港朦朧詩賞析》，廣州，花城出版社，一九八九年版。十一萬字。

3、《海峽兩岸朦朧詩品賞》，武漢，長江文藝出版社，一九九一年版。二十萬字。
4、《台港現代詩賞析》，鄭州，河南人民出版社，一九九一年版。二十萬字。
5、《中國當代名詩一百首》，武漢，湖北教育出版社，一九九五年版。十六萬字。
6、《王一桃詩百首賞析》，香港文學報社，一九九五年版。十萬字。
7、《恨君不似江樓月——（泰國）夢莉散文鑒賞》，天津，百花文藝出版社，一九九五年版。十六萬字。
8、《看你名字的繁卉——蓉子詩研究》，台北，文史哲出版社，一九九八年版。十八萬字。
9、《二〇〇四年全球華人文學作品精選》，武漢，長江文藝出版社，二〇〇五年版。四十萬字。
10、《二〇〇五年世界華語文學作品精選》，武漢，長江文藝出版社，二〇〇六年版。二十九萬字。
11、《庭外「審判」余秋雨》，太原，北嶽文藝出版社，二〇〇五年版。三十八萬字。
12、《余秋雨現象大盤點》，鄭州，河南文藝出版社，二〇〇五年版。三十九萬字。
13、《「咬嚼」余秋雨》，台北，雲龍出版社，二〇〇五年版。三十萬字。
14、《二〇〇六年世界華語文學作品精選》，武漢，長江文藝出版社，二〇〇七年版。二十六萬字。
15、《美麗的印度尼西亞（詩賞析）》，香港，匯信出版社，二〇〇四年版。十二萬字。
16、《犁青詩拔萃》，香港，匯信出版社，二〇〇五年版。三十萬字。
17、《余光中評說五十年》，北京，文化藝術出版社，二〇〇八年版。三十五萬字。
18、《百味文壇——新世說新語》，青島出版社，二〇一三年版。二十五萬字。
19、《謝冕評說三十年》，深圳，海天出版社，二〇一三年版。三十萬字。

文學視界 35　語言文學類　PG1009

台灣文壇的「實況轉播」：一位大陸學者眼中的台灣文壇

作　　者／古遠清
主　　編／楊宗翰
責任編輯／廖妘甄
圖文排版／王思敏
封面設計／秦禎翊

發 行 人／宋政坤
法律顧問／毛國樑　律師
印製出版／秀威資訊科技股份有限公司
114台北市內湖區瑞光路76巷65號1樓
電話：+886-2-2796-3638　傳真：+886-2-2796-1377
http://www.showwe.com.tw
劃撥帳號／19563868　戶名：秀威資訊科技股份有限公司
讀者服務信箱：service@showwe.com.tw
展售門市／國家書店（松江門市）
104台北市中山區松江路209號1樓
電話：+886-2-2518-0207　傳真：+886-2-2518-0778
網路訂購／秀威網路書店：http://www.bodbooks.com.tw
國家網路書店：http://www.govbooks.com.tw
圖書經銷／紅螞蟻圖書有限公司
台北市114內湖區舊宗路2段121巷19號（紅螞蟻資訊大樓）
電話：+886-2-2795-3656　傳真：+886-2-2795-4100

2013年7月BOD一版
定價：450元

國家圖書館出版品預行編目

台灣文壇的「實況轉播」：一位大陸學者眼中的台灣文壇 / 古遠清作. -- 一版. -- 臺北市：秀威資訊科技, 2013.07
面； 公分. -- (語言文學類；PG1009)(文學視界；35)
BOD版
ISBN 978-986-326-129-2(平裝)

1. 臺灣文學 2. 文學評論

863.2 102010682

讀者回函卡

感謝您購買本書，為提升服務品質，請填妥以下資料，將讀者回函卡直接寄回或傳真本公司，收到您的寶貴意見後，我們會收藏記錄及檢討，謝謝！如您需要了解本公司最新出版書目、購書優惠或企劃活動，歡迎您上網查詢或下載相關資料：http:// www.showwe.com.tw

您購買的書名：________________________________

出生日期：________年________月________日

學歷：□高中（含）以下　□大專　□研究所（含）以上

職業：□製造業　□金融業　□資訊業　□軍警　□傳播業　□自由業

□服務業　□公務員　□教職　□學生　□家管　□其它_____

購書地點：□網路書店　□實體書店　□書展　□郵購　□贈閱　□其他

您從何得知本書的消息？

□網路書店　□實體書店　□網路搜尋　□電子報　□書訊　□雜誌

□傳播媒體　□親友推薦　□網站推薦　□部落格　□其他__________

您對本書的評價：（請填代號　1.非常滿意　2.滿意　3.尚可　4.再改進）

封面設計____　版面編排____　內容____　文／譯筆____　價格____

讀完書後您覺得：

□很有收穫　□有收穫　□收穫不多　□沒收穫

對我們的建議：________________________________

____

____

____

請貼
郵票

11466
台北市內湖區瑞光路 76 巷 65 號 1 樓

秀威資訊科技股份有限公司 收

BOD 數位出版事業部

(請沿線對折寄回，謝謝！)

姓　　名：________________　年齡：________　性別：□女　□男

郵遞區號：□□□□□

地　　址：____

聯絡電話：(日)________________　(夜)________________

E-mail：____